한국 현대시 연구의 맥락

이숭원(李崇源)

1955년 서울에서 태어나 서울대학교를 졸업하고 문학박사학위를 받았다. 충남대, 한림대 교수를 거쳐 현재 서울여자대학교 국어국문학과 교수로 재직 중이다. 문학 평론가로 활동하여 시와시학상, 김달진문학상, 편운문학상, 김환태평론문학상, 현대 불교문학상을 받았다. 주요 저서로는 『정지용 시의 심층적 탐구』, 『감성의 파문』, 『백석 시의 심층적 탐구』, 『세속의 성전』, 『백석을 만나다』, 『영랑을 만나다』, 『시 속으로』, 『시, 비평을 만나다』, 『갈매나무의 시인, 백석』, 『미당과의 만남』 등이 있다.

한국 현대시 연구의 맥락

초판 1쇄 인쇄 | 2014년 12월 22일
초판 1쇄 발행 | 2014년 12월 29일

지은이 | 이숭원
펴낸이 | 지현구
펴낸곳 | 태학사
등 록 | 제406-2006-00008호
주 소 | 경기도 파주시 광인사길 223
전 화 | 마케팅부 (031)955-7580~82 편집부 (031)955-7585~89
전 송 | (031)955-0910
전자우편 | thaehak4@chol.com
홈페이지 | www.thaehaksa.com

값은 뒤표지에 있습니다.

ISBN 978-89-5966-670-6 93810

한국 현대시
연구의 맥락

이숭원

태학사

머리말

지금까지 주로 시인의 작품 세계를 분석하는 일을 해왔다. 그 성과가 『정지용 시의 심층적 탐구』, 『백석을 만나다』, 『영랑을 만나다』, 『미당과의 만남』 등으로 정리되었다. 그런 의미에서 이 책들은 일종의 기획 저작물이라고 할 수 있다. 처음부터 계획을 세우고 작업을 진행하여 결실을 얻은 것이다. 그러한 작업을 전개하는 과정에 다른 개별 논문을 쓰기도 했다. 그 논문들은 청탁을 받아 집필한 것도 있고, 새로운 연구 자료를 얻어서 작성한 것도 있다. 기획 저작물 출간에 집중하다 보니 이 논문들은 단일 저서로 묶이지 못하고 여러 지면에 분산되어 있었다. 그중에는 애정이 가는 글도 적지 않아 그냥 두기가 아쉬웠다. 학교의 안식년을 마무리하는 시점에 이 글들을 모아 정리하니 어느 정도 체계가 서는 것 같아 한 권의 책으로 출간하기로 했다.

이 논문들 역시 대부분 시인의 작품 세계를 다룬 것들이다. 백석을 대상으로 한 글을 가운데 두고 다른 글들은 해방 전과 해방 후로 나누어 1부와 3부에 배치했다. 해당 시인의 출생 연도를 기준으로 글의 순서를 정했다. '맥락'은 한의학에서 온 말로 원래 혈액과 경락의 이어진 계통을 의미한다. 지금까지 현대시 연구를 해 오면서 얻은 의미 있는 줄거리를 엮었다는 뜻에서 책 이름을 '현대시 연구의 맥락'이라고 했다. 선인들은 '산고(散稿)'라는 겸허한 말을 썼는데, 요즘은 그런 말을 붙여서는 학술서의 위상이 낮아진다고 하니 시대의 추세를 따를 뿐이다.

7년 전 안식년을 보냈을 때는 『백석을 만나다』를 포함해서 네 권의 책을 출간했다. 그러나 이번에는 이 한 권의 책으로 결과 보고를 대신해야 할 것 같다. 세월의 흐름에 고개 숙일 따름이다. 평론은 많이 썼지만 책으로 묶을 형편은 아니고, 계획을 세워 진행한 일은 아직 끝을 보지 못했다. 부끄러움을 조금이라도 덜기 위해 전에 발표한 글을 이 책에 묶으면서 많은 부분을 수정하고 보완했다. 그리고 2부의 「백석 시 해석 재검토」와 3부의 「김종삼 시의 정본 확정 문제」는 다른 학술지에 발표하지 않은 새 글이다. 이 책의 맥락을 충실하게 해 보려고 새로 작성하여 수록했다. 관심 있는 분들의 질정을 바란다.

　이번에도 태학사 지현구 사장의 신세를 지게 되었다. 변함없는 후의에 감사드리고 편집과 교정에 애를 쓴 편집부 여러분들에게도 감사의 뜻을 전한다.

2014년 12월
이숭원

차례

제1부

가람 이병기 시조의 현대적 의의

1. 시조 창작의 정신적 배경

가람 이병기는 1891년 3월 전라북도 익산군 여산면 원수리 진사동(眞絲洞)에서 태어나 향리에서 한문을 배우며 성장했다. 그가 신학문에 눈뜬 것은 양계초의 『음빙실문집(飮氷室文集)』을 접하고 나서였다고 한다.[1] 양계초(1873~1929)는 청나라 말 입헌군주제를 주장하며 서양 사상의 소개에 힘쓴 중국의 개혁 운동가로 호적, 노신, 모택동에게 고루 영향을 준 진보적 지식인이다. 그는 1898년 변법운동에 실패한 후 일본으로 망명하여 다양한 저술 활동을 펼쳤는데 『음빙실문집』은 그의 글을 모은 책으로 우리나라에는 1903년 이후 한문으로 소개되어 지식인들에게 널리 읽혔다. 이병기 외에도 안확, 한용운, 안창호, 이상설, 이시영, 여준 등 개화기의 진보적 지식인들은 거의 『음빙실문집』을 읽은 것 같다.

이 책을 읽고 신학문을 배울 결심을 한 이병기는 1909년 가을에 19세의 나이로 전주보통학교에 편입하여 6개월 만에 졸업을 했다. 바로 서울로 올라온 이병기는 1910년 4월에 한성사범학교에 입학하여 1913년 3월에 졸업했다. 이때 한성사범학교의 신학문 학습 과정보다 그에게 직접적인 영향을 준 것은 주시경 선생의 한글 교육이다. 그는 주시경이 개설한 조선어강습원에 참여하여 1911년 9월부터 1913년 3월까지 6개월 과정의 중등과와 1년 과정의 고등과를 수료하

---

1 이형대, 「가람 이병기와 국학」, 『민족문학사연구』 10, 1997, 348~349쪽.

고 정식 졸업생이 되었다.[2] 그는 이 강습을 통해 한글에 대한 과학적 이해와 함께 한글 사랑을 통한 민족의식을 갖게 되었을 것이다. 그의 민족의식은 그가 한성사범학교에 다니던 시절에 경술국치를 당하고 쓴 일기에서도 확인되는 사실이지만,[3] 그것이 한글의 우수성에 대한 자각을 통해 더욱 강화된 것이다.

3·1운동 이후 서울로 거처를 옮겨 동광학교, 휘문고보 등에서 조선어와 한문을 가르치다가 1922년 휘문고보 교사로 정착하면서 그의 한글 연구와 고전 연구는 본격적으로 전개되었다. 휘문고보 교장인 임경재는 주시경 문하의 한글운동가를 모아 1921년 12월 3일 휘문고보 교내에 조선어연구회를 창립했다. 조선어연구회는 조선어학회의 모체가 된 단체로 권덕규, 최두선, 장지영, 이승규, 이규방 등이 중심이 되었다. 이후 이병기는 이 단체가 주도하여 시행한 한글강습에 강사로 적극적으로 참여하였으며, 한글에 대한 논설을 발표했다. 일제 강점기에 그가 발표한 국어 연구 논설로 확인된 것이 27편이며 그 수준도 높은 편이라고 한다.[4] 그는 훈민정음이 조선의 자랑이요 우리의 정신이 그 안에 담겨 있다고 보았다. 그러한 관점에서 당시 문단을 향해 다음과 같은 발언을 당당히 할 수 있었다.

아무튼 오늘날 교육이 보급됨에 따라 우리 민중의 자아의식이 밝아지며 민중의 자아의식이 밝아짐에 따라 우리 문예계가 성해질 것인데, 이

---

2 『한힌샘 연구』 1호(1988)에 실린 졸업생 명단 참조.
3 "대전역에 이르니 어제 29일의 양국조칙(讓國詔勅)이 벽에 붙었다. 나는 이걸 보고 서울을 갈까 말까 하였다. 왜놈에게 나라를 빼앗긴 줄은 이미 알았지만 이렇게 되고 보니 망극하다. 이윽고 생각하다가 차를 타고 오후 9시 남대문 역에 내렸다."
　　미발표 『가람 일기』, 1910. 8. 30. 이형대, 앞의 책에서 재인용. 한문으로 된 것을 번역하여 실었을 것이다.
4 안병희, 「국어학사의 재조명 - 이병기」, 『주시경학보』 4호, 1989. 12.

에 문예 운동과 같이 조선어 운동이 있어야 할 것이다. 조선말로 발표되는 조선 문예가 조선어 그것과 어떠한 관계를 가졌으랴. 만일 우리의 사상, 감정을 다른 나라 말로써 발표한다면 그것을 과연 조선 문예라고 하랴. 조선 문예는 조선말로 발표된 그것이라야 할 것이다. 그러면 조선 문예 작가는 먼저 조선어 연구를 할 필요가 있을 것 아니랴.[5]

이러한 주장을 할 수 있었던 것은 그가 조선어 표현의 정화인 시조를 창작하고 있었기에 가능한 일이었다. 그에게 시조는 조선어를 활용하여 조선의 정조를 표현할 수 있는 조선 고유의 시형이었기 때문이다. 요컨대 그의 시조 창작의 배경에는 국권 상실의 시대를 살고 있는 지식인의 민족의식과 조선 정신의 표현 수단인 한글에 대한 깊은 관심과 사랑이 가로놓여 있었다. 그의 민족의식이 간접적으로 투영된 장면을 그의 일기에서 뽑아 보면 다음과 같다.

주재정 군과 한충 군을 데리고 남산에 오르다. 온 서울을 내려다보니 불쾌한 생각만 난다. 조선 사람은 차차 찌그러진 오막살이집도 차지하고 살 수가 없게 되는 모양이다. 우리는 우리보다 강한 놈에게 침노를 받는다. 강한 놈은 약한 놈을 먹어 없애려 한다. 그러면 이 누리에는 강한 놈만 살 것인가 하노라. (1923. 5. 6)[6]

학교에 갔더니 교무주임 주종의 군이 이런 말을 한다. "새 학년부터 조선어를 2학년에 다 뗄 수가 없느냐?" 하기에 그 까닭을 물은즉 워낙

5 이병기, 「조선어 연구가 필요」, 『대중공론』 1, 1929. 5.
  김민수, 고영근 편, 『역대한국문법대계』 3부 11책, 박이정출판사, 2008, 337쪽에서 인용.
6 이병기, 『가람문선』, 신구문화사, 1966, 112쪽.

총독부 규정에 3학년 이상에는 조선어 수업이 없다고 한다. 나는 다시 교육회를 찾아보고 3학년 이상에도 '조선어 및 한문'이라는 과목이 1주 간 2시간씩 배정되지 않았느냐고 한즉 그건 한문에 끼어 가르치는 것이 고 따로 시간을 정하여 가르치진 아니하는 것이라고. 그러면 우리 학교 에서도 따로 시간을 정하여 가르치었느냐? 정말 이것이 우리 학교의 특 색이 아니냐? 일본 사람들이 가르치는 학교 같으면 조선어문법이니 무 엇이니 하고 주의하여 가르치지 아니하지만 우리끼리 하는 학교에 그 규정에 어기지 않는 바에야 아니 가르칠 것이 무엇이냐 하고 머릿속이 어지러워 다시는 말을 하지 아니하였다. (1924. 2. 19)[7]

학교에 가니까 상학종을 막 친다. 교장실에는 시학관(視學官)이 와 앉 았다. 오전에 2학년 조선역사 시간과 오후 1학년 조선어 시간에 시학관 이 와 본다. 한 사람씩 우두커니 서서 보다가는 간다. 나중에 들은즉 교수(敎授)에 대해선 비평을 아니 하더라고 한다. (1924. 3. 6)[8]

4학년 조선어 시험 답안을 보다. 보다가 화가 난다. 이 과정에 대하여 는 너무들 성의가 없다. 온 세상의 사람들이 거의 다 추세로 사니 학생 들만 나무랄 것 없지마는 화는 아니 날 수 없다. 어제도 조선어 시간에 2학년 누군가가 "조선어도 시험 보나요?" 하기에 한바탕 야단을 치었다. 그리고 나서 생각하면 우스운 이야기지마는 그런 말을 듣는 때에는 과 연 그저 가만히 있을 수는 없다. 진실로 무엇을 배우는 셈인지 무엇을 위하여 사는지 모르겠다. (1926. 7. 7)[9]

---

7 위의 책, 115쪽. 이해의 편의를 위해 문맥을 조금 고쳐 인용함.
8 위의 책, 116쪽.
9 위의 책, 118~119쪽.

이런 일기 구절을 보면 조선어 교육이 점점 위축되고 조선어 자체가 무시당하는 현실에 대한 걱정과 그런 현실 속에서 조선어를 지키려고 애쓰는 이병기의 착잡한 심정이 투영되어 있음을 알 수 있다. 그가 조선어를 지키려 하는 것은 거기 조선의 정신이 담겨 있기 때문이요. 시조를 계승·발전시키고자 하는 것은 그것이 조선어로 정조를 표현하는 정제된 형식이기 때문이다.

여기서 또 한 가지 분명히 제시하고 싶은 것은 그의 종교에 대한 관심이다. 흔히 국문학자라는 선입견과 난초와 수선을 아끼고 기른 그의 자세에서 유학자의 기품을 연상한다. 이병기도 한학을 배운 선비여서 유학의 영향이 없었다고는 말할 수 없을 것이다. 그러나 그의 일기를 살펴보면 그는 종교적으로 불교에 훨씬 가까웠고 세상사에 대처할 때에도 불교적 사유를 펼친 것을 알 수 있다. 그뿐만 아니라 나철이 창립한 대종교에 입교한 기록도 찾을 수 있다. 1920년 11월 21일의 일기를 보면 "최익한 군을 따라서 한배님 가르치시는 길로 들어가다. 나는 한배님 가르치심을 믿음은 진실로 오랜 것으로 생각한다. 한배님께서는 우리의 등걸에 가장 비롯하고 거룩하시고 높으시고 크시어 다시 우러르고 끝없고 가없는 등걸이시다."[10]라고 적고 있다. 여기 나오는 최익한은 독립운동에 가담하여 1921년부터 3년간의 옥고를 치른 후 계속해서 사회주의 계열의 독립 투쟁에 몸을 바친 인물로 가람은 그의 공판정에 참석할 정도로 친분이 있었다.

그런데 가람이 대종교에 입교한 장소는 종로구 수송동에 있던 각황사다. 각황사는 지금 조계사의 전신으로 불교 종단이 모금을 하여 설립한 사찰로 민족의식을 고취하는 여러 가지 행사를 벌였다. 가람은 이곳에서 불교 경전 강의도 듣고 대종교 입문도 하였다. 대종교는

---

10 위의 책, 102쪽.

민족 시조인 단군을 섬기는 종교인데 사실은 교조 나철이 독립운동의 일환으로 만든 단체다. 그는 일제의 압박을 피해 국내에서 만주로 이주하여 본부를 설치하고 포교와 독립운동을 병행했다. 국내외에서 전개된 항일 독립운동에 대종교는 여러 가지 방식으로 연결되어 있다. 대종교 쪽에서는 1942년의 조선어학회 사건도 이극로를 위시하여 이희승, 장지영, 정열모, 이병기 등 다수의 대종교인들을 검거한 사건으로 보고 있다.

이런 점으로 볼 때 이병기는 일제강점기 민족주의적 차원에서 불교와 대종교를 거의 대등하게 받아들인 것 같다. 대종교 쪽에서 이병기의 더욱 적극적인 참여를 원했으나 독립투쟁에 뛰어들 수 없었던 그는 거리를 두고 문헌 교열 등의 일만 도와준 것 같다. 그는 「서권기(書卷氣)」(『문장』, 1939. 11)라는 글에서 신수와 혜능의 고사를 소개하면서 혜능의 오도(悟道)를 높이 사는 이가 많으나 사실 혜능의 높은 경지는 배워서 얻을 수가 없는 것이니 차라리 신수를 본받아 열심히 학문을 닦는 것이 옳다는 주장을 했다. 돈오(頓悟)보다 점수(漸修)를 택한 것인데 이것은 학문의 태도만이 아니라 그의 삶의 태도를 반영하는 말이기도 하다. 그는 책을 읽어서 길러지는 정신의 힘으로 어려운 시대를 버티고자 했다. 그것을 기르는 종교적 배경으로 그가 택한 것이 불교와 대종교다. 그런 점에서 그는 전통 유학의 이념에서 자유로울 수 있었다.

이병기의 국문학 연구의 특징으로 한글로 된 문학을 한문 문학보다 늘 우위에 두었다는 점, 그런 의식의 연장선성에서 설화나 판소리 등의 '서민문학'을 문학사 기술에 적극적으로 도입하여 한국문학사의 폭과 깊이를 확대하였다는 점을 지적한다. 그는 한글 작품을 발굴하고 교열·주해하여 정본을 만들어 대중에게 널리 알리고자 했고, 문학사 서술에 조선 후기의 서민문학만이 아니라 교술 장르에 속하는 일기, 서간, 잡록 종류도 수용하는 업적을 세웠다.[11] 그가 유교적 한문 문학에 고착되지 않고 넓은 시각으로 문화유산 전체에 관심을 기울인 것은 그가 지닌 종교적 태도의 결과다. 그는 시조의 경우에도 유학자적 관념이나 풍류의 시조보다는 정감 표현의 시조, 언어 구사의 묘미를 살린 시조에 더 관심을 두었다.

2. 서권기와 시조의 관계

앞에서 참고한 「서권기」라는 글의 골자는 책을 많이 읽어서 정신의 기운을 기르자는 뜻이다. 그러니까 '서권기'의 원래 뜻인 책에서 우러나는 기운이라는 뜻보다는 책에서 얻는 기운이라는 능동적인 의미를 강조한 것이다. 가람에게 책은 단순한 지식의 기록물이 아니라 선인들의 정신이 담긴 민족혼의 저장소다. 그래서 그는 평생 우리의 고전 전적을 모으고 읽고 연구하는 일로 일관했다. 그에게 옛 책 모으기는 독립운동과 대등한 일이었다. 그는 일제강점기 동안 수천 점의 고서를 수집했는데 그것을 모으는 방식은 매우 다양했고 그 정성은 애국의 사명감과 방불한 것이었다.[12] 그는 자신의 태도에 대해 "나의 살을 에이고 뼈를 깎으면서라도 생명처럼 나의 장서를 사랑하고 아껴 왔다."[13]고 고백했다. 독립운동을 한다는 생각으로 생명을 걸고 책을 수집하고 연구했음을 밝힌 것이다. 그는 책을 읽고 연구함으로써 어려운 시대를 이겨낼 수 있는 힘을 얻었다. 그런 점에서 가람이

---

11 이형대, 앞의 책, 378~383쪽.

12 이민희, 「서지학자로서의 가람 이병기 연구」, 『한국학연구』 37, 고대 한국학연구소, 2011. 6, 193~194쪽 참고.

13 백철 · 이병기, 「자서」, 『국문학전사』, 신구문화사, 1957, 5쪽.

야말로 '서권기'에 대해 말할 수 있는 자격을 가진 사람이라고 할 수 있다. 그의 시조 「고서」는 그러한 심경을 단적으로 표현한 작품이다.

　　던져 놓인 대로 고서古書는 산란散亂하다
　　해마다 피어 오던 수선水仙도 없는 겨울
　　한종일 글을 씹어도 배는 아니 부르다

　　좀먹다 석어지다 하잔히 남은 그것
　　푸르고 누르고 천년이 하루 같고
　　검다가 도로 흰 먹이 이는 향은 새롭다

　　홀로 밤을 지켜 바라던 꿈도 잊고
　　그윽한 이 우주를 가만히 엿을 보다
　　빛나는 별을 더불어 가슴 속을 밝히다

　　　　　　　　　　　　　　　　　이병기, 「고서」 전문

　이병기가 시조를 연구하고 시조 현대화를 제창하고 실제로 시조 작품을 창작한 것은, 시조라는 정제된 정형시가 우리 민족의 정신을 담는 귀중한 그릇이고, 실감 있는 한글 표현을 통해 민족의 언어도 계승 발전시킬 수 있다고 믿었기 때문이다. 시조는 민족 와해의 절망의 구렁텅이에서 그를 구원해 준 거룩한 형식이었다.
　위의 시조는 1940년 2월 『문장』에 발표되었다. 1938년 4월 조선어 교과가 선택과목이 되어 실제적으로 폐지되자 이병기는 한문과 습자를 가르쳤고 시간수가 차지 않아 인접 학교의 습자 과목을 맡아 시간을 채웠다. 그러한 상황에서 창작된 작품이 「고서」다. 일제 말의 암울한 시대에 선인들의 정신이 담긴 고서를 정신의 등불로 삼아 어둠의 시대를 견뎌내려는 자세를 형상화한 것이다.

시인은 고서를 읽는 것을 글을 씹는다고 표현했다. 아무리 글을 씹어도 배가 부르지 않지만, 정신의 갈증을 메우는 길이 독서밖에 없기에 책 읽는 일을 멈추지 않는다. 계속 책을 읽으니 빛바랜 지면에서 풍겨 나오는 향기도 맡을 수 있고 그것을 통해 "하잔히"(잔잔하고 한가롭게) 남아 있는 선인들의 정신도 엿볼 수 있다. 그것은 시간을 초월하여 선인들과 마음의 교류가 이루어지는 희귀한 체험이다. "천년이 하루 같고"라는 구절은 바로 그것을 표현한 것이다. 그러므로 이병기에게 고서를 읽고 사랑하는 것은 자신의 생명을 지키는 일이며 그 암담한 시대에 가슴 속을 밝힐 수 있는 "별"을 간직하는 일이다. 그 별은 어떤 찬란한 대상에서 온 것이 아니라 "좀 먹다 석어지다 하잔히 남은 그것", 즉 고서에서 온 것이다. 그것은 암담한 시대의 꿈도 없는 밤을 버티게 하는 '그윽한 우주'에 해당한다. 그런 점에서 고서는 시인의 올바른 삶을 관장하는 정신의 준거이자 새로운 길을 인도하는 정신의 지향점이었다.

그의 일기를 보면 고서를 수집한 경위와 구입한 가격이 그대로 나온다. 예를 들어 1930년 7월 20일에는 『해동가요』 관련 서책과 『간독정요(簡牘精要)』 등을 5원에 사고, 이어서 『망노각수기(忘老却愁記)』라는 가요집을 3원에 사고, 저녁에는 『명탁한예(明拓漢隷)』 4종을 산 것으로 기록했다. 마지막 책의 값은 쓰지 않았지만 하루에 10원 정도의 돈을 들인 것인데, 이것을 지금의 화폐단위로 환산하면 15만 원이 넘을 것이다. 그로부터 3일 후인 23일에는 『7서 언해』 등을 25원에 사고 31일에는 『동파시집』 등을 4원에 샀으니 한 달에 40원, 즉 60만 원 가까운 돈을 투자한 것이다. 다음 달인 8월 5일에는 『훈몽자회』를 19원에 샀다고 했다. 귀중한 문헌이면 돈을 아끼지 않고 사 모은 것이다. 『금강경삼가해』는 몇 달 치 월급을 털어 샀다고 했다. 역사학자 이병도는 훗날 가람을 회고하며 다음과 같이 말했다.

가람 이병기 씨는 계동에서 나와 담장 하나 사이에 살았다. 그는 나보다 5년 위였는데, 아침저녁으로 얼굴을 대하며 살았는데, 하루만 안 보여도 서로 궁금해했다. 그와는 분야는 다르지만 아주 친하게 지냈다. 당시 그는 휘문 교사로 있을 때 형세가 넉넉하지도 못했으면서도 고서를 많이 사들였다. 그와 만나면 거의 책 이야기였다. 이번에는 어떠한 귀한 책을 어떻게 구했다는 것이다.[14]

망해 버린 나라의 낡은 전적을 누가 비싼 돈을 들여 산단 말인가? 고서가 어둠을 밝히는 별이고 정신을 지켜주는 우주라는 인식이 없으면 불가능한 일이다. 이병기가 고서를 사 모으고 그것을 읽는 것은 "살을 에이고 뼈를 깎는" 일이고 민족의 정기를 지키는 일이었다. 그것은 독립운동과 다름없는 일이다. 해방 후 이병기는 그 사정을 다음과 같이 담담하게 서술했다.

중학교사가 되어 20여 년을 보내는 동안 나의 뜻하던 바 고서적 몇천 권을 모았다. 내가 처음 18원 월급을 받았으나 그 돈의 반 이상은 책을 샀다. 나는 이걸 한 오락으로 여기려니와, 보다도 우리 국학에 당한 귀중한 문헌을 수집하자던 것이었다. 그러나 내게는 사고픈 책을 살 만한 돈이 없었다. 처자와 함께 호구하기에도 부족한 그 월급을 가지고 하고픈 대로 될 수 있었던가. 중학교 월급은 좀 나으나 씀씀이가 더 많아지니 항상 곤란하긴 전과 같았다. 자식에겐 맛있는 과실 한 개를 못 사다 주고 아내에겐 반반한 치마 한 벌도 못해 입혔다. 그래도 좀

---

14 이병도, 「명사 교유도(交遊圖)」, 『주간시민』, 1976. 12. 6.

먹고 썩은 책은 나의 방으로 모여든다.

「해방전후기」(『경향신문』, 1949. 9. 25)[15]

　그는 일제 말 조선어학회 사건으로 1년간 옥고를 치렀다. 1942년 10월의 일로 그의 나이 51세 때였다. 일제는 조선어학회의 조선어사전 편찬 작업을 학술 활동을 가장한 독립운동이라고 보고 조선어학회 관련자 대부분을 검거 투옥하였다. 이병기는 10월 21일에 검거되어 함경남도 홍원경찰서로 이송되어 혹독한 조사를 받은 후 다행히 1943년 9월 18일 기소유예로 석방되었다. 서울 집으로 돌아왔을 때 자신의 방의 책과 몇 분 난초가 남아 있는 것이 자신을 가장 기쁘게 한 일이라고 적었다. 그는 그 회고담의 결말을 "또 어학회사건과 같은 정신의 일이라면 나는 영어(囹圄)되어 썩더라도 기쁘게 참가하겠다."라고 맺었다.

　그는 66세 때인 1957년 10월 뇌일혈로 쓰러져 언어 장애가 생겼고 그로부터 6년 후인 1963년 5월 평생 모은 장서 4,206권을 서울대학교 도서관에 기증하였다. 이것이 유명한 〈가람문고〉다. 독립운동을 하는 마음으로 평생 사 모은 장서를 기탄없이 도서관에 기증하며 가람은 "이 책을 나처럼 아껴줄 대학도서관에 맡기니 젊은 사람들이 많이들 읽어주었으면 좋겠소."[16]라고 말했다. 참으로 감동적인 장면이다. 그로부터 5년 후 1968년 11월 29일 가람은 영면하였다. 그는 앞날의 기약이 보이지 않는 일제강점기 암담한 상황 속에서 한 송이 난초를 가꾸고 기르듯이 고서를 수집하고 읽고 연구하였다. 사람들은 선진 문물을 배워 시대를 앞서간다고 들썩일 때에 그는 망해버린 나라의

15　이병기, 『가람문선』, 신구문화사, 1966, 203~204쪽.
16　『경향신문』, 1963년 6월 6일 자 기사.

옛 전적을 모으고 사랑하기를 자신의 몸처럼 하였다. 그러면서도 그것을 과장되게 드러내지 않고 난초의 암향을 즐기듯이 담담한 마음으로 생활의 일부로 삼았다. 평생 고서를 사랑하고 연구하다가 그것을 더 이상 지속하지 못하게 되었을 때에는 기탄없이 평생 모은 전적을 대학도서관에 기증하였다. 만주벌판에서 독립운동에 투신했던 선인들이 자신의 과업을 이루지 못하게 되었을 때 자신의 몸을 한 줌흙으로 바꾸어 버린 것과 마찬가지 자세다. 그의 시조 창작은 이러한 민족정신의 연장선상에 피어난 봉화였다. 가람 시조의 현대성을 이야기할 때 이 정신의 측면을 간과해 버리면 말발이 서지 않는다는 사실을 명심할 필요가 있다.

3. 시조 형식론과 격조론에 연결된 가람 시조의 특징

이광수나 이은상 등이 시조의 형식을 3장 12구로 설명한 데 비해 이병기는 특이하게 3장 8구 형식을 내세웠다. 시조의 3장 구조를 초장 2구, 중장 2구, 종장 4구로 나누어 형식적 특징을 설명한 것이다. 이것은 우선 시조의 가창 형식을 염두에 두고 초·중장의 장단과 종장의 장단이 다르기 때문에 이렇게 주장한 것이다. 그런데 그보다 더 중요한 이유는 시조의 형태가 자유롭다는 점을 강조하려는 데 있다. 그가 주장한 평시조 형식은 다음과 같다.

초장 : 1구(6~9자) / 2구(6~9자)
중장 : 1구(5~8자) / 2구(6~9자)
종장 : 1구(3자) / 2구(5~8자) / 3구(4, 5자) / 4구(3, 4자)

요컨대 이병기는 '3, 4, 3, 4 / 3, 4, 4, 4 / 3, 5, 4, 3'의 자수율로 시조를 설명하는 것보다 초장과 중장의 형식적 자유와 융통성을 드러내는 데 위와 같은 형식론이 유용하다고 판단하여 이러한 주장을 내세운 것이다. 이것은 음보 개념이 없는 상태에서 제시할 수 있는 비정형적 형식론의 최선의 결론이고 그 나름의 의미를 지닌 이론이다.

　이와 함께 그는 시조의 격조의 문제를 중요하게 제기했다. 이 용어는 「시조는 혁신하자」(『동아일보』, 1932. 1. 23~2. 4)에 처음 등장한다. 음악으로서의 창은 소리에 중점이 놓이지만 창이 사라진 현대의 단계에서는 의미와 소리의 호응이 중요성을 지닌다고 보고 그것을 '격조'라는 말로 나타낸 것이다. 이것은 그 시대에 다른 누구도 거론한 적이 없는 가람만의 탁견이다. "격조는 그 말과 소리가 합치한 그곳에 있다. 그러므로 말을 떠나서는 격조도 없다. 시조의 격조는 작가 자신의 감정으로 흘러나오는 리듬에서 생기며, 동시에 그 작품의 내용의미와 조화되는 그것이라야 한다."[17]고 그는 정리했다. 그가 말하고자 한 것은 창이 사라진 시대에 창을 대치할 수 있는 자신만의 리듬으로 자신의 감정을 표현해야 한다는 것이다. 그러니까 현대시조는 어떤 고정된 틀에 머물지 말고 각자의 개성을 살린 격조를 창조해야 한다는 주장이다.

　그가 설명한 초·중장의 형식의 자유로움, 그리고 격조의 중요성은 그의 시조 창작에 자연스럽게 투영되어 나타난다. 그리고 이것이 가람 시조가 보여 주는 현대적 특성의 중심을 구성한다.

　　얼마나 험하다 하리 오르면 오르는 이 길
　　물소리 끊어지고 흰 구름 일어나고

---

17 이병기, 「시조는 혁신하자」, 『가람문선』, 326쪽.

우러러 보이던 봉우리 발 아래로 놓인다

「계곡」 중 여섯째 수

　이 시조의 초장은 최남선처럼 자수율에 집착하는 사람은 매우 이
상한 형식이라 여길 것이다. 4구의 형식으로 읽는다면 "얼마나/험하
다 하리/오르면/오르는 이 길" 정도로 읽게 될 텐데 "오르는 이 길"이
"오르는/이 길"처럼 두 음보로 읽힌다면 초장은 5구 형식으로 간주될
수도 있다. 그러나 가람처럼 초장을 '1구(6~9자) / 2구(6~9자)'의 형
식으로 설명하면 이 부분은 아무런 문제 없이 시조 형식으로 받아들
여지게 된다. 가람은 고시조 분석에서 나온 자신의 형식론을 직접 시
조로 창작하여 실현해 보인 것이다. 다음은 시조 형식론과 격조의 관
계를 알 수 있게 하는 작품을 인용해 보겠다.

나의 무릎을 베고 마지막 누우시던 날
쓰린 괴로움을 말도 차마 못 하시고
매었던 옷고름 풀고 가슴 내어 뵈더이다

까만 젖꼭지는 옛날과 같으오이다
나와 나의 동기 어리던 팔 구 남매
따듯한 품안에 안겨 이 젖 물고 크더이다

「젖」 전문

짐을 매어 놓고 떠나려 하시는 이날
어두운 새벽부터 시름없이 내리는 비
내일도 내리오소서 연일 두고 오소서

부디 머나먼 길 떠나지 마오시라

날이 저물도록 시름없이 내리는 비

저으기 말리는 정은 나보다도 더하오

잡았던 그 소매를 뿌리치고 떠나신다

갑자기 꿈을 깨니 반가운 빗소리라

매어 둔 짐을 보고는 눈을 도로 감으오

「비 2」 전문

　이 2편의 시조를 보면 가람이 말한 실감 실정으로 시조를 쓰자는 주장이 어떠한 것인지 잘 알 수 있다. 그는 뛰어난 시적 재능으로 우리말을 자유롭게 구사하여 그만의 격조를 창조한 것이다. 형식의 면에서 보면 「젖」의 첫 수 초장과 둘째 수 초장, 「비 2」의 첫 수 초장에 형식의 변이가 눈에 띈다. 변이라고 했지만 가람의 시조 형식론에 의하면 변이가 아니라 자연스러운 형태다. 낭독을 할 때도 이 부분은 지극히 자연스럽게 읽힌다.

　이 2편의 시조는 이별과 관련된 정한의 정조를 표현하고 있기 때문에 예스러운 아어체 시어를 구사했다는 공통점이 있다. 그러나 두 시조의 화법은 매우 다르다. 「젖」은 임종의 고비에 이른 어머니의 모습을 그린 것이기에 극화된 정서가 절제의 어조와 결합되어 제시되었다. 어머니께서 자식들 앞에 마지막 모습을 보이시는데 울고불고 몸부림치는 것은 자식의 도리가 아니다. 끝내 울음을 참고 어머니의 가없는 은혜를 머리 숙여 받아들이는 슬픔의 절제가 가슴을 울리게 하는 작품이다. 쓰린 괴로움을 표현하는 대신 아무 말 없이 자신의 옷고름을 풀어 젖을 보이는 어머니, 그것을 지켜보며 울음을 삼키는 자식들. 이 젖을 먹고 너희들이 컸다는 사실을 보여 줌으로써 인고의 세월과 모성의 고귀함을 함께 표현한 방법은 그야말로 가람의 격조가 극치를 보인 예라 할 만하다.

「비 2」는 혈육 간의 생사 이별이 아니기에 처절한 비애감은 뒤로 감추어지고 일상의 정황이 시의 소재로 등장했다. 비 때문에 떠나려는 사람이 떠나지 못하니 비에 자신의 감정을 투영하여 반가운 비요 고마운 비라고 했다. 시름을 지닌 것은 화자인 나인데 비는 아무 시름 없이 내리면서도 시름을 지닌 나보다 훨씬 적극적인 행동을 하는 것이다. 셋째 수 초장에서는 현재형 어미를 구사하여 꿈속의 장면을 돌발적으로 제시했다. "떠나신다"라는 현재형 어미는 갑자기 닥친 이별의 화급함과 어쩔 줄 몰라 하는 화자의 당황스러움을 동시에 표현한다. 중장에서는 그것이 꿈이라는 것을 알리며 "반가운 빗소리라"라는 현재 서술형을 택하여 안도의 심정을 표현했다. 자신이 붙들어 두고 싶은 당자는 직접 언급하지 못하고 "매어 둔 짐"으로 이별의 일시적 유예를 표현한 다음 "눈을 도로 감으오"라고 하여 오래가지 못할 나른한 잠에 다시 젖어드는 화자의 안타까운 모습을 실감 있게 표현했다. 일상적 상황을 일상의 어법으로 표현하면서 승화된 감정을 은근하게 배치하는 이러한 구절들이 가람이 말한 격조의 미학을 알려주는 예들이다.

가람 시조의 현대성은 이러한 형식의 자유로움과 격조의 창조를 통해 발현되었다. 그 바탕에는 고서를 통해 얻은 정신의 힘과 면면한 민족의식이 가로놓여 있다. 이러한 정신과 격조의 융합은 육당, 노산, 일석에게서는 발견하기 힘든 국면이다. 이하윤이 『가람시조집』(문장사, 1939) 서평에서, 육당은 『백팔번뇌』를 남겨 놓고 문단을 영원히 떠났으며, "기행문의 대용으로 시조를 이용하던 노산"도 근작을 볼 수 없게 되었는데, 가람의 시조는 전통을 고식적으로 답습하지 않고 현대인의 정신을 담으려 했다고[18] 평한 것도 이 점을 지적한 것이다.

정지용이 『가람시조집』 발문에서 "천성의 시인을 만나 시조가 제 소리를 찾게 된 것"이라고 언급한 것도 그의 뛰어난 문학적 감성을 지적한 것이다. 이러한 가람 시조의 특성은 다음 세대인 이호우, 김상옥에게 계승되었다.

4. 고전 대중화를 위한 노력

이병기가 고전을 연구하고 시조를 창작한 것은 옛것을 숭상하고 옛것을 부흥하고자 한 것이 아니다. 그는 고전을 계승하여 현재의 새로운 문학으로 재창조하고자 한 것이다. 다른 분야에서는 자신이 직접 그것을 실천하지 못했지만 시조 부문에서는 고전의 계승을 통한 새로운 창조에 성공했다. 그것은 형식의 자유로움과 격조의 창조를 통해 이루어졌다. 그 외의 분야에 대해서도 그는 자신의 총력을 기울여 다각적인 노력을 했다.

우선 그는 자신이 소장하고 있거나 타인이 갖고 있는 고전 문헌을 섭렵하고 그것을 일반 대중에게 알리고자 했다. 그러한 홍보를 통해 선인들이 남긴 전적의 가치와 그것의 창조적 계승을 도모하고자 한 것이다. 그가 1936년부터 1937년까지 『진단학보』에 3회에 걸쳐 연재한 「송강가사의 연구」는 그러한 작업의 첫 번째 결실이다. 그는 서지적 소개의 차원을 넘어서서 고전을 해석하고 감상하는 근대적 비평 작업을 시도했다.[19] 그런 의미에서 그는 "최초의 고전 비평가"[20]라고

---

18 이하윤, 「이병기 저 가람시조집」, 『동아일보』, 1939. 10. 10.
19 김윤희, 「'송강가사'에 대한 가람 이병기의 비평과 정전화의 실제」, 『한국학연구』 44, 2013. 3, 102~104쪽.
20 최원식, 「고전비평의 탄생」, 『민족문학사연구』 49, 2012. 8, 76쪽.

할 수 있다. 그가 시조 창작에 성공할 수 있었던 것이 뛰어난 문학적 재능 때문이듯이 그는 그 재능을 활용하여 고전 비평에 수완을 보인 것이다.

이병기가 이러한 활동을 벌이는 데 도움을 준 사람들이 휘문고보의 제자 이태준과 제자나 다름없는 동료 정지용이다. 정지용은 이병기가 휘문고보 정식 교사로 부임하던 해인 1922년에 5학년으로 진급을 하여 1년을 더 다니고 1923년에 졸업했다. 조선어 교과가 2학년까지 있었기 때문에 정지용이 가람에게 직접 수업을 받았을 확률은 거의 없다. 그러나 정지용도 『학조』 창간호(1926. 6)에 시조 작품을 9수 발표하고 있는 것을 보면 시조시인 이병기의 존재는 인지하고 있었을 것이다. 정지용은 일본 유학을 마치고 귀국하여 1929년부터 휘문고보 영어 교사로 근무하면서 가람과 친근하게 지냈고, 가람의 영향으로 우리 고전에 관심을 갖게 되었다. 정지용의 「장수산」이나 「온정」, 「삽사리」 등 후기의 의고체 시어의 작품들은 가람의 내간체 소개의 영향을 받은 것이다. 이런 인연으로 정지용은 가람이 『가람시조집』을 낼 때 그 발문을 썼다.

이태준은 이병기가 휘문고보에 재직할 때 학생이었고 4학년이던 1924년에 학예부장을 맡아 교지 『휘문』을 편집했는데, 여기 현상 문예 대회에서 1등을 수상한 「부여행」을 실었다. 이때의 심사위원이 다름 아닌 가람 이병기였다.[21] 그러니까 이태준은 명실상부한 가람의 제자였다. 따라서 이태준, 정지용이 주동이 되고 역시 휘문 출신의 김연만이 출자하여 출간한 『문장』지에 이병기가 중심 역할을 한 것은 당연한 일이었다. 정지용의 의고체 산수시가 가람의 영향이듯 이태준의 고전에 대한 관심과 애호 역시 가람의 영향이었을 것이다. 더

---

21 장석원, 「'휘문'의 이태준」, 『한국학연구』 31, 2009. 11, 151쪽.

나아가 『문장』지 전체의 고전 지향적 경향을 주도한 정신적 지주가 바로 가람 이병기였다. 이태준의 『문장강화』도 가람의 영향권 안에서 집필된 것이다.[22]

가람은 이 출판사에서 시조집을 출판했을 뿐만 아니라 고시조 200여 수를 모아 이 잡지에 소개했고[23] 그것을 300여 수로 확대하여 주해를 단 『역대시조선』(박문서관, 1940)을 출간했다. 그리고 한글로 된 「한중록」(1~13호)과 「인현왕후전」(14~19호)을 소개했고, 그것을 다시 단행본으로 출판했다. 이뿐만 아니라 자신이 온축한 고전 탐구의 결과를 이 잡지에 게재했는데 그것이 「조선어문학명저해제」다.[24] 이것은 선인들이 남긴 가치 있는 저서의 목록을 제시하고 해제를 붙인 것인데 239권의 소장자와 서지사항을 소개했다. 이 모든 작업이 우리의 고전을 대중에게 소개하고 현대화하려는 그의 노력의 결실이었다.

그는 시조를 창작할 뿐만 아니라 시조를 보급하는 데에도 적극적이었다. 특히 새로운 시조시인을 배출하는 데 공을 들였다. 『문장』지 신인추천 제도에 시조 분야를 설정한 장본인은 이병기였을 것이다. 그래서 시, 소설과 대등하게 시조 부문의 작품 투고를 받았고 이병기가 심사하여 신인을 추천했다. 그뿐 아니라 그는 1939년부터 『동아일보』 현상문예 시조 심사를 맡아 심사평을 통해 현대시조 창작의 방향을 제시하고 자신의 기준에 맞는 신인을 선발했다. 그가 이미 『문장』을 통해 추천한 이호우, 김상옥, 오신혜 등을 다시 등단시키는 과정을 밟아 시조시인으로 완전한 자리매김을 할 수 있게 했다. 『문장』에 가장 먼저 추천한 조남령은 『조선일보』에 다시 등단시켰다.

---

22 전도현, 「이병기의 한글 문예운동에 대한 일고찰」, 『한국근대문학연구』 20, 2009. 12, 106~114쪽.

23 이병기, 「고시조선」, 『문장』, 1940. 4.

24 이병기, 「조선어문학명저해제」, 『문장』, 1940. 10, 215~231쪽.

그는 여기서 그치지 않고 해방 후 국어 교과서 편수관이 되어 고시조와 김상옥의 현대시조를 교과서에 실음으로써 시조 대중화에 크게 기여했다.[25]

이병기의 시조가 지닌 현대적 의의를 논하기 위해서는 그가 벌인 이러한 다각적인 활동이 함께 고찰되어야 한다. 이러한 다양한 활동과 통합적 노력이 시조 현대화에 모두 수렴되기 때문이다. 이러한 통합의 국면 역시 노산, 무애, 일석, 도남에게서는 찾아보기 어려운 가람만의 독자적 영역이다.

5. 맺음말

이병기의 국문학 연구와 시조 창작에 중요한 정신적 배경으로 작용한 것은 주시경의 한글 교육이다. 그는 주시경의 강의를 접하고 한글 사랑의 정신과 민족의식을 갖게 되었다. 조선어연구회 활동에 적극적으로 참여하여 한글 보급과 국문학 연구에 매진하는 한편 시조를 창작하여 한글 표현의 실제적인 길을 열었다. 그의 일기를 살펴보면 그는 종교적으로 불교에 가까웠고 나철이 창립한 대종교에도 관여했다. 일제강점기 민족주의적 차원에서 불교와 대종교를 거의 대등하게 받아들여 연구와 창작의 동력으로 활용하였다.

가람에게 선인들의 정신이 담긴 고서는 민족혼의 저장소다. 그래서 그는 평생 우리의 고전 전적을 모으고 읽고 연구하는 일로 일관했다. 그는 일제강점기 동안 수천 점의 고서를 수집했는데 그것을 모으는 방식은 매우 다양했고 그 정성은 애국의 사명감과 상통했다. 이러

---

25 강영미, 「『동아일보』와 시조 정전」, 『한국시학연구』 33, 2012. 4, 140~143쪽.

한 정신세계는 그의 시조 「고서」에 그대로 표현되어 있다. 그는 일제 강점기 암담하기 그지없는 상황 속에서 한 송이 난초를 가꾸고 기르듯이 망해버린 나라의 옛 전적을 모으고 사랑하는 것을 생활의 일부로 삼았다. 그의 시조 창작은 이러한 민족정신의 연장선상에 피어난 것이다.

이병기는 이광수나 이은상 등과는 달리 시조의 형식을 3장 8구로 설명했다. 이것은 시조 형식의 자유로움을 강조하기 위한 것이다. 이와 함께 그는 시조의 '격조'를 중시했다. 창이 사라진 현대의 단계에서 의미와 소리의 호응이 중요성을 지닌다고 보고 그것을 '격조'라는 말로 나타낸 것이다. 이것은 자신만의 리듬으로 자신의 감정을 표현해야 한다는 주장이다. 그가 강조한 형식의 자유로움과 격조의 미학은 그의 시조 「계곡」, 「젖」, 「비」 등의 작품을 통해 훌륭하게 구현되어 있다.

그는 시조 창작과 함께 고전을 대중화하는 데에도 힘을 기울였다. 고전을 해석하고 감상하는 근대적 비평 작업을 시도했고, 『역대시조선』, 『한중록』, 『인현왕후전』을 해설하고 출간했다. 이뿐만 아니라 시조를 보급하는 일에도 적극적이었다. 『문장』지 신인추천 제도나 『동아일보』 현상문예를 통해 새로운 시조시인을 발굴하고 지도했다. 해방 후에는 국어 교과서 편수관이 되어 고시조와 현대시조를 적극적이면서도 지속적으로 교과서에 실음으로써 시조가 하나의 문학 장르로 정착되는 데 크게 기여했다. 그런 의미에서 오늘날 『국어』나 『문학』 교과서에 시조가 소외되는 현상을 심각하게 반성해 볼 필요가 있다.

정지용 시의 민족의식

1. 한국 근대문학의 전통과 근대시의 성격

문학의 근대를 규정하는 필수 항목에 대해 먼저 생각해 보자. 근대문학이라고 한다면 어떤 작품을 읽고 싶은 사람은 누구든 그 작품을 읽을 수 있어야 한다. 그러한 사회 경제적 토대가 갖추어져야 근대사회라 할 수 있고 그러한 사회에서 유통되는 문학을 근대문학이라고 할 수 있다. 자아의 발견이니 개성의 표현이니 자유와 평등의 추구니 하는 거창한 개념은 이차적인 문제다. 우선 작품이 순조롭게 유통되고, 유통되는 작품을 독자가 용이하게 읽을 수 있어야 한다. 그러한 토대 위에서 유통과 수용의 경쟁이 시작될 때 비로소 자아, 개성, 이념 등의 요소가 따라붙는다.

그런 점에서 근대문학이 성립되는 데 가장 중요한 역할을 한 것은 인쇄술의 개발이다. 구텐베르크의 금속활자를 이용한 인쇄기술이 15세기에 창제되었고, 그 기술이 빠른 속도로 개발·보완되어서 유럽 전역에 전파되었다. 반세기가 안 되어 유럽에서 출판된 인쇄물이 2000만 종에 달했다고 역사가 기록하고 있다. 책을 찍어 내고 책을 사 보려면 돈이 있어야 한다. 다행히 유럽의 15세기는 돈이 도는 시대였다. 신대륙 발견과 신항로 개척으로 상업자본이 크게 발달하여 자본주의로의 이행이 시작되었다. 유럽의 근대는 자본제 생산양식이 정착되는 과정이다. 이 시기에 신문과 잡지가 많이 간행되었고 거기 실린 문학작품은 고상한 유한 계층의 지적 호기심을 충족시키는 역할을 했다. 지적으로 계몽된 상업 자본가들이 도시의 신흥세력으로

부상하면서 시민혁명의 주역이 되어 봉건계급을 무너뜨리고 자유와 평등을 정치 이념으로 삼는 사회를 건설하고자 했다. 이런 과정을 거쳐 문학작품의 소통은 자유와 평등의 토대 위에 놓이게 되었다. 유럽을 기준으로 볼 때 근대문학의 성립은 인쇄술의 발달, 자본주의 정착, 시민사회 형성, 이 세 가지가 중요한 역할을 했다.

19세기 이전까지 우리나라의 사회적 환경은 이 세 가지 기준을 충족하지 못했다. 금속활자를 이용한 인쇄술이 서양보다 80년 앞섰으나 보편화되지 못했고, 조선 후기에 농업과 상업에 자본의 맹아가 보였으나 맹아로만 그쳤다. 자유와 평등의 정치적 실현도 지배계급의 억압에 의해 차단되었다. 1897년 조선의 국왕 고종은 서양 열강을 흉내 내어 대한제국을 건국하였으나 근대의 토대를 갖추지 못한 국가가 존속될 이치가 없다. 1910년 일본에 주권을 빼앗김으로써 대한제국은 멸망했다.

일본은 대한제국의 영토를 일본의 영토로 수용하면서 1897년에 역사에서 사라진 '조선'이라는 명칭을 재건하여 '조선총독부'라는 통치기구를 설치했다. 조선총독부는 한반도 내의 모든 권력을 독점하고 일본의 식민지 경영 방침에 의해 조선을 통치했다. 이때 이후 전개된 근대적 문물은 식민지 경영의 합리화를 위해 조선총독부에 의해 일본에서 이식된 것이다. 유럽의 근대와 비슷한 출판과 유통 경로가 신설되고 식민지 경영을 위한 의사(pseudo) 자본제 생산양식이 성립되었으나 자유와 평등이라는 근대적 덕목은 실현될 수 없었다. 한국의 근대문학은 이처럼 불구의 상태에서 출발했다.

이렇게 출발한 한국의 근대문학은 시대의 여건상 어쩔 수 없이 계몽, 애족, 우국, 저항, 개세(慨世), 환멸, 비탄 등을 주제로 채택할 수밖에 없었다. 암시적 비유를 양식의 속성으로 삼는 시는 그런 경향이 더욱 두드러져서 시대와 무관해 보이는 정서 위주의 작품에도 그 내면에는 울분과 저항의 의식이 스며들게 되었다. 1920년대 김소월은 말할 것도 없고 오상순, 황석우, 박종화, 홍사용의 시들이 그러하고 1930년대 정지용, 김영랑, 박용철, 신석정의 시도 그러하다. 처음부터 현실인식을 표면에 내세운 카프 계열의 시나 그 후계선상에 놓이는 30년대 중반 이후 현실파 시인들의 작품은 그런 경향이 농후하다. 순수 서정시 계열에 속하는 인생파와 자연파 시인들의 작품도 그 자장에서 멀리 떨어져 있지 않다. 이렇게 보면 일제강점기 시 대부분은 정도의 편차는 있으나 우국저항의 요소를 지닌다고 규정할 수 있다.

이러한 시대적 배경과 역사적 전개 속에서 확인할 수 있는 것은 우리 근대문학의 성립이 독립운동이나 민족운동, 사상운동과 밀접한 관련 속에 전개되어 왔다는 사실이다. 문학인들은 시대의 조건 속에서 어떤 사상적 선택을 할 수밖에 없는 상황에 계속 놓여 왔다. 순수 자연시를 쓴다는 것도 넓은 관점에서 보면 사상적 선택이고, 정치적 목적의식을 반대한다는 표명도 또 다른 문학적 목적성을 드러내는 결과가 되는 기이한 현상이 1950년대에서부터 60년대까지 이어졌다. 요컨대 우리의 근대문학은 역사적으로 우국저항 문학의 운명을 지니고 출발했고, 그 노선에서 크게 이탈하지 않은 상태로 오늘에 이르렀다. 무거운 짐을 지고 출발하여 굳은살이 박인 몸으로 한 세기를 넘긴 것이다.

1930년 3월 『시문학』 창간호에 발행인이자 편집인인 박용철이 편집 후기를 썼다. 그 첫 문장은 이렇게 시작된다. "우리는 시를 살로 새기고 피로 쓰듯 쓰고야 만다. 우리의 시는 우리의 살과 피의 맺힘이다."[1] 지금 보면 과장된 말처럼 보이지만 박용철에게는 한 치의 보탬이 없는 진심 그대로였을 것이다. 사재를 털어 문학지를 내는 마당

---

1 『시문학』 1, 1930. 3, 39쪽.

에 허세의 과언을 펼칠 까닭이 없다. 지금 보면 짧은 서정 소품처럼 보이는 김영랑의 4행시, 탄식조의 독백 같은 박용철의 서정시편이 사실은 자신의 진심을 다 바쳐 살로 새기고 피로 쓴 혈서에 해당한다.

박용철의 편집 후기는 "문학의 성립은 그 민족의 언어를 완성시키는 길이다."라는 말로 끝난다. '민족'이라는 말만 들어도 가슴이 뭉클한 그 시대에 박용철은 "민족의 언어를 완성시키는 길"이라는 말을 했다. 그리고 그 엄청난 과업이 문학을 통해 이루어진다는 생각을 거침없이 드러냈다. 조선어, 조선역사, 조선민족이 사라져 가는 그 시대에 민족 언어의 완성을 거론하며 그것이 문학을 통해 이루어진다는 말을 공표하는 것은 문학에 대한 절대적 신념이 없으면 절대로 행할 수 없는 일이다. 문학의 의미를 이렇게 거창하게 내세운 문학지는 그 이전에 없었고 그 이후에도 없었다. 이 단호한 발언은 『시문학』을 간행하는 일이 독립운동과 다름없다는 사실을 선언한 것이다.

이런 일은 박용철의 경우만이 아니다. 박용철처럼 지면에 공표하지 않아서 그렇지 그런 생각을 가진 사람은 많이 있었다. 정치적 참여의 길이 차단되어 있었기에 문화의 차원에서 민족의 본모습을 지키려고 한 사람들이 문학에 뛰어든 것이다. 암시적 비유를 양식의 속성으로 삼는 시는 그런 경향이 더욱 두드러져서 시대와 무관해 보이는 정서 위주의 작품에도 그 내면에는 울분과 저항의 의식이 스며들어 있다. 그러니까 일제강점기의 시 가운데 순수시라고 하는 것은 거의 없다고 해도 과언이 아니다.

2014년 7월 5일 일본 니기타현립대학에서 열린 국제 심포지엄에서 후쿠오카대학의 구마키 쓰토무(熊木勉) 교수가 정지용이 일본 유학 시절 일본어로 발표한 작품을 새롭게 발굴하여 소개하는 발표를 했다는 기사가 보도되었다.[2] 그 기사에 의하면 정지용이 『동지사대학 예과 학생회지』에 1925년과 1926년에 걸쳐 몇 차례 발표한 시와 산문에 "식민지 지식인으로서의 자학적인 슬픔"이 표현되어 있으며, 망국민의 "슬픈 체념"을 암시하는 내용이 들어 있다고 한다. 『정지용 시집』(1935. 10)에 수록된 「카페 프랑스」(『학조』 1, 1926. 6)가 망국민의 슬픔을 자조적으로 표현한 작품으로 알려져 있거니와,[3] 이들 일본어 작품에도 그러한 요소가 나타나 있음을 보도한 것이다.

일제강점기에 문학을 하는 것이 독립운동과 다름없다는 사실을 이해한다면 정지용 시의 이러한 측면은 새삼스러운 일이 아니라 당연하고 자연스러운 일이라고 받아들이게 될 것이다. 나라를 잃은 식민지 지식인으로서 지배국인 일본에 유학하면서 민족의식과 관련된 자기 갈등이 없었을 리 없다. 일본에 대한 저항의식은 표현하지 못하더라도 망국민으로서의 울분과 번민은 표현하고 싶었을 것이다. 그러므로 정지용의 시에 이러한 정서가 표출된 것은 당연한 일이다. 그것은 조선인이라는 민족적 감정, 민족의식에서 비롯된 것이다.

2. 일본 유학 시절 정지용의 시

우선 앞에서 언급한 『한겨레』 해당 기사에 소개된 작품 2편을 인용해 보겠다.

채플린을 흉내 내
엉덩이를 흔들며 걷는다.
모두가 와르르 웃었다.

---

2 「'향수' 시인 정지용 작품 새로 발굴」, 『한겨레』, 2014. 7. 29.
3 최동호, 『정지용』, 한길사, 2008, 33쪽.

나도 웃음을 터뜨렸다.
얼마 가지 않아
엉덩이가 허전해졌다.
채플린은 싫어!
화려한 춤이야말로
슬픈 체념.
채플린이 될 수도 있다고 생각했다.

「채플린 흉내」

어울리지 않는 기모노를 입고 서툰 일본어를 지껄이는 내가 참을 수
없이 외롭다. (……) 조선의 하늘은 언제나 쾌청하고 아름답다. 조선의
아이들 마음도 당연히 쾌청하고 아름답다. 걸핏하면 흐리기 쉬운 이 마
음이 저주스럽다. 추방민의 씨앗이기에 잡초와 같은 튼튼한 뿌리를 가
져야 한다. 어디에 심어도 아픔다운 조선풍의 꽃을 피워내야 한다.

「센티멘털한 독백」

이 두 작품에 노출된 비애감과 소외의식은 일본 유학 시절 정지용
의 작품에 두루 보이는 감정이다. 그는 「카페 프랑스」에서 "나는 자
작(子爵)의 아들도 아무 것도 아니란다./남달리 손이 희어서 슬프구
나!"라고 탄식했다. '자작'이란 단어를 사용한 것은 그 시대에 한국인
으로서 오를 수 있는 가장 높은 지위를 언급한 것이다. 당시 일본에
유학 온 한국인 학생들은 대부분 재력이나 지위가 있는 집안의 자제
들이었다. 정지용 자신은 그런 지위와는 아무 상관이 없는 가난한 고
학생 처지였기 때문에 스스로 무력한 인텔리에 불과하다는 사실을
밝힌 것이다. 그러고는 이어서 "나는 나라도 집도 없단다"라고 매우
직선적인 발언을 했다. 「카페 프랑스」는 그 시기 다른 어떤 작품보다

도 망국민 유학생의 심정을 가장 강하게 드러낸 작품이라고 할 수 있다. 정지용은 시집에 수록되지 않은 「파충류동물」(『학조』 1, 1926. 6)에서 일본인을 "왜놈", 중국인을 "짱꼴라"라고 비하하기도 했다. 이 구절에는 중국인보다 일본인에 대한 거부감이 내포되어 있었을 것이다.

1923년 7월에 쓴 것으로 되어 있는 「압천」(『학조』 2, 1927. 6)은 짙은 고독감을 표현하고 있다. 해 저무는 교토 압천 근처를 배회하며 흐르는 여울물 소리를 임을 떠나보내는 슬픈 음성으로 받아들이면서 자신의 괴로운 마음을 "찬 모래알 쥐어 짜는 찬 사람의 마음"이라고 표현했다. 뜸부기 울음이나 제비의 날갯짓 같은 사소한 자연물에 자신의 슬픈 감정을 투영하다가 종국에는 자신의 비애를 "오랑쥬 껍질 씹는 젊은 나그네의 시름"이라고 단적으로 드러내고 있다. 이 표현은 「슬픈 인상화」(『학조』 1, 1926. 6)에도 "부질없이 오랑쥬 껍질 씹는 시름"으로 나왔던 것이다. 비애, 고독, 소외의 감정이 정지용의 마음을 강하게 누르고 있었던 것을 알 수 있다.[4]

1932년 7월 『동방평론』 4호에 정지용은 「조약돌」, 「기차」, 「고향」 등 3편을 함께 발표했다. 이 세 작품에 창작 시점의 표시는 없다. 그러나 내용으로 볼 때 「조약돌」과 「기차」는 일본 유학기의 작품으로 판단된다. 이번에 공개된 「채플린 흉내」에 「조약돌」과 유사한 대목이 들어 있어서 그러한 추정이 더욱 설득력을 얻는다.

조약돌 도글도글……
그는 나의 혼(魂)의 조각이러뇨.

앓는 피에로의 설움과

---

4 이숭원, 「정지용 시에 나타난 도시 문명에 대한 반응」, 『태릉어문연구』 14, 2006, 6쪽.

첫길에 고달픈

청제비의 푸념 겨운 지줄댐과,

꼬집어 아직 붉어 오르는

피에 맺혀,

비 날리는 이국 거리를

탄식하며 헤매누나.

조약돌 도글도글……

그는 나의 혼의 조각이러뇨.

「조약돌」 전문[5]

여기 나오는 "앓는 피에로의 설움"은 앞에서 본 「채플린 흉내」에 나오는 채플린의 "슬픈 체념"과 일맥상통한다. 그는 말 못하는 어릿 광대의 슬픈 몸짓을 자신에게 투영하고 있고, 외부의 강압 때문에 마음에 피가 맺힌 상태로 이국 거리를 탄식하며 헤맨다고 노래하고 있다. 많은 식민지 유학생이 그러했던 것처럼 일본의 거리를 "이국"으로 인식하고 있다. 그래서 이리저리 정처 없이 굴러다니는 조약돌을 자신의 "혼의 조각"이라고 동일화하는 것이다.

이 작품과 함께 실린 「기차」는 일본의 기차 안이 배경이다. 서럽게 우는 할머니를 보고 어디로 가느냐고 물으니 일본 규슈 끝에 있는 가고시마(鹿兒島)로 간다고 대답한다. 할머니의 말을 듣고 화자 자신도 "내도 이가 아파서/고향 찾아 가오"라고 응답한다. 문답의 내용으로 볼 때 일본 유학 시절 기차를 타고 오고가던 때에 쓴 작품이 확실

---

5 이하 시의 인용은 이해의 편의를 위해 현대어로 교열한 『장수산(외)』(범우출판, 2005)에 의한다.

해 보인다. 발표 지면을 알 수 없는 동시 「숨기 내기」에도 "떠나온 지 오랜 시골 다시 찾아/파랑새 사냥을 가지요"라는 대목이 나와서 같은 시기의 작품으로 추정할 수 있다. 이처럼 이 시기의 작품에는 이국에서의 외로움과 슬픔, 고향에서 위안을 얻으려는 심정 등이 엇갈려 나타나는 것을 볼 수 있다.

1925년 11월에 쓰고 1927년 6월 『조선지광』에 발표한 「황마차(幌馬車)」에는 더욱 구체적인 상황 속에 유사한 감정이 제시된다. 산문시 형식의 이 작품에서 화자는 도시의 공간을 삭막한 죽음의 풍경으로 인식하면서 자신의 작은 혼이 전차 소리에도 놀라 파닥거린다고 적고 있다. 나약한 자아는 자신의 외로움에서 벗어나 위안받을 수 있는 공간으로 가고자 한다. "따뜻한 화롯가를 찾아가고 싶어"라고 소망하지만, "나는 찾아 돌아갈 데가 있을라구요?"라고 자포자기의 심정을 토로한다. 도시의 화려한 외관에도 불구하고 화자의 내면은 더욱 고독과 우울 속으로 침잠한다. 돌아갈 곳이 없는 자아는 비에 젖은 도시 공간에서 슬픔과 외로움과 기다림의 심정을 반추할 따름이다. 충청북도 옥천 꾀꼴 마을 출신의 식민지 유학생이 문화의 중심지이자 일본 황실의 천년 고도인 교토에서 느낀 좌절과 고독과 소외의 정서가 시 전반을 관통하고 있다.[6]

이 시기 작품의 또 다른 특징으로 태어난 곳, 출생에 대한 관심이 반복되어 표출되는 것을 들 수 있다.

이 말은 누가 난 줄도 모르고
밤이면 먼 데 달을 보며 잔다.

「말」(『조선지광』, 1927. 7)

---

6 이숭원, 앞의 글, 8~10쪽.

말아,

누가 났나? 너를. 너는 몰라.

말아,

누가 났나? 나를. 내도 몰라.

「말 2」(『동지사문학』, 1928. 10. 일어 시와 유사)

갈매기야, 갈매기야, 너는 고양이 소리를 하는구나.

고양이가 이런 데 살 리야 있나, 너는 어데서 났니? 목이야 희기도 희다, 나래도 희다, 발톱이 깨끗하다, 뛰는 고기를 문다.

흰 물결이 치어들 때 푸른 물굽이가 내려앉을 때,

갈매기야, 갈매기야, 아는 듯 모르는 듯 너는 생겨났지,

내사 검은 밤비가 섬돌 위에 울 때 호롱불 앞에 났다더라.

내사 어머니도 있다, 아버지도 있다, 그이들은 머리가 희시다.

나는 허리가 가는 청년이라, 내 홀로 사모한 이도 있다, 대추나무 꽃 피는 동네다 두고 왔단다.

「갈매기」(『조선지광』, 1928. 9)

「말」과 「말 2」는 말이 어디서 났는가를 묻고 있는데, 그것은 자신의 출생에 대한 질문으로 이어진다. 「갈매기」에서는 그러한 생각이 더욱 확대되어 갈매기의 출생에 대해 궁금해하면서 자신의 출생과 고향에 대한 소개로 서술의 중심이 옮겨 가고 있다. 이것은 일본 유학 당시 정지용이 자신의 출생지와 고향에 대해 민감한 자의식을 가지면서 일본이라는 이국의 타자 속에서 자신의 정체성을 확인하고 민족적 공동체의식을 유지하려는 태도를 간접적으로 표현한 것으로 해석된다.

출생과 관련된 사유는 한참 세월이 흐른 뒤에 후기 시 「백록담」

(『문장』, 1939. 4)에서 한라산에 방목되고 있는 마소의 모습이 제시되면서 우리의 실제 생활과 관련된 생각이 펼쳐지는 대목에서 재연된다. 어미를 잃은 갓 낳은 송아지가 물정 모르고 말이나 등산객에게 매달리는 것을 보고 우리의 후손들도 전혀 종자가 다른 어미에게 맡겨지지 않을까 염려하는 장면이다. "우리 새끼들도 모색(毛色)이 다른 어미한테 맡길 것을 나는 울었다"는 시행이 그것이다. 이것은 송아지의 모습을 통해서 일제 지배 아래 있는 우리 민족의 현실을 연상하여 그 민족의 정체성이 상실되는 슬픔을 암시적으로 표현한 것으로 읽힌다.

정지용이 우리 민족의 심성에 대해 관심을 지녔다는 사실은 1928년 5월 『조선지광』에 발표한 「우리나라 여인들은」에서 분명히 발견된다. 이 작품은 시집에는 수록되지 않았고, 검열에 걸려 여러 곳이 복자(覆字)로 지워진 상태로 발표되었다. 38행의 장시로 이 시기 정지용의 다른 시와는 형식과 내용이 사뭇 다르다. 그는 우리나라 여인들의 아름다움과, 순수함, 건강함, 고결함, 지식 많음, 지혜로움 등 다양한 덕성을 줄기차게 열거하고 있다. 그가 어떠한 동기로 이러한 작품을 써서 발표했는지는 모르겠으나 민족의식이 바탕에 있었음은 분명한 사실이다. 그 작품의 앞부분만 인용한다.

우리나라 여인들은 오월달이로다. 기쁨이로다.
여인들은 꽃 속에서 나오도다. 짚단 속에서 나오도다.
수풀에서, 물에서, 뛰어나오도다.
여인들은 산과실(山果實)처럼 붉도다.
바다에서 주운 바둑돌 향기로다.
난류처럼 따뜻하도다.
여인들은 양에게 푸른 풀을 먹이는도다.

소에게 시냇물을 마시우는도다.

오리 알, 흰 알을, 기르는도다.

여인들은 원앙새 수를 놓도다.

여인들은 맨발벗기를 좋아하도다. 부끄러워하도다.

여인들은 어머니 머리를 가르는도다.

아버지 수염을 자랑하는도다. 놀려대는도다.

여인들은 생률도, 호도도, 딸기도, 감자도, 잘 먹는도다.

여인들은 팔굽이가 동글도다. 이마가 희도다.

머리는 봄풀이로다. 어깨는 보름달이로다.

이 시는 우리나라 여인들의 모습을 여러 가지 긍정적인 대상으로 비유하고 있다. 동일한 어미로 반복되는 다채로운 비유의 열거는 낭송의 강약에 의한 역동적인 운율미를 창조한다. 일본에 유학하던 젊은이가 우리나라 여인들의 덕성을 이렇게 줄기차게 예찬한 장시를 썼다는 것은 예사로운 일이 아니다. 끝부분에는 검열에 걸린 듯 복자로 지워진 부분이 아홉 군데나 나온다. 이것은 정지용의 여인 예찬이 당시의 검열 허용치를 넘어섰다는 것을 암시한다. 거기에는 "여인들은 ××와 자유의 깃발 아래로 비둘기처럼 흩어지도다."라는 구절도 나온다. 만일 복자로 삭제된 글자가 '정의'라면 정지용은 시대를 앞서 간 민족 화해주의자가 되는 셈이다.

3. 본격적 문학 활동기의 시

정지용은 1929년 6월에 동지사대학을 졸업하고 모교인 휘문고등보통학교의 영어교사로 9월 1일 자로 부임하여 본격적인 사회 활동을 시작하게 된다. 시작 활동은 1930년부터 활발하게 전개했는데, 이 시기의 작품 중 민족의식의 단면이 나타나는 시는 거의 없다. 일본 유학 시절에 보였던 우울한 망국민의 슬픔 대신에 생활인으로서의 비애와 고독이 표출되고, 소시민의 애환과 개인적 비애감이 표출된다. 식민지 지식인으로서의 슬픔은 시의 내면에 은폐된 듯하다. 다만 가톨릭 신앙시를 통해 현실에 대한 부정의식이 표출되며 현실을 넘어선 초월적 세계에 대한 갈망이 나타나는 것을 볼 수 있다.

미리 가지지 않았던 세상이어니
이제 새삼 기다리지 않으련다.

영혼은 불과 사랑으로! 육신은 한낱 괴로움.
보이는 하늘은 나의 무덤을 덮을 뿐.
「다른 하늘」(『가톨릭청년』, 1934. 2)

나는 나의 나이와 별과 바람에도 피로웁다.

이제 태양을 금시 잃어버린다 하기로
그래도 그리 놀라울 리 없다.

실상 나는 또 하나 다른 태양으로 살았다.
「또 하나 다른 태양」(위와 같음)

마침내 이 세계는 비인 껍질에 지나지 아니한 것이, 하늘이 씌우고 바다가 돌고 하기로서니 그것은 결국 딴 세계의 껍질에 지나지 아니 하였습니다.
「슬픈 우상」(『조광』, 1938. 3)

이들 시편에서 보는 것처럼 그는 현실을 부정하면서 종교의 신성한 세계에 진입하기를 소망한다. 표면적으로 민족의식과는 거리가 있으나 일제강점기의 현실을 부정적으로 인식하고 있다는 점은 분명하다. 그러한 부정의식은 타락한 세상에서 순수한 정신을 유지해야겠다는 생각으로 전환된다. 종교시는 아니지만 「파라솔」(『중앙』, 1936. 6, 발표 때 제목은 '明眸') 같은 작품은 더러운 것에 대한 혐오, 희고 깨끗한 것에 대한 선호의 감정을 드러낸다. 이러한 태도는 종교시에서 세속의 삶을 더러운 것으로 부정하고 신성한 세계에 대한 갈망을 드러낸 것과 관련된다. 그것은 무질서에 대한 혐오, 엄격한 질서 감각으로 전환 표출된다. 특히 산을 소재로 한 그의 후기 시는 순수한 세계에 대한 지향성을 집중적으로 표현한다.

「장수산」(『문장』, 1939. 3)의 경우 깊은 산의 절대 고요와 흰 눈과 흰 달빛으로 조화를 이룬 백야의 정경이 중심소재가 되면서 정결한 정신의 세계를 펼쳐 낸다. 비록 그 정결한 세계가 역동적 현실로부터 떨어져 있기는 하지만 그것이 순수한 정신의 세계를 지향한다는 사실은 부정할 수 없다. 「장수산 2」역시 눈이 내려 쌓이는 산의 정취를 보여 주면서 순수한 세계에 동참하려는 자아의 태도를 암시하고 있다. 「온정」과 「삽사리」(『삼천리문학』, 1938. 4)는 '그대'에 대한 순수하고도 헌신적인 사랑의 정신을 표현하고 있다. 「옥류동」(『조광』, 1937. 11), 「춘설」(『문장』, 1939. 4), 「인동차」(『문장』, 1941. 1) 등의 시에도 산의 정갈한 정취 속에 순수함을 탐색하는 정신이 나타난다. 이런 현상은 『백록담』시편 전체의 특성으로서 거의 모든 시에 그런 단면이 포함된다.[7] 순수에 대한 지향이 뚜렷이 드러난 시행을 제시하

---

7 이숭원, 『정지용 시의 심층적 탐구』, 태학사, 1999, 195~203쪽.
최동호, 『정지용 시와 비평의 고고학』, 2013, 223~226쪽 참고.

면 다음과 같다.

　　붉은 장미 한 가지 고르기를 평생 삼가리,
　　대개 흰 나리꽃으로 선사한다.

　　기도와 수면의 내용을 알 길이 없다.
　　포효하는 검은 밤, 그는 조란처럼 희다.

　　구기어지는 것 젖는 것이
　　아주 싫다.
　　　　　　　　　　　　　　　　　　　　　「파라솔」

　　오오 견디란다　차고 올연(兀然)히　슬픔도 꿈도 없이　장수산 속
겨울 한밤내—
　　　　　　　　　　　　　　　　　　　　　「장수산」

　　눈 위에 눈이 가리어 앉다　흰 시울 아래 흰 시울이　눌리어 숨쉬는
다　온 산중 내려앉는 획진 시울들이　다치지 않이!
　　　　　　　　　　　　　　　　　　　　　「장수산 2」

　　쫓겨 온 실구름 일말(一抹)에도 백록담은 흐린다. 나의 얼굴에 한나절
포긴 백록담은 쓸쓸하다. 나는 깨다 졸다 기도조차 잊었더니라.
　　　　　　　　　　　　　　　　　　　　　「백록담」

　　물도 젖어지지 않아
　　흰 돌 위에 따로 구르고,

다가 스미는 향기에
길초마다 옷깃이 매워라.

「옥류동」

조찰한 베개로 그대 예시니   내사 나의 슬기와 외롬을 새로 고를
밖에!

「온정」

얼음 금 가고 바람 새로 따르거니
흰 옷고름 절로 향기로워라.

옹송그리고 살아난 양이
아아 꿈같기에 설어라.

「춘설」

  그는 산문에서도 이러한 순결성 추구의 의식을 드러냈다. 「꾀꼬리와
국화」(『삼천리문학』, 1938. 1)에서 꾀꼬리처럼 귀한 새는 일정한 시기
에만 우는데 꽃 중에 꾀꼬리처럼 귀한 꽃이 "조선 황국"이라고 했다.
만물이 쇠락하는 척박한 시절에 꽃 중의 꽃인 조선 황국을 보고 취하
겠다는 것은 그의 고고하고 정결한 정신적 추구의 자세를 암시한다.
새 중의 새인 꾀꼬리가 아무 때나 울지 않고 꽃 중의 꽃인 조선 황국
이 쇠락의 계절에만 피어나듯이 자신도 그런 정결한 정신자세를 유
지하겠다는 뜻이다. 이것은 시대의 변화에 관계없이 정신의 염결성
을 지니겠다는 일종의 자기 선언이다. 「장수산」에 표현된 극기의 자
세가 이 수필에 이미 모습을 드러내고 있다. 그런 점에서 「꾀꼬리와
국화」는 「장수산」의 정신적 결의를 예비한 산문이라고 할 수 있다.[8]

후기의 시를 모은『백록담』시편들은 고요하고 깨끗한 자연 경관을 통해 자신이 추구하는 내면적 순결성의 세계를 보여 주었다. 당시의 상황 속에서 이러한 순수와 무욕의 정신세계를 추구한 것은 그 나름의 정신사적 의의를 갖는 일이다. 그것은 당시의 현실에 대결하는 길로 나아가지는 못하지만 현실과 타협하지 않겠다는 결신(潔身)의 의지는 보여 준 것이다. 정지용은 현실에서 격리되려는 고립의 의지를 순수성 유지의 방편으로 삼았다. 그리하여 그는 일제 말 암흑의 3년을 침묵과 은둔으로 보냈다.

4. 해방 공간의 시

1945년 8월 15일 한반도는 해방이 되고 온 겨레는 감격의 만세로 그 기쁨을 터뜨렸다. 1945년 12월 중앙문화협회에서『해방기념시집』을 간행했는데, 정지용은 여기에「그대들 돌아오시니」를 발표했다. 이 시는 해외에서 조국의 독립을 위해 싸우다 귀국하는 동지들에게 바치는 헌사다. 그는 해방의 기쁨을 국외에서 투쟁한 동지들에게 바치는 노래로 대신한 것이다. 이어서 1946년 1월에「애국의 노래」를 발표했다. 이 시는 정형률의 가락으로 일제의 압제에서 벗어나 자유의 세상이 왔음을 찬양하면서 독립운동을 한 동지들의 뜻과 세계 맹방들의 희생을 잊지 말고 모두가 합심하여 세계의 일원으로 잘 살아 보자고 기약하는 내용이다.

    백성과 나라가

---

8 이숭원 편저,「여는 글」,『꾀꼬리와 국화 – 정지용 산문집』, 깊은샘, 2011, 8쪽.

이적(夷狄)에 팔리우고
국사(國祠)에 사신(邪神)이
오연(傲然)히 앉은 지
죽음보다 어두운
오호 삼십육 년!

그대들 돌아오시니
피 흘리신 보람 찬란히 돌아오시니!

허울 벗기우고
외오 돌아섰던
산(山)하! 이제 바로 돌아지라.
자취 잃었던 물
옛 자리로 새 소리 흘리어라.

그대들 돌아오시니
피 흘리신 보람 찬란히 돌아오시니!

밭이랑 무니우고
곡식 앗아가고
이바지 하올 가음마저 없어
금의(錦衣)는커니와
전진(戰震) 떨리지 않은
융의(戎衣) 그대로 뵈일 밖에!

그대들 돌아오시니

피 흘리신 보람 찬란히 돌아오시니!

사오나온 말굽에
일가친척 흩어지고
늙으신 어버이, 어린 오누이

상기 불현듯 기다리는 마을마다
그대 어이 꽃을 밟으시리
가시덤불, 눈물로 헤치시랴.

그대들 돌아오시니
피 흘리신 보람 찬란히 돌아오시니!

「그대들 돌아오시니」 전문

옛적 아래 옳은 도리
삼십육 년 피와 눈물
나중까지 견뎠거니
자유 이제 바로 왔네

동분서치(東奔西馳) 혁명동지
밀림속의 백전의병(百戰義兵)
독립군의 총부리로
세계 탄환 쏘았노라

왕이 없이 살았건만
정의만을 모시었고

신의로서 맹방(盟邦) 얻어
희생으로 이기었네

적이 바로 항복하니
석기(石器) 적의 어린 신화
어촌으로 돌아가고
동과 서는 이제 형제

원수 애초 맺지 말고
남의 손짓 미리 막아
우리끼리 굳셀 뿐가
남의 은혜 잊지 마세

진흙 속에 묻혔다가
하늘에도 없어진 별
높이 솟아 나래 떨 듯
우리나라 살아났네

만국 사람 우러보아
누가 일러 적다 하리
뚜렷하기 그지없어
온 누리가 한눈일네

「애국의 노래」 전문

이러한 시는 해방이라는 특수한 사회적 상황에서 나온 것이기에
정지용의 본령은 아니었다. 민족이 해방을 얻은 마당에 기쁨과 기대

를 표현하는 행사시 정도는 써야겠다는 생각으로 작품을 써서 발표했을 것이다. 그는 시론과 산문을 통해 해방기의 문학은 일제강점기의 문학과 무언가 다른 것이 있어야 하지 않겠느냐고 의견을 내기도 했지만[9] 그것을 실행에 옮기지는 못했다. 건전한 민족의식을 지니기는 했으나 우유부단한 지식인이었던 정지용은 현실과 이상의 거리, 실천과 이념의 거리를 느끼며 괴로워했다.

1946년 10월 6일 정지용은『경향신문』의 창간과 더불어 주간으로 취임했다. 경향신문은 가톨릭 서울교구에서 설립한 신문사인데, 그가 천주교 신자이고 과거에『가톨릭청년』,『문장』등의 편집을 맡았었기 때문에 주간직을 맡게 되었을 것이다. 그는 이 신문에 논설과 사설 등 많은 글을 집필했고, 현실 정세에 대한 비판적 논조의 글도 발표했다. 좌익 문학단체인 조선문학가동맹에 이름이 올라 있는 상황에서 그의 비판적 논설은 좌익으로 몰리는 단서가 되었다. 그러나 그의 사회 현실에 대한 시각은 좌경적이라기보다는 건전한 민족주의에 바탕을 둔 것이었다. 그는 「남북 '회담'에 그치랴」라는 논설에서 백범 김구에 대한 존경심을 표명하면서 민족 중심의 입장에서 신탁 통치에 반대하고 남북이 합세하여 통일을 이룰 것을 바라는 뜻을 나타내고 있다. 그는 이 글에서 한민당 세력을 민족반역자, 친일파 잔당이라고 부정적으로 말하고 있다. 이대 교수 시절에도 학생들에게 "한민당은 더러워서 싫고 빨갱이는 무시무시해서 싫다"고 말했다고 한다.[10]

그는 친일 및 부일 문사들의 행적에 대해 극도로 부정적인 태도를 취했다. 그것은 『백록담』시편을 쓴 동기를 밝힌 「조선시의 반성」(『문장』속간호, 1948. 10)이나 윤동주 시집『하늘과 바람과 별과 시』

9 정지용, 「조선시의 반성」, 『꾀꼬리와 국화』, 깊은샘, 2011, 391~408쪽.
10 이숭원, 『정지용 시의 심층적 탐구』, 태학사, 1999, 53쪽.

(정음사, 1948. 1)의 발문에 나오는 "일제시대에 날뛰던 부일문사(附日 文士) 놈들의 글이 다시 보아 침을 배앝을 것뿐이나 무명 윤동주가 부끄럽지 않고 슬프고 아름답기 한이 없는 시를 남기지 않았나?"[11]라 는 구절에서 확인되는 사실이다.

그는 한국사의 어려운 시기에 사회 현실을 놓고 고민하며 어떤 것 이 우리 민족이 가야 할 바른 길인가를 모색해 본 지식인이다. 민족 을 우위에 둔 고민의 과정에서 한민당 계열이나 미군정 측을 비판하 기도 했을 것이고, 시를 쓰는 데 현실과 역사에 대한 관심이 필요하 다는 발언도 했을 것이다. 이것은 고뇌하는 지식인으로서 충분히 할 수 있는 일들이다. 그런데 이것이 편협한 시각에 의해 좌경적 발언으 로 오인되었을 것이다.

그는 1947년 7월 9일 자로 경향신문사 주간에서 물러났다. 1948년 에는 집도 돈암동에서 녹번리의 초당으로 옮기고 서예를 즐기면서 소일했다. 겉으로는 한가한 전원생활을 하는 것 같았지만 그의 내면 은 어떤 허탈감과 번민에 가득 차 있었다. 윤동주 시집의 발문에서 "재조도 탕진하고 용기도 상실하고 8·15 이후에 나는 부당하게도 늙 어간다"[12]고 탄식했다. 많은 문우가 월북하였으나 공산주의는 체질에 맞지 않아 그들을 따를 수 없었고 남쪽의 현실은 그것대로 마음에 차지 않았다. 일제강점기에 친일도 배일도 하지 않았던 그는 이 시기 에는 우익도 좌익도 아닌 중도파 지식인으로서 고뇌를 거듭하고 있 었던 것이다.

대한민국 정부가 수립되면서 좌익 경력자에 대한 전반적인 조사가 행해지자 정지용은 여러 가지로 고생이 많았던 것 같다. 한때 본의

---

11 『꾀꼬리와 국화』, 390쪽.
12 위의 책, 384쪽.

아니게 조선문학가동맹에 이름이 등재된 것, 『경향신문』 주간으로 있을 때 한민당에 대한 비판적 논설로 극우파에 의해 좌경 인사로 몰린 것, 그가 가까이 지내던 이태준, 임화, 오장환 등이 월북해 버린 것 때문에 어쩌면 몇 차례 조사를 받았을지도 모른다.

그는 1949년 좌익 경력 인사들의 사상적 선도를 명분으로 내세우고 결성된 '국민보도연맹'에 가입하지 않을 수 없었다. 1949년 11월 4일 서울지구 국민보도연맹에 자진 출두하여 가입 절차를 밟았고, 그 내용이 『동아일보』 등 일간지에 보도되었다. 그는 연맹에 가입하면서 다음과 같은 심경을 밝혔다고 신문에 나와 있다.

나는 소위 야간도주하여 삼팔선을 넘었다는 시인 정지용이다. 그러나 나에 대한 그러한 중상과 모략이 어디서 나왔는지는 내가 지금 추궁하고 싶지 않은데 나는 한 개의 시인이면서 양민이다. 나는 23년 이상 세월을 교육에 바쳐왔다. 월북했다는 소문에 내가 동네 사람들에게 빨갱이라는 칭호를 받게 되었다. 그래서 나는 집을 옮기는 동시에 경찰에 신변 보호를 요청했던바 보도연맹에 가입하라는 권유가 있어 오늘 온 것이다. 그리고 앞으로는 우리 국가에 도움을 주는 일을 해 볼까 한다.[13]

기사 내용으로 볼 때 그가 공산주의자로 오해를 받아 박해도 받았고 그런 중상모략에서 벗어나서 자유롭게 살기 위해 보도연맹 가입을 택한 것임을 짐작할 수 있다. 정부 당국에서는 거물급 시인 정지용의 보도연맹 가입을 선전하여 더 많은 좌익 인사를 끌어들이려는 의도가 있었을 것이다. 어느 누구의 잘못을 탓하기에 앞서 이것은 시대가 만들어 낸 비극이라고 말해야 옳다. 민족의 분단이라는 모순된

---

13 「시인 정지용 씨도 가맹(加盟)」, 『동아일보』, 1949. 11. 5.

현실이 빚어낸 개인적 진실의 왜곡이며 굴절인 것이다.

　해방 이후 제대로 된 시는 한 편도 발표하지 않았던 그가 1950년 2월 『문예』지에 자신의 처지를 비유적으로 드러낸 「곡마단」을 발표했다. 우리는 이 시를 통해 당시 정지용의 내면 풍경을 조금이나마 엿볼 수 있다.

　　소개(疎開) 터
　　눈 위에도
　　춥지 않은 바람

　　클라리오넷이 울고
　　북이 울고
　　천막이 후두둑거리고
　　기(旗)가 날고
　　야릇이도 설고 흥청스러운 밤

　　말이 달리다
　　불 테를 뚫고 넘고
　　말 위에
　　계집아이 뒤집고

　　물개
　　나팔 불고

　　그네 뛰는 게 아니라
　　까아만 공중 눈부신 땅재주!

감람 포기처럼 싱싱한
계집아이의 다리를 보았다

역기 선수 팔짱 낀 채
외발 자전거 타고

탈의실에서 애기가 울었다
초록 리본 단발머리짜리가 드나들었다

원숭이
담배에 성냥을 켜고

방한모 밑 외투 안에서
나는 사십 년 전 처량한 아이가 되어
내 열 살보다
어른인
열여섯 살 난 딸 옆에 섰다
열 길 솟대가 계집아이 발바닥 위에 돈다
솟대 꼭두에 사내 어린아이가 거꾸로 섰다
거꾸로 선 아이 발 위에 접시가 돈다
솟대가 주춤 한다
접시가 뛴다 아슬 아슬

클라리오넷이 울고
북이 울고

가죽 잠바 입은 단장이
이욧! 이욧! 격려한다

방한모 밑 외투 안에서
위태 천만 나의 마흔아홉 해가
접시 따라 돈다 나는 박수한다.

「곡마단」 전문

이 작품은 곡마단의 묘기가 펼쳐지는 모습을 묘사하고 있지만 사실은 자신의 처지를 암시적으로 드러내는 데 초점이 맞추어져 있다.[14] 이 시가 인상적인 것은 마지막 연 때문이다. "방한모 밑 외투 안에서/위태 천만 나의 마흔아홉 해가/접시 따라 돈다 나는 박수한다"라는 끝 부분에서 시인은 자신의 실제 나이 마흔 아홉을 그대로 드러내고 있다. 그에게는 해방 이후 몇 년의 세월이 원숭이가 재주를 부리고 어린아이가 재주를 부리는 곡예와 같은 것으로 비쳤던 것이다. 그 곡예는 거꾸로 선 아이 발 위에서 접시를 돌리는 것처럼 아슬아슬하고 위태로운 일이다. 그런데도 나는 그 곡예를 신기하게 바라보며 바보처럼 박수를 치고 있다. 여기에는 49세의 나이로 정월을 맞은 시인의 착잡한 심정이 응결되어 있다. 곡마단의 재주 놀음 같은 역사의 굴곡 앞에 어처구니없이 유린당하고 희롱당한 한 인간의 비애가 응축되어 있다. 접시 따라 도는 어지러운 곡예의 삶은 비단 그만의 것이 아니라 그 시대를 살아간 우리 민족 모두의 것이기도 했다. 그가 이 곡예와 같은 자신의 삶을 시로 표현한 지 다섯 달 후 6·25가 발생하고 그는 전쟁의 소용돌이 속에 행방불명되고 만다.

---

14 김명인, 「곡예의 시대와 문학」, 『정지용 연구』, 새문사, 1988, 98~100쪽.

6·25가 일어나기 직전까지 그는 보도연맹 가입 때 했던 말처럼 우리나라에 도움을 주는 일을 하려고 노력했다. 그 일환에 해당하는 것이 『국도신문』에 연재한 한려수도 기행문 「남해오월점철」18편이다. 이 기행문은 5월 7일부터 6월 28일 자까지 며칠 간격으로 신문에 연재되었다. 『국도신문』은 부산에서 간행된 일간지로 자유당 기관지에 가까운 친여적 성향을 보인 신문이었다. 그는 같은 처지의 국민보도연맹 소속 문화 예술인들을 만나 함께 여행하면서 그 여정을 신문에 소개했다.[15] 조국의 발전상을 알리고 미래의 희망을 선전하는 국가 홍보 역할을 맡은 것이다.

부산과 통영 일대의 풍정을 소개하는 한편 국책 여행의 목적에 맞게 "대한민국의 신흥 부산부두"의 발전을 소망하고 "천연의 미항 대부산이 나폴리 이상으로 훌륭하고 아름답게 될 때"를 기약하고 있다. 통영 여행으로 접어들면서 그는 여러 곳에서 충무공 이순신의 전적을 예찬하고 충무공의 유적을 직접 참배하며 감회를 표현한다. 충무공에 관한 한 그는 마음을 터놓고 마음껏 찬양하고 있다. 국책 홍보를 위한 여행이지만 충무공을 찬양하는 것은 그의 양심에 전혀 꺼릴 것이 없었을 것이다. "인류역사상 넬슨 이상의 명제독인 우리 민족 최대의 은인 지충(至忠) 지용(至勇)의 충무공 이순신의 충혼 영령"을 경배하고 충무공을 모신 사당이 너무나도 초라한 것에 비감을 느낀다. 그러나 충무공 찬양만 할 수 없으니 "민생의 복리를 위하여 통영은 위대한 어촌 어항으로 더 발전하면 족하다."고 국책 홍보 발언을 첨가하고 "비행기로 원근항 역류의 대진군을 발견하자. 최근 어로 기

---

15 박태일, 「새 발굴 자료로 본 정지용의 광복기 문학」, 『한국 근대문학의 실증과 방법』, 소명출판, 2004, 83~145쪽.
　　이순욱, 「국민보도연맹시기 정지용의 시 연구」, 『한국문학논총』41, 2005. 12, 53~76쪽 참고.

술로 어업 생산을 확대하자."는 구호적 어구도 첨가하고 있다.[16] 그는 이 기행문을 통해 우리나라에 도움을 줄 일을 충실히 수행한 셈이다.

이 일을 완수하고 상경하여 녹번리 자택에 돌아온 지 얼마 안 되어 6·25가 터졌고 그를 찾아온 청년들과 집을 나간 다음 불귀의 객이 되었다. 짐작건대 노동당 정치보위부에 자진 출두하는 형식을 취했을 것이다. 국민보도연맹에 가입하여 본인이 빨갱이가 아님을 밝혔고 정부의 국책에 호응하여 대한민국의 발전상을 알리는 장편 기행문까지 썼으니 그의 죄목이 작았을 리 없다. 노동당의 시각에서 볼 때 그의 숙청은 기정사실이 되었을 것이다. 그는 전쟁의 소용돌이 속에 역사의 뒤안길로 사라졌다. 시대의 비극이니 누구를 원망하고 누구를 탓할 것인가?

정지용은 6·25가 나기 전 시국의 혼란 속에 자신의 종말을 예감했는지 「4·4조 5수」(『문예』, 1950. 6) 중 「나비」라는 작품에 자신의 죽음을 암시하는 내용을 집어넣었다. 이 시를 읽으면 시인이 떠올린 현재와 미래의 자화상을 그려 낸 것 같아 마음이 아프다.

내가 인제
나비같이
죽겠기로
나비같이
날아왔다
검정 비단
네 옷 가에
앉았다가

---

16 『꾀꼬리와 국화』, 171~194쪽.

창 훤하니

날아간다

　　　　　　　　　　　　　「나비」 전문

노천명의 생애와 시적 상징의 변모

1. 노천명의 생애와 심리적 상흔

우리의 문학 연구 풍토에서 고질적인 병폐는 일차 자료를 제대로 확인하지 않고 선행 연구자의 오류를 그대로 답습하는 일이다. 자료를 직접 확인하지 않고 앞사람의 의견을 무작정 따르기 때문에 앞사람의 오류가 뒷사람에게 그대로 계승된다. 노천명의 경우에도 시인의 생애와 작품 발표에 대해 정밀한 자료 조사가 안 되었기 때문에 논문마다 서로 다른 기록이 제시되는 것을 볼 수 있다. 새로운 사실의 확인이라는 것이 생각하기에 따라서는 지극히 부분적이고 일면적인 사항일 수 있다. 그러나 아무리 사소한 것이라 하더라도 잘못된 내용이 사실인 것처럼 기록되는 일이 있어서는 안 되며, 풍문과 잡보에 이끌려 확인되지 않은 사실을 정설처럼 제시해서도 안 된다.

노천명은 1911년 9월 1일 황해도 장연군 박택면 비석리에서 출생하였다. 호적이나 학적부 등의 기록에는 1912년 9월 2일로 되어 있지만 실제 출생 시기는 1911년 9월 1일이 맞는 것으로 보인다.[1] 노천명의 어릴 때 이름은 항렬자를 따라 기선(基善)이라고 지었는데, 여섯 살 때[2] 홍역을 심하게 앓고 어렵게 소생한 후 다행히 천명(天命)으로

---

1 이어령 편, 『한국작가전기연구(상)』(동화출판공사, 1975), 139쪽에서는 노천명 유족과의 직접적인 면담을 근거로 1912년 설은 잘못된 것이고 1911년 9월 1일이 맞는다고 했고, 이화여자대학교 문인동창회와 출판사가 힘을 합해 만든 『노천명 전집 1』(솔출판사, 1997), 279쪽에는 출생 연월일이 1912년 9월 2일로 되어 있다. 전자는 유족과의 직접 면담을 기초로 한 것이고, 후자는 학적부를 근거로 한 기록일 것이다.

2 나이를 밝힐 때에는 우리가 보통 집에서 쓰는 방식으로 나이를 셈하려 한다. 1911

살았다는 뜻으로 이름을 고쳐 호적에 올렸다고 한다. 여기에는 몸이 약한 것을 걱정해서 '하늘이 주신 명'으로 살아가라는 뜻도 포함되어 있었을 것이다. 그가 홍역을 앓을 때 어머니가 지켜보며 딸의 얼굴에 흉터가 남을까 봐 걱정했던 것이 노천명의 수필에 기록되어 있다.[3]

아버지는 장연 성당의 회장을 지낼 정도로 마을의 유지로 대접을 받았으나 아들 욕심이 있었는지 장남이 있었는데도 사내 동생을 보기 위해 노천명이 어릴 때 하이칼라를 하고 남장을 하고 다니게 했고 결국은 소실에게서 아들을 보기까지 했다. 노천명의 고향인 장연은 서해안이 인접한 곳이다. 그래서 그는 바다를 매우 좋아하였고 어릴 때 바닷가에서 놀던 추억을 「썰물에 밀려간 해변의 자취」라는 수필에서 정겹게 표현했다. 이 산문을 보면 바다와 고향에 대한 노천명의 그리움과 함께 고독하고 내성적인 어른 노천명이 아니라 남에게 지기 싫어하고 바지런하며 자기 꾀를 낼 줄 아는 소녀 노천명의 모습을 대할 수 있다.[4] 그리고 어머니에게 꾸중을 듣는 것을 염려한 점으로 보면 상당히 규범적이고 단정하게 양육되었음을 알 수 있다. 노천명의 어머니는 서예와 묵화도 잘했으며 병풍에 그려진 그림과 관련하여 노천명에게 옛날이야기도 많이 들려주었다고 한다. 그런 과정에서 노천명의 문학적 재능이 발아되었을 것이다.

1917년 일곱 살 때 장연에 있는 보통학교에 입학할 때까지 아버지가 노천명에게 남장을 시켰다고 하는데, 노천명은 그 차림이 죽기보다 싫어 자주 울고 학교에도 가지 않았다고 한다. 그 이듬해 노천명

년생이라고 할 때 1912년을 한 살이라고 하면 1911년은 0살 이라고 해야 하는데 이것은 우리 관습에 아직 맞지 않는다.

3 「겨울 밤의 얘기」(『산딸기』, 정음사, 1948 수록), 『노천명 전집 2』, 솔출판사, 1997, 120쪽.

4 『노천명 전집 2』, 303~304쪽. 이하 수필은 모두 이 책을 참고함.

의 아버지가 세상을 떠나고 어머니의 친정이 있는 서울로 가족이 이주하게 된다. 노천명은 여덟 살의 어린 나이에 맞이한 아버지의 죽음이 안겨 준 두려움을 「천춘보(淺春譜)」, 「나비」, 「향토유정기(鄕土有情記)」 등의 수필에서 선명하게 표현했다. 이 수필을 보면 노천명이 어릴 때 겪은 아버지와의 사별이 어른이 되어서도 커다란 정신의 상처로 남아 있었음을 알 수 있다. 집안의 중심이었던 아버지를 앗아간 것이 죽음이라는 사실을 확인하면서 노천명에게는 죽음의 공포가 마음속에 자리 잡은 것이다. 흰 나비를 보는 것도 두려워하고 흰 댕기를 잊어 먹고도 애태우며 잠을 제대로 자지 못하는 예민함을 보인다.

아버지와의 사별이 가져온 죽음에 대한 두려움은 스무 살 때 겪은 어머니와의 사별로 가중되어 전 생애에 걸쳐 지속적인 불안 요인으로 작용하게 된다. 1930년 초 진명여학교를 졸업하기 전 겨울 모친이 57세의 나이로 세상을 떠난다. 병약했던 어린 천명에게 노루피를 구해 먹이기도 하고 머리맡에 무과수를 놓아두기도 하고 겨울밤이면 광에서 연시를 꺼내 보내 주시던 어머니였다. 여덟 살 때 아버지를 여의고 어머니에 의지해 살다가 이제 여학교를 졸업하는 마당에 어머니마저 여의어야 했던 노천명의 슬픔은 이루 말할 수 없이 컸다. 그는 어머니의 죽음을 소재로 「성묘」, 「포구의 밤」, 「작별」 등의 시를 썼다. 어머니의 죽음을 받아들이지 못하는 화자의 절실한 그리움을 표현했다. 어머니와 사별한 후 노천명은 천애의 고아가 되었다는 단절감을 갖는다. 그 얼마 후 자신을 어머니처럼 보살피던 언니 노기용도 남편을 따라 진주로 이주하면서 노천명의 고독감은 더욱 깊어진다.

죽음의 불행은 여기서 그치지 않았다. 해방 후인 1947년 1월 진주에 가 있던 언니 노기용의 남편 최두환이 갑자기 세상을 떠났다. 노천명은 눈발이 날리는 저녁 형부가 사망했다는 급한 전갈을 받고 밤기차를 타고 진주로 향하는데 그때의 심정이 어머니에 못지않게 서러웠다고 고백하였다. 설상가상으로 그해 11월에는 그가 극진히 사랑하던 이질녀 최용자가 맹장 수술을 받은 후 경과가 좋지 않아 스물두 살의 젊은 나이로 세상을 떠났다. 노천명은 여러 편의 수필에서 최용자를 회상하며 슬픔의 감정을 토로했다. 어릴 때 아버지를 여의고 성장기에 어머니를 여읜 노천명의 사별 체험이 새로운 죽음 앞에 생에 대한 비극적 인식으로 강화되는 현상을 볼 수 있다.

이러한 가족과의 사별 외에 문학인의 입장에서 그에게 깊은 상처를 남긴 사건은 일제 말의 친일과 6·25 때의 부역 혐의다. 그는 1942년 이후 일본의 진군과 승전을 찬양하는 친일 시와 산문을 집중적으로 발표했다. 일본은 1941년 12월 8일 하와이의 진주만을 기습함으로써 태평양 전쟁을 일으켰고, 이어 미국이 점령하고 있던 필리핀을 공격했다. 두 달에 걸친 격전 끝에 1942년 2월 10일 필리핀 대부분이 일본군에 의해 점령되었다. 한편으로 말레이시아 반도를 공략한 일본군은 1942년 2월 15일 영국이 지배하고 있던 싱가포르를 함락시켰다. 이러한 전시 상황 속에서 일본은 문인들에게 전의를 북돋고 승리를 기원하는 시를 쓸 것을 강요했고, 노천명은 당시의 여러 문인과 함께 일본 제국주의 침략의 선전 도구로 이용된 것이다.

한국 전쟁 기간은 노천명에게 또 하나의 시련기였다. 피난을 가지 못하고 서울에 잔류한 노천명은 자신의 집에서 북쪽 군대에게 체포되었다. 정치보위부의 조사를 받은 후 문학가동맹 사무실에 나가 그들이 시키는 일을 해야 했다. 그들에게 협력을 하면 괜찮으리라는 생각이 오산이었다고 나중에 고백한 바 있지만, 죽음에 대한 공포감과 천성의 연약성을 지닌 그는 살벌한 전시 상황을 감당하기 힘들었다. 공포에 사로잡힌 그는 그들이 시키는 대로 격려문도 쓰고 시도 썼다. 9·28 서울 수복이 되자 노천명은 국군 정보부대에 의해 부역문화인으로 지목되어 구속되었다. 부역자 처벌 특별법에 의해 20년 형을 선고 받고 형무소에 수감되었다가 이헌구, 김광섭, 김상용 등의 구출운동에 힘입어 간신히 사면을 받고 1951년 4월에 출옥하였다.

일제 말 친일 작품을 썼다는 점, 6·25 전쟁 중 부역 활동을 했다는 점 등 일련의 사정은 모두 사회적 편견과 냉대의 근거로 작용하였다. 출옥 후 중앙방송국 촉탁으로 있으면서 그는 자신의 부역 혐의에서 벗어나려는 듯 국군의 진군을 격려하는 내용이나 애국심을 담은 시를 몇 편 발표했다. 그러나 이러한 진군격려 시 역시 노천명의 체질에는 맞지 않는 일이었다. 이것은 10년 전 일제강점기에 승전축하 시와 참전격려 시를 쓴 것과 마찬가지로 상황에 의해 강요된 일이었다. 10년의 격차를 두고 현실의 요구에 의해 이런 어울리지 않는 시를 써야 한다는 사실에 노천명은 더 깊은 비애를 느꼈을지 모른다. 파란의 한국 현대사는 연약한 자아가 내면의 아픔을 쓰다듬으며 고독한 자기 고백의 시를 쓸 밀실의 시간을 허락하지 않았다. 그런 파행의 현대사 속을 나비처럼 연약한 노천명이 헤쳐 갔다.

2. 문학적 습작기의 고독의 심상

노천명은 이화여전 영문과에 다니던 1930년부터 1933년까지 몇 편의 시와 수필을 썼다. 노천명의 두 번째 시집인 『창변』(매일신보출판부, 1945. 2)에 수록된 「작별」은 어머니의 죽음을 소재로 한 것인데, 어머니에 대한 기억이 생생한 것으로 보아 이 시기에 써 두었던 작품으로 짐작된다.

어머니가 떠나시던 날 눈보라가 날렸다

언니는 흰 족두리를 쓰고
오라버니는 굴관을 차고
나는 흰 댕기 늘인 삼 또아리를 쓰고

상여가 동리를 보고 하직하는
마지막 절하는 걸 봐도
나는 도무지 어머니가
아주 가시는 거 같지 않았다

그 자그마한 키를 하고 —
산엘 갔다 해가 지기 전
돌아오실 것만 같았다

다음날도 다음날도 나는
어머니가 들어오실 것만 같았다

「작별」 전문[5]

　어머니가 떠나던 날의 정황이 손에 잡히는 것처럼 그려져 있다. 눈보라가 날렸다는 말로 보아 겨울이라는 것을 알 수 있고 "자그마한 키를 하고"라는 대목에서 어머니의 외양도 짐작하게 한다. 언니와 오라버니는 이미 결혼한 처지임을 나타내고 성가하지 못한 자신은 흰 댕기 늘인 삼 또아리를 썼다는 것까지 구체적으로 묘사했다. 그런 사실적 묘사와 병치되어 어머니의 죽음을 도저히 사실로 받아들이지 못하는 화자의 안타까움이 표현되어 있다. 어머니가 세상을 떠난 직후

---

5 이하 시의 인용은 『노천명 전집 1』(솔출판사, 1997)에 의함.

에는 이런 시상이 떠오르지 않았을 것이다. 사별의 충격이 어느 정도 가시고 그 정황을 객관적으로 반추할 수 있을 때 비로소 위와 같은 서정 소곡이 마련되는 법이다. 어머니가 떠난 지 몇 달 후인 1930년 11월 15일 야반에 쓴 것으로 되어 있는 수필의 끝 부분에서는 보름달 아래 눈물짓는 자기 자신의 모습을 보여 주면서 "이러한 밤엔 어머니 그려 우나니 나는 저 달빛 안고 저 구름 타고 어머님 계신 곳 가고 싶다"⁶라고 어머니에 대한 그리움을 여과 없이 직접 드러내고 있다.

이화여전 재학 중인 1932년 10월 『신동아』에 발표한 「포구의 밤」이란 시에서 "바닷가 헤매는 물새의 울음 소리/엄마 찾는 듯…… 내 애를 끊네"라고 하여 물새의 울음소리를 엄마 찾는 슬픈 소리로 표현 하였는데, 어머니에 대한 그리움이 이 시구에 배어 있음을 알 수 있다. 또 같은 해 10월 31일 자로 발행된 교지 『이화』 4호에 「어머님 무덤에서」라는 시조를 발표했는데 이 작품을 개작하여 '성묘'라는 제목으로 첫 시집 『산호림(珊瑚林)』(천명사, 1938.1.1)에 수록했다. 노천명은 어머니가 세상을 떠난 지 2년 후에도 어머니를 잊지 못하고 추석날 묘소에서 눈물을 뿌리는 모습을 보이고 있다. 이때 언니 노기용이 남편의 직장을 따라 진주로 떠나게 되어 노천명은 이화여전 기숙사로 옮겨 생활하던 때라 고독에서 오는 그리움이 더욱 컸던 것 같다. 처음에는 이렇게 비통한 슬픔과 막막한 그리움을 토로하다가 차차 시간이 지나면서 미적 거리가 형성되고 슬픔이 승화되면서 앞의 「작별」 같은 서정 소곡이 창작되었을 것이다.

언니 노기용이 변호사로 개업한 남편을 따라 진주로 간 것은 1932년 초이다. 노천명은 어머니가 돌아가신 후 어머니 역할을 대신했던 언니가 학교도 졸업하기 전에 머나먼 진주로 떠난 것이 매우 가슴 아

---

6 「3. 5의 달 아래서」, 『노천명 전집 2』, 234쪽.

팠을 것이다. 그는 다음과 같은 시로 언니에 대한 그리움을 표현했다.

언니와
밤을 밝히던 새벽은
성사(聖赦)를 받는 것 같아
내 야윈 뺨엔 눈물이 비 오듯 했다

지금도 생각하면 눈이 뜨거워—
언니가 보고 지워 떠나가는 날은
천릿길을 주름잡아 먼 줄을 몰라

감나무 집집이 빠알간 남쪽
말들이 거세어 이방(異邦)도 같건만
언니가 산 데서
그곳은 늘상 마음에 그리운 곳—

오늘도 남쪽에서 온 기인 편지
읽고 읽으면 구슬픈 사연들

'불이나 뜨뜻이 때고 있는지
외따로 너를 혼자 두고
바람에 유리문들이 우는 밤엔 잠이 안 온다'

두루말이를 잡은 채
눈물이 피잉 돌았다

「동기(同氣)」 전문

노천명은 언니의 긴 편지를 읽으며 어머니처럼 밤에 잠을 못 이루고 자신을 걱정해 주는 언니의 자상한 마음에 감격하여 눈물을 흘린다. 언니가 가 있는 진주는 사투리가 억세서 늘 낯선 느낌이 들지만 언니가 가서 산다는 그 이유 때문에 언제나 그리운 고장으로 마음에 남아 있다고 고백할 정도다. 언니에 대한 그리움은 돌아가신 어머니와 거의 동격이며 언니가 있었기에 그의 마음의 공허감이 조금 메워질 수 있었다. 말하자면 언니는 어머니의 대리적 존재이자 고향의 또 다른 모습으로 자리 잡았다.

이화여전 영문과에 재학하면서 노천명은 변영로, 김상용, 정지용 등의 가르침을 받으면서 시 습작에 열중하여 교지나 『신동아』에 작품을 발표하였다. 이때 그는 시만이 아니라 시조, 수필, 단편소설까지 장르를 구분하지 않고 창작하였다. 이런 습작 과정을 거치고 문학인으로서의 기초를 쌓은 후 1934년 3월 제8회로 이화여전을 졸업하게 된다.

3. 사회적 출범과 본격적인 창작 활동

이화여전을 졸업하면서 그는 곧바로 『조선중앙일보』 학예부 기자로 일하게 된다. 내성적이고 비사교적인 그가 사람들과 부딪쳐야 하는 기자 생활을 하려니 어려움이 많았을 것이다. 1956년 7월 18일에 쓴 것으로 되어 있는 「피해야 했던 남성」이라는 수필을 보면 여자가 신문 기자를 하면 시집가기 힘들다고 집에서 만류하는 데도 불구하고 신문사에 취직을 하였다고 한다. 남자들 틈에 끼여 여자 혼자 일하려니 전화가 와도 받을 것이 걱정이고 공연히 쭈뼛쭈뼛해졌다고 한다. 남자들한테 흠이 잡히지 않으려고 잔뜩 긴장하고 지내다 보니

성격이 차갑다느니 찬바람이 분다는 평을 듣기도 했을 것이다. 그래
도 기자 생활을 계속하면서 긴장 속에 하루하루를 보내게 되고 그
나름의 보람과 재미를 맛보았던 것 같다.

큰불이라도 나라 폭탄 사건이라도 생겨라
외근에서 들어오는 전화가
비상(非常)하기를 바라는 젊은 편집자
그는 잔인한 인간이 아니다
저도 모르게 되어진 슬픈 기계다

그 불이 방화가 아니라 보고될 때
젊은이의 마음은 서운했다
철필이 재빠르게 미끄러진다
점퍼―노타이―루바슈카의 청년―청년―
싱싱하고 미끈한 양(樣)들이
해군복이라도 입히고 싶은 맵시다

오늘은 또 저 붓끝이 몇 사람을 찔렀느냐
젊은이 수기(手記)에 참회(懺悔)가 있는 날
그날은 그날은 무서운 날일지도 모른다

「호외」 전문

1936년 9월 『조광』지에 발표된 이 작품은 기자 생활의 체험에 바
탕을 둔 것이다. 신문사의 생리와 기자들의 분주한 움직임을 풍자적
으로 드러낸 이 작품은 무슨 큰 사건이 터지기를 바라는 편집자의
심리와 분주히 일하는 청년들의 몸짓과 맵시를 인상적으로 그려 냈

다. 신문의 생리상 기자는 남에게 상처를 줄 수 있다는 사실까지도 솔직하게 드러냈다. 흥미로운 것은 큰 사건이 터지기를 바라는 편집자가 잔인한 인간이 아니라 현대 사회가 만들어낸 '슬픈 기계'라고 이야기한 대목이다. 현대라는 조직 사회 속에 유별난 사건을 보도해야 명맥이 유지되는 신문사의 생리를 암시한 것과 조직에 얽매여 있는 편집자나 기자가 현대 사회 속의 '슬픈 기계'에 불과하다는 인식은 상당히 날카로운 면이 있다.

조선중앙일보사 학예부에 재직했기 때문에 그 지면을 이용하여 수필과 시를 비교적 자유롭게 발표할 수 있었다. 그는 『조선중앙일보』에 시조 「만월대에 올라」(1934. 10. 9), 시 「가을 아침」(1935. 9. 23), 수필 「광인」(1934. 5. 17), 「밤 예찬」(1934. 6. 11) 등을 발표했다. 그리고 오일도가 주재하고 김광섭, 김동명, 김상용 등이 활동한 동인지 『시원』 창간호(1935. 2. 10)에 「내 청춘의 배는」을 발표하여 본격적인 시단 활동의 초석을 마련했다. 1935년 11월 『삼천리』에 발표한 「들국화를 묻으며」라는 시에 대해 "이 작자의 시작 태도는 모윤숙 씨의 그것과도, 김오남, 장정심 씨의 그것과도 다르다. 오히려 씨는 남성이 아지 못하는 여성세계로 그 시안(詩眼)을 돌리려 하는 의도가 보인다"는 박귀송의 평가를 받기도 했다. 그러나 박귀송의 평이 그렇게 긍정적인 것은 아니었다.

이화여전 때부터 연극에 관심이 있었던 그는 극예술연구회에 참여하여 안톤 체호프의 「앵화원」을 공연하게 된다. 이 「앵화원」 공연에 대해 노천명의 생애를 약술한 여러 책에서 1938년에 공연한 것으로 기록하고 있으나[8] 이것은 사실과 다르다. 극예술연구회는 1931년 함

---

7 박귀송, 「시단시평」, 『신인문학』 10권, 1936. 1, 165쪽.
8 이어령 편, 앞의 책, 143쪽.
　김용성, 『한국현대문학사탐방』, 국민서관, 1973, 340쪽.

대훈, 이헌구, 서항석, 유치진, 조희순, 홍해리 등이 주축이 되어 창립된 신극 단체로 1938년 3월에 총독부의 압력으로 해체되었다. 노천명이 출연한 『앵화원』 공연은 1934년 12월에 있었다.[9] 이 공연은 극예술연구회의 7회 공연으로 연출은 홍해성이 맡았으며, 이화여전 선배인 모윤숙은 여주인공 라네프스카야 부인 역을 맡았고, 노천명은 그의 딸 아냐 역을 맡았다. 아냐와 결합하게 되는 이상적 혁명주의 대학생 트로피모프 역은 이헌구가 맡아서 노천명과 춤을 추는 연기도 했다고 한다.[10] 모윤숙과 노천명이 참여한 것은 여배우가 드문 시절이라 여자 역을 맡을 사람이 없어 문인들의 요청에 의해 참여한 것이 아닌가 추측된다. 노천명의 회고에 의하면 부민관(府民館)도 없던 시절 공회당에 입추의 여지가 없이 가득 찬 관중을 상대로 며칠 동안 열연을 하였다고 한다. 극예술연구회의 제2기 공연인 8회부터는 대극장인 부민관으로 진출하게 되며 연출도 유치진이 맡게 된다.[11]

여기서 특기할 것은 이때 연극을 보러 온 한 남자와 사랑이 싹트게 되었다는 점이다. 그 사람은 보성전문학교에서 경제학을 가르치던 평양 출신의 김광진 교수였다. 노천명은 그때의 처지를 다음과 같이 회상했다.

이렇게 연극을 하면서도 무언지 모르는 채 정열에 둥둥 떠서 다녔으나, 이 묘령의 처녀는 여기의 이성하고는 얌전히 사건을 일으키지 않았는데 진짜 사건은 「앵화원」을 공회당에서 며칠 동안 상연할 때 여기의

김삼주, 『노천명』, 문학세계사, 1997, 337쪽.
『노천명 전집 1』, 284쪽.
9 이두현, 『한국신극사연구』, 서울대학교 출판부, 1966, 183쪽.
10 「나의 이십대」, 『노천명 전집 2』, 272쪽.
11 이두현, 앞의 책, 188쪽.

관객으로 왔던 모 교수가 내 러브 어페어를 일으켜주게 되었던 것은 무슨 운명적인 일이었는지 모른다.

연애를 하는데 실로 요즘 사람들이 들으면 알아듣지 못할 대목이 많다. 늘 가슴은 와들와들 떨렸고, 한 번도 우리는 어디를 뻐젓이 못 다녀봤던 것이다. 어째 연애를 하는 사람에게는 천지가 그렇게 좁으며 아는 사람도 그렇게 처처에 널려 있는 것인지, 이렇게 와들와들 떠는 마음, 결국은 이런 마음이 내 첫사랑을 보기 좋게 날려 보냈던 것이다.[12]

노천명은 이 회고에서 자신이 소심하고 겁이 많아서 연애가 끝난 것처럼 서술하고 있으나 사실 이 교수는 유부남이었고 그래서 노천명은 남 앞에 떳떳이 나서서 연애를 할 처지가 못 되었다. 보기 좋게 날려 보낸 첫사랑을 이야기한다고 하면서 노천명은 "운명적인 일"이라는 말을 썼다. 그만큼 이 사건이 노천명의 마음에 깊은 각인을 남긴 운명적 사건이었음을 알 수 있다.

김광진이 연극 공연에서 노천명을 처음 본 것은 1934년 12월이지만 실제로 두 사람이 교제를 시작한 것은 1938년경으로 보인다. 다른 자료에서 노천명의 연극 출연이 1938년이라고 한 것은 바로 두 사람이 교제를 시작한 시기를 연극 출연 시점으로 오인한 데서 빚어진 착오일 것이다. 이러한 추측의 한 근거가 되는 것은 1939년 2월 『문장』 창간호에 발표한 유진오의 「이혼」이라는 단편이다. 이 소설은 유부남과 노처녀의 교제를 소재로 하고 있고 여주인공은 영문학을 전공한 스물일곱의 노처녀로 되어 있다. 1938년이면 노천명의 나이가 만으로 27세가 된다. 이 소설이 노천명과 김광진의 연애 사건에서 힌트를 얻어 쓰인 것이라면 그 사건이 발생한 시점은 1938년이라고

---

12 「나의 이십대」, 『노천명 전집 2』, 272~273쪽.

추정할 수 있다. 그러나 이 소설을 면밀히 검토해 보면 몇 가지 중심 요소는 노천명의 사건과 유사한 점이 있으나 인물의 성격과 사건 전개의 디테일은 노천명과 무관한 듯하다. 설사 이 소설이 노천명의 사건에서 힌트를 얻었다 하더라도 사건의 디테일은 실제의 일과 거리가 있는 것으로 보인다.

노천명은 1937년에 신문사를 사직하고 북간도의 용정, 연길, 이두구 등을 여행했다. 여행의 이유는 알 수 없으나 「호외」라는 시에서도 암시되었듯이 기자라는 "슬픈 기계"에 대한 염증이 그를 자유로운 여행의 길로 몰고 갔는지 모른다. 이때의 이국 체험은 그해 6월 『조광』에 발표한 「낯선 거리」라는 시나 1938년 4월 『삼천리문학』에 발표한 「황마차」, 「슬픈 그림」 등의 시에 나타나 있다. 그는 "허리띠만한 강에 걸친 다리를" 넘고 "호인(胡人)의 관이 널린 벌판을" 달려 "강아지 새끼 하나 낯익은 게" 없는 낯선 거리에서 고독을 느낀다. 아는 사람들이 모여 있어도 고독을 느끼는 성격인데 말이 통하지 않는 이국에서 슬픈 고독을 느낀 것은 당연한 것이었으리라.

4. 절제의 정신과 운명의 상징

1938년 1월 노천명의 시 49편을 수록한 첫 시집 『산호림』이 간행되자 이화여전 동문과 은사들이 주동이 되어 남산정의 경성호텔에서 화려한 출판기념회를 열었다. 여기 참석한 문인들은 노천명을 "한국의 마리 로랑생"이라는 애칭으로 부르며 그에게 축하를 보냈다. 그러나 마리 로랑생이라는 애칭 자체에 당시 여성 문인을 대하는 문단의 편견이 감추어져 있다. 여기에는 이화여전 영문과 출신의 신문사 기자로 시작 활동을 본격적으로 전개한 독신 여성 시인에 대한 호기심과 야릇한 이성애적 시선이 내포되어 있다. 마리 로랑생(Marie Laurencin, 1883~1956)은 입체파 계열의 회화 작품을 남긴 프랑스의 여성 화가다. 이 화가가 문인들에게 널리 알려진 것은 시인 기욤 아폴리네르(Guillaume Apollinaire, 1880~1918)와의 연애 때문이다. 로랑생을 만난 아폴리네르는 첫눈에 매혹되어 사랑을 나누지만 그들의 사랑은 5년 만에 깨어지고 말았다. 그 비련의 아픔을 노래한 작품이 「미라보 다리」다. 이렇게 해서 문인들에게 널리 알려진 로랑생은 시를 쓰기도 했지만 화가가 본업이었기 때문에 그의 시는 별로 주목받지 못했다. 그런 로랑생을 들어 노천명을 비유한 데에는 노천명을 남성 시인의 주변적 인물로 여기는 심리가 어느 정도 깔려 있었던 것이다.

이 시집의 특성을 적절히 지적한 사람은 영문학 전공의 비평가 최재서였다. 그는 영국 여성 시인 앨리스 메넬과 비교하며 정서를 절제하고 순화시킨 점을 긍정적으로 평가했다.

정서를 솔직하게 토로하는 것이 시의 임무라면 정서를 절제함은 그 수련이다. 나는 노천명의 『산호림』을 읽으며 아리스 메이넬을 늘 연상하였다. 정서를 감추고 아껴서 미화하고 순화하려는 점에 있어 이 두 여류 시인은 기질적으로 비슷한 점이 있지 않은가 생각한다. 초기 작품엔 문학 소녀다운 센티멘탈리즘이 없는 것도 아니나 그들에서 흔히 보는 공소한 감정의 유희와 허영된 언어의 과장은 발견할 수 없다. 그의 가슴 속엔 늘 알뜰살뜰한 감정의 호수가 고여 있고 그의 언어는 이 비밀을 표시하기에 수다스럽지 않다. (……) 이 시인의 자제가 동경하고 방황하는 그의 정서로 하여금 아담한 고전적 형식에 복종시키려고 한 프로세스는 또한 즐겨 쏘네트를 쓴 아리스 메이넬을 연상케 한다.[13]

---

13 최재서, 「시단 전망」, 『문학과 지성』, 인문사, 1938, 240~243쪽.

이 시평에서 노천명 시의 요체로 지적한 것은 '절제'다. 노천명과 비교된 앨리스 메넬(Alice Meynell, 1847~1922)은 우리에게 생소한 시인이지만, 앨프리드 테니슨 사후에 계관시인 후보로 오를 정도로 영국에서는 유명한 시인이다. 그의 시는 소박한 시어와 종교적 경건함을 특징으로 하며, 시간에 의한 소멸감과 온화한 애상성(gentle mournfulness)을 주로 표현했다.[14] 바로 이 '온화한 애상성'이 정서의 절제와 통하며 이것을 최재서는 노천명과 앨리스 메넬의 공통점으로 파악한 것이다. 당대 가장 지성적인 평론가라고 할 수 있는 최재서의 지적은 노천명 시의 핵심을 포착한 것이다.

이러한 절제의 방법은 단순한 표현기법이라기보다는 시인의 정신적 자세와 관련된 것이다. 그의 절제의 정신은 대표작인 「사슴」에서 뚜렷이 확인할 수 있다.

모가지가 길어서 슬픈 짐승이여
언제나 점잖은 편 말이 없구나
관이 향기로운 너는
무척 높은 족속이었나 보다

물 속의 제 그림자를 들여다보고
잃었던 전설을 생각해내곤
어찌할 수 없는 향수에
슬픈 모가지를 하고 먼데 산을 쳐다본다

「사슴」 전문

---

14 *Encyclopaedia Britanica,* 인터넷 검색, 2008. 7. 3.

이 시에서 감정 표현과 관련된 시어는 '슬픈'과 '향수'다. 이 두 단어는 시인의 감정을 직접 드러낸 말이 아니라 사슴의 정황을 표현한 말이다. 사슴이 시인 자신의 표상으로 설정되어 있기는 하지만 시인의 감정을 직접 드러내지 않고 사슴의 슬픈 향수를 드러내는 식으로 우회적으로 표현되었다. 특히 시의 첫머리에 나오는 '모가지'라는 시어는 사슴이 시인의 분신으로 바로 동일화되는 것을 피하기 위해 일부러 비어를 써서 거리감을 유지하려 한 방법론의 소산이다.

향기로운 관을 쓴 사슴은 과거의 내력에 대해서는 아무 말이 없다. 잃었던 전설을 생각해 낸 경우라도 먼 산을 보며 향수에 잠길 뿐 아무런 행동도 보이지 않는다. 이런 묵언과 부동의 몸가짐이 바로 절제의 정신과 맞닿아 있다. 고귀한 왕가의 혈통을 이어받았을지 모르지만 지금 슬픈 모가지를 한 벙어리 사슴의 처지라면 말없이 물속의 그림자를 들여다보고 먼 데 산을 쳐다보는 것이 어울리는 일이다. 이런 점에서 노천명의 절제의 정신은 체념의 지혜와도 연결된다.

마지막 행의 "슬픈"은 첫 행의 "슬픈"과 의미의 차이가 있다. 첫 행의 "슬픈"은 외형에서 떠오른 인상이지만, 마지막 행의 "슬픈"은 사슴의 운명을 자각한 데서 온 감정이다. 이 짧은 시는 몇 개의 간략한 이미지를 배치하여 외형적 연민이 운명적 애상으로 변화하는 과정을 나타냈다. 대상의 운명을 바라보는 시선은 사슴에 국한된 것이 아니다. 여기서의 사슴은 노천명 개인을 넘어서서 인간 일반의 존재론적 위상을 상징한다고도 볼 수 있다. 어쩌면 일제강점기에 수세에 몰려 살고 있는 한국인 모두가 사슴과 같은 처지에 놓인 것일지 모른다. 아주 단순화시켜 말하면 사슴은 일제강점기 한국민족의 표상이자 오늘 이 시대를 살고 있는 우리들 모두의 모습이기도 하다. 8행의 시 형식 속에 간결한 언어와 짜임새 있는 이미지로 인간 운명의 상징을 창조한다는 것은 쉬운 일이 아니다. 노천명의 절제의 정신은 이처럼 창조의 힘과 연결되어 있다.

시집 출간 이후 그는 다시 조선일보사 출판부에 입사해서 『여성』지 편집을 맡는다. 앞에서 말한 김광진과의 직접적인 만남은 이 시기에 시작된 것으로 보인다. 노천명의 두 번째 시집 『창변』에 수록된 다음 작품도 두 사람 사이의 관계에 대한 자신의 감정을 표현한 것이다.

맘속 붉은 장미를 우지직끈 꺾어 보내놓고 —
그날부터 내 안에선 번뇌가 자라다

늬 수정 같은 맘에
나
한 점 티 되어 무겁게 자리하면 어찌하랴

차라리 얼음같이 얼어버리련다
하늘 보며 나무 모양 우뚝 서버리련다
아니
낙엽처럼 섧게 날아가버리련다

「장미」 전문

여기서 장미는 사랑하는 마음을 상징한다. 그대를 사랑하는 마음은 간절하지만 이루어질 수 없는 사랑이기에 붉은 장미를 우지끈 잘라 보내듯 가슴 아픈 절교의 사연을 보냈으리라. 그렇게 그대와의 관계를 끊으려고 마음을 다잡는데도 번뇌는 커져 갈 뿐이다. 노천명은 일찍이 「자화상」이라는 시에서 자신의 성격에 대해 "꼭 다문 입은 괴로움을 내뿜기보다 흔히는 혼자 삼켜버리는 서글픈 버릇이 있다"고 고백한 바 있다. 그는 괴로움을 혼자 삼키며 자신이 모든 괴로움을 감당하려 한다. 오히려 그는 자신이 보낸 절교의 사연 때문에 그대 마음에 괴로움이 쌓이면 어떻게 하느냐고 상대방을 걱정하고 있다. 자신의 괴로움은 혼자 삭이고 상대방의 괴로움을 먼저 걱정하는 시인의 섬세한 마음을 읽을 수 있다. 더군다나 상대방은 수정으로 비유하고 자신은 한 점 티로 비유한 데에서 진정으로 상대를 사랑하는 노천명의 마음을 감지하게 된다.

그래서 노천명은 그대 마음에 아무런 자취도 남기지 않고 얼음같이 얼어 버리거나 나무처럼 서 버리거나 낙엽처럼 날아가 버릴 것을 생각한다. 요컨대 그대에게는 괴로움을 남기지 않고 어떤 번민이나 괴로움도 혼자 감당하겠다는 진정한 사랑의 자세를 드러내고 있는 것이다. 그러면서도 철저하게 감정을 절제하면서 간결한 어법으로 사랑의 절실함과 상대방에 대한 헌신적 자세를 표현하는 데 성공했다. 노천명은 절제의 정신을 자신의 일관된 시작법으로 밀고 나감으로써 한국 여성시의 독자적 영역을 개척했다.

노천명의 첫 시집보다 두 번째 시집 『창변』에 더 정제된 작품이 많이 수록되어 있다. 그중 「푸른 오월」에 노천명이 즐겨 사용한 나비의 이미지가 나온다. 나비의 이미지를 통해 해방 전과 해방 후에 노천명의 자기 인식이 어떻게 변했는가를 확인할 수 있다.

청자빛 하늘이
육모정 탑 위에 그린 듯이 곱고
연못 창포잎에
여인네 맵시 위에
감미로운 첫여름이 흐른다

라일락 숲에

내 젊은 꿈이 나비처럼 앉는 정오
계절의 여왕 오월의 푸른 여신 앞에
내가 웬일로 무색하고 외롭구나

밀물처럼 가슴속 몰려드는 향수를
어찌하는 수 없어
눈은 먼데 하늘을 본다

기인 담을 끼고 외따른 길을 걸으며 걸으며
생각은 무지개처럼 핀다

풀 냄새가 물큰
향수보다 좋게 내 코를 스치고
청머루 순이 뻗어 나오던 길섶
어디선가 한나절 꿩이 울고
나는
활나물 홑잎나물 젓갈나물 참나물을 찾던
잃어버린 날이 그립지 아니한가 나의 사람아

아름다운 노래라도 부르자
서러운 노래를 부르자

보리밭 푸른 물결을 헤치며
종달새 모양 내 마음은
하늘 높이 솟는다

오월의 창공이여

나의 태양이여

「푸른 오월」 전문

첫 연은 감미로운 첫여름의 정경을 스케치하듯이 몇 개의 대표적인 이미지로 5월의 신선함을 표현했다. 푸른 하늘을 청잣빛으로 비유한 것이 새롭고 그 청잣빛 하늘이 육모정 탑 위에 그린 듯이 곱다고 시각적으로 표현한 것도 새롭다. 창포는 여름에 잎이 무성하게 퍼지는데 은은한 향을 지니고 있어 여인들이 머리 감는 향료로 썼다. 그러한 창포 잎 다음에 여인네 맵시가 연결된 것도 첫여름의 싱그러움을 표현하는 데 어울린다.

"라일락 숲에/내 젊은 꿈이 나비처럼 앉는 정오"는 5월의 생명력이 절정에 달한 장면을 집약적으로 표현했다. 진한 향기가 풍겨 나오는 라일락 숲, 20대 젊은 여성의 화사한 꿈, 5월의 광명이 극에 달한 정오 등 고양된 기상이 연결되어 상승작용을 한다. 나비는 노천명이 자신의 꿈, 슬픔, 외로움을 표현할 때 자주 사용한 소재다. 가볍고 연약하면서도 화사한 나비와 자신의 운명을 동일시하곤 했다. 실제로 라일락 꽃 위에 나비가 앉는 것을 보고 자신의 젊은 꿈이 나비처럼 앉는다고 상상했을지 모른다. 그러나 자신의 꿈이 나비와 같다 하더라도 계절의 여왕이자 푸른 여신에 비유되는 5월의 화려함에 비하면 나비는 무색하고 외로운 존재가 될 수밖에 없다. 그렇게 자신의 외로움을 인식하자 갑자기 향수가 몰려든다. 그의 시에서 추억, 전설, 향수의 세계는 현실의 고통을 달래 줄 수 있는 위안의 역할을 한다. 지금 화려한 5월의 광휘 앞에 초라함을 느낀 자아는 향수에 젖어 추억의 세계 속에서 자신의 초라함을 보상받으려 하는 것이다.

추억 속 전설의 세계로 넘어가니 고향의 모습이 선명하게 전경화

된다. 청머루 순이 벋어 나오던 길섶이 보이고 한가롭게 우는 꿩 소리도 들리고 갖가지 나물을 뜯으러 다니던 어린 날의 정경이 떠오른다. 그 잃어버린 날이 그립지 않느냐고 시인은 되묻는다. 여기서 고향에 대한 노천명의 이중적 심리가 노출된다. 지금 생생히 떠오르는 고향의 장면이 분명 아름답고 노천명에게 위안을 주는 것은 틀림없는데, 그 아름다운 장면이 사실은 잃어버린 세계라는 점도 노천명은 분명하게 자각하고 있다. 아름답기는 하지만 지금 자신의 삶으로 내재화할 수 없는 잃어버린 세계, 그것이 바로 고향의 모습이다. 그래서 노천명의 의식은 늘 위안과 공허 사이를 왕래한다. 현재 5월의 아름다움에 초라함을 느낄 때 마음은 과거로 향해서 추억의 공간에서 위안을 얻는다. 추억의 공간은 사실 부재하는 것이기에 그 상실감은 다시 현재로 향한다. 현재로 오면 역시 고독한 자아가 안주할 수 없는 공허한 현실과 만난다.

이 시의 마지막 두 연은 공허한 현실에서 버티기 위해 가공의 희망을 토로한 것이다. 잃어버린 날을 그리워하던 사람이 어떻게 갑자기 내 마음이 보리밭 푸른 물결을 헤치며 종달새처럼 솟는다고 말할 수 있겠는가? 어떻게 갑자기 5월의 창공과 태양을 예찬할 수 있겠는가? 5월의 싱그러운 정경이 아름다운 고향의 정경을 무지개처럼 떠오르게 했지만, 무지개가 환각이듯이 고향의 모습은 추억 속의 공간, 잃어버린 세계에 불과하다. 라일락 숲에 나비처럼 내려앉던 자신의 꿈이 종달새처럼 수직으로 상승하고 싶다고 희망했지만, 그의 외로운 내면은 지친 나비처럼 잃어버린 고향 저편으로 날아갈 뿐이다. 이 이중성이 노천명의 의식을 강하게 지배하고 있다.

5. 시대의 질곡과 나비의 운명

해방이 되자 총독부의 기관지였던『매일신보』는 '서울신문'으로 개명이 되고 노천명은 계속 문화부에 근무한다. 해방의 소용돌이 속에서 노천명은 자신의 친일 문필 활동에 대한 자책감을 느꼈던 것 같다. 그러던 중 그 주위에 있던 친근한 사람들이 그의 곁을 떠나는 사건이 발생한다. 1947년 1월 진주에 내려가 있던 언니 노기용의 남편 최두환이 갑자기 세상을 떠난다. 노천명은 그때의 심정을 "어머니에 지지 않게 서러웠다"[15]고 고백했다. 1947년 11월 3일에는 그가 극진히 사랑하던 이질녀 최용자가 맹장 수술을 받은 후 경과가 좋지 않아 스물 두 살의 젊은 나이에 세상을 떠났다. 노천명은 한동안 가슴을 파고드는 슬픔에 자다가도 일어나 용자를 부르며 울었다고 했고, "사람들이 많이 걸어가는 틈에서 용자 또래를 볼 곳이 나는 또 두렵다"고 했다.[16] 그러나 용자의 죽음을 소재로 한 시「장미는 꺾이다」에서는 슬픔의 절제를 보여 주고 있다. 그 시에서 "석류 벌어지는 소리"로 계절감을 표현하고 "장미 같은 여인"으로 스물두 살에 떠난 조카의 젊음과 아름다움을 표현하였다. 조카가 떠난 허망함을 "하늘엔 흰 구름만이 떠간다"로 표현했다.

한국 전쟁 중에 미처 피난을 가지 못한 노천명은 노동당 정치보위부의 조사를 받은 후 문학가동맹 사무실에 나가 그들이 시키는 일을 해야 했다. 그들에게 협력하면 괜찮으리라는 생각이 오산이었다고 나중에 고백한 바 있다.[17] 서울 수복 후 부역문화인으로 지목되어 구속되었던 노천명은 문인들의 구출운동에 힘입어 투옥된 지 6개월 만

15「남행(南行)」,『노천명 전집 2』, 118쪽.
16 위의 책, 49쪽, 101쪽.
17「오산이었다」, 위의 책, 459쪽.

인 1951년 4월에 출옥하게 된다. 그는 6·25 전쟁을 두고 숱한 사람을 못쓰게 만들고 많은 곳에 불길한 씨를 뿌린 '마귀할멈' 같은 존재라고 비유한 바 있다.[18] 그는 생애 처음으로 당한 굴욕적인 옥중체험을 소재로 하여 여러 편의 시를 썼다. 다음의 시는 옥중에서의 자신의 심정을 비교적 솔직히 표현한 작품이다.

　　자신 없는 훈장이 내게 채워졌다
　　어울리지 않는 표창이다
　　오등(五等) 콩밥과 눈물을 함께 씹어 넘기며
　　밤이면 다리 팔 떼어놓고 싶게
　　좁은 잠자리에 주리 틀리우고
　　날이 밝으면 날이 날마다 걸어보는 소망
　　이런 하루하루가 내 피를 족족 말리운다
　　이런 것 다 보람 있어야 할 투사라면
　　차라리 얼마나 값 있으랴만

　　나는 무엇을 위해 이 고초를 받는 것이냐
　　누가 알아주는 투사냐

　　붉은 군대의 총부리를 받아
　　대한 민국의 총부리를 받아
　　새빨가니 뒤집어쓰고
　　감옥에까지 들어왔다
　　어처구니없어라 이는 꿈일 게다

---

18 「산다는 일」, 위의 책, 154쪽.

진정 꿈일 게다

밤새 전선줄이 잉잉대고 울면

감방 안에서 나도 운다

땟국 젖은 겹옷에서 두고 온 집 냄새를

움켜 마시며 마시며

어제도 꿈엔 집엘 가보았다

「누가 알아주는 투사냐」 전문

이 시에는 감옥에서 겪은 고초가 솔직하게 드러나 있다. 오등 콩밥과 눈물을 함께 씹어 삼켰다든가 좁은 잠자리에 주리 틀려 자는 것이 너무 고통스러워 차라리 다리팔을 떼어 놓고 싶었다든가 하는 것은 다른 시에서 볼 수 없는 솔직한 심회의 표출이다. 6·25 전쟁이 안고 있는 사상적 대립 속에 자신이 당한 고초를 "붉은 군대의 총부리를 받아/대한민국의 총부리를 받아"라고 표현한 것은 자신이 당한 고초가 사실은 시대의 질곡 속에 빚어진 것임을 단적으로 표명한 것이다. 개인적으로는 뚜렷한 잘못도 없이 양쪽의 핍박을 받은 것이며 진정한 잘못은 사악한 마귀할멈의 지팡이에 놀아난 정치적 상황에 있음을 암시적으로 드러냈다. "감옥에까지" 들어왔다는 표현에서 자신의 자존심이 짓밟힌 굴욕감과 현실에 대한 배반감이 드러난다.

노천명은 전쟁이 소강상태에 접어든 1952년 이후 안정을 찾으면서 작품 활동을 재개하여 1953년 3월 세 번째 시집 『별을 쳐다보며』(희망출판사)를 간행한다. 이 시집은 1953년 3월에 간행되었지만 그 후기는 1952년 11월 15일 부산에서 쓴 것으로 되어 있다. 그는 시집의 후기에서 6·25가 자신에게서 여러 가지를 앗아가 버렸으나 문학적 정열은 빼앗지 못하였으며 얼었던 몸을 녹이며 정신을 차려 이 시집을 엮는 자신의 느낌은 「남사당」의 한 구절처럼 '슬픔과 기쁨이 섞여 피어'나는 것 같다고 밝히고 있다. 그리고 자신의 처지를 고려해서인지 "나를 알아주고 아껴주는 사람들이 사는 곳은 역시 대한민국"이라는 사실을 밝히고 있고 옥중에서 시를 쓸 수 있게 해준 부산형무소 간수장에게도 사의를 표하고 있다.

전란과 수형 생활의 아픔을 거친 노천명은 마음 한쪽에 지니던 연약한 나비의 꿈마저 잃어버리게 된다. 유시집인 『사슴의 노래』(1958. 6)에 수록된 다음의 시는 현실의 구체적 단면을 제시하면서 인간 군상을 벌레나 두꺼비 같은 것으로 비하하여 냉소적으로 표현하고 있어 그의 시의 뚜렷한 변화를 느끼게 한다.

우물거리는 것들은 땅의 벌레가 아니라
하늘의 아들들이오
층계는 실로 천층 만층

'만년필 사 보시죠'
'오늘 아침 신문입니다'
'고무줄 삽쇼'
다음 것이 오기 전에 현기증이 난다

다리 다리 다리
광풍이 뿌리는
빗발 같은 다리들이
소나기처럼 지나간다

두꺼비 모양 엎드리고 있는 것은

빵장수 영감
두고 온 고향의 사과밭이 생각났나 보다

아침 해도 안 드는 지하도
나비가 날아들면 당장 숨이 막힐 곳
많지도 않은 욕망들인데
머리 위에 전차를 이고
저들은 서커스를 한다

「남대문 지하도」 전문

햇볕도 들지 않는 남대문 지하도에서 먹고 살기 위해서 만년필이나 신문을 팔고 빵을 파는 가난한 군상들을 보면서 시인은 "땅의 벌레가 아니라 하늘의 아들들"이라고 했다. 이 말은 그들이 지금 하늘의 아들로 살고 있다는 뜻이 아니라, 하늘의 아들이 되어야 할 인간들이 땅 밑에 들어와 벌레처럼 우물거린다는 뜻을 반어적으로 표현한 것이다. 지하도로 어지럽게 걸어가는 사람들의 다리를 "광풍이 뿌리는 빗발"로 비유하고 빵을 파는 영감을 두꺼비처럼 엎드린 형상으로 나타냈다. 지하도 위로 전차가 지나가니 이들이 마치 전차를 머리에 이고 서커스를 벌이는 것 같다고 했다. 시인이 보기에 이들은 정상적인 인간의 모습에서 벗어난 상태에 있다. 그래서 시인은 심한 현기증을 느낀다.

지하도 내의 어지러운 삶의 단층에서 환멸의 현기증을 느끼는 노천명 자신은 연약한 나비로 비유된다. "나비가 날아들면 당장 숨이 막힐 곳"이라고 시인은 썼다. 10여 년 전에 쓴 「푸른 오월」의 한 구절이 떠올랐던 것일까? 각박한 생존경쟁의 공간에서 노천명 자신은 질식할 것 같은 압박감을 느낀다. 육모정 탑도 라일락 숲도 없는 불모

의 공간에서 나비는 위기의식을 느낀다. 간신히 떠올린 "고향의 사과
밭"도 생에 대한 환멸감을 덜어 주지 못한다.

생에 대한 환멸과 재생불능성 빈혈로 기력을 잃은 노천명은 1957
년 6월 16일 새벽 죽음의 길로 떠났다. 라일락 숲에 잠시 앉았던 나
비의 꿈은 한 번도 종달새처럼 솟아오르지 못하고 지하도의 유폐감
속에 사멸되고 만 것이다. 이때 그의 나이 만 45세. 평생을 독신으로
살았으니 그의 유해는 언니 가족과 문인들이 거두었다.

일제강점기 조영출(조명암) 시문학의 위상

1. 전기적 사실과 서지 자료의 보완

조영출은 시인으로 출발할 당시 본명인 조영출로 작품을 발표했으며, 유행가요의 가사를 발표할 때는 조명암이라는 필명을 주로 사용했고, 월북 이후에는 줄곧 본명 조영출로 활동했다. 조영출에 대해 가장 많은 자료를 모아 놓은 책은 이동순 교수가 편찬한『조명암 시전집』(도서출판 선, 2003)이다. 이 책에는 조영출이 1913년 1월 10일 충청남도 아산시 탕정면 매곡리에서 태어난 것으로 되어 있다. 이것은 호적을 근거로 한 것이다. 그런데 보성고등보통학교 학적부와 와세다대학 학적 자료에는 둘 다 11월 10일이 출생일로 기록되어 있다. 이렇게 된 경위에 대해서는 알려진 바가 없다. 1921년에 부친이 별세하여 아들인 조영출이 호주 승계하였으며, 모친과 함께 절로 들어가 모친은 함경남도 안변 석왕사에서, 조영출은 강원도 고성 건봉사에서 생활했다고 한다.

그가 보성고보로 진학하기 전 건봉사의 봉명학교에서 수학한 것으로『전집』[1]의 연보에 기록되어 있다. 그러나 봉명학교는 1906년에 개교하여 그 이듬해 폐지된 이후 정식 학교가 아니라 불교 강원 형태로 운영되었다.[2] 이런 까닭 때문인지 보성고보 학적부에는 석왕사보통

---

1 『조명암 시전집』(도서출판 선, 2003)을 이렇게 약칭한다.
2 한계전, 「만해와 건봉사 봉명학교」, 『유심』 4호, 2001. 봄호, 67쪽.
　이홍섭, 「조선불교유신론에 담긴 한용운의 세계관과 건봉사와의 관계」, 『한국어문학연구』 43, 2004. 8, 86쪽.

학교 졸업으로 기재되어 있다. 석왕사 역시 31본산의 하나로 경원선의 석왕사역 근처에 석왕사보통학교를 운영하고 있었다. 조영출은 건봉사에 승적을 두고 학비 지원을 받고 있었으므로 건봉사의 불교 강원인 봉명학교에서 공부했으나 고등보통학교 진학을 위해 석왕사보통학교를 졸업한 것으로 서류를 만들었을 것이다. 이때 보성고보도 조선불교 중앙교무원이 운영을 맡고 있어서 입학하는 데 무리가 없었을 것이다.

1930년 보성고보에 입학했을 때 그의 나이가 18세였다. 동급생보다 나이가 많고 건봉사에 승적을 둔 신분이어서 그런지 학업성적도 우수했고 생활태도에서도 매우 높은 평가를 받았다. 그는 1932년부터 신문과 잡지에 시를 발표하기 시작하는데 대부분 본명으로 발표했고 특별한 경우에만 명암이라는 필명을 사용했다. 『조선일보』에 조중련(趙重連)이라는 이름으로 게재된 「부두 없는 새벽의 항구」가 『전집』에 1933년 9월에 발표된 것으로 기재되어 있으나 1934년 4월 11일에 발표된 것이다. 또 보성고보를 졸업할 때 쓴 「항로 – 혜화 성림(聖林)을 떠나며」가 『전집』에 1935년 3월 5일 『조선일보』에 발표된 것으로 되어 있으나 같은 날짜의 『동아일보』에 발표되었다.

2004년에 최원식 교수가 조영출의 민속시 6편을 학계에 소개했다.[3] 출처는 알 수 없지만 일제강점기에 발표된 시와 평론을 모아 붙인 스크랩북에 있는 것을 소개한 것이다. '민속시초 남사당편'이라는 표제 아래 「남사당」을 비롯한 6편의 작품이 들어 있는 자료다. 『전집』에는 「남사당」이 1939년 9월 『초원』에 발표된 것으로 되어 있다. 『초원』은 함경남도 원산에서 간행된 시 동인지인데 1939년 9월에 1호가, 1939년 12월에 2호가, 1940년 3월에 3호가 나오고 종간된 것 같

---

3 최원식, 「풍속의 외피를 쓴 성장시」, 『민족문학사연구』 28, 2004. 11, 364~373쪽.

다.[4] 『전집』에 「남사당」이 『초원』(1939. 9)에 발표되었다는 기록을 믿고 서영희는 자신의 박사논문에서 "남사당 연작시는 1939년 『초원』에 발표되었다"고 서술했다.[5] 그러나 『초원』 1호(1939. 9)에 「남사당」은 들어 있지 않고 「적멸보궁」만 들어 있을 뿐이다. 그것도 『초원』 1호의 실물은 보지 못하고 남아 있는 목차만 확인한 것이어서 『전집』에 수록되지 못한 「적멸보궁」은 제목만 알 수 있다. 『초원』 2호는 지금 확인할 길이 없고 『초원』 3호는 고려대학교에 소장되어 있는데 여기에는 「유언서」가 수록되어 있다. 『초원』이 동인지라는 점을 감안할 때 동인들이 매호 작품을 실었을 것이라고 보면 『초원』 2호에 「남사당」이 발표되었을 가능성은 있다. 그러나 그것은 짐작만으로 그칠 뿐 쉽게 단언할 수 없다.

『전집』에 폴 베를렌 시의 번역 작품으로 소개된 「내 마음에는 눈물이 날려」의 출전이 『금강저(金剛杵)』로 되어 있을 뿐 발표 시점이 나와 있지 않은데, 1939년 1월 15일에 나온 『금강저』 23호에 발표되었다. 『금강저』는 조선불교동경유학생회에서 간행한 것으로 1924년부터 연 1회를 목표로 간행되었다. 제목의 표기는 '내 마음엔 눈물이 날여'로 되어 있는데 이것을 지금 표기로 바꾸면 '내 마음엔 눈물이 내려'가 될 것이다. 따라서 『전집』의 제목 '내 마음에는 눈물이 날려'는 수정되어야 한다. 그리고 "까닭을 모르니 짝 없이 괴로워"가 한 행으로 되어 있으나 이것도 두 행으로 분리되어야 한다. 4행 4연으로 되어 있는 원시의 구조를 살려 번역했기 때문이다.

『금강저』 22호가 1937년 1월 30일에 간행되었는데 여기 들어 있는 조선불교동경유학생회 회원일람표에 조영출은 건봉사 소속의 와세다

---

4 이응백 외, 『국어국문학자료사전』, 한국사전연구사, 1998.
　『동아일보』 기사(1939. 9. 13 ; 1939. 12. 16) 참고.
5 서영희, 「조명암 시 연구」, 영남대 박사학위논문, 2007. 12, 109쪽.

제2고등학원 학생으로 기재되어 있다. 와세다대학 학적부의 기록에도 1935년 4월에 와세다제2고등학원에 입학하여 1937년 3월에 수료한 것으로 되어 있다. 조선반도의 고등보통학교를 나왔기 때문에 정식 대학에 입학하기 위한 예과 과정을 제2고등학원에서 이수한 것이다. 그리고 『금강저』 23호(1939. 1. 15)의 회원일람표에는 역시 건봉사 소속으로 와세다대학 불문학부로 기재되어 있다. 2002년 유족 조혜령이 요청한 와세다대학 학적 조사에 의하면 조영출은 1938년 4월에 문학부 문학과 불어불문학 전공에 입학하여 1941년 3월에 졸업한 것으로 되어 있다. 이 시기의 와세다대학 성적표와 학적부가 공습에 일부 소실되었지만 학생 명부와 졸업증서 원부에 의해 확인한 것이다. 그런데 그다음에 간행된 『금강저』 24호, 25호에 수록된 1940년 5월과 1941년 9월 기준의 회원일람표에는 조영출의 이름이 나오지 않고 졸업 축하생의 명부에도 나오지 않는다. 1938년 이후 조영출은 대중가요 작사에 전념하여 1939년부터 1941년까지 한 해에 70편이 넘는 작사를 했다. 이것은 그에게 상당한 경제적 수입을 보장해 주었을 것이다. 이러한 이유로 건봉사의 학비 지원에서 벗어나면서 조선불교동경유학생회에서도 멀어진 것이 아닌가 추측된다.[6]

이외에 추가로 언급할 사항은 『전집』에 수록된 기행문 「경주 순례기」의 출전이 "『불교』, 1932"로 되어 있는데 자료를 확인해 본 결과 1933년 4월부터 7월까지 『불교』지 106호, 107호(5·6월 합병호), 108호에 분재된 것이다. 10월 3일 경성역에서 여행을 떠난 것으로 되어

<hr>

6 윤여탁이 건봉사 출신의 최재형과 면담한(1991. 11. 2) 내용에 의하면 건봉사가 학비를 지급하는 경우에는 불교를 공부할 것을 전제로 했고, 불교와 관계없는 인문학부는 절에서 모르게 다녔다고 한다.
윤여탁, 『모더니즘에서 리얼리즘에로의 선택 - 조영출의 문학과 삶』, 『만해학보』 1, 1992. 6, 180쪽.

있으니 1932년 보성고보 3학년 때의 경주 수학여행 과정을 장편의 기행문으로 작성한 것이다. 군데군데 '중략' 표시가 되어 있는데도 200자 원고지 70매가 넘는 분량이니 정성을 기울여 쓴 글임을 알 수 있다. 그는 이 기행문에서 나라 잃은 백성으로서 역사 유적을 대하는 여러 가지 감회를 드러내고 있는데, 특히 신라의 불교 유물이 자아내는 숭엄한 아름다움에 경탄과 애상의 정조를 기탄없이 표현하고 있다. 기행문 여기저기에 화려하게 펼쳐지는 애절한 비탄의 어조는 나중에 그가 쓰게 되는 가요시의 정조와 유사하다. 그리고 이 글에는 그의 자작시 2편과 시조 3편이 적절하게 삽입되어 있는데, 이 중 「이 동굴 안을 거니는 자여」는 『신동아』(1932. 12)에 따로 발표했다.

부산행 기차를 타고 천안을 지날 때 그는 고향인 아산을 생각하며 비통한 심정에 사로잡혀, "세상을 원망해 무슨 소용이 있으련마는 쓰디쓴 세파에 밀리고 부대끼어 표랑의 길 위에 한 조각 생을 더듬어 헤매는 자신을 생각할 때 심장이 에어지는 듯한 느낌이 없지 않았다."[7]고 고백한다. 고향이 어디냐고 누가 물으면 고향이 없다고 대답하는 것이 습관이었는데, "내 낳은 영인산 밑 조그만 초가집은 지금 어찌 되어 있는지" 애처로운 감회에 사로잡히다가도 고향이 점점 멀어지자 눈물을 삼키고 "그래도 큰 뜻 먹었으니 웃음 짓고 나가지 하며 부르짖었다"고 적었다. 기행문 끝 부분에 신라 유적 탐방의 마무리를 지으며 작가는 조시와 같은 호곡의 율조로 비탄의 감정을 털어놓는다. 이 문체를 보면 그의 감상적 언어 운용이 거의 천부적인 재능에 바탕을 둔 것이고 모더니즘의 외피를 두른 자유시보다 가요시 창작이 그의 소질에 더 맞는 일이라는 점을 깨닫게 된다.

---

7 이동순 편, 『조명암 시전집』, 도서출판 선, 2003, 579쪽.
  앞으로 『전집』에서 인용하는 경우는 주를 따로 달지 않음.

오, 신라의 제전이여! 동도(東都)의 넋이여, 그만 울라! 가을 하늘은 넓고 내 마음의 우수는 끝도 없이 길다. 신라의 고운 사랑이 피던 폐허의 흘리는 눈물은 기구한 운명에 휘말리는 이 땅의 한 싹을 받아 난 이 몸의 구곡간장을 천 갈래로 쏘느니. 포말같이 스러진 과거는 너무도 큰 애상의 존재이다. 그러나 긴 밤의 끝엔 여명이 오고, 스러지는 눈 밑엔 새싹이 돋으리니 신라의 옛터여! 맘 놓고 평온한 꿈의 거리를 침묵에 걸으라. 가뜩이나 멍든 이 몸의 옷깃엔 손을 대지 말라. 폐허여, 잘 있으라.

이외에 그가 해방 전과 후에 공연한 연극 대본이 발견됨으로써 희곡 쪽의 자료가 새로 보완되었다. 1945년 2월에 열린 제3회 국민연극경연대회 출품작 「현해탄」이 미국 하버드엔칭도서관(Havard-Yenching Library)에 소장된 것이 발굴 소개되었고,[8] '조선작가동맹'과 '조선연극동맹'의 공동주최로 열린 제2회 3·1기념연극대회에서 공연된 연극 대본 「위대한 사랑」이 발굴 소개되었다.[9] 이와 함께 와세다대학 우리동창회에서 간행한 『회지』 3호(1939)에 실린 조영출의 시론 「서사(序詞)」가 발굴 소개되었다.[10] 그에 대한 자료는 앞으로도 더 나올 가능성이 있다.

---

8 이미원, 조명암의 「현해탄」,『국민연극』 4, 월인, 2003.
9 박명진, 「해방기 조영출의 공연 희곡 연구」,『한국극예술연구』 32, 2010. 10, 221~260쪽. 대본은 『한국극예술연구』 33, 2011. 4, 326~409쪽에 실림.
10 염철, 「조영출 시론 '서사'에 대하여」,『근대서지』 4, 2011. 12, 280~303쪽.

2. 자유시의 주지적 색채

　조영출은 1932년에 『조선일보』에 학생 투고로 「밤」을 발표한 이후 1933년에 각 신문 잡지에 10편이 넘는 작품을 발표하였고 1934년에는 한 해 동안 30편 정도의 많은 작품을 발표하였다. 1935년 이후 자유시 작품 발표 수가 줄어들어서 1937년에 5편, 1938년에는 1편만을 발표하고 있을 뿐이다. 여기에 비해 대중가요 작사는 1938년부터 집중적으로 늘기 시작해 1년에 수십 편씩 양산했다. 요컨대 그의 자유시 창작은 1938년 이후 가요시 창작으로 전환되었다고 말할 수 있다. 1933년에 발표된 작품을 보면 『조선일보』에 발표된 4편의 자유시가 현대적 감각을 살리고 있고 『신여성』에 발표된 작품들은 시조 형식이거나 민요조의 가요시 형식이어서 이미 습작 초기부터 자유시와 가요시를 병행해서 창작하고 있음을 알 수 있다.

　『조선일보』에 발표된 「젊은 시인의 광상곡」(1933. 9. 10)은 새로운 요소가 많은 자유시다. 젊은 시인의 고뇌를 "광인의 젖가슴같이 후들거리는 붓끝/붓 끝에 질질 흐르는 붉은 피"라는 처절한 가시적 형상으로 형상화하면서 "노예해방은 기만의 붉은 술잔에 빠져죽고/육욕은/저울대 위에 황금을 올려놓고/위훈의 월계화는/비명을 아뢰우고 넘어진 병정의/푸른 탄식에 시들어지외다"처럼 관념을 가시적 형상으로 풀어놓거나 가시적 대상을 관념의 영역과 결합시키는 표현 수법을 발휘하고 있다. 「인간」(1933. 11. 7)은 시상이 전체적으로 정돈되지 못했으나 "빛만 한 줄거리 미래파의 화폭을 아로새기외다"라든가 "아하, 劫의 공간은/크나큰 퀘스쵼을 물고 전율하는구나" 같은 현대적 감각의 시행을 배치하고 있다. 「GO STOP」은 신호등과 네온사인이 명멸하는 도시의 거리를 부정적으로 묘사하면서 20세기의 종언을 예고하고 겉으로만 화려한 문명은 결국 "溶解"와 "再結晶"이 있을 뿐이라고 선언하고 있다. 도시 문명에 대한 부정적 의식을 구체적인 도시 풍물의 열거를 통해 표현한 점이 새롭다고 할 수 있다.

이러한 조영출의 연속적인 투고를 지켜본 『조선일보』 학예부 기자 김기림은 그해 말에 쓴 1933년 시단 총평에서 조영출의 시를 신석정의 전원풍 서정시와 대비하여 "도회시인으로서의 비범한 소질"과 "남달리 빛나는 위트의 편린"을 들어 높이 평가하였다. 모더니스트 김기림답게 신석정의 시에 결여된 "주지적 색채"와 "주지적 정신"이 조영출의 시에 나타난 것을 긍정적으로 평가한 것이다.[11] 조영출은 뜻하지 않은 김기림의 평에 커다란 자극을 받았을 것이다. 그래서 이후 그의 시작은 주지적 색채와 주지적 정신을 강화하는 쪽으로 전개된다. 그의 시 「은반 위에 날개를 편 젊은 인어들」(『동아일보』, 1934. 1. 30)은 김기림의 긍정적 평가에 대해 심혈을 기울여 제작한 답가라할 수 있다.

코바르트 하늘의 한낱 제왕의 빛나는 화살이
청춘의 끝 모를 희열을 물고 은반 우에 무수히 꽂혔다

얼어붙은 겨울의 사색. 우울 –
백랍을 씹는 느긋느긋한 생의 권태를 벗어져 나온 인어들의 난무여

은반 우에 날뛰는 개화한 白魚들이여
세기의 가슴은 카나리아의 가수를 포옹한다
지극히 뜨거운 열정으로 얼어붙은 창조의 손들을 녹이런다

---

11 김기림, 「1933년 시단의 회고와 전망」, 『조선일보』, 1933. 12. 12.

오색 빛 신기루의 처마 끝에 매달려

幻慮의 둥주리를 트는 철없는 제비들의 분칠한 마음들

大空의 검은 소리개가 좀먹은 심장을 물고

조그만 그림자를 던지는 들창 앞에서 무엇을 보니

지금 저 은반 우엔 새로운 譜表들이

젊은 인어들의 빛나는 발톱으로 아로새겨진다

푸른 목도리

붉은 목도리

바람은 그대들의 불붙는 마음을 흩날리고 있다

직장에서 학창에서

혹은 낙원동 국경의 동쪽 거리에서

계절을 경멸하는 수선화들이 날개를 펴고 나왔다

명랑한 하늘과 땅 그 사이에 희망의 붉은 피가 넘쳐흐르는

조그만 심장들을 찬 인어들이 날뛰고 있다

때 - (그러나 우리는 무조건하게 기뻐하기는 싫다)

세기여 너는 너의 진단의 손으로

날개를 편 수선화들의 가슴을 어루만져 보라

은반 우에 달리는 인어들의 흰 두 유방 사이를 더듬어 보라

아, 나는 가슴을 조인다

태양으로부터 세기의 레포가

검은 기폭으로써 들려지지 않기를 기다린다.

「은반 위에 날개를 편 젊은 인어들」 전문

이 시의 끝 부분에는 "1934. 1. 27. 한강에서 김기림 씨의 시 「날개를 펴려무나」를 생각하며"라는 말이 첨부되어 있다. 김기림이 1934년 1월 1일 신년시로 『조선일보』에 발표한 「날개를 펴려무나」를 읽고[12] 거기 나오는 "우리의 병든 날개를 햇볕의 분수에 씻자"라는 역동적 시구에 호응하는 뜻에서 한강에서 스케이트를 타는 밝은 모습을 시로 표현한 것이다.

첫 연은 푸른 하늘 아래 은반 위에서 햇살에 빛나며 희열에 찬 모습으로 스케이트를 타는 젊은이들의 풍경을 나타냈다. "코발트색 하늘"이라는 말로 현대 감각을 살렸고 빛나는 햇살을 제왕이 쏘아올린 화살이 은반 위에 무수히 꽂히는 형상으로 전환 표현했다. 이러한 경쾌한 난무가 "백랍을 씹는 느긋느긋한 생의 권태"와 대립된다는 것을 '코발트'와 '백랍'의 시각적 대비를 통해 표현했다. "은반 우에 날뛰는 개화한 白魚"라는 표현은 매우 신선하다. 이 이미지는 "오색 빛 신기루의 처마 끝에 매달려/幻盧의 둥주리를 트는 철없는 제비"의 이미지로 이어진다. 이처럼 경쾌한 스케이트 타는 젊은이들과 반대쪽에 있는 일상의 대중은 "大空의 검은 소리개가 좀먹은 심장을 물고/조그만 그림자를 던지는 들창 앞"에서 답답한 세상을 바라보는 처지로 대비된다. 은반 위에 스케이트 지나간 자국이 어지럽게 엇갈려 보이는 것을 "지금 저 은반 우엔 새로운 譜表들이/젊은 인어들의 빛나는 발톱으로 아로새겨진다"고 표현한 것도 시각적 형상을 음악을 담은 악보로 비유한 기발한 표현법이다. 그야말로 "도회시인으로서의 비범한 소질"과 "남달리 빛나는 위트의 편린"이 남김없이 드러난 작품이다.

이뿐 아니라 시인은 마지막에 이러한 명랑한 희망의 윤무가 펼쳐

---

12 이 시는 시집 『태양의 풍속』(학예사, 1939)에 '분수'라는 제목으로 수록되었다. 김학동 편, 『김기림 전집 1 시』, 심설당, 1988, 67쪽.

짐에도 불구하고 우리가 예상할 수 있는 세기의 우울한 진단에 대해 경계해야 한다는 지성적 성찰, 다시 말하여 "주지적 정신"을 배치해 놓았다. "은반 우에 달리는 인어들의 흰 두 유방 사이"라는 관능적 표현과 함께 시인은 태양으로부터 이 세기에 대한 진단이 "검은 기폭" 같은 부정적 보고가 오지 않게 되기를 가슴을 조이며 기다린다고 끝을 맺었다. 경쾌하고 명랑한 현상 뒤에 얼마든지 부정적 국면이 다가올 수 있음을 경계한 것이다. 시작 연륜이 길지 않은 스물한 살의 보성고보 4학년생의 시로서는 김기림의 피상적 모더니즘 시를 능가하는 복합적 형상성이 돋보인다.

그런데 조영출의 이후의 시는 참신한 주지적 색채가 점점 줄어들고 감상적 요소가 늘어나고 영탄과 돈호의 어법이 전면에 드러난다. 주지적 절제의 정신이 점차 퇴보하는 현상을 보이는 것이다. 1934년에 들어 그는 이런저런 지면에 가요시 5편을 발표했다. 가요시를 쓰게 되면서 그의 자유시도 가요시 형태로 전환되기 시작한다. 「창조의 길」(『조선시단』, 1934. 2)도 가요시와 성격이 유사하고 「봄비」(『신여성』, 1934. 4)도 길이는 길지만 2행 1연의 가요시 형식에 감상적인 내용을 담고 있다. 「보헤미안」(『조선중앙일보』, 1935. 12. 4), 「밤」(『동아일보』, 1935. 12. 19), 「Nostalgia」(『조선문단』, 1936. 1), 「신기루」(『동아일보』, 1938. 10. 2) 등도 유사한 성격을 보인다. 이러한 사정으로 볼 때 그는 김기림이 칭찬한 주지적 색채와 주지적 정신에서 점차 등을 돌리고 감상적인 가요시 쪽으로 기울고 있음을 알게 된다. 그의 후기시 중 그래도 애상의 정서가 지성적 절제와 균형을 이루고 있는 작품은 「칡넝쿨」(『조광』, 1937. 11)[13] 정도다.

---

[13] 이 작품의 제목이 '칡넝넝'으로 표기되어 있으나 '칡넝쿨'의 오자로 보고 제목을 '칡넝쿨'로 정한다.

하늘이 하도 높아 땅으로만 기는
강원도 칡넝쿨이
절간 종소리 숙성히도 자라났다

메뚜기 베짱이들이
처갓집 문지방처럼 자조 넘는 칡넝쿨

넝쿨진 속에 계절이 무릎을 꿇고 있다
여름의 한나절 꿈이 향그럽다
줄줄이 뻗어간 끝엔
뾰죽뾰죽 연한 순이 돋고

어린 소녀의 사랑처럼 온 칡
모르게 모르게 무성해 간다

袈裟를 수한 젊은 여승이
혼자 다니는 호젓한 길목에도
살금살금 기어가는 칡넝쿨이언만

해마두 오는 가을을 넘지 못해
목을 움츠리고 뒷걸음을 치는 식물

칡넝쿨이 안보이면
먼뎃절엔 등불이 한 개 두 개 열린다

「칡넝쿨」 전문

이 시에는 감상적 색채가 비치지 않고 가시적 상황을 통해 감정의 배면을 암시하는 절도가 보인다. 감정 상태를 드러내는 말은 "어린 소녀의 사랑처럼 온 찱"이라는 구절뿐이다. 그야말로 지성적 절제가 시 전편을 지배하고 있는 상태다. "도회시인으로서의 비범한 소질"은 보이지 않지만 "남달리 빛나는 위트의 편린"은 여전히 눈부시게 반짝이고 있다. 토속적 소재를 다루고 있지만 주지적 정신으로 대상을 바라보고 독특하게 변형시켜 표현하는 방법은 여전히 새로운 느낌을 준다.

1연은 위로 오르지는 않고 땅으로만 퍼져 가면서도 성장 속도가 빠른 칡넝쿨의 속성을 절간 종소리를 끌어들여 감각적으로 표현했다. 산중에서만 자라기 때문에 풀벌레들이 자유롭게 넘나들고 여름에 보라색 꽃이 피면 향내가 사방으로 퍼진다. 줄줄이 퍼져 나간 줄기에서는 연한 순이 돋아난다. 생명력이 강하여 숲에서 벗어나 여승이 다니는 호젓한 산길에도 줄기를 내민다. 그것을 "살금살금 기어가는 칡넝쿨"이라고 표현한 것이 재미있다. 가을이 되어 어쩔 수 없이 시들어 잎은 떨어지고 줄기만 남은 것을 "목을 움츠리고 뒷걸음을 치는 식물"이라고 표현했다. "살금살금 기어가는 칡넝쿨"이건 "목을 움츠리고 뒷걸음을 치는 식물"이건 칡을 어린애와 같은 천진한 대상으로 보는 동화적 시선을 느낄 수 있다. 칡넝쿨이 완전히 사라지게 되는 때는 가을이 짙어 겨울이 될 무렵이니 해는 일찍 지고 멀리 있는 절에 등불이 하나둘 열리게 된다. "먼뎃절엔 등불이 한 개 두 개 열린다"는 시행은 칡넝쿨에 등불이 열매처럼 한 개 두 개 열린다는 모습을 연상시킨다. 역시 시인의 천진한 시선을 느끼게 해주는 구절이다. "어린 소녀의 사랑", "가사를 수한 젊은 여승", "목을 움츠리고 뒷걸음을 치는 식물" 등의 구절에서 옅은 애상의 정서가 환기되면서도 그것을 시행의 배면에 미묘하게 은폐하는 수법은 그렇게 흔한 장면이 아니다.

이 당시 이용악이나 오장환의 시에 충분히 비견될 수 있는 서정적 성취를 이룬 작품으로 평가된다.

3. 가요시의 감응력과 문학적 격조

조영출은 1932년부터 신문에 독자 투고 형식으로 작품을 보냈을 뿐만 아니라 각종 현상공모에 적극적으로 응모했다. 1933년 12월에 공고한 『동아일보』 신춘현상문예 공모에 응모하여 신시 「동방의 태양을 쏘라」가 당선작이 되고 가요 「서울노래」가 가작으로 입선되었다. 「동방의 태양을 쏘라」는 조명암으로 투고하고 「서울노래」는 '명암'이라는 이름으로 투고했다. 이때 상금은 신시는 5원이고 가요는 10원이어서 가요 부문의 상금이 더 높았다. 1934년에는 『별곤건』에서 주최한 '신유행소곡대현상모집'에 응모하여 조영출 이름으로 낸 「청춘곡」이 2등 입선하고 조명암 이름으로 낸 「고구려 애상곡」은 선외 가작으로 뽑혔다. 이때 김종한, 고한승 등도 작품을 내서 입선했다.[14]

이 당시 각 신문사가 유행가요 가사를 경쟁적으로 현상공모했는데 그 배면에는 음반회사의 지원이 있었다. 유행가요의 대중적 감화력을 일찍이 간파한 시인들은 이미 가사 창작에 참여하고 있었다. 김동환은 1931년부터, 홍사용은 1932년부터 가사를 창작하고 있었고, 김억, 이하윤, 유도순 등도 1934년부터 가사를 창작하기 시작했다. 이당시 신문의 논설에서도 유행가요의 수준을 높이기 위해 문학인들이 앞장설 것을 당부하기도 했다. 이러한 분위기 속에서 조영출은 조명

---

14 구인모, 「시인의 길과 직인(職人)의 길 사이에서」, 『한국근대문학연구』 24, 2011. 10, 237쪽.

암이라는 필명으로 자연스럽게 가요시 창작의 길로 나아가게 되었다. 현상공모의 상금도 유행가요 가사가 신시의 두 배였고 작사료 수입은 시 원고료의 세 배가 넘었으니 수입에 있어서도 대단한 이익이 있었다.[15] 1년에 70편 이상을 양산한 조명암의 수입은 대단했을 것이고 대중적 영향력 역시 시와는 비교가 되지 않는 것이었다. 1937년 이후 가요시 창작에 전념하면서 자유시 창작은 자연스럽게 축소되었다. 그 반면 가요시의 수준은 날로 높아져 문학적 향취가 있는 가사가 대량으로 산출되었다.

유행가요가 대중의 마음을 끌려면 우선 제목이 간단하면서도 마음을 사로잡는 감칠맛이 있어야 한다. 조명암은 그런 쪽에 매우 탁월한 재능을 발휘했다. 「꼬집힌 풋사랑」은 박시춘이 작곡하고 남인수가 불러 1938년 3월에 취입한 곡이다. '풋사랑'이라는 말도 당시에는 흔히 쓰지 않던 말인데 거기 '꼬집힌'이라는 수식어를 붙여 안타까운 사랑의 감정이 연상되게 했다. 제목 자체가 대중의 마음을 끌어당기고 심금을 울렸을 것이다. 여기 "밤거리 사랑이란 담뱃불 사랑/맘대로 피우다가 버리는 사랑"이라는 가사가 들어가니 "꼬집힌 풋사랑"의 어설픈 아픔이 덧없이 버림받는 실연의 슬픔으로 변환되는 감정의 곡절을 느끼게 한다. 조명암은 김기림이 칭찬했던 "도회시인으로서의 비범한 소질"과 "남달리 빛나는 위트의 편린"을 도시 대중의 감성을 자극하는 데 적극 활용한 것이다. 그가 창작한 가사의 독창적이면서도 문학적인 제목의 작품을 눈에 띄는 대로 열거하면 다음과 같다.

「토라진 눈물」 - '토라진'은 사람의 마음이나 표장을 나타내는 말인데 '눈물'을 수식하는 말로 변형시켰다.

---

15 위의 글, 245~260쪽 참고.

「앵화(櫻花) 폭풍」 - 벚꽃이 만발한 모습과 구경하는 사람의 흥성거림을 '폭풍'이란 말로 과장적으로 표현했다.

「처녀 야곡(夜曲)」 - 세레나데를 뜻하는 '야곡'에 '처녀'라는 말을 넣어 수줍은 사랑을 표현했다.

「미소의 코스」 - 달리는 버스 안의 대화를 재미있게 구성했다.

「인생 간주곡」 - 연극의 막간에 연주하는 간주곡처럼 인생사의 분절된 슬픔을 간단히 노래한다는 뜻.

「돈 반 정 반」 - 화류계의 사랑이 돈으로 맺어진 것인지 진정한 정으로 맺어진 것인지 자신도 알지 못하겠다는 탄식의 노래.

「조각달 항로」 - 항로를 조각달에 비유하면서 조각달이 떠 있는 쓸쓸한 배경도 함께 나타내는 제목.

「눈물의 사변(事變)」 - '사변'이란 사람의 힘으로 파할 수 없는 큰 사건을 말하는데 여기에 '눈물의'라는 수식어를 붙여 표현의 묘미를 살렸다.

「꿈꾸는 처녀원(處女園)」 - 처녀의 애타는 마음을 처녀의 동산으로 나타내고 거기 '꿈꾸는'이라는 수식어를 붙여 사랑의 허망함을 표현했다.

「순정 특급」 - 급행열차처럼 덧없이 사라진 순정의 사랑에 대한 탄식을 표현했다.

「항구야 울지 마라」 - 항구를 의인화하여 자신의 슬픔을 투사했다.

「화류 잡기장」 - 화류계 여인의 착잡한 심정을 잡기장에 비유했다.

「꿈꾸는 백마강」 - 백마강을 내가 꿈꾸는 것인지 백마강이 꿈꾸는 것인지 백마강 위에서 지난 일을 꿈꾸는 것인지 제목만으로는 애매한, 그래서 시적인 제목이다.

「분 바른 청조(靑鳥)」 - 화류계 여인을 파랑새에 비유하여 세월의 슬픔을 노래했다.

「푸념 사거리」 - 푸념만이 이어지는 인생의 길을 표현했다.

「마음의 화물차」 - 눈물을 실어 보낼 화물차를 기다리는 애절한 마음을 이렇게 표현했다.

「즐거운 상처」 - 전쟁에서 입은 상처가 오히려 자랑스럽다는 역설적 의미를 표현했다.

이외에 매력적인 제목을 가진 작품으로 「산호 빛 하소연」, 「청노새 탄식」, 「항구의 무명초(無名草)」, 「파묻은 편지」, 「바다의 교향시」, 「외로운 화장대」, 「울리는 만주선」, 「눈물의 신호등」, 「청춘 야곡」, 「코스모스 탄식」, 「모래성 탄식」, 「살랑 춘풍」, 「항구의 붉은 소매」, 「애송이 사랑」, 「울리는 백일홍」, 「가거라 똑딱선」, 「여인 행로」, 「무정 천리」, 「청춘 항구」, 「목포는 항구」, 「추억의 청춘가」 등을 들 수 있다.

이러한 제목들에 대해 유형별 분류도 가능하다. 형식적으로 보면 '명사＋명사' 형으로 된 제목과 '수식어＋피수식어' 형으로 된 제목이 압도적으로 많다. '수식어＋피수식어' 형의 경우는 수식어가 용언으로 된 형태와 조사 '의'로 연결된 형태로 나눌 수 있다. 그 외에 「항구야 울지 마라」, 「가거라 똑딱선」처럼 명령형 어미가 활용된 경우도 조금 있다. 이렇게 제목의 유형을 분류해 놓고 그것의 의미와 정서적 효과를 검토해 보면 흥미로운 결과가 나올 수 있을 것이다.

매력 있는 제목에 매력 있는 가사가 붙으면 그 노래는 유행가로 히트하게 마련이다. 유행가는 보통 2절이나 3절로 구성되는데 각 절이 의미상 연결되는 대구의 구성을 갖는다. 보통 유행가요 가사의 경우 대중에게 먼저 전달되는 1절의 제작에 힘을 기울이고 2절이나 3절은 대충 처리하는 경우가 많다. 그런데 조명암은 1, 2, 3절의 내용이 긴밀하게 호응을 이루면서 2절, 3절로 갈수록 더욱 애절한 느낌을 주도록 가사를 배치했다. 이렇게 되면 해당 노래를 끝까지 듣게 되는 이점이 있다. 조명암은 가요시에 문학성을 부여하여 하나의 작품을 만든다는 생각으로 가사를 지은 것이다. 그런 특징을 지닌 가요시의 대표적인 예를 들어 보겠다.

홍라사 떨쳐입고 찾아갈거나
분칠로 단장하고 찾아갈거나
이 어느 남문 턱에 해만 저물어
오늘도 벼르다가 주저앉는다

머리칼 휘어듬고 발버둥치나
지척이 천리 같다 그대 있는 곳
차창에 기대앉아 바라보느니
눈물만 거침없이 흘러내린다

인물로 살 수 있는 인정이더냐
맘씨로 살 수 있는 정분이더냐
앞치마 걷어잡고 생각할수록
미운 정 고운 정은 살 수 없구나

「미운 정 고운 정」(1938. 4)

1절은 색깔 고운 비단 옷을 입고 찾아갈까, 분칠로 단장을 하고 찾아갈까 생각하지만 마음만 일으킬 뿐 실행에 옮기지 못하고 하루가 저물게 됨을 노래했다. 2절은 그대가 있는 곳은 아주 가까운데 갈 수 없는 처지이기에 천 리처럼 멀게 느껴지고, 갈 수 없으나 가고 싶은 마음을 버리지 못해 머리칼 휘어잡고 발버둥도 쳐 보지만 아무것도 할 수 없으니 차창에 기대어 눈물만 흘릴 뿐임을 노래했다. 3절에서 비로소 자신이 괴로워하는 이유가 밝혀진다. 그것은 내가 그대의 사랑을 얻지 못했기 때문이다. 사람 사이의 정분은 얼굴이 잘생겨서 생기는 것도 아니요, 마음이 좋아서 얻는 것도 아니다. 사람의 노력으로 어찌할 수 없는 것이 바로 정이다. "앞치마 걷어잡고 생각할수록/ 미운 정 고운 정은 살 수 없구나"라는 마지막 가사에 인생의 진실이 담겨 있다. 사람 사이의 정은 돈으로 살 수 있는 것도 아니요, 노력으로 얻어지는 것도 아니다. 알 수 없는 운명의 장난에 의해 맺어지는 것이 사랑이다. 그 점을 잘 알기 때문에 하루 종일 마음만 졸이다 주저앉고 차창에 기대앉아 울기만 하고 앞치마 걷어잡고 시름에 잠기는 것이다. 이러한 사정을 알면 "인물로 살 수 있는 인정이더냐/맘씨로 살 수 있는 정분이더냐"라는 대구의 호응이 얼마나 절묘하게 이루어진 것인지 알 수 있다.

> 해당화 꽃잎을 따서 눈물 씻으며
> 바닷가 백사장에 써보는 글자
> 다시 못 올 그대의 이름입니다
> 다시 못 올 추억의 나머집니다
>
> 바닷가 모래를 모아 성을 쌓아놓고
> 울면서 모래 속에 파묻은 편지
> 다시 못 올 그대의 선물입니다
> 다시 못 올 사랑의 무덤입니다
>
> 「파묻은 편지」(1938. 6)[16]

해당화 꽃잎을 따서 눈물을 씻는다는 첫 소절부터가 신선하게 마음을 울린다. 그렇게 눈물을 씻으며 써 보는 글자는 그대의 이름인데,

---

16 후렴구나 반복구를 빼고 가사만 정리했다. 앞으로도 이와 같이 인용한다.

그대는 다시 오지 못하는 사람이니 그 이름은 다시 돌이킬 수 없는 추억의 흔적, "추억의 나머지"에 불과하다. 바닷가에 모래성을 쌓아 놓고 모래 안에 그대의 편지를 파묻었는데 그 편지가 그대가 남긴 선물이긴 하지만 다시 오지 못하는 그대의 선물이기에 "사랑의 무덤"에 불과하다. 이처럼 1절의 "바닷가 백사장에 써보는 글자"와 2절의 "울면서 모래 속에 파묻은 편지"가 의미의 호응을 이루며, "추억의 나머지"와 "사랑의 무덤"이 호응을 이룬다. 글자로 쓴 것이 편지이고 추억의 남은 자취가 사랑의 무덤이니 1절과 2절이 얼마나 교묘하게 맺어진 것인지 경탄스러울 정도다.

한바탕 울어볼까 한바탕 웃어볼까
사랑이란 쓰디쓴 한잔 술이냐
모르고 마신 술에 입맛이 쓰다

한바탕 속아볼까 한바탕 속여볼까
사랑이란 한 개피 성냥불이냐
불붙는 가슴속에 마음이 탄다

한바탕 사정할까 한바탕 떼나 쓸까
사랑이란 꽃피는 가시밭이냐
모르고 달려들어 울고 말았다

「사랑은 가시밭」(1938. 7)

비슷한 말을 나열한 것 같지만 각 절의 느낌이 서로 다르다. "울어볼까", "웃어볼까"의 간명한 대조는 "속아볼까", "속여볼까"로 이어지고 그것은 다시 "사정할까", "떼나 쓸까"로 이어진다. "속아볼까", "속여볼까"의 대조는 한 음절의 교체만으로 정반대의 의미를 나타내니 기민하고 절묘한 어법에 경탄이 저절로 나온다. 1절은 사랑을 술에 비유하여 모르고 마신 술에 입맛이 쓰다고 했고, 2절은 사랑을 성냥불에 비유하여 가슴에 불이 붙어 마음이 탄다고 했고, 3절은 꽃핀 가시밭에 비유하여 꽃으로 알고 달려들었다가 가시에 찔려 우는 처지를 나타냈다. 핵심은 3절에 있다. 뒤로 갈수록 의미가 강화되는 절묘한 비유의 연쇄가 주는 감흥을 노래를 떠나 가사만으로도 충분히 즐길 수 있다.

술 좋다 안주 좋아 얼큰한 세상
곱빼기 약주 술이 제격이란다
부어라 꾹꾹 눌러 잔이 터지게
에게 고까짓 것 한 모금이다
으으 정말 취한다

때 좋다 세월 좋아 노래도 좋지
젓가락 장단 맞춰 춤도 추어라
아서라 이러다간 바람나겠네
아차 월급봉투 거덜이 났네
으으 술맛 쓰겠다

찢어진 월급봉투 손에 들고서
마누라 잘못 했소 빌 생각하니
아찔한 머리 속에 찬바람 불어
건들건들 술잔 드는 손이 떨린다
으으 술맛 싱겁다

「월급날 정보」(1938)

김정구의 유머러스한 창법이 돋보이는 노래다. 유머러스한 곡에
맞게 익살스러운 가사를 지었다. 1절은 잔이 터지게 먹으며 호기를
부리는 장면, 2절은 노래하고 춤추며 신나게 먹고 놀다가 월급봉투가
거덜 나는 장면, 3절은 마누라에게 빌 생각에 정신이 번쩍 들고 손이
떨리는 장면을 제시했다. 서사적 단계를 거칠 때마다 "부어라", "아서
라", "아찔한" 등 거기 맞는 적절한 어사를 구사했다. "취한다", "쓰겠
다", "싱겁다"로 이어지는 변화도 재미있다. 일상적인 단순한 말들을
모아 상황을 적절히 구상한 것이 흥미와 쾌감을 일으킨다.

오늘은 이 마을에 천막을 치고
내일은 저 마을에 포장을 치는
시들은 갈대처럼 떠다니는 신세여
바람찬 무대에서 울며 새우네

사랑에 우는 것도 청춘이러냐
분홍빛 라이트에 빛나는 눈물
서글픈 세리프에 탄식하는 이 내 몸
마음은 고향 따라 헤매입니다

불 꺼진 가설극장 포장 옆에서
타향에 달을 보는 쓸쓸한 마음
북소리 울리면서 흘러가는 몸이여
슬프다 유랑극단 피에로 신세

「방랑극단」(1939. 2)

박시춘의 애절한 곡을 남인수가 구성지게 부른 노래다. 정형적 율

조로 이어진 애수의 사연들이 쓸쓸한 가슴으로 파고드는 느낌을 주
는 가사다.

우연히 정이 들어 얽혀진 사랑을
네가 먼저 끊을 줄은 꿈에도 몰랐다
가려무나 미련 없이 가거라
차라리 네 사랑에 혼자 미치마

세상을 바친대도 시들한 사람아
정이 식어 가는 너를 어이 할쏘냐
가려무나 속 시원히 가거라
이왕에 속은 사랑 나도 버리마

못 믿을 그 사랑에 내 눈이 어두워
애를 태운 내 가슴에 눈물만 남았다
가려무나 너 갈 데로 가거라
애당초 속은 나만 웃음거리다

「청춘 야곡」(1939. 3)

이 가사는 각 절의 끝 구절의 심화 양상이 절절한 느낌을 준다.
"차라리 네 사랑에 혼자 미치마"라는 자포자기의 격정이 "이왕에 속
은 사랑 나도 버리마"에서 자신의 능동적인 포기로 바뀌고 "애당초
속은 나만 웃음거리다"에서 다시 자신에 대한 자책으로 바뀌는 심리
의 곡절이 실연당한 청춘의 속마음을 여실히 드러내면서 인생의 진
실을 깨닫게 한다.

코스모스 피어날 제 맺은 인연도
코스모스 시들으니 그만이더라
국경 없는 사랑이란 말뿐이더냐
웃으며 헤어지던 두만강 다리

해란강에 비가 올 제 다정한 님도
해란강에 눈이 오니 그만이더라
변함없는 마음이란 말뿐이더냐
눈물로 손을 잡던 용정 플랫폼

두만강을 건너올 제 울던 사람도
두만강을 건너가니 그만이더라
눈물 없는 청춘이란 말뿐이더냐
한없이 흐득이던 나진행 열차

「코스모스 탄식」(1939. 12)

1939년 12월에 취입된 노래라 두만강 너머 만주의 해란강과 용정
이 나오고 함경북도 동해 끝 나진항이 나온다. 국경을 넘어 오가던
조선인의 한 많은 심사를 달래 주던 노래다. 조명암 가요시의 특징인
유사한 어구의 반복적 변화가 눈에 띄며 "웃으며 헤어지던 두만강 다
리", "눈물로 손을 잡던 용정 플랫폼", "한없이 흐득이던 나진행 열차"
로 이어지는 지명과 관련된 명사형 끝맺음이 우리의 아픈 심사를 더
욱 뜨겁게 울린다.
　다음은 지금도 많은 사람에게 애창되는 유명한 두 곡의 가사다. 노
래를 부르며 가사의 내용을 음미해 보면 가사와 곡조가 절묘하게 호
응하여 기막힌 감흥을 일으키는 것을 알 수 있다. 이 노래들의 감흥

이 곡조에서만 온 것이 아님을 확연히 파악할 수 있을 것이다.

　　　백마강 달밤에 물새가 울어
　　　잊어버린 옛날이 애달프구나
　　　저어라 사공아 일엽편주 두둥실
　　　낙화암 그늘에서 울어나 보자

　　　고란사 종소리 사무치면은
　　　구곡단장 오로지 찢어지는 듯
　　　누구라 알리요 백마강 탄식을
　　　깨어진 달빛만 옛날 같으리

「꿈꾸는 백마강」(1940. 11)

　　　울려고 내가 왔던가 웃으려고 왔던가
　　　비린내 나는 부둣가엔 이슬 맺힌 백일홍
　　　그대와 둘이서 꽃씨를 심던 그날도
　　　지금은 어디로 갔나 찬비만 내린다

　　　울려고 내가 왔던가 웃으려고 왔던가
　　　울어본다고 다시 오랴 사나이의 첫 순정
　　　그대와 둘이서 희망에 울던 항구를
　　　웃으며 돌아가련다 물새야 울어라

　　　울려고 내가 왔던가 웃으려고 왔던가
　　　추억이나마 건질 건가 선창 아래 구름을
　　　그대와 둘이서 이별에 울던 그날도

지금은 어디로 갔나 파도만 묻힌다

「선창」(1941. 7)

4. 맺음말

조영출은 보성고보에 재학 중인 1932년부터 시 창작에 많은 관심을 갖고 여러 신문과 잡지에 시를 투고하여 좋은 반응을 얻었다. 특히 1933년에 여러 편의 작품을 『조선일보』에 투고한 것이 김기림의 눈에 띄어 연말 총평에서 긍정적인 평가를 받음으로써 창작 의욕이 더욱 고양되었다. 김기림이 조영출의 시에서 긍정적으로 평가한 것이 "주지적 색채"와 "주지적 정신"이었기 때문에 그의 시작은 이런 경향을 심화하는 방향으로 전개되었다. 이 시기의 가장 뛰어난 작품은 「은반 위에 날개를 편 젊은 인어들」이다.

이러한 자유시 발표와 함께 그는 가요시 창작에도 관심을 보였는데, 그의 이러한 소질은 기행문 「경주 순례기」라든가 1933년에 발표한 민요조의 가요시 형식의 작품, 그리고 1934년에 현상공모에 입선한 가요시 작품에서 뚜렷이 드러난다. 문제는 가요시를 쓰게 되면서 그의 자유시도 가요시 형태로 전환되기 시작한다는 점이다. 시간이 지날수록 조영출의 시에서 참신한 주지적 색채는 점점 줄어들고 감상적 요소가 늘어나고 직선적인 감정 토로의 어법이 전면에 드러나게 된다. 1934년에 자유시 발표가 가장 많았으나 1935년을 지나면서 자유시 창작은 현저히 줄어들고 1938년 이후에는 가요시 창작에 전념하게 된다. 이러한 그의 변화의 요인으로는 가요시에 대한 재능을 그 스스로 자인하게 된 점과 자유시에 비해 가요시의 반응이 대중에 의해 즉각적으로 나타난다는 점, 그리고 그의 경제적 수입에도 큰 변화가 일어난다는 점을 들 수 있다. 그러나 애상의 정서가 지성적 절제와 균형을 이루고 있는 「칡넝쿨」은 이용악이나 오장환의 시에 충분히 비견될 수 있는 서정적 성취를 이룬 작품이다.

　조명암은 가요시 창작 분야에서 남이 따라갈 수 없는 독보적인 자리를 개척했다. 김기림이 칭찬했던 "도회시인으로서의 비범한 소질"과 "남달리 빛나는 위트의 편린"을 적극 활용하여 도시 대중의 감성을 자극하는 데 성공한 것이다. 특히 간단하면서도 창의적인 문학적인 제목은 대중의 마음을 휘어잡았다. 그러한 제목과 어울린 노래의 가사 역시 1, 2, 3절의 내용이 긴밀하게 호응을 이루면서 뒤로 갈수록 더욱 애절한 느낌을 주도록 구성되어 대중의 심금을 울렸다. 그리고 그가 만든 가요시 대부분이 대중적 감응력과 문학적 격조를 동시에 유지하는 매력을 골고루 나누어 가지고 있다는 사실이 더욱 중요하다. 이러한 매력적인 제목과 문학적인 가사는 당시 유행가요의 수준을 높이는 동시에 아픔과 슬픔에 시달리는 대중의 마음을 달래고 순화하는 역할도 했다.

일제강점기 서정주의 친일과 시정신 재론

1. 논제의 발단

1970년대에 들어서서 한국 근대문학에 대한 연구와 비평은 과학적 방법론을 갖추려는 노력을 보였다. 그러면서 문학사에 대한 관심도 높아졌다. 하나의 현상을 일회적·독립적으로 고찰하지 않고 과거와의 연속선상에서 파악하고자 하는 태도가 두드러진 특징으로 부각되기 시작한 것이다. 그러한 시각에서 주목의 대상이 된 것이 이광수였다. 이광수가 보인 일제 말의 친일이 우연한 일이 아니라 그의 내면에 잠복되어 있던 어떤 요소가 외부 환경의 변화에 의해 도출된 것이라는 해석이 제기되었다. 그래서 이광수의 초기 논설과 문학작품에서 친일의 요인을 검출해 보려는 시도가 나타났다. 그뿐 아니라 그 후에 전개된 이광수 문학의 특성과 한계를 그의 친일과 연계시켜 보는 작업도 적지 않게 이루어졌다. 이러한 연구는 한 인간의 문학 활동을 총체적으로 복원한다는 점에서 의미를 지닌다. 그러나 한편으로는 이미 확인된 결과를 바탕으로 원인을 소급해 가는 작업이라는 점에서 선입견의 개입을 피하기 어렵다. 이러한 활동은 그리 오래 지속되지 않았고 요즘에는 이런 식의 논문을 쓰는 사람이 거의 없다.

2000년 12월 24일 서정주가 세상을 떠난 후 추모의 분위기가 어느 정도 가라앉자 고은은 「미당 담론」(『창작과비평』, 2001. 여름호)을 발표했다. 한때 문필가로 날리던 고은의 글답지 않게 이 글은 비문이 많고 논리적 구성도 갖추고 있지 않아서 글쓴이 자신의 의식이 안정되지 않은 상태에 있음을 알려 준다. 미당과의 "긴 벼랑 같은 결별"에도 불구하고 "육친적인 날들"[1]을 보냈던 그의 내력이 무거운 짐으로 작용한 결과일 것이다. 이 글은 미당의 시와 삶에 대한 생각을 나열해 가고 있어서 '미당 담론'이라기보다는 '미당 상념'이라는 느낌을 준다. 상념의 흐름에서 도출되는 서정주에 대한 비판의 골자를 추려 보면 다음과 같다.

「자화상」에는 강렬한 수사의 기법은 보이지만, 진정한 자기 성찰이나 회개의 아픔 같은 것은 보이지 않는다. 실존적 고투를 떠난 추상의 언어이며 그것은 자신에 대한 "무오류성", "체질적인 자기합리화"로 나가게 한다. 이러한 속성을 한마디로 말하면 "세상에 대한 수치가 결여된 체질"이다. 그의 시는 '나'라는 개인사에 집중하여 "혹심한 이기주의 무리한 자아군림주의" 경향을 보인다. 그에게는 세상에 대한 "본능적 공포감"이 있으며 이것은 "시대에 대한 고소공포증에 가까운 굴복"인 친일로 나타났고 전쟁 중에는 정신이상의 파탄으로 나타났다. "시대에 맞서는 투혼으로서의 치열한 시정신"은 전적으로 부재했다. 그의 시에는 분명 "심금을 건드리는 음악적 명향성(鳴響性)"과 "노련한 언어 미각"이 있다. 그러나 그런 장점만을 "문학유산으로 남기는 문학사적 결산은 시기상조"다. 지금은 미당 시의 시비를 가리고 옳고 그름에 따라 미당 시를 비판해야 할 단계다.[2]

고은의 글에 대한 많은 비판이 신문 지상에 오르내린 것은 충분히 예상할 수 있는 일이었다. 고은 자신이 미당 타계 후의 일방적 미화의 논평을 의식했음인지 세상에는 그에 대한 "맹신"과 "규탄"이 있다고 양분한 것처럼, 규탄에 대한 또 하나의 규탄이 이어진 것이다. 어떤 하나의 현상에 대해 찬반양론이 생기는 것은 얼마든지 있을 수

---

1 고은, 「미당담론」, 『창작과비평』, 2001. 여름호, 287쪽.
2 위의 글, 287~309쪽에서 인용하고 요약함.

있는 일이다. 그러나 다의적이고 복합적인 문학현상에 대해서는 "맹신"과 "규탄"만 있을 수는 없다. 대립의 분기점을 둘러싼 다양한 시각이 얼마든지 도출될 수 있다.

고은의 글 이후 발표된 황현산의 「서정주 시세계」(『창작과비평』, 2001. 겨울호)는 서정주 시에 대한 긍정과 부정이 기묘하게 혼합된 이중의 시선을 지닌 글이다. 이 글의 서두에는 고은의 「미당 담론」에 대한 언급이 있고, 서정주에 대해 "한국문학을 대표할 만한 민족시인"이라는 평가와 "친일파, 기회주의자"라는 평가가 대립하고 있음을 언급하고 있다.[3] 이렇게 호기심을 이끄는 구절로 시작된 이 글은 "미당의 시세계는 책임없이 아름답다."[4]는 말로 끝난다. 이 모호한 말은 서정주 시에 대한 필자 자신의 곤혹을 함축하는 기표다. 아름다운 것은 미당 시의 장점이요, 무책임한 것은 단점이다. 이 둘이 어떤 관계를 맺는가를 밝힌다면 이것이야말로 참으로 훌륭한 미당론이 될 것이다.

황현산의 글에는 미당 팔순 기념 세미나(1994. 12. 3)의 주제 발표 논문인 「서정주, 농경사회의 모더니즘」[5]의 일부 내용이 포함되어 있다. 이전의 논문에서 서정주 시의 의의를 평가해서인지 황현산은 서정주에 대한 적극적인 비판은 하지 않았다. 서정주가 보들레르의 영향은 받았지만 근대적 속물성의 부정이라는 심연에 이르지 못하고 자신의 개인적 가족관계를 끌어들여 시인의 소명을 "사가화(私家化)"하고 "감정의 밀도를 강화"하는 경향을 보였다고 지적하였다. 이것은 서정주의 시가 '나'의 세계에 갇혀 있다는 고은의 비판과 상통하는 내용이다. 이렇게 출발한 서정주의 시가 해방 후 토착어와 민족정서의 폐쇄성에 갇혀 "무변화, 무갈등, 비집착"의 시학에 이르게 된다고 보

---

3 황현산, 「서정주 시세계」, 『창작과비평』, 2001. 겨울호, 54쪽.
4 위의 글, 72쪽.
5 『한국문학연구』 17, 1995. 3, 117~130쪽.

았다. 이러한 의식에는 정치적 과오 같은 것도 시적인 화법에 의해
결국 다 허용될 수 있다는 교묘한 "허용의 철학"이 내재해 있다고 지
적하였다. "책임없이 아름답다"는 말은 이러한 의미를 함축한 것이다.[6]

황현산의 글에서 필자의 시선을 끄는 구절은 "두 번째 시집인 『귀
촉도』(1948) 이후 미당은 일종의 개종을 했다."[7]는 대목이다. 보들레
르적 방황에서 이탈하여 토착어에 바탕을 둔 순화된 민족정서를 노
래하게 되었다는 뜻이다. 이 문장은 서정주의 시세계가 책임 없이 아
름답다고 말하는 것보다 훨씬 더 많은 의미의 층을 거느리고 있다.
그만큼 오해의 소지가 많은 내용이기도 하다. 이 구절에 담긴 의미가
어떻게 굴절되는가 하는 것은 그 이후 전개된 서정주론의 경과를 보
면 알 수 있다.

본고는 이 두 글에서 제기된 논점을 중심으로 서정주의 일제 말
친일의 문제와 그것이 그의 시정신과 갖는 관계를 다시 한 번 꼼꼼하
게 점검해 보려 한다. 특히 그의 초기 시에 친일적 동양문화론의 영
향이 나타났는가, 그리고 해방 이후의 신라정신 탐구가 그 연장선상
에 놓인 것인가 하는 문제를 중점적으로 검토하려고 한다.

2. 논점의 확대

최현식은 서정주에 대해 매우 치밀하고 깊이 있는 학위논문을 작
성하였다.[8] 그의 성실한 자료 조사에 의해 서정주 시를 둘러싼 여러
가지 서지적 정보가 보완되고 오류가 수정될 수 있었다. 이것만으로

---

6 황현산, 앞의 글, 54~72쪽에서 인용하고 요약함.
7 위의 글, 60쪽.
8 최현식, 『서정주와 영원성의 시학』, 연세대학교 박사학위논문, 2003. 2.

도 그가 세운 서정주 연구의 공덕은 높이 평가되어야 마땅하다. 그는 고은의 「미당 담론」이 발표되던 바로 그때 한국 실천문학 진영의 대표 문학지에 「민족, 전통, 그리고 미 - 서정주의 중기문학을 중심으로」(『실천문학』, 2001. 여름호)를 발표했다. 이 글은 '냉전적 반공체제와 한국문학의 명암'이라는 특별기획의 하나로 김동리, 조연현에 대한 평문과 함께 실린 것이다.

제목의 성격으로 볼 때 이 글은, 해방 이후 김동리의 민족문학론과 연결된 서정주의 시와 산문, 그에 이어진 신라정신과 풍류도에 대한 경도, 그 연장선상에 놓인 『신라초』(1961)와 『동천』(1968)의 시세계 등을 검토하는 것이 그 개요가 될 것이고, 실제 내용도 그렇게 구성되어 있다. 그런데 논의의 출발점에 전제로 내세운 것이 서정주의 친일 시론으로 알려진 「시의 이야기」(『매일신보』, 1942. 7. 13~17)이다. 이 글은 일제 말 서정주의 친일문건 목록 중 제일 처음에 놓이는 자료다. 일본군국주의의 동양문화론에 호응하여 국민시 운동에 관여했던 미요시 다츠지(三好達治)의 글에 영향을 받은 이 글은, 국민문학이나 동아공영권이라는 좋은 술어들에 호응하여 동양 전통의 계승과 보편성 지향에 관심을 갖고 동양의 고전을 섭렵할 것을 제안하고 있다. 최현식은 이 글이 미요시 다츠지의 글에 영향을 받고 있음을 밝히면서도, 서정주 자신의 시정신도 담겨 있다고 보았다. 서정주는 시의 본질인 "언어의 문제"와 "민중의 양식"에 관심을 가짐으로써 해방 후 "민족의 발견에 새로운 기여를" 했으며, 무속 설화 등을 수용하여 민중의 양식을 창출하는 데 노력했음을 분명히 지적하고 있다. 말하자면 이 글이 당시 동양문화론의 주장에 호응하는 단면을 보이면서도 서정주의 이후의 시적 성취를 예고하고 있다고 본 것이다. 이와 아울러 서정주의 글에 "그 악명 높은 국민문학 내지 국민시의 목적과 창작방법을 나팔 부는 태도는 거의 없"고 미요시의 영향을 내세워

"미당의 친일을 과장되게 해석할 필요는 전혀 없다"고 단정하면서, "보다 중요한 것은, 해방 후 미당은 자기만의 독특한 어법과 사유를 통해 동양적 가치에 전혀 새로운 옷을 입히는 작업을 평생 지속함으로써 그 영향관계를 무색케 하는 언어의 성채를 구축했다는 사실이다."라고 하여 미당 시의 가치를 최대로 인정하였다.[9]

그로부터 여섯 달 후 『실천문학』의 친일문학 특집에 박수연의 「근대 한국 서정시의 두 얼굴: 미당 문학에 대하여」(『실천문학』, 2002. 봄호)가 발표되었다. 이 글은 서정주의 친일과 그가 남긴 문학과의 관련성을 살펴 서정주의 문학정신이 어떠한 기반 위에 놓인 것인가를 해명하려는 작업이다. 그러므로 서정주 친일문건의 출발점에 놓인 「시의 이야기」를 검토하는 것은 필연적인 일이다. 미요시 다츠지와 서정주의 이 글이 연관되어 있음을 암시한 것은 박수연이 먼저인데[10], 박수연은 이 사실을 최초로 밝혀 놓은 사람은 최현식이라고 하면서 자신의 글이 최현식의 「민족, 전통, 그리고 미」에 고무받은 바 크다고 언급하고 있다. 그러나 박수연의 논지는 최현식과는 달리 서정주 시의 한계를 비판하는 데 집중된다. 서정주는 현실이나 현실에 대한 감정을 늘 추상의 상태로 표현하여 "현실을 내파"하지 못한 자기중심적 내면화의 길로 나아갔다고 보았다. 이러한 분석의 저변에는 "미당의 친일행위는 그의 친독재 행적과 결코 무관하다 할 수 없는 것, 그 뿌리를 같이하는 것"이라는 논리가 깔려 있다. 즉 미당이 보여준 동일성의 세계는 "일본의 근대초극론에 그 뿌리를 두고 있는 것"이며 "동일자의 권력을 향한 그의 끝없는 구애"로 나타났다는 것이다.[11]

---

9 최현식, 「민족, 전통, 그리고 미 - 서정주의 중기문학을 중심으로」, 『실천문학』, 2001. 여름호, 59~78쪽에서 인용하고 요약함.
10 박수연, 「절대적 긍정과 절대적 부정」, 『포에지』, 2000. 겨울호, 62쪽.

박수연과 유사한 논리가 조금 더 체계를 갖추고 전개된 것이 김재용의 「전도된 오리엔탈리즘으로서의 친일문학 - 서정주의 친일문학에 대하여」(『실천문학』, 2002. 여름호)이다. 이 글은 박수연보다 훨씬 정제된 어조로 단순명쾌하게 서정주 문학의 이데올로기적 기반이 무엇인가를 규명하고 있다. 그 대체적인 논리는 다음과 같다. 서정주가 친일을 하게 된 시점은 1942년 2월 일본의 싱가포르 함락 이후이며, 그 자발적 친일의 첫 문건이 「시의 이야기」다. 서정주의 초기 시는 근대의 속물성에 대한 거부에서 출발했는데 「수대동시」 이후 고향을 발견하여 시적 전환을 보이게 된다. 이것은 일제에 의해 유포된 동양문화론에 관심을 갖게 하고 결국은 대동아공영론을 수용하여 친일파시즘문학으로 들어서게 된다. 이로 볼 때 "전통의 세계와 정한에 대한 탐구"가 해방 후에 시작된 것이 아니라 "일제 말 친일문학을 쓰기 시작할 무렵에 형성된 것"임을 알 수 있다.[12] 김재용의 서술은 마치 삼단논법을 연상시킬 정도로 논리적인 일관성을 지니고 있다. 이후 김재용의 논리에 옷을 입히는 작업들이 이어졌다.

오성호는 서정주의 친일이 "일본 제국의 신민이 됨으로써 식민지 타자의 위치에서 벗어나 주체로 상승하려는 은밀한 욕망"이 발현된 것이며, 해방 이후에도 이 태도는 그대로 이어져 "강압적인 대한민국 국민 창출 과정에 직접적으로 관여"했고, 그가 내세운 신라정신이라는 것도 "내선일체론을 증명하기 위해 일제가 발견해 낸 신라의 연장선상에 놓인 것"으로 이것 역시 국가의 절대성을 내세워 "국가주의적 동원을 정당화하는 데" 이바지했다고 논술하였다.[13]

---

11 박수연, 「근대 한국 서정시의 두 얼굴 : 미당 문학에 대하여」, 『실천문학』, 2002. 봄호, 208~224쪽에서 인용하고 요약함.
12 김재용, 「전도된 오리엔탈리즘으로서의 친일문학 - 서정주의 친일문학에 대하여」, 『실천문학』, 2002. 여름호, 51~76쪽에서 인용하고 요약함.

남기혁은 서정주가 1930년대 후반에 들어와 "서구지향적 미의식에서 벗어나 전통주의, 혹은 동양주의의 노선으로 전회하게" 되는데 이것이 "구체적으로 나타는 경우가 국민시론과 친일시 창작"이라고 하면서 여기서 보여 준 "동양적 전통 회귀(전통주의)는 역사를 심미화하는 파시즘적 상상력에 연결되어 있다."고 보았다. 이것은 신라정신을 포함하여 "그가 일생을 통해 추구하였던 동양주의적·전통주의적 미의식의 부정적인 양상의 한 원형을 보여 준다."고 결론을 내렸다. 이것은 김재용의 논리를 구체적인 작품 분석을 통해 보강하면서 박수연, 오성호 주장의 거친 부분을 조정하여 객관성을 확보하는 역할을 했다.[14]

박수연은 과거의 주장을 조금 더 논리화하여 미요시 다츠지와 최재서의 영향을 받은 서정주가 배타적 동양주의를 수립하여 친일문학으로 이어지는 맥락과 그것이 해방 후 친파시즘 행동으로 이어지는 고리를 구체적인 자료를 통해 제시하였다.[15]

박정선의 「파시즘과 리리시즘의 상관성 연구」는 친일문학을 다루면서도 과거의 논리적 재단과는 다른 섬세한 분석을 보여 주고 있어 주목된다. 그는 일제 말기 파시즘 체재하의 서정시를 분석하면서 친일문학의 길로 나아간 시인과 그렇지 않은 시인의 차이점을 분석하였다. 그의 관점에 의하면 서정주는 "자신의 미학과 파시즘의 친연성을 발견"하여 친일문학의 길로 간 시인이다. 그렇기 때문에 서정주가 친일시를 쓰면서도 "이전의 미학적 수준을 일정하게 유지"할 수 있었다고 본 것은 매우 독창적인 해석이다. 서정주는 "초기 시에서부

---

13 오성호, 「시인의 길과 '국민'의 길 – 미당의 친일시에 대하여」, 『배달말』 32, 2003. 5, 107~133쪽.

14 남기혁, 「서정주의 동양 인식과 친일의 논리」, 『국제어문』 37, 2006. 8, 91~123쪽.

15 박수연, 「친일과 배타적 동양주의」, 『한국문학연구』 34, 2008. 6, 189~210쪽.

터 지속적으로 근원적인 것이나 초월적인 것, 즉 영원한 것을 지향'
했고 영원성 시학의 초기에 "서양적인 것과 동양적인 것에 대한 지
향이 혼재된 양상으로 나타났"다고 본 것도 성실한 관찰의 결과다.
서정주가 "동아공영론을 만나면서 완전히 동양으로 귀착하게" 된 것을
"동아공영론에서 후일 '영원성의 시학'으로 불린 자신의 초월미학의 역
상(逆像)을 보았"다고 지적한 것도 매우 시사적이다.[16] 이것은 서정주
의 친일시 창작과 관련지어 일제의 대동아공영론이 예고하는 "파시
즘적 황홀"에서 그가 추구하던 영원성의 한 환각을 보았다는 설명[17]
을 보강해 주기 때문이다. 이러한 설명은 앞의 박수연, 김재용, 오성
호, 남기혁의 주장과 유사한 것 같지만 상당히 중요한 분절점을 지니
고 있다.

손진은은 서정주의 시가 교과서에서 제외되는 사실에 대해 우려를
표명하면서 서정주의 영원성에 대한 자각은 1930년대 동양문화론의
교섭도 있지만 그와 함께 「수대동시」, 「부활」, 「귀촉도」 등에 나타난
"순수시의 내밀한 진원지로서 고향의 재발견에 의해 일어난 것"이라
는 최현식의 분석에 동의한다고 했다. 동양문화론 동조에 대해서도
서정주의 불확실한 모색에 동양문화론이 "세련된 논리적 근거를 제
공"했을지 모른다는 최현식의 진단[18]에 기대어 당시의 동양주의가 서
정주 자신의 논리를 설명해주는 것이라고 "착각"했다는 주장을 폈다.[19]

박현수는 서정주의 신라정신의 뿌리가 일제 말의 동양문화론에 있
으며 그 친일 파시즘의 논리가 1950년대 이후의 시작에까지 이어진

16 박정선, 「파시즘과 리리시즘의 상관성 연구」, 『한국시학연구』 26, 2009. 11, 237~
274쪽.
17 박현수, 「친일파시즘문학의 숭고 미학적 연구」, 『어문학』 104, 2009. 6, 210~212쪽.
18 최현식, 『서정주 시의 근대와 반근대』, 소명출판, 2003, 136쪽.
19 손진은, 「문학교육과 제재 선정의 문제 - 서정주의 시를 중심으로」, 『우리말글』
33, 2005. 4, 364~380쪽.

다는 주장을 본질적으로 비판하는 매우 중요한 논문을 발표했다. 박현수는 신라정신의 기원을 1950년대 초의 편지나 기타 자료들을 근거로 1950년대 이전으로 잡고 있으며, 이후 상세한 문헌 검토 작업을 거쳐 서정주의 신라정신 기획이 민족주의적 협애성에 빠지지 않고 자신의 독창적인 미학으로 완성되었다고 평가하였다. 특히 이 신라정신이 현실과 유리된 것이 아니라 "우리 삶 속에 자연스럽게 스며들어 있는 것임을"『질마재 신화』(1975)가 보여 주었다고 주장한 점, 이 기획이 서정주 단독의 것이라기보다는 김범부, 최남선, 신채호 등 거대한 사상사적 흐름과 연계된 작업이라고 밝힌 점 등은, 신라정신을 친일 파시즘의 연장선상에서 파악하는 관점과 정면으로 대치된다. 그는 일제 파시즘과 신라정신 기획은 "원칙적으로 전혀 다른 범주에 속한 문제"이며, 이 둘을 동일선상에서 연결하는 것은 "논리적 비약"이라고 단정하였다.[20]

김춘식은 서정주 친일문학의 문제점을 인정하면서도 그의 친일이 그 후의 영원성 추구나 신라정신 지향과는 직접적으로 연결되지 않는다는 논리를 펼쳤다.[21] 김춘식은 서정주를 옹호한 손진은의 논문을 인용하여 자신의 주장의 보강 자료로 삼았는데, 손진은이 참조한 최현식의 논문이나 위의 박현수의 논문에서 도움을 얻었다면 더 설득력이 있었을 것이다. 김춘식은 다시 서정주의 초기 시를 자세히 분석함으로써 「시의 이야기」에서 거론한 서정주의 '국민시가' 개념과 일제 말기 총동원체제를 전제로 한 '국민문학'의 개념과는 "일정한 거리를 지니고 있으며 더 나아가서는 그 내적 의미로만 보면 전혀 무관한

---

20 박현수, 「서정주와 미학적 기획으로서의 신라정신」,『한국근대문학연구』14, 2006. 10, 87~115쪽.

21 김춘식, 「친일문학에 대한 '윤리'와 서정주 연구의 문제점」,『한국문학연구』34, 2008. 6, 213~234쪽.

것이라고도 할 수 있다."는 주장을 펼쳤다.[22] 그러나 이런 논리는 서정주에 가해지는 친일 동일화론에서 벗어나는 데에는 거의 힘을 발휘하지 못했다.

홍용희는 서정주가 초기의 병적 낭만주의나 서구적 상징주의에서 토속적 전통지향성으로 시적 전환을 하는데 여기에 "김범부의 '동방 르네상스'의 사상적 영향"이 미친 것으로 보았다. 이것은 신라정신과 영원성 추구가 친일 파시즘과는 거리가 있다는 점을 강조한 것이다. 그러나 그의 전통지향성이 "과거형의 신화적 시간 속에 갇혀 있었기 때문"에 해방 이후 정세 오판의 권력 미화가 반복되었다고 비판하였다.[23]

서정주의 일제 말 상황과 관련지어 친일적 문자행위의 배면에 숨은 의미를 긍정적으로 고찰한 김승구의 논문을 주목할 만하다. 김승구는 서정주의 자서전에 언급된 일제 말의 상황을 분석하여 그의 친일이 정신적인 것이라기보다는 "생활인으로서의 중압감"에서 온 것으로 보았다. 최재서와 인연을 맺게 됨으로써 생활의 방편을 얻게 되었고 결과적으로는 친일의 길로 접어들게 되었는데, 이것은 "동양 담론에 대한 정신적 승인"과는 다른 차원의 것이라고 판단했다. 서정주의 시 「거북이에게」(『춘추』, 1942. 6)를 예로 들어 시인의 의지가 "현실에서 무력하게 좌절되는 참담함에서 비롯되는 설움"이 나타난 것을 분석하였다. 이런 과정을 거치면서 "생존의 불안에서 벗어나 불멸 내지 영원의 형이상학에 安心立命하려는 욕망"이 싹트기 시작했고 여기서 "서정주 식의 영원주의"가 형성되었다고 보았다. 요컨대 김승구는 일제 말 "외재화된 순응의 몸짓 아래 가려져 있는 거부와 탈주의

---

22 김춘식, 「자족적인 '시의 왕국'과 '국민시인'의 상관성」, 『한국문학연구』 37, 2009. 12, 335~363쪽.

23 홍용희, 「전통지향성의 시적 추구와 대동아공영권」, 『한국문학연구』 34, 2008. 6, 273~289쪽.

몸짓을 이해"하고자 한 것이다.[24] 이 몸짓이 해방 후 그의 문학에 어떻게 이어지는가를 검토하는 것은 다른 차원의 문제다.

3. 작품 분석을 통한 논점의 재검토

여기까지 서정주의 일제 말 친일문학을 둘러싼 찬반양론을 돌아볼 때 부각되는 논점은 다음 두 가지이다. 서정주의 초기 시가 서구적 경향에서 전통 지향으로 돌아설 때 친일적 동양문화론이 어떠한 영향을 주었는가 하는 점과 서정주의 영원성 추구 및 신라정신 탐구가 동양문화론과 연결된 것인가 하는 점이다. 이것은 서정주 문학에 대해 "맹신과 규탄", "민족시인과 친일적 기회주의자"라는 이분법의 어느 한쪽에 서는 한 절대로 해결될 수 없는 문제다. 그러한 도식적 이분법은 문학작품을 생산하는 문학인의 섬세한 내면을 제대로 해명하지 못한다. 시인이 남긴 자기 고백이라든가 논평 종류의 산문은 상황에 따라 여러 가지 생각이 엇갈리고 있어서 그리 논리적이지도 않고 앞뒤가 이어지지 않을 때가 많다. 일제 말이나 전시 상황 같은 어수선한 때에는 더욱 그러하다. 그럴 때 시인의 내면 풍경을 오히려 더 잘 드러내 주는 것은 시작품이다. 시에는 산문이라는 논리의 축으로 드러내기 어려운 내면의 미묘한 엇갈림이 모습을 드러내기 때문이다. 위의 문제를 해결하는 데에도 서정주가 남긴 시작품이 유용한 단서를 제공해 줄 것이다.

우선 서정주가 서구적 경향에서 이탈하여 토착어에 바탕을 둔 전

---

24 김승구, 「일제 말기 서정주의 자전적 기록에 나타난 행동의 논리와 상황」, 『대동문화연구』 65, 2009. 2, 463~483쪽.

통적 정서로 "개종"을 했는가 하는 문제를 검토해 보겠다. 서정주의
첫 시집『화사집』은 1941년에 출판되었지만 1938년 가을에 출판을
기획한 것이어서 수록된 작품은 대부분 그의 20대 초반 2, 3년 사이
에 창작된 것들이다. 여기에는 아직 완숙되지 못한 젊은 시인의 다층
적인 체험과 의식이 투영되어 있다.『화사집』시편들이 일견 난해해
보이는 것은 불안정하게 동요하는 시인의 의식에도 그 원인이 있다.
이 시들의 표면을 보면 서구적 방황과 자의식의 환멸이 주조를 이루
는 듯하다. 그러나 서구적 어법을 취한 이 시들의 여기저기에 토착
적·전통적 이미지가 견고한 돌처럼 박혀 있다. 우선 시집의 표제가
된「화사」를 보아도, '사향 박하'가 나오고 '이브'가 나오고 '클레오파
트라'가 나오지만, 거기에는 또 '꽃대님'이라는 전통적 소재가 나오고
'우리 할아버지의 아내'라는 동양적 가문의식이 나오고 '순네'라는 토
속적 이름이 나온다. 보들레르의 '저주받은 시인'으로서의 저항적 거
부감과 기독교적 원죄의 고통이 표출되는 한편 뱀을 쫓는 시골 아이
들의 충동적 돌팔매질이라든가 젊고 아름다운 여성과 은밀히 통정하
고 싶은 젊은이의 욕망이 함께 드러나 있다.

　『화사집』의 첫머리를 장식하고 있는「자화상」역시 당시로서는 놀
랍도록 참신하고 돌발적인 비유와 탈출에 대한 이중적 자의식이 드
러나 있지만, 또 한편으로는 당시 한국 농촌의 전형적인 폐쇄성과 가
부장적 의식이 분명히 자리 잡고 있다. 초기 시에 여러 번 반복되어
나타나는 '문둥이'라는 소재도 농촌의 피폐상과 관련된 것이며, '파촉'
이라는 지명도 동양적 유배지의 정한을 내포한 말이다. 난해성이 두
드러진 '지귀도시(地歸道詩)' 연작 4편이 가장 서구적인 방법론에 의한
것이라 하겠는데, 거기에도 '파촉', '시약시' 같은 동양적 시어가 나오
고 '석벽 야생의 석류꽃열매'라든가 '보리 누름' 같은 농촌의 이미지가
제시된다. 초현실주의 기법을 염두에 두고 썼다는「서풍부」에도 '오

갈피 상나무', '개가죽 방구', '열두발 상무', '퉁수 소리', '자는 관세음'
등 토착적 시어가 빈번하게 사용되었다. 여기에는 분명 "서양적인 것
과 동양적인 것에 대한 지향이 혼재된 양상으로"[25] 나타나고 있는 것
이다. 그리고 두 번째 시집『귀촉도』에 수록된 작품의 절반 이상이
1939년에서 1943년 사이에 창작된 것인데 이들 작품 역시 서양과 동
양이 혼재를 이루고 있다.

  그러면 서정주의 시에서 고향의 발견으로 천거되는「수대동시」는
어떠한 작품인가? 김재용은 이 시를 "근대의 속물성과 비극성"에서
벗어나 고향을 발견하는 "획기적" 변화의 시로 보고 그의 전통 탐구
가 친일문학을 쓸 때 형성된 것이라는 주장의 근거로 삼았다.[26] 「수대
동시」는「화사」나 '지귀도시' 연작과 비교해 보면 분명 이질적인 작
품이다. 그러나 그의 다른 시에 나오는 토착적 시어와 정서의 확대로
보면 그렇게 특이한 작품은 아니다. 여기에는 서정주 초기 시의 어법
과 정서가 안정된 형태로 구성되어 있을 뿐이다.

  흰 무명옷 가라입고 난 마음
  싸늘한 돌담에 기대어 서면
  사뭇 숫스러워지는 생각, 高句麗에 사는 듯
  아스럼 눈감었든 내넋의 시고
  별 생겨나듯 도라오는 사투리.

  등잔불 벌서 키어 지는데……
  오랫동안 나는 잘못 사렀구나.

───────────────

25 박정선, 앞의 글, 260쪽.
26 김재용, 앞의 글, 65~67쪽.

샤알 · 보오드레—르처럼 설ㅅ고 괴로운 서울女子를
아조 아조 인제는 잊어버려,

仙旺山그늘 水帶洞 十四번지
長水江 뻘밭에 소금 구어먹든
曾祖하라버짓것 흙으로 지은집
오매는 남보단 조개를 잘줍고
아버지는 등짐 서룬말 졌느니

여긔는 바로 十年전 옛날
초록 저고리 입었든 금女, 꽃각시 비녀하야 웃든 三月의
금女, 나와 둘이 있든곳.

머잖어 봄은 다시 오리니
금女동생을 나는 얻으리
눈섭이 검은 금女 동생,
얻어선 새로 水帶洞 살리.

「수대동시」 전문[27]

이 시는 1938년 6월 『시건설』에 발표되었다. 시를 쓴 것은 그 이전
일 것이다. 1935년에서 1937년에 이르는 시기에 서정주는 떠돌이처럼
살았다. 박한영 선사의 권유로 중앙불교전문학교를 다니다가 해인사
로 가서 소학생들을 가르치기도 하고, 다시 서울로 와 불교전문학교

---

27 서정주, 『미당 시전집 1』, 민음사, 1994, 44~45쪽. 이하 서정주 시의 인용은
이 책에 의거함.

를 휴학하고『시인부락』동인으로 참여하고, 『시인부락』이 종간되자 또 제주도로 가서 몇 달을 머물러 있기도 했다. 이렇게 떠돌이 생활이 지속되자 그의 부친은 아들을 불러들여 결혼을 권유했고 1938년 3월 27일 전라북도 정읍 처가에서 결혼식을 올렸다. 이러한 전기적 사실로 볼 때「수대동시」는 서울에서의 떠돌이 생활에 종지부를 찍고 고향으로 돌아가 결혼하려는 그의 속마음을 표현한 시로 읽을 수 있다.

생활의 안정을 눈앞에 둔 시인은 자신의 서울 생활을 청산하고 고향으로 돌아가려는 마음의 준비를 하고 있는 것이다. 전문학교 교복은 진작 벗어 버렸고 양복과 중절모도 벗어 버리고 이제 흰 무명옷 입고 고향의 돌담으로 돌아가 친숙한 사투리를 쓰며 살아갈 날을 예감해 보는 것이다. 그렇게 고향에 사는 것을 생각하니 마음은 벌써 그곳에 가 있는 것 같고 자신의 과거에 대한 반성도 싹튼다. 보들레르를 청산하듯 서울여자도 청산하여 완전히 망각하고 허랑방탕한 시의 편력을 떠나 조상이 물려준 집에서 부모와 함께 살아볼 생각을 한다. 선왕산과 장수강이 있는 고향을 생각하니 그곳을 떠났던 10년 전의 일이 떠오른다. 1929년 3월 서정주는 줄포공립고등보통학교를 졸업하고 서울의 중앙고등보통학교로 입학했던 것이다. 서정주는 고향의 여자 친구로 '금녀'라는 가상의 인물을 설정하여 머잖아 봄이 오면 금녀 동생을 아내로 얻어 수대동에서 새롭게 살게 될 것이라고 희망 어린 어조로 이야기하고 있다.

서정주의 초기 시에 이렇게 긍정적이고 생활친화적인 시는 없다. 그 점에서 보면 이 시는 분명 이질적이다. 그러나 긍정적 측면은 논외로 하고 향토적·전통적 소재의 관점에서 보자면 1937년에서 1942년 사이에 발표된「앉은뱅이의 노래」,「엽서」,「풀밭에 누워서」,「맥하」,「밤이 깊으면」,「귀촉도」,「만주에서」,「멈둘레꽃」,「살구꽃 필

때」, 「조금」, 「거북이에게」 등의 작품이 모두 향토성과 전통의식을 포함하고 있다. 『귀촉도』의 끝부분에 실린 장시 「무슨 꽃으로 문지르는 가슴이기에 나는 이리도 살고 싶은가」의 첫 구절은 "아조 할수 없이 되면 고향을 생각한다"로 시작한다. 『서정주시선』에는 이 시가 해방 전 시편으로 분류되어 있다. 일제 말 생활과 생존의 위협을 느끼는 상황에서 서정주는 자주 고향을 생각했을 것이다. 고향은 현실에서 정말 할 수 없이 되었을 때 그가 붙들 수 있는 마지막 손길이었기 때문이다. 그러나 그의 의식은 늘 고향을 떠나 새로운 세계를 찾아 방황했다.

새로운 세계로 나아간다는 것은 그 방향이 어디이고 내용이 무엇인지는 모르지만 무언가 진실하고 영원한 것을 찾는 작업일 것이다. 여기에는 동양과 서양의 구분이 없고 진실하고 영원한 생에 대한 끝없는 탐색만이 존재하는 것이다. 젊은 서정주도 그런 영원의 세계에 대한 지향을 지니고 있었다. 그것은 그의 시에서 바다에 대한 갈망으로 나타난다. 「자화상」, 「逆旅」, 「바다」 등의 시에 나타난 서정주의 절대에 대한 갈망은 해방 후의 작품인 「추천사」, 「꽃밭의 독백」에 이어진다.[28] 그러니까 서정주의 영원성에 대한 관심은 동양정신과는 별도의 차원에서 초기 시부터 지속적으로 이어진 것임을 알 수 있다.

그러면 「수대동시」에 잠시 표출된 긍정적 생활의 단면은 어떻게 변화하는가? 앞에서도 말했듯 일제강점기 서정주의 한글 시에서 긍정적 생활의 단면을 노래한 것은 이 시가 유일하다. 「수대동시」의 긍정적 측면은 해방 이후의 작품인 「상리과원」이나 「내리는 눈발 속에서는」에 부분적으로 이어진다. 이렇게 보면 「수대동시」는 서정주 시

---

28 이숭원, 「서정주 시에 나타난 '바다'의 의미 변화」, 『한국시학연구』 29, 2010. 12, 89~115쪽에서 서정주의 바다에 대한 갈망이 굴절·변모되어 간 과정을 검토했다.

의 전환을 알려 주는 작품이 아니라 일제강점기 서정주의 시 중 매우 이질적인 작품에 해당한다고 말해야 옳다. 일제강점기 서정주의 시는 방황과 갈등, 고통과 번민으로 얼룩져 있는 것이다.

결혼 이후에도 그는 안정을 얻지 못하고 다시 만주로 이주하였다. 1940년 1월에 장남을 얻었는데, 그는 돈을 벌어 오겠다는 명분을 내세우고 처자를 부모님께 맡겨 놓은 채 그해 가을에 혼자 떠나 버렸다. 그러니까 전기적 사실로 보면 「수대동시」의 희망은 시의 문맥으로만 남게 된 것이다. 만주에 가서 쓴 시는 「무제」, 「멈둘레꽃」, 「만주에서」 등 3편인데, 이 시편들은 하나같이 화자가 처한 공간의 가혹한 상황을 드러내면서 거기서 느끼는 질식할 것 같은 폐쇄감을 토로하고 있다. 「멈둘레꽃」은 저주받은 존재인 문둥이처럼 어딘가에 자빠져 있다가 소주처럼 공중에 기화해 사라지고 싶은 심사를 표현했다.[29] 이 당시 그가 겪은 현실과 이상 사이의 갈등을 매우 극적인 방식으로 노래한 작품이 「조금」(『춘추』, 1941. 7)이다.

우리 그냥 뻘밭으로 기어다니며
거이색기 같은거나 잡어 먹으며
노오란 조금에 醉할것인가.

맞나기로 약속했든 정말의 바다ㅅ물이
턱밑에 바로 드러왔을땐
곱비가 안풀리여 가지못하고

29 이숭원, 「공중으로 날아올라 기화되고 싶은 마음 - 서정주의 '멈둘레꽃'」, 『시안』, 2011. 봄호, 174~182쪽.

불기둥처럼 서서 울다간

스스로히 생겨난 메누리 발톱.

아아 우리 그냥 팍팍하여 땀흘리며

조금의 오름ㅅ길에 해와같이 저무를뿐

다시는 다시는 맞나지못하리라.

「조금」 전문

첫 연은 우리의 삶의 단면을 비유적으로 표현하였다. 우리가 산다는 것은 바닷물이 빠져나간 간조(干潮)의 뻘밭을 기어 다니며 게 새끼 같은 것이나 주워 먹는 누추하고 비속한 일이라는 것이다. 그렇게 비속한 것이 삶인데 우리들은 "노오란 조금에 취하여", 다시 말해 생이 안겨 주는 잠깐의 쾌락에 마비되어 나날의 삶을 이어가고 있다. "노오란 조금"이란 표현은 황혼 무렵의 색조를 나타내는 동시에 간조의 뻘밭에서 얻는 수확의 야릇한 즐거움을 환기하는 듯하다. 그러나 그 수확의 실제 내용물이 "게 새끼"라는 점에서 삶의 덧없음을 환기하기도 한다.

둘째 연은 어떤 절대의 세계, 영원의 세계를 동경했지만, 정작 결정적인 기회가 찾아왔을 때 그곳으로 가지 못하고 주저앉게 된 사연을 드러냈다. "정말의 바닷물"은 『춘추』 발표본에는 "참말의 바닷물"로 되어 있다. "그렇게 기다리던 바닷물이 정말로 들어왔을 때"라는 뜻이다. 이것은 우리가 소망하던 영원의 세계가 만조의 바다처럼 바로 우리들의 턱밑에까지 들어온 그 절정의 순간을 표현한 것이다. 그런 절호의 기회가 왔는데도 영원의 세계로 가지 못한 이유는 현실의 고삐가 풀리지 않아서이다. 우리들을 잡아매고 있는 현실의 끈은 그렇게 집요하게 이상으로의 탈출을 제어하고 있다. 그 고삐는 남이 매어 놓은 것이 아니라 우리가 살기 위해서 현실의 삶에 스스로 매어둔 것이기도 하다.

셋째 연은 영원의 세계로 가지 못하고 주저앉은 채 살고 있는 우리들의 모습을 한 번 더 비유적으로 표현했다. 자신이 쳐 놓은 현실의 고삐 때문에 가지 못한 것이지만 영원의 세계에 대한 갈망은 쉽게 포기되지 않는다. 그것은 인간이기 때문에 어쩔 수 없이 갖게 되는 본능적 욕망인지 모른다. 이상의 세계에 대한 간절한 기다림과 처절한 몸부림을 "불기둥처럼 서서 울다간"이라고 표현했다. 기둥처럼 높이 치솟는 불길로 처절한 마음의 양태를 표현한 것이다. 그런 일이 반복되면서 "메누리 발톱"이 저절로 생겨났다고 했다. 며느리발톱은 새나 말 같은 짐승의 발 뒤쪽에 돋아난 작은 돌기를 뜻한다. 영원의 세계로 가고 싶어서 발돋움하고 기다리다가 며느리발톱까지 생겨났다는 뜻이다.

넷째 연은 다시 현재의 모습을 나타내면서 삶이란 이렇게 진정한 만남의 기회를 놓치고 지낼 수밖에 없는 실추와 비탄의 연속이라는 사실을 고백하고 있다. 그렇게 허망하고 가련한 존재가 바로 우리 인간이다. 가슴에 쓰라린 회한을 안고 "그냥 팍팍하여 땀 흘리며" 해가 지듯 저무는 존재가 인간인 것이다. 시의 결구는 영원의 세계를 다시 만나지 못할 것이라는 탄식으로 끝나고 있지만 그다음 일을 알 수 없는 것이 또한 인간이다. 불기둥처럼 서서 울던 그 간절함이 쉽게 삭지는 않을 것이다.

영원의 세계를 동경하면서도 지상적 한계에 머물 수밖에 없는 인간의 위상을 이렇게 담담히 드러낸 시가 20대 중반의 나이에 완성되었다는 것은 참으로 놀라운 일이다. 이 시기 서정주의 시는 바로 이런 실존적 고민을 안고 방황하는 가운데 창작되었다. 이것은 서구적인 것에서 동양적인 것으로 전환했다거나 동양적인 것에서 안정을 얻었다거나 하는 방식으로는 설명할 수 없는 시 창작의 본질에 속하는 문제다. 1942년까지의 시에는 토속적·전통적 요소는 모습을 드러내지만 신라정신에 해당하는 단면은 나타나지 않는다. 끝없이 방황하고 고민할 뿐 영원의 세계에 안착하여 위안을 얻는 작품은 없기 때문이다. 신라정신의 영원성에 대한 암시라도 받았다면 이러한 고민과 갈등은 나타나지 않았을 것이다. 그러므로 서정주의 신라정신은 해방 전의 토속적·전통적 경향과 영원성에 대한 탐구가 해방 이후 서정주의 새로운 모색에 의해 결합하면서 하나의 시정신으로 완성되었다고 보는 것이 가장 합리적인 해석일 것이다.

4. 마무리

1936년에서 1942년에 이르는 시기에 발표한 서정주의 작품을 검토한 결과 다음과 같은 사실을 확인할 수 있게 되었다.

첫째, 서정주의 첫 시집 『화사집』에 수록된 작품들은 표면적으로 서구적 방황과 자의식의 환멸이 주조를 이루는 듯하지만, 작품의 세부적인 표현과 거기 담긴 시인의 의식을 꼼꼼히 따져 보면 여전히 토착적·전통적 성향이 뚜렷한 양상으로 박혀 있음을 알게 된다. 이 시집의 시들은 분명 서구적 지향성과 토착적 인습성이 혼재된 양상을 드러내고 있는 것이다. 두 번째 시집 『귀촉도』에 수록된 작품의 절반 이상이 1939년에서 1943년 사이에 창작된 것인데, 이들 작품 역시 서구적인 것과 토착적인 것이 혼재를 이루고 있다. 따라서 『화사집』과 『귀촉도』가 아주 이질적인 성향을 지닌 것처럼 설명하는 것도 잘못된 것이다.

둘째, 일제강점기 서정주의 시는 방황과 갈등, 고통과 번민으로 얼룩져 있다. 그 시들은 대부분 새로운 세계를 찾아 방황하는 자아의 모습을 드러내고 있다. 새로운 세계로 나아간다는 것은 무언가 진실하고 영원한 것을 찾는 작업일 것이다. 여기에는 동양과 서양의 구분이 없고 진실하고 영원한 생에 대한 끝없는 탐색만이 존재한다. 그것은 그의 시에서 바다에 대한 갈망으로 나타난다. 초기 시인 「자화상」, 「逆旅」, 「바다」 등의 시에 나타난 서정주의 절대에 대한 갈망은 해방 후의 작품인 「추천사」, 「꽃밭의 독백」으로 이어진다. 그러므로 서정주의 영원성에 대한 관심은 동양정신과는 별도의 차원에서 초기 시부터 지속적으로 이어진 것임을 알 수 있다.

이상의 사실을 앞에서 제기한 두 가지 논점과 관련해서 정리하면 이렇다. 서정주의 초기 시는 서구적인 것과 전통적인 것이 혼재되어 있기 때문에 서구적인 성향에서 전통 지향으로 돌아섰다고 말할 수 없으며, 따라서 친일적 동양문화론이 그러한 변화에 영향을 주었다는 논리도 성립될 수 없다. 서정주의 신라정신 탐구는 해방 전 시에 나타난 토속성과 영원성 추구의 두 측면이 해방 후 그의 자발적인 모색에 의해 하나로 결합되어 완성된 것이므로 이것 역시 동양문화론과는 관련이 없다.

제2부

백석 시와 샤머니즘

1. 한국 민속과 샤머니즘

원칙적으로 샤머니즘은 샤먼(shaman)의 존재를 전제로 한다. 샤먼은 초자연적인 존재와 직접 교신하여 주술적·종교적 기능을 수행하는 매개자이다. 샤머니즘의 가장 전형적인 형태는 시베리아를 중심으로 한 북아시아와 중앙아시아 지역에서 발견되지만, 각 지역 별로 여러 가지 변형을 낳으면서 다양한 분포를 보인다.

샤먼이 되는 방법에는 소위 신병의 체험을 통해 자발적인 신 내림의 과정을 거치는 강신무(降神巫)와 선대 샤먼에 의해 샤먼적 직능의 학습과 수련을 거쳐 세습되는 세습무(世襲巫)가 있으며, 실제로는 이두 과정을 겸하는 경우가 많다.[1]

한국의 샤머니즘은 시베리아에서 만주와 중국을 경유하여 들어온 것으로 보고 있다. 원초적으로 샤머니즘은 고대 민간신앙의 대표적 형태인 애니미즘을 전제로 한다. 애니미즘이란 이 세상 모든 사물에 정령이 있다고 믿는 태도이다. 사물에 내재해 있는 정령과 소통할 수 있는 존재가 샤먼이고 샤먼의 능력을 빌려 인간의 문제를 해결하려는 데에서 샤머니즘이 발생했다. 그렇기 때문에 샤머니즘은 각 지역의 생활양식에 의해 서로 다른 특징을 보인다. 특히 한국의 샤머니즘

---

1 최길성, 『새로 쓴 한국무속』, 아세아문화사, 1999, 28쪽.
　이러한 구분 개념에 대해 비판적 고찰이 제기되기도 했다.
　이용범, 「강신무·세습무 개념에 대한 비판적 고찰」, 『한국무속학』 7, 2003, 9~32쪽 참고.

은 농경사회의 생활양식을 바탕으로 불교, 도교, 유교와 혼합된 형태로 전개되어 왔기 때문에 샤먼의 절대성에 대한 의존도가 낮은 편이다. 샤머니즘은 한국의 민간신앙 속에 포괄되어 여러 가지 제의적 의식과 교류하는 특성을 보인다.

한국의 민간신앙은 크게 부락을 중심으로 한 공동 신앙과 가정을 중심으로 한 개인 신앙으로 나누며, 공동 신앙은 주로 마을 단위로 이루어지는 동신신앙(洞神信仰), 개인 신앙은 한 집안을 중심으로 이루어지는 가신신앙(家神信仰)으로 현실화된다.[2] 가신신앙은 집 안 여기저기 자리 잡은 신격들인 성주, 산신, 터주, 조왕, 대감, 업, 문신, 곳간신 등을 모시는 것으로 정초의 안택(安宅) 고사나 시월상달의 고사 등이 그러한 제의에 속하며 조상신을 모시는 제사, 차례, 시제 등도 그러한 제의에 속한다. 동신신앙은 마을 공동체의 안녕과 풍요를 빌기 위해 1년에 정기적으로 1~2번씩 갖는 풍어 굿이나 풍농 굿 등의 제의로 이루어진다. 이보다 더 개인적 차원의 민간신앙으로 개인이 점술사에게 점을 친다든가 서낭당이나 장승, 천지신명에게 치성을 드리고 기원하는 의례가 있다. 이렇게 좁은 의미의 개인 신앙의 범주를 따로 설정할 수도 있다.

백석 시와 샤머니즘의 관계를 밝히는 것이 이 글의 목적인데, 앞에서 말한 대로 한국의 민간신앙에 샤머니즘의 속성이 포괄되어 있다고 보고, 이 글에서는 백석 시에 나타난 민간신앙의 양상을 살펴보려 한다. 창작의 초기 단계에서부터 토속적 세계에 대해 깊은 관심을 보인 백석의 시에는 한국 민간신앙의 단면이 문면 속에 깊이 녹아들어 있다. 결론을 먼저 말하면, 『사슴』에 수록된 토속적 소재의 시가 어

---

2 김태곤, 『한국 민간신앙 연구』, 집문당, 1984, 21~33쪽.
　김명자, 「풍기의 민속종교와 신앙생활」, 『민속연구』 3, 164쪽.

린 시절의 회상으로 이루어져 있고 그 이후 개인의 내적 편력이 시의 중심을 이루었기 때문인지 민간신앙의 세 측면 중 백석의 시에는 개인 신앙에 해당하는 내용이 많이 나오고 가신신앙에 해당하는 내용이 일부 등장한다. 그러나 가신신앙에 해당하는 것도 소재의 측면에서 가신신앙의 용어가 도입될 뿐 개인 신앙의 차원으로 용해되는 양상을 보인다. 또 개인 신앙의 단면도 사실은 신앙이라고 규정하기는 어렵고, 일상적인 생활의식의 차원으로 희석되어 평범한 생활의 일부로 동화되어 버린 양태로 나타나고 있다.

2. 치병(治病)과 축사(逐邪)의 의식

지면에 발표된 백석의 첫 작품은 「정주성」(『조선일보』, 1935. 8. 30)이고 두 번째 발표작이 「山地」(『조광』, 1935. 11)인데, 이 작품은 시집 『사슴』에 「三防」으로 개작되어 수록되었다. 이 작품 끝 부분에 작두를 타는 애기무당이 등장한다. 발표 초기작부터 무당의 전형적인 동작이 나오는 것으로 보아 백석의 무속에 대한 관심이 각별했던 것을 알 수 있다. 7연으로 되었던 작품이 3연으로 축약되는데 무당이 등장하는 장면은 형태의 변화 없이 그대로 계승되고 있다. 그 구체적인 모습을 보이면 다음과 같다.

갈부던같은 藥水터의山거리
旅人宿이 다래나무지팽이와같이 많다

시내ㅅ물이 버러지소리를하며 흐르고
대낮이라도 山옆에서는

승냥이가 개울물 흐르듯 읋다

소와말은 도로 山으로 돌아갔다
염소만이 아직 된비가오면 山개울에놓인다리를건너 人家근처로 뛰여
온다

벼랑탁의 어두운 그늘에 아츰이면
부헝이가 무거웁게 날러온다
낮이되면 더무거웁게 날러가버린다

山넘어十五里서 나무뎅치차고 싸리신신고 山비에촉촉이 젖어서 藥물
을받으러오는 山아이도있다

아비가 앓른가부다
다래먹고 앓른가부다

아래ㅅ마을에서는 애기무당이 작두를타며 굿을하는때가 많다

「山地」 전문

갈부던같은 藥水터의山거리엔 나무그릇과 다래나무짚팽이가많다

山넘어十五里서 나무뎅치차고 싸리신신고 山비에촉촉이젖어서 藥물
을받으려오는 두멧 아이들도있다

아레ㅅ마을에서는 애기무당이 작두를타며 굿을하는때가많다

「三防」 전문

우선 '산지'라는 막연한 제목이 시집에 수록되면서 '삼방'이라는 구체적인 지명으로 바뀌었다. 삼방은 백석이 시를 썼던 당시는 함경남도에 속했으나 현재의 북한 편제로는 강원도 세포군 원산 부근에 있는 지명으로 약수가 유명한 곳이다. '산지'가 '삼방'으로 바뀌면서 시상도 약수와 관계있는 내용으로 압축되어 세 행으로 정리되었다. 「산지」에는, 깊은 산중임에도 불구하고 유명한 약수터인지라 여인숙이 즐비하다는 사실이 소개되고, 이어서 산중에 흐르는 시냇물이라든가 승냥이, 염소, 부엉이 등을 통해 인적 끊긴 산중의 어둡고 무거운 분위기를 환기한 다음에 약수를 받으러 오는 아이가 등장한다. 이 아이의 아버지가 앓고 있기 때문에 약수를 받으러 왔을 것이라는 사실도 "아비가 앓른가부다/다래먹고 앓른가부다"라고 장황하게 알려 주고 있다. 전반적인 분위기는 죽음의 그림자를 드리운 어두운 색조를 띠고 있다. 이 때문에 마지막 행의 "아랫마을에서는 애기무당이 작두를 타며 굿을하는때가많다"라는 정황도 죽음과 관련된 불길한 정조를 환기한다.

그런데 「삼방」에는 이러한 정서를 환기할 만한 정황들이 제거된 채 정조가 은폐된 정경의 외관만이 제시되고 있다. 산속 깊은 곳에 호젓이 자리 잡은 약수터지만 사람들이 이용하는 그릇과 지팡이가 많다는 사실을 알려 주고, 먼 곳에서 약수를 받으러 오는 산골 아이들의 모습을 소개한 다음에 곧바로 아기무당이 작두를 타고 굿하는 장면을 소개하고 있다. 이 세 연이 환기하는 것은 문명의 혜택에서 멀리 떨어진 토속적 세계의 모습이다. 즉 산골 마을에서는 병이 났을 때 약을 제대로 쓸 수 없으므로 약수를 받아 약으로 대신한다. 시오리 길을 걸어서 약수를 받으러 오는 아이들이 한둘이 아님을 암시하고 있고, 다래나무 지팡이가 많은 것으로 보아 노인들도 지팡이에 의지하여 직접 약수터를 오가고 있음을 짐작하게 한다. 아이들의 차림도 나무 뒤웅박을 차고 싸리 신을 신고 있어 문명의 혜택은 거의 받지 못하는 양태로 제시된다. 이렇게 약수를 받아 먹어도 병이 낫지 않으면 무속의 힘에 의지하여 굿을 하는 것이다.

여기 나오는 아기무당은 어미무당 밑에서 무당 수련을 하는 어린 무당을 지칭한다. 아기무당이 강신무일 가능성도 배제할 수는 없으나 경제적으로 곤궁할 수밖에 없는 산골 마을에 신이 저절로 내린 강신무가 있을 가능성은 거의 없다. 선배 무당에게 무녀의 자질을 익힌 세습무일 터인데 그 어린 무당이 맨발로 작두를 타는 묘기를 보일 때 무력에 기대를 거는 산골 사람들의 신뢰도는 배가될 것이다. 1935년 경성에서 신문사 편집 일을 보는 백석에게도 그것은 신기한 사항으로 기억에 남은 것이고, 그 기억이 그대로 시의 한 행으로 편입된 것이다.

그러면 이 시행이 던져 주는 의미는 무엇인가? 1935년 경성의 문화 공간과는 멀리 떨어져 토속적 삶을 이어가는 산골 사람들의 생활상을 보여 주려는 것일 텐데, 그 토속적 단면에 샤머니즘이 깊이 연결되어 있음을 일깨우고 있다. 토속적 세계를 보여 준 그의 초기 시에 이런 무당의 작두춤이 직접 노출된다는 것은 한국인의 전래적 삶에 민간신앙이 든든한 토대를 이루고 있음을 알려 준다.

그다음에 주목할 만한 작품은 「고야(古夜)」(『조광』, 1936. 1)이다. 이 작품은 거의 형태의 변화 없이 시집에 수록되었다. 작품의 내용이 샤머니즘과는 직접 관련이 없지만 당시 농촌에서 살았던 한국인들이 지니고 있었던 민간신앙의 단면을 보여 주고 있어 흥미로운 자료가 된다.

아배는타관가서오지않고 山비탈외따른집에 엄매와나와단둘이서 누가죽이는듯이 무서운밤 집뒤로는 어늬山곬작이에서 소를잡어먹는노나

리군들이 도적놈들같이 쿵쿵걸이며다닌다

날기멍석을저간다는 닭보는할미를차굴린다는 땅아래 고래같은기와
집에는언제나 니차떡에 청밀에 은금보화가그득하다는 외발가진조마구
뒷山어늬메도 조마구네나라가있어서 오줌누러깨는재밤 머리맡의문살에
대인유리창으로 조마구군병의 새깜안대가리 새깜안눈알이들여다보는
때 나는이불속에자즐어붙어 숨도쉬지못한다

또이러한밤같은때 시집갈처녀망내고무가 고개넘어큰집으로 치장감
을가지고와서 엄매와둘이 소기름에쌍심지의불을밝히고 밤이들도록 바
느질을하는밤같은때 나는아릇목의샅귀를들고 쇠든밤을내여 다람쥐처
럼밝어먹고 은행여름을 인두불에구어도먹고 그러다는이불웅에서 광대
넘이를뒤이고 또 놓어굴면서 엄매에게 웅목에둘은평풍의 샛빩안천두의
이야기를듣기도하고 고무더러는 밝는날 멀리는못난다는뫼추라기를 잡
어달라고졸으기도하고

내일같이명절날인밤은 부엌에 쩨듯하니 불이밝고 솥뚜껑이놀으며 구
수한내음새 곰국이무르끓고 방안에서는 일가집할머니가와서 마을의소
문을펴며 조개송편에 달송편에 쥔두기송편에 떡을빚는곁에서 나는밤소
팟소 설탕든콩가루소를먹으며 설탕든콩가루소가가장맛있다고생각한다
나는얼마나 반죽을주물으며 힌가루손이되여 떡을빚고싶은지모른다

섯달에 내빌날이드러서 내빌날밤에눈이오면 이밤엔 쌔하얀할미귀신
의눈귀신도 내빌눈을받노라못난다는말을 든든히녁이며 엄매와나는 앙
궁웅에 떡돌웅에 곱새담웅에 함지에 버치며 대냥푼을놓고 치성이나들
이듯이 정한마음으로 내빌눈약눈을받는다

이눈세기물을 내빌물이라고 제주병에 진상항아리에 채워두고는 해를
묵여가며 고뿔이와도 배앓이를해도 갑피기를앓어도 먹을물이다

「고야」 전문

이 시에는 낯선 외부 세계에 대해 막연히 두려움을 가졌던 유년기
의 기억이 생생하게 재구성되고 있다. 유년 시절에는 아버지를 집안
의 중심으로 생각하고 아버지에게 전적으로 의존하는 경향이 있다.
1연은 아버지가 타관에 나가 집에 없을 때 느낀 어린이의 두려움의
고백이다. 노나리군은 소나 돼지를 훔쳐 밀도살하여 파는 사람을 말
하는데, 이들은 가축을 훔쳐 산골짜기로 끌고 가서 그 자리에서 도살
하여 뼈와 살을 가르기 때문에 매우 무서운 존재로 여겨졌다. 어린애
들에게는 소를 잡아먹은 무서운 도적으로 비쳤던 것이다.

2연에서는 공포감이 전설과 민담의 세계와 연결되어 심화되면서
새로운 상상의 영역을 펼쳐 낸다. 여기 나오는 '조마구'는 원래 '주먹'
이라는 뜻의 평북방언인데 뜻이 전이되어 난쟁이 귀신을 뜻하는 말
로 정착되었다. 이 조마구 귀신은 외발로 뛰어다니면서 곡식을 널어
놓은 멍석을 통째 가져가기도 하고, 닭을 돌보는 할머니를 뒤에서 걷
어차 넘어지게도 하는 심술을 부린다. 땅 밑 고래 같은 기와집에는
은금보화가 가득하다는 신비로운 상상의 세계를 이야기하고 있다.
그러나 캄캄한 밤에 조마구 군병의 새까만 눈알이 방 안을 엿본다고
생각하면 그것은 숨이 멈출 정도의 공포감을 자아낸다.

소를 잡아먹는 노나리꾼은 현실적 존재고 난쟁이 귀신은 상상의
세계에 속하는 것이지만 그 둘은 어린아이들에게는 공포에 사로잡히
게 하고 오줌 누러 가지도 못하고 이불 속에 자지러들어 숨도 쉬지
못하게 할 정도로 두려운 존재다. 현실적 존재건 가공의 존재건 그
두 대상은 어린이에게는 동질적인 공포의 대상인 것이다.

이러한 유년 시절의 공포감은 『현대조선문학전집』(1938. 4)에 실린 「외가집」이란 작품에 더욱 상세한 내용으로 다시 제시된다. 이 시의 화자는 외갓집을 늘 무서워한다고 하면서 그 이유로 열거한 것이 논리적으로는 납득이 가지 않는 내용들이다. 즉 초저녁이면 족제비들이 모여 들어와 시끄럽게 울어 대고, 밤이면 기와지붕에 누군가가 돌들을 던지고, 뒤울안 배나무에 줄등을 환하게 달기도 하고, 부뚜막의 솥을 모조리 뽑아 놓기도 하고, 변소에 앉아 있는 사람의 목덜미를 눌러서 변소 밑으로 처박기도 하고, 새벽에는 고방 시렁에 차곡차곡 얹어 두었던 크고 작은 그릇들이 땅바닥에 무질서하게 널리는 집이라는 것이다.

고형진은 이 작품에 대한 자상한 설명을 통해 이것이 "세상물정을 잘 모르는 아이의 시선에 비친 천진한 공포감"에 해당한다는 것을 밝혔다.[3] 유년기의 낯선 체험이 안겨 주었을 공포감에 대해 합리적인 해명을 해서 이해에 도움을 주었다. 그런데 이 시가 이채로운 것은 이 공포감이 흥미나 호기심과 결합되어 있고 일회적인 것이 아니라 지속적이라는 점이다. 즉 화자는 분명 "내가 언제나 무서운 외가집은"이라고 하여 외갓집에 대한 두려움이 지속된다는 점을 밝혔고, 자신이 목격한 사실을 이야기하면서도 「고야」에서처럼 자지러들 것 같은 공포감을 표현한 것이 아니라 믿거나 말거나 한 가공의 이야기 같은 어투로 자신이 체험한 바를 열거하고 있는 것이다. 그러니까 자신의 거주지보다 더 산골에 속하는 외갓집에서는 이러한 기이한 일이 얼마든지 일어날 수 있다는 투의 화법이다. 이것은 유년기의 공포감이 어른의 시점에 의해 상당히 변질된 상태에 있음을 알려 준다. 요컨대 이 시에는 유년기의 공포감이 원형 그대로 유지되지 않았다

---

3 고형진, 『백석시 바로읽기』, 현대문학, 2006, 138~140쪽.

는 얘기가 가능하다.

다시 「고야」로 돌아가서, 5연에는 '새하얀 할미귀신'이 나온다. 이 귀신은 흰색이기 때문에 눈 오는 날 보이지 않으며, 사람이 길을 걷다가 미끄러지는 것은 이 귀신이 넘어뜨리기 때문이라고 민간신앙에서는 생각했다. 그런데 납일⁴에는 이 할미귀신도 귀한 납일 눈을 받느라고 나타나지 않기 때문에 이날만은 마음 놓고 눈을 받으며 돌아다닐 수 있다고 말하고 있다. 이날 받은 눈 삭은 물은⁵ 오랫동안 감기나 배탈, 설사 등에 약용으로 쓰인다고 말하고 있다. 위생학적인 측면에서 보자면 그 물은 오히려 병을 더 일으킬 것도 같지만 특별한 약이 없었던 산골에서는 이러한 민속처방에 의해 심리적 치료 효과를 얻었을 것이다. 이것은 「삼방」에서 누군가가 병이 났을 때 약수를 떠먹이고 그것도 안 되면 무당에게 굿을 하게 하는 치료 행위와 동궤의 것이다. 이러한 민속처방에 의한 치료는 「동뇨부」에서 어린아이의 맑은 오줌을 받아 살갗이 퍼런 막내고모가 세수하였다는 내용으로 제시되기도 한다.

민속의 차원에서 보면 약수나 무당굿이나 납설수나 어린애의 오줌이 거의 대등한 자리에 놓이는 것을 알 수 있다. 그리고 이 시의 화자인 어린이의 시각에서 보자면 세상은 가족의 단란함과 맛있는 음식으로 상징되는 풍요로운 측면도 있지만 때로는 신비스럽기도 하고 두렵기도 한 이중적인 공간으로 인식되는 것이다.

한편 시집에 실린 「오금덩이라는 곳」이라는 시에는 개인 신앙으로

---

4 섣달 납일(臘日). 예전에, 민간이나 조정에서 조상이나 종묘 또는 사직에 제사 지내던 날. 동지 뒤의 셋째 술일(戌日)에 지냈으나, 조선 태조 이후에는 동지 뒤 셋째 미일(未日)로 하였다.
5 이 물을 납설수(臘雪水)라고 한다. 이 부분에 나오는 '눈세기물'을 흔히 "눈 섞인 물"이라고 풀이하는데, 눈이 섞인 물이 아니라 눈이 삭은 물이라고 해야 옳다.

서의 서낭당에서의 기복(祈福)과 민간요법으로서의 치병(治病)과 샤머니즘적 축사(逐邪)의 행위가 함께 제시된다.

어스름저녁 국수당돌각담의 수무나무가지에 녀귀의탱을걸고 나물매
갖후어놓고 비난수를하는 젊은새악시들
― 잘먹고가라 서리서리물러가라 네소원풀었으니 다시침노말아라

벌개눞역에서 바리깨를뚜드리는 쇠ㅅ소리가나면
누가눈을앓어서 부증이나서 찰거마리를 불으는것이다
마을에서는 피성한눈슭에 절인팔다리에 거마리를 붙인다

여우가 우는밤이면
잠없는 노친네들은일어나 팟을깔이며 방요를한다
여우가 주둥이를향하고 우는집에서는 다음날으레히 흉사가있다는것
은 얼마나 무서운말인가

「오금덩이라는 곳」 전문

첫 연은 서낭당6에서 젊은 여인들이 소원을 비는 장면을 보여 주었
다. 서낭당은 원래 마을의 부락신을 모시는 사당인데 개인적인 기복
신앙의 장소로 대중화되었다. 서낭당 옆에는 돌각담이 쌓여 있고 시
무나무가 서 있는데 거기에는 어떤 귀신의 그림이 걸려 있으며, 날이
어둑해지는 저녁 무렵인데 간소한 제사상을 차려 놓고 젊은 여인들
이 소원을 빌고 있다. 기원의 내용인즉 복을 비는 것이 아니라 귀신

---

6 국수당은 서낭당의 별칭이다. 조선 태조 때 세운 국사당(國師堂)이 변형된 말일
것이다.

더러 물러가 달라는 액막이의 기원이다. 산골 사람들의 척박한 삶 속에서는 앞에 닥친 난관에서 벗어나는 것이 일차적인 소망이다. 앞날의 복을 빌 여유는 아예 없었을 것이다.

2연은 역시 민간요법의 하나로 눈가에 멍이 들거나 팔이 저리면 거머리에게 피를 빨게 하는 치료법을 이야기한 것이다. 거머리의 피를 빼는 습성을 이용하여 나쁜 피를 제거시키면 몸이 정화된다는 논리다. 거머리는 쇳소리를 듣고 모여들기 때문에 들판의 늪지 근처에서 주발뚜껑을 두드리면 거머리가 다가오게 된다는 것이다. 약수, 눈 삭은 물에서 어린애의 오줌, 거머리까지 민간요법의 대상이 확장되고 있는데 그 엽기성이 더욱 고조되는 것을 볼 수 있다.

3연은 팥과 오줌과 관련된 축사의 의식이다. 산골에서는 밤에 여우가 우는 때가 많은데 여우가 주둥이를 향하고 운 집에서는 다음 날 흉사가 생긴다는 불길한 속설이 있다. 그러니 밤에 여우 울음소리를 들으면 나이 많은 노인들은 더욱 불안한 생각이 든다. 그래서 밤에 일어나서는 팥을 마당에 뿌려 깔면서 방뇨를 한다는 것이다. 민간신앙의 차원에서 보면 팥을 뿌리는 것과 오줌을 누는 것은 둘 다 흉사와 악귀를 몰아내는 축사의 기능을 가지고 있다. 요즘도 집을 새로 짓거나 새로 이사를 하는 경우에 지붕이나 방 여기저기에 팥을 뿌리는 것을 볼 수 있으며, 좋지 않은 일이 있을 때에 방뇨 대신에 소금을 뿌리는 것을 볼 수 있다.

3. 가신신앙(家神信仰)의 단면

백석의 시 「가즈랑집」에는 무녀의 역할을 하는 할머니가 등장한다. 이 할머니는 정식 강신무 같지는 않고 스스로 무녀라고 생각하며 무속 행위를 하는 산골의 할머니로 짐작된다. 이 할머니에 대한 설명은 다음과 같이 나타난다.

> 가즈랑집할머니
> 내가날때 죽은누이도날때
> 무명필에 이름을써서 백지달어서 구신간시렁의 당즈깨에넣어 대감님께 수영을들였다는 가즈랑집 할머니
> 언제나병을앓을때면
> 신장님달련이라고하는 가즈랑집할머니
> 구신의딸이라고생각하면 슳버졌다
>
> 「가즈랑집」 부분

이 할머니가 거주하는 가즈랑고개는 사나운 야생동물인 승냥이가 새끼를 쳐서 번식하는 깊은 산속에 있으며, 인적이 드문 곳이기에 옛날에는 쇠메를 든 도적이 출몰했던 곳이다. 그러니까 가즈랑고개는 평화롭고 아늑한 공간이 아니라 상당히 무섭고 불길한 지역에 있다. 자칫하면 승냥이나 도적의 습격을 받기 쉬운 험악한 산중에 있는 것이다. 가즈랑집은 그 고개 밑에 외따로 떨어져 있는데 워낙 인적이 끊긴 곳이라 산 너머 마을에서 큰 산짐승이 돼지새끼를 물고 가면 마을 사람들이 산짐승을 쫓아 내기 위해 꽹과리 같은 것을 시끄럽게 울리는 소리가 가끔 들리는 그런 동떨어진 곳이다. 그러니까 산 너머 마을에는 가축을 기르지만 이곳 가즈랑집은 멧돼지와 이웃사촌을 지낸다는 말이 나올 정도로 야생동물이 수시로 출몰하는 곳이기 때문에 가축도 치지 못하고 사는 궁벽한 지역이다.

화자가 회상하는 할머니는 바로 그 무서운 집에 혼자 사는 할머니다. 그 할머니는 예순이 넘었고 자식이 없이 혼자 지내는데 그래도

중처럼 정갈한 기품을 유지하고 있다. 무서운 산중에 혼자 사는 할머니라서 그런지 오랜만에 마을에 나타나면 긴 담뱃대에 독한 담배를 연이어 피워 대는데 그 모습은 승냥이나 사나운 도적도 무서워하지 않고 지내는 야성적 생명력을 연상케 한다. 그 할머니와 마을 사람들이 나누는 이야기는 간밤에 방문 앞 섬돌에 승냥이가 왔었다고도 하고, 어느 산골에서는 곰이 아이를 물어다가 키운다고도 하는 믿을 수 없는 내용의 얘기들이다. 화자는 그러한 얘기를 백설기와 돌나물김치를 먹으며 듣는데, 그런 얘기를 듣다 보면 마치 옛날이야기에 나오는 귀신집에 와 있는 듯한 느낌이 든다.

이 할머니는 나나 누이가 태어났을 때 무명천에 이름을 쓰고 백지에 사주를 적어 바구니(당즈깨)에 담아 시렁에 얹어 놓고 그분이 모시는 대감님께 명이 길고 복이 많게 해달라고 축원했던 분이다. 그런데도 누이가 세상을 떠난 것으로 보아 그렇게 공력이 높은 분은 아니었던 것 같다. 그러니까 이 할머니는 정식 강습무가 아니라 어떤 신장을 섬기며 스스로 무녀라고 생각하는 일종의 아마추어 무녀로 짐작된다. 그래서 병을 앓을 때는 그것이 신장님이 자기를 단련시키는 것이라 생각하고 병을 감내하는 것이다. 그러한 할머니의 모습은 어린 아이의 눈에 귀신의 딸로 비치고 귀신의 딸이기에 자식도 없이 홀로 살아가는 모습이 안타깝게 느껴진 것이다. 어떻게 생각하면 무섭고 또 한편으로는 안쓰럽게 여겨지는 그 할머니는 화자에게 여러 가지 즐거운 추억을 남겨 준 할머니로 기억되고 있다. 여하튼 이 할머니는 자신의 가문에 태어난 아이의 액운을 막고 수명을 길게 해달라는 무속적 의식을 신장에게 올린 무녀의 역할을 했다. 그것은 자신의 개인적 기원이 아니라 가문의 번성을 위한 가신신앙(家神信仰)의 단면을 보인다.

이러한 가신신앙과 관련된 할머니는 「넘언집 범 같은 노큰마니」

(『문장』, 1939. 4)에 또 다른 모습으로 등장한다. 그 할머니가 거주하는 공간 역시 "황토 마루 수무낡에 얼럭궁 덜럭궁 색동헌겁 뜯개조박 뵈짜배기 걸리고 오쟁이 끼애리 달리고 소삼은 엄신 같은 딥세기도 열린 국수당고개를 멫번이고 튀튀 춤을 뱉고 넘어가"야 겨우 도달하는 산골의 묵은 집이다. 이 노큰마니는 증조할머니뻘 되는 집안의 큰 어른이다. 화자인 백석은 "이 노큰마니의 당조카의 맏손자"가 된다. 「가즈랑집」의 할머니가 혼자 사는 무녀인 데 비해 이 할머니는 구더기같이 욱실거리는 손자 증손자를 거느리고 그들이 잘못을 하면 방구석에 회초리를 단으로 쌓아 두었다가 때리는, 일가친척에게 범같이 무서운 존재로 군림하는 상징적 인물이다. 그는 갖가지 장식물이 달린 국수당 고개를 넘어 깊은 골 안에 영동(楹棟, 기둥과 마룻대)이 무겁게 가라앉은 오래된 집에 사는데, 그 집에는 사나운 거위와 커다란 개가 떠들썩하게 짖어 대고 거름 냄새가 구수하게 배어 나와 토속적 정취와 야성적 역동성을 동시에 느끼게 한다.

이처럼 토속적이면서도 생명의 기운이 약동하는 공간에 대가족 제도의 정신적 지주로 군림하는 증조할머니가 거주한다는 것은 상당히 중요한 상징적 의미를 지닌다. 그것은 일종의 대지모신(大地母神)과 같은 생산과 증식의 상징이다. 그런가 하면 "우리 엄매가 나를 갖이는 때 이 노큰마니는 어늬밤 크나큰 범이 한 마리 우리 선산으로 들어오는 꿈을 꾼 것을" 무엇보다 기쁘게 생각한다고 했으니, 증손자의 태몽까지도 대신 꾸어 줄 정도로 가문의 수호자 역할을 맡고 있는 것이다. 이러한 묘사와 서술은 그 할머니가 가신신앙의 중심에 놓여 있음을 암시한다.

가신신앙의 대표적인 의식은 제사인데 「목구」(『문장』, 1940. 2)는 제사에 쓰이는 그릇을 통하여 제사의 의미를 분명히 드러내고 있어 주목된다.

五代나 날인다는 크나큰집 다 찌글어진 들지고방 어득시근한 구석에서 쌀독과 말쿠지와 숫돌과 신뚝과 그리고 녯적과 또 열두 데석님과 친하니 살으면서

한해에 몟번 매연지난 먼 조상들의 최방등 제사에는 컴컴한 고방 구석을 나와서 대멀머리에 외앗맹건을 질으터 맨 늙은 제관의손에 정갈히 몸을 씻고 교우 옿에 모신 신주 앞에 환한 초불밑에 피나무 소담한 제상 위에 떡 보탕 시케 산적 나물지짐 반봉 과일들을 공손하니 받들고 먼 후손들의 공경스러운 절과 잔을 굽어보고 또 애끊는 통곡과 축을 귀에 하고 그리고 합문뒤에는 흠향오는 구신들과 호호히 접하는것

구신과 사람과 넋과 목숨과 있는것과 없는것과 한줌흙과 한점살과 먼 녯조상과 먼 훗자손의 거룩한 아득한 슬픔을 담는것

내손자의손자와 손자와 나와 할아버지와 할아버지의 할아버지와 할아버지의 할아버지의 할아버지와…… 水原白氏 定州白村의 힘세고 꿋꿋하나 어질고 정많은 호랑이 같은 곰같은 소같은 피의 비같은 밤같은 달 같은 슬픔을 담는것 아 슬픔을 담는것

「목구」 전문

목구란 제사에 사용되는 나무 제기를 말한다. 제사를 지내지 않을 때에는 오래된 낡은 집의 작은 광 어두운 구석에 이런저런 물건들과 함께 보관되어 있다가 조상들의 제사를 지낼 때에는 컴컴한 고방 구석을 나와서 늙은 제관의 손에 정갈히 몸을 씻기고 환한 촛불을 밝힌 제상 위에 올라 여러 음식을 받들게 된다. 후손들은 제상 아래 공손하게 절을 올리고 때로는 애통한 통곡과 경건한 축문을 올리기도 한

다. 그때마다 목구는 음식을 공손히 받들어 후손들의 발원이 조상들에게 잘 전달되도록 전령 역할을 해준다. 합문 뒤 조상의 혼령들이 제물을 받으러 오면 그들을 편안하게 맞이하여 제물을 접대한다. 이처럼 목구는 후손들의 기원과 조상들의 혼령을 이어 주는 역할을 한다.

그런 점에서 이것은 "먼 넷조상과 먼 훗자손의 거룩한 아득한 슬픔을 담는것"이기도 하다. 정주 백촌에 집성촌을 이루고 사는 수원백씨 집안의 "힘세고 꿋꿋하나 어질고 정많은" 마음을 저 먼 조상으로부터 먼 후손에 이르기까지 그대로 이어 주는 가족적 연대의 매개물이기도 하다. 이 시는, 호랑이, 곰, 소로 표상되는 강인하면서도 의연한 우리 민족의 기품이 불우한 시대를 만나 잠시 아득한 슬픔의 형상을 지니게 되었으나, 조상에게 제사를 지내는 의식이 지속되는 한 민족의 정체성은 변함없이 유지될 것이라는 생각을 담고 있다. 가신신앙의 대표적인 의식인 제사를 통해 혼과 정신의 이어짐을, 가문과 민족 혈통의 유구함을 이야기한 것이다. 먼 조상으로부터 이어져 오는 가문과 민족의 유구함에 대한 관심은 「국수」(『문장』, 1941. 4)에서 "이것은 그 곰의 잔등에 업혀서 길러났다는 먼 넷적 큰마니가/또 그 집등색이에 서서 자채기를 하면 산넘엣 마을까지 들렸다는/먼 넷적 큰 아바지가 오는것같이 오는것이다"라는 교묘한 언술로 변주되어 되풀이되고 있다.

가신신앙의 신격들인 조왕이나 대감 등이 백석의 시에 부분적으로 등장한 데 비해, 해방 후 지면에 발표된 「마을은 맨천 귀신이 돼서」(『신세대』, 1948. 10)는 여러 귀신을 열거하면서 방안이든 토방이든 부엌이든 고방이든 곳곳에 귀신이 있어서 귀신이 쫓아다니는 통에 꼼짝을 할 수가 없다고 희화적으로 표현하고 있어 특별히 주목할 만하다.

나는 이 마을에 태어나기가 잘못이다
마을은 맨천 구신이 돼서

나는 무서워 오력을 펼수 없다
자 방안에는 성주님
나는 성주님이 무서워 토방으로 나오면 토방에는 디운구신
나는 무서워 부엌으로 들어가면 부엌에는 부뜨막에 조앙님

나는 뛰쳐나와 얼른 고방으로 숨어 버리면 고방에는 또 시렁에 데석님
나는 이번에는 굴통 모통이로 달아가는데 굴통에는 굴대장군
얼혼이 나서 뒤울안으로 가면 뒤울안에는 곱새녕 아래 털능구신
나는 이제는 할수 없이 대문을 열고 나가려는데
대문간에는 근력 세인 수문장

나는 겨우 대문을 삐쳐나 밖앝으로 나와서
밭 마당귀 연자간 앞을 지나가는데 연자간에는 또 연자망구신
나는 고만 디겁을 하여 큰 행길로 나서서
마음 놓고 화리서리 걸어가다 보니
아아 말 마라 내 발뒤축에는 오나 가나 묻어 다니는 달갈구신
마을은 온데 간데 구신이 돼서 나는 아무데도 갈수 없다

「마을은 맨천 구신이 돼서」 전문

이 시에 나오는 신격에 해당하는 대상을 열거하면 성주님, 디운구신,
조앙님, 데석님, 굴대장군, 털능구신, 연자망구신, 달갈구신 등이다.
처음에 나온 성주신은 성조신(成造神)이란 말에서 유래했다고 보는
데, 모든 가택신을 대표하며 그들을 거느리는 최고의 신이다. 성주를
모시는 형태는 성주단지와 종이성주가 있는데, 성주단지는 안방에 놓
고, 종이성주는 상량대 밑의 동자기둥에 매단다고 한다. 디운구신은
지운귀신(地運鬼神)을 의미하는 것으로 집터를 지키고 땅의 운수를 맡

아보는 신이다. 터주신, 터주대감, 후토주임(后土主任)이라고도 한다. 조앙님은 조왕신을 말하는데, 부엌을 지키는 신이다. 한국의 전통에서 장작불을 때는 아궁이를 맡고 있기 때문에 화신(火神)으로 인식되고 부엌에서 음식을 만들고 방을 덥히는 등 가정생활이 제대로 이루어지기 때문에 재물신(財物神)으로도 인식된다. 데석님은 제석신(帝釋神)을 말하는데, 민속신앙에서 무당이 모시는 열두 명의 신이다. 한집안 사람들의 수명, 곡물, 의류, 화복 등에 관한 일을 맡아본다고 한다.

　이 시의 화자는 방안에 모셔 놓은 성주님이 무서워 토방으로 나오니 토방에는 토지신이 있고 부엌으로 들어가니 부엌 부뚜막에는 조왕신이 있고 고방에 숨었더니 구방 시렁에는 제석신을 모셔 놓았다는 것이다. 다시 굴뚝 모퉁이로 달아나자 굴뚝을 주관하는 검고 큰 모습의 굴때장군이 있고, 뒤울안에는 곱새지붕 아래 장독신의 역할을 하는 철륭귀신이 있다. 대문간에는 힘이 센 수문장이 있고 대문 바깥 연자간에는 또 연자방아를 주관하는 연자망귀신이 있다. 집을 완전히 벗어나 큰 거리로 나선다 해도 귀신으로부터 벗어날 수가 없다. 발뒤축에 달걀귀신이 붙어 다니기 때문이다.

　우리의 민간신앙에는 이들 신 말고도 변소에 있는 측간신, 소를 보호하는 쇠구영신(외양간신), 조상을 모시는 조상신, 우물에 있는 우물신, 아기를 점지하고 산모와 아이를 보호하는 삼신, 북두칠성을 신격화한 칠성신, 산을 관장하는 산신 등이 있다. 이 많은 신의 존재를 낱낱이 인식한다면 백석의 말대로 마을은 온통 귀신에 둘러싸여 오력을 펼 수 없을 것이고, 아무리 발버둥 쳐도 귀신의 손아귀에서 벗어나지 못할 것이다. 요컨대 마을은 귀신들에게 완전히 장악되어 있는 것이다. 백석은 속신들의 손아귀에 장악되어 있는 토속적 삶의 단면을 말놀음하듯이[7] 경쾌하게 늘어놓았다.

　이처럼 백석은 한집안의 상징적 지주 역할을 하는 할머니에 대한 관심, 가신신앙의 중심을 이루는 제사에 대한 관심, 더 나아가 가신신앙의 대상인 각종 신격에 대한 관심 등을 폭넓게 보여 주면서 전근대적이고 토속적인 민간신앙을 근대시의 중심부로 당당히 끌어올리는 독특한 작업을 했다.

4. 민간신앙에 대한 관심이 갖는 의미

백석이 이러한 민간신앙의 세계에 관심을 보인 이유는 무엇일까? 앞의 「목구」나 「국수」 등의 시에 나타난 가문과 민족 혈통의 유구함에 대한 표현이 당시의 시대 상황과 무관하지 않음을 짐작할 수 있듯이 「마을은 맨천 구신이 돼서」에서 가신신앙의 신격들을 열거하고 있는 것 역시 당시의 시대 상황과 연결되어 있다는 느낌이 든다. 이 시는 백석의 친구인 허준이 보관하고 있던 것을 해방 후 발표하였다는 기록이 작품 끝에 붙어 있고, 시의 어법이나 내용으로 볼 때에도 해방 전 백석이 써 두었던 작품으로 보인다. 이 시의 요점은 마을 전체를 여러 귀신이 장악하고 있다는 것이다. 겉으로는 귀신 때문에 오력을 펼 수 없고 어디를 가도 귀신들에게서 벗어날 수 없다고 호소하고 있지만, 그 과장된 어법 내면에 어떤 저의가 숨어 있는 것 같다. 즉 이렇게 귀신이 장악하고 있는 마을을 누가 건드릴 수 있겠느냐는 또 하나의 의미가 작품 속에 내포되어 있다는 해석도 가능하다.

이 시가 쓰인 시기는 일제의 강압적 통치가 한국민족의 주체적 입지를 송두리째 뽑아 버릴 위기의 상황이었다. 일제의 식민통치 정책

---

7 고형진, 앞의 책, 167쪽에서 이 시가 판소리의 구어체 어조를 빌려 유년 화자의 모습을 율동감 있게 표현하고 있음을 분석하고 있다.

에 의해 한국 역사와 문화와 언어가 유린되어 갔고, 한국인의 성씨마저 탈취될 위기에 처해 있었다. 이런 상황에서 마을을 둘러싼 귀신의 힘을 열거함으로써 우리의 고유한 원형이 유지될 것이라는 의지를 표현했다고 볼 수는 없을 것인가. 이런 해석을 보강해 주는 자료는 일제강점기에 전국적으로 시행된 조선 무교 탄압 정책과 일본 학자에 의해 의도적으로 행해진 조선 무교에 대한 식민주의적 해석 담론의 사례다.

일제는 조선을 합병함과 동시에 전국적으로 조선 무교를 탄압하는 정책을 펼쳤다. 일본의 신도(神道)를 강요하여 전국 각처에 신사를 설치했고, 무교의 본산이라 할 국사당을 부락의 외곽으로 추방하는가 하면 굿당을 강제로 이동시켰으며, 서울 남대문 근처의 남묘 굿당을 비롯한 전국의 수많은 굿당을 불태웠다. 이러한 무력행사 외에 식민지 통치자들은 조선의 전통문화에 대해 집중적인 연구를 한다는 명분으로 식민주의적 담론에 기초한 무속 연구를 진행하여 전통문화에 대한 왜곡을 자행했다.[8]

1919년 3·1운동 이후 일본 학자들에 의해 주도된 한국 민속 연구는 일선동조론(日鮮同祖論)과 같은 식민지배 이데올로기를 조직적으로 실행하는 데 목적을 두었으며, 그 연구의 결과를 한국의 문화적 열등성과 식민지 민족으로서의 역사적 운명을 논증하는 자료로 활용하였다. 특히 경성제국대학 종교사회학 연구실에 소속되어 무속 연구에 주력한 아키바 다카시(秋葉隆, 1888~1954)는 동경대학 박사논문으로 「조선무속의 현지 연구」(1941)를 제출하였다. 그는 한국 사회의 문화 구조를 남성 중심의 유교문화와 여성 중심의 무교문화의 이중구조로

---

8 이숙진, 「"여성의 종교로서 무교" 담론 분석」, 『신학사상』 112, 2001. 3, 210~239쪽 참조.

전제하고, 두 문화구조의 역학관계를 통해 무교를 고찰하면서 조선 무교를 여성성과 농촌성을 가진 정체된 신앙으로 파악함으로써 한국의 토착 사회가 식민지적 정체성에 귀착될 수밖에 없음을 논증했다.

여기에 비해 손진태의 무속 연구는 토속적 민중문화에서 국가의 기원을 찾음으로써 아키바의 식민주의적 담론에 저항하는 역할을 했다. 그는 한국의 평민문화는 외래문화의 영향을 가장 적게 받고 고유의 관습을 충실히 지켜 왔으므로 '고유한 민족문화'라고 규정했다. 그래서 그는 일반 민중의 토속적인 생활 형태의 내용을 모두 연구 대상으로 삼았으며, 무교를 비롯한 민속적 제의가 한국 고유의 관습이며 민족의 원형을 내포하고 있다는 의견을 제시하였다.[9]

이러한 사실과 연관 지어 보면 백석의 민간신앙에 대한 관심은 손진태의 토속적 민속 연구와 유사한 의미를 지닌다고 해석할 수 있다. 식민지 상황 속에서 전반적으로 억압당해 가는 민간신앙에 눈길을 돌리면서 그 속에서 한국적 사유의 원형과 삶의 뿌리를 찾는 노력을 기울인 것이다. 크고 작은 치병과 축사의 의식으로부터 시작하여 일가 아이가 태어나면 사주를 적어 명 길게 해달라고 대감님께 수양을 들이고, 장조카 맏며느리의 태몽까지도 대신 꾸어 주는 무녀에 방불한 할머니들, 제사 때마다 먼 조상들과 먼 후손을 만나게 해주는 목구, 또 집안 곳곳에 숨어 있는 각종 가택신에 이르기까지 그가 열거하고 소개한 모든 민간신앙의 사례들이 한국인 고유의 사유와 삶의 원형을 담지하고 있는 것들이다. 이런 점에서 본다면 백석의 시적 탐구에 대해 일제의 식민정책에 의한 민족문화 왜곡에 맞서 민족 고유의 사유와 삶의 원형을 형상화하였다는 정신사적 의미를 부여할 수 있다.

---

9 김성례, 「무속전통의 담론 분석」, 『한국문화인류학』 22, 1990. 12, 211~243쪽 참조.

백석 시 연구의 현황과 전망

1. 머리말

백석에 대한 연구는 1988년 납월북 문인에 대한 전면 해금이 이루어지면서 본격적으로 전개되었다. 소위 재북 문인인 백석도 이때 함께 해금됨으로써 작품이 일반인들에게 자유롭게 공개되었고, 그때까지 연구에 제약을 느꼈던 대학원 연구자들에게 폭넓은 관심의 대상이 되었다. 납월북 문인의 전면 해금 소식을 미리 접한 이동순은 그동안 모은 자료를 정리하여 1987년에 『백석 시 전집』(창작사)[1]을 간행함으로써 백석 시를 세상에 알리는 데 큰 공헌을 했다. 이후 백석의 시는 대학원 석·박사논문의 인기 있는 연구 대상이 되어 단기간에 가장 많은 논문이 양산되는 백석 편중 현상을 낳았다. 처음에는 일제강점기의 현실에 관심을 가진 민족시인, 혹은 현실주의 시인이라는 관점에서 연구되다가 1990년대 중반을 넘어서면서 매우 다양한 관점에서 백석 시를 연구하는 작업이 전개되었다.

사실 일제강점기의 시 중 백석의 시만큼 독특한 개성을 지닌 시는 별로 없을 것이다. 백석 시의 시어, 어법, 형태는 어느 누구하고도 비교하기 어려운 독특한 특징을 지니고 있어서 백석의 시에 친숙한 사람은 이름을 가리고 읽어도 백석의 작품이라는 것을 쉽게 알 수 있을 정도다. 1940년 7월에서 11월 사이에 『만선일보』에 '한얼生'이

---

1 1985년에 '창작과비평사'가 등록 취소되고 '창작사'라는 이름으로 다시 등록 허가를 받았기 때문에 출판사 이름이 '창작사'로 되어 있다.

라는 이름으로 발표된 4편의 시는 한눈에 읽어도 백석의 시가 아니라는 것을 알아차릴 정도로 백석의 시는 뚜렷한 개성을 지니고 있다.[2] 그뿐 아니라 백석은 남긴 작품 수가 그렇게 많지 않은데도 후대의 시인들에게 많은 영향을 주어 백석의 시어와 화법을 의도적으로 계승하는 작품들이 계속 창작되고 있다는 사실도 특이한 사례다. 시인들은 가능한 한 전대의 영향을 받으면서도 그것에서 벗어나려 하거나 영향을 거부하는 것이 일반적인데, 백석의 경우는 자발적으로 백석 시의 계보에 편입되려는 시인들이 존재하는 것이다.

지금까지 백석 연구는 그의 시가 지닌 이 독특한 개성과 매력의 정체와 비밀을 탐색하는 방향으로 전개되어 왔다. 이 글에서는 백석이 활동하던 시기로부터 1970년대까지 거의 단편적으로 언급된 백석에 대한 논평과 1980년대 이후 백석에 대한 연구가 본격화된 시기의 분석 담론들로 양분하여 연구의 특징과 의의를 검토해 보기로 한다. 연구의 양으로 보면 후기의 업적이 압도적으로 많지만 연구사에 남을 중요한 단면들만 소개하여 현재 백석 시 연구가 어디에 이르렀는가를 점검해 보려 한다. 그것을 바탕으로 앞으로 백석 시 연구에서 고려해야 할 사항이라든가 연구의 과제로 삼을 만한 내용을 제시해 보려 한다.

---

2 사정이 이러한데도 오양호, 『백석』(한길사, 2008)은 이 네 작품을 백석의 시로 단정했을 뿐만 아니라 처음부터 백석을 '한 얼 生'이라는 이름으로 지칭하며 생애를 서술하고 있는데, 이것은 참으로 이해할 수 없는 처사다.

2. 초기의 관심

1936년 1월 백석의 시집 『사슴』이 간행되자 문단의 반응이 잇따라 나타났다. 제일 처음에 반응을 보인 사람은 백석과 같은 직장의 학예부 기자로 있는 김기림이다. 그는 백석의 『사슴』이 철저한 향토 취미에도 불구하고 감상주의나 복고주의에 빠지지 않고 "거의 鐵石의 냉담에 필적하는 不拔한 정신을 가지고 대상과 마주" 서기 때문에 "모더니티를 품고" 있다고 평가했다.[3] 모더니티와 관련된 입장의 차이 때문에 흔히 김기림의 평문과 오장환의 부정적 평가[4]를 비교해서 고찰하는데, 우리가 정작 주목해야 할 평문은 박용철의 글이다.

그는 형식적인 인사치레의 말은 제쳐 놓고 처음부터 백석의 "수정 없는 평안도 방언"에 주목했고 작품을 해석하기 위해 자세히 읽으니 "해득하기 어려운 약간의 어휘를 그냥 포함한 채로 그 전체를 鑑味하는 데 아무 지장이 없다는 母語의 위대한 힘을 깨닫게 된다."고 시어의 특성을 인정했다. 그는 시집의 1부의 시편과 2부 이하의 시편이 갖는 차이점도 명확히 파악하여 적절히 해설했고, 결론 부분에서 이 시인의 방언 사용이 단순한 호사벽이나 향토 취미에 의한 것이 아니라, "현재의 우리 언어가 전반적으로 침식 받고 있는 混血作用에 대해서 그 순수를 지키려는 의식적 반발을 표시하고" 있으며 이것은 "우연적이고 부수적인 사건"이 아니라 "이 시인의 본질적 표현의 일부"[5]라고 규정하여, 백석의 시어 전반에 대한 문학적·역사적 의의를 정확히 짚어 냈다.

---

3 김기림, 「『사슴』을 안고」, 조선일보, 1936. 1. 29. 띄어쓰기를 현행 맞춤법에 맞게 고치고 일반적인 한자는 한글로 바꾸어 표기하였음. 이하의 인용도 마찬가지임.

4 오장환, 「백석론」, 『풍림』 5, 1937. 4, 16~19쪽.

5 박용철, 「백석 시집 '사슴' 평」, 『조광』, 1936. 4, 327~330쪽.

이 평문은 지금의 시각에서 보아도 백석 시의 본질을 상당히 정통하게 꿰뚫은 글이다. 이것은 백석 시의 방언과 시적 구사가 "시어 상에서 일반화되지 않은 특수한 방언을 선택"하여 예술적 가치를 저하시킨 것이며, 내용상으로도 이 시들은 "보편성을 가진 전조선적인 문학과 원거리에"[6] 놓인다는 주장을 한 임화의 견해와 질적으로 구분되며, "변태적일 정도로 이상한 사투리와 뻣뻣한 어휘"를 사용하여 "갖은 사투리와 옛이야기, 연중행사의 묵은 기억 등을 그것도 질서도 없이 그저 곳간에 볏섬 쌓듯이 그저 구겨 넣은 데 지나지 않는 것"[7]이라고 본 오장환의 일방적인 왜곡과는 비교도 되지 않는 혜안을 지닌 것이었다.

1937년 이후 다른 어느 시인보다도 활발한 작품 활동을 보여 준 백석은 1940년대에 오면 문단의 확실한 중견으로 평가받게 된다. 최재서는 백석에 대해 "상당한 역량을 가지고 꾸준히 시작을 발표하건만 한 번도 그 작품을 정면으로 문제 삼아 주는 사람이 없는 그러한 시인이 왕왕히 있다. 백석 씨가 그러한 시인이다."[8]라고 언급했으며, 김종한은 "작금에 (……) 중견으로서의 지위를 작품 자체로 뚜렷이 보장하고 있는 것은 백석 한 사람뿐인 듯하고"[9]라고 하여 백석을 40년대의 대표적인 시인으로 언급하고 있다.

해방 후에도 친구인 허준에 의해 백석의 시가 지속적으로 지면에 실린 것을 보면 문단에서 백석에 대해 가지고 있었던 관심을 충분히 짐작할 수 있다. 특히 1948년 10월 『학풍』 창간호에 백석의 「남신의

---

6 임화, 「문학상의 지방주의 문제」, 『조광』, 1936. 10, 174~176쪽.
7 오장환, 「백석론」, 『풍림』 5, 1937. 4, 18~19쪽. 이 글을 쓸 때 오장환의 나이가 스무 살이니 자신의 시의식에 집착하여 젊은 혈기가 노출된 것이다.
8 최재서, 「2월 시 단평」, 『인문평론』, 1940. 3, 62~63쪽.
9 김종한, 「시단시평」, 『문장』, 1941. 1, 144쪽.

주 유동 박시봉방」이 실렸을 때 쓴 편집 후기는 백석에 대한 문단의 기대를 단적으로 알려 준다. 출판 주간인 조풍연이 쓴 것으로 짐작되는 이 후기에 "서정시인 백석의 백석시집이 출간된다. 밤하늘의 별처럼 많은 시인들은 과연 얼마나 이 고고한 시인에 육박할 수 있으며, 또 얼마나 능가할 수 있었더냐."라는 찬사가 나온다. 이 발언은 백석 시에 대한 시단의 평가를 대변한 말이라고 보아도 좋을 것이다.

그러나 전쟁으로 인한 남북 분단 이후 1988년 전면 해금 때까지 백석은 남한 문학사에서 정식으로 거론되지 못했다. 그 공백의 틈을 뚫고 유종호는 백석의 「남신의주 유동 박시봉방」을 전문 인용하면서 이 시에 대해 한국의 페이소스가 "높고 처절한 격조를 이룬 페시미즘의 절창"[10]이라고 언급했고, 김현은 역시 그 시를 전문인용하고 "한국 시가 낳은 가장 아름다운 시의 하나"[11]라고 평가했다. 김종철은 30년대 시인의 하나로 백석의 시를 검토하면서 어린아이의 눈으로 포착된 『사슴』의 세계가 자기 존재의 근원을 탐구해 가는 일이었다고 분석했다.[12] 이러한 단평들이 백석 시에 대한 대중의 관심을 촉발시키고 지속시킨 중요한 동인이 되었음은 말할 것도 없다. 필자가 백석의 시를 처음 대한 것도 1973년 대학에 들어와서 『한국문학사』에 들어 있는 김현의 해설을 통해서였다. 그때 백석의 이름을 처음 접했고 작품도 처음 읽었다.

---

10 유종호, 『비순수의 선언』, 신구문화사, 1962, 105~106쪽.
11 김윤식·김현, 『한국문학사』, 민음사, 1973, 219쪽.
12 김종철, 「30년대의 시인들」, 『문학과 지성』, 1975. 봄, 116~120쪽.

3. 1980년대 이후의 성과

1970년대 중반을 넘어서면서 일제강점기 문헌에 대한 영인본 간행이 활발해지고 백석의 시가 젊은 연구자들에게 알려지게 되었고, 1980년에 들어서면서 백석 시 연구가 활기를 띠었다. 필자는 정지용 시를 다루면서 고향상실감의 내면화 문제와 관련지어 정지용의 시와 백석의 시를 비교해 본 바가 있다.[13] 지용의 시가 인간을 배제하고 폐쇄적인 순수함에 집착한 데 비해 백석은 고향상실감을 인간의 따뜻하고 순수한 삶과 밀착시킴으로써 내면화하였다고 보았다.[14] 이어 또 다른 글에서 30년대 말 고향의식의 세 측면을 한 몸으로 보여 준 문제적 시인으로 백석을 들고 백석론의 가능성을 제시하기도 했다.[15] 그로부터 몇 년 후 백석에 대한 자료를 모아 본격적인 연구 논문을 발표하였다.[16]

80년대에 들어서서 중요한 성과를 남긴 연구자들이 최두석, 김명인, 고형진 등이다.[17] 백석 시에 대한 관심이 고조되는 데 큰 작용을 한 것은 백석 시 전집의 간행이다. 최초의 전집 발간은 이동순에 의해서 이루어졌고, 이후 김학동, 송준, 김재용 등의 전집이 연이어 간

---

13 이승원, 「정지용 시 연구」, 『현대문학연구』 31, 서울대 대학원, 1980, 71~73쪽.

14 오세영, 『한국현대시인연구』, 월인, 2003, 398쪽에서도 이것을 지적하면서 백석 시의 서술성이 엄밀한 의미의 서사가 아니라 인간의 행위를 묘사한 것임을 강조하고 있다.

15 이승원, 「『문장』지 시에 나타난 고향의식 시고」, 『국어교육』 36, 1980. 2, 159~174쪽.

16 이승원, 「30년대 후반기 시의 한 고찰 - 백석의 경우」, 국어국문학 90, 1983. 12.

17 최두석, 「1930년대 시의 표현에 관한 고찰」, 서울대학교 석사논문, 1982. 8.
김명인, 「백석시 고」, 『우보전병두박사 회갑기념논문집』, 1983.
고형진, 「백석 시 연구」, 고려대학교 석사논문, 1984. 2.
박태일, 「1940년 전후 한국시에 나타난 공간인식의 문제」, 부산대학교 석사논문, 1984. 2.

행되었다.[18] 이동순의 작업은 작품의 표기가 원본과 현대어본의 중간 형태를 취하고 있고 시어 해설도 충실하지 못하다는 문제점은 있지만, 이후의 많은 백석 시 연구를 이끌어 낸 최초의 전집이라는 의미가 있다. 송준의 전집은 원본 표기를 그대로 충실히 조판했고 분단 이후 북한에서의 작품까지 수록했을 뿐 아니라 당시로서는 가장 성실한 시어 사전을 수록했다는 점에서 높이 평가되어야 한다. 특히 송준은 백석에 대한 자료를 포괄적으로 수합하여 백석의 생애를 2권의 책으로 정리하여 출판했으며, 그 후에도 북한에 있는 백석의 유족들과 접촉하여 1962년 이후의 백석의 행적을 조사하고 백석의 사망 시점이 1995년 1월이라는 점을 밝혀낸 공적이 있다.[19] 김재용의 전집은 백석의 시 전편과 새롭게 발굴한 산문까지 수록하면서 그것을 현대어 표기로 조판하여 일반 독자들에게 쉽게 읽힐 수 있도록 편의를 제공한 점을 높이 평가할 만하다. 김재용은 그 후에도 백석의 북한 쪽 자료를 조사하여 증보판을 간행하였다.[20]

그 후 백석의 시가 지면에 실린 모습을 그대로 볼 수 있게 영인하고 시어의 주해를 단 『원본 백석 시집』도 간행되었으나, 백석 시 전집의 새로운 체재를 확고히 보여 준 것은 고형진의 『정본 백석 시집』이다. 이 시집은 편집자의 뚜렷한 정본 확정 원칙에 의해 백석의 시 전체를 책임 교열하여 정본과 원본을 함께 수록하고 상세한 시어 해

---

18 김학동, 『백석전집』, 새문사, 1990.
송 준, 『백석시전집』, 학영사, 1995.
김재용, 『백석전집』, 실천문학사, 1997.

19 송 준, 『남신의주유동박시봉방 - 백석일대기 1』, 지나, 1994.
송 준, 『남신의주유동박시봉방 - 백석일대기 2』, 지나, 1994.
『동아일보』, 2001년 5월 1일과 5월 3일 기사.

20 최근 백석의 북한 자료를 더 보완하여 편집한 『백석문학전집 1 시』와 『백석문학전집 2 산문·기타』(서정시학, 2012. 7)가 간행되어 분단 이후의 백석 문학에 대한 연구가 활기를 띨 것 같다.

설을 붙인 노작이다. 필자의 『백석을 만나다』도 이 책에 힘입은 바가 크다.[21]

백석의 생애에 대한 검토는 앞에서 언급한 송준이 기여한 바가 크고, 백석의 연인이었던 김자야의 회고담 『내 사랑 백석』도 기억의 부정확한 요소가 더러 있지만 백석의 삶을 전체적으로 이해하는 데 도움을 준다.[22] 백석의 친구이자 백석이 연모했던 박경련의 남편이 된 신현중의 회고 수필 「서울 문단의 회상」(『嶺文』 7집, 1949. 4. 5)을 소개하여 백석의 문단 관계 및 통영 방문 과정을 더욱 확실하게 입증해 준 박태일의 「백석과 신현중, 그리고 경남문학」도 새로운 자료를 발굴 소개한 중요한 의의를 지닌다.[23] 백석의 만주에서의 활동에 대해서는 지금까지 부분적인 자료가 더러 나왔지만 5년 동안의 행적에 대해 객관적으로 밝혀진 것이 별로 없고 여러 가지 추정이 제시되었을 뿐이다. 그것을 감안하면 왕염려의 석사논문 「백석의 '만주' 시편 연구」는 성실한 현지 조사에 의해 백석의 만주 거주기의 전기적 사실을 재구성한 중요한 성과다. 그는 백석이 이주해 살았던 만주국 수도 신징(新京)의 분위기와 백석의 초기 거주지인 동삼마로의 위치, '白狗屯'의 위치 등을 찾아내고 『만선일보』와의 관계도 구체적으로 파악했으며, 여러 가지 보조 자료를 통해 백석이 만주국 국무원 경제부에서 1940년 3월부터 9월까지 근무했을 가능성과 1941년에도 신징 및 그 부근에서 거주하다가 1942년 안둥(安東)으로 이주하여 세관 업무에 종사했을 가능성을 더욱 확실히 밝혔다.[24]

---

21 이지나 편, 이숭원 주해, 『원본 백석 시집』, 깊은샘, 2006.
   고형진, 『정본 백석 시집』, 문학동네, 2007.
   이숭원, 『백석을 만나다』, 태학사, 2008.
22 김자야, 『내 사랑 백석』, 문학동네, 1995.
23 박태일, 「백석과 신현중, 그리고 경남문학」, 『지역문학연구』 4, 1999. 4.
24 王艶麗, 「白石의 '滿洲' 詩篇 硏究 - '滿洲' 體驗을 中心으로」, 인하대 석사논문,

생애 연구는 아니지만, 백석이 여행한 통영 지역의 문화 풍속을 조사하여 백석 시의 의미를 더 정확하게 알 수 있게 해준 김숙이의 논문도 주목할 만하다. 이 논문은 백석의 「남행시초 2 - 통영」에 나오는 '문둥이 품바타령'이 통영 지역의 지역 놀이인 통영오광대놀이의 첫 마당인 문둥이 탈놀음이라는 점을 밝혔고, 이 놀이가 보통 음력 정월 대보름 전날 행해진다는 사실에 의해 이 시에 나오는 "열닐헤달"이 음력 1월 17일에 해당한다는 것도 반증했다. 또 「남행시초 3 - 고성가도」에 진달래 개나리가 곱게 핀 형상으로 나오는 건반밥을 우리 고유의 이바지문화와 관련지어 이해함으로써 백석의 고유 풍속에 대한 관심과 연결시켰다. 그뿐 아니라 백석이 통영에서 고성가도를 거쳐 삼천포를 여행했다고 가정할 때, 삼천포를 방문한 날짜는 양력으로 2월 11일경이 되는데 이때는 입춘이 지난 때라 봄기운이 퍼져 「남행시초 4 - 삼천포」의 정경과 일치한다는 점도 밝혔다.[25]

1990년을 전후한 시기에는 백석 시를 민족 현실을 대변한 리얼리즘 시로 고찰하는 글이 많이 발표되었다.[26] 그것은 민족이 나아가야 할 정당성의 차원에서 백석의 시를 높게 평가하려는 의도의 소산이었다. 2000년대에 들어와서는 백석 시를 모더니즘적 성취의 일환으로 다루면서 1930년대 후반에 미적 근대성을 실현한 시인으로 조명하는 작업이 전개되었다.[27] 이들 논문들은, 백석 시를 아예 모더니즘 시의 영

2010. 8.

25 김숙이, 「백석 시에 나타난 문화소(文化素)의 특성 - 연작시 '남행시초 「통영」· 「고성가도)」·「삼천포,'를 중심으로」, 『동북아문화연구』 26, 2011. 3, 127~143쪽.

26 이동순, 「민족시인 백석의 주체적 시정신」, 『백석시전집』, 창작과비평사, 1987.
최두석, 「리얼리즘의 시정신」, 『실천문학』, 1990. 봄호.
이은봉, 『한국현대시의 현실인식』, 국학자료원, 1993.
최두석, 『시와 리얼리즘』, 창작과비평사, 1996.

27 이명찬, 『1930년대 한국시의 근대성』, 소명출판, 2000.
진순애, 「백석 시의 심미적 모더니티」, 『비교문학』 30, 2003. 2.

역에 넣고 작품에 나타난 모더니티를 본격적으로 탐구한 것도 있고, 근대성과의 관련성을 부분적으로 언급한 것도 있지만, 백석 시의 독특한 개성을 근대성의 차원에서 설명하려는 태도는 공유하고 있다.

이러한 작업은 1930년대의 근대성이라는 일반적인 척도를 가지고 백석의 시에 접근하는 경향을 보인다. 이처럼 근대성 문제에 관심을 기울이는 연구의 저변에는 '근대성을 성취한 시가 곧 성공한 시'라는 선입견이 자리 잡고 있는 것 같다. 이것은 80년대 말에 백석의 시를 리얼리즘의 영역 내에 설정함으로써 민족문학의 성취로 부각시키려는 태도와 유사하다. 1990년대 전후에는 민족 담론과 민중 담론의 영향으로 백석의 시를 그 테두리 내에서 이해하려 했고, 2000년 이후에는 미적 근대성 논의와 관련지어 백석의 특성을 이해하려 한 것이다.

그런데 최근에는 이러한 대립적 시각의 이분법을 극복하고 그 양자를 포괄적인 국면에서 이해하려는 시각이 도입되었다. 이러한 연구는 백석 시 연구를 더 높은 차원으로 끌어올리는 성과를 보였다. 소래섭은 그의 박사논문에서 백석 시에 나타난 음식의 의미를 통하여 백석 시의 본질에 도달하려는 노력을 보였다.[28] 이 논문은 백석 시에 나타나는 음식의 존재방식을 생성과 소멸의 과정을 영원히 반복하는 '특수한 지속성'으로 파악하고 백석이 음식을 통해 "당대의 지

이기성, 「'고독'이라는 병과 근대의 노스탤지어 - 백석론」, 『민족문학사연구』 22, 2003. 6.

이경수, 「백석 시의 낭만성과 동양적 상상력 - 유토피아 의식을 중심으로」, 『한국학연구』 21, 고려대 한국학연구소, 2004. 11.

최정례, 「백석 시의 근대성 연구」, 고려대 박사논문, 2005. 2.

박몽구, 「백석 시의 토속성과 모더니티의 고리」, 『한국학논집』 39, 2005. 12.

전봉관, 「백석 시의 모더니티」, 『한중인문학연구』 16, 2005. 12.

28 소래섭, 「백석 시에 나타난 음식의 의미 연구」, 서울대 박사논문, 2008. 2.

이 논문을 더욱 다채롭게 재구성한 『백석의 맛』(프로네시스, 2009)을 참고하는 것이 좋다.

배적 문화에 대한 저항을 드러내는 동시에 잊혀 가는 우리 고유의 전통을 되살리고자" 했다고 설명했다.[29] 여기서 앞의 진술은 모더니즘과 연결되고 뒤의 진술은 민족 담론과 연결된다. 요컨대 이 논문은 미적 근대성과 현실주의적 전망이 결합되고 그 둘이 분리되지 않은 지점이 백석 시의 특징이라고 말하고 있는 것이다. 더 나아가 음식의 배경이 되는 빛과 어둠이 교차하는 시간, 분리와 단절을 무화시키고 화해의 자리로 이어 주는 음식의 기능을 통해 백석의 시가 "민중이나 민족 차원을 넘어 세계사적 보편성"을 지향한다고 주장한다.[30] 지나친 확대 해석의 우려가 없지 않으나 적어도 이러한 관점은 민족 담론과 미적 근대성이라는 양자의 시각을 용해시키는 의의가 있다. 백석의 시선은 어느 한쪽으로 기울지 않는 양자의 경계선에 자리 잡으며, 따라서 "모더니즘/리얼리즘, 근대/전근대·반근대 같은 이분법적 구분"을 넘어선 자리에 백석 시의 본질이 있다고 파악했다.[31]

한편 백석 시의 언술 방식에 대한 연구도 백석 시의 본질을 투사할 수 있는 새로운 시각을 제시했다. 일반적으로 백석의 『사슴』 시편에 나타나던 아이의 시점이 『사슴』 이후에는 어른의 시점으로 바뀌면서 서사화의 경향이 짙어지고 '마음'과 '생각'에 집중하는 변화를 보였다고 설명하고 있다. 그런데 남기혁은 백석 시의 시적 주체를 대상을 바라보는 두 개의 시선으로 파악하여 텍스트 내의 유년 화자(S2)와 텍스트 밖의 성인 화자(S1)로 주체가 이원화되어 있음을 분석했다. 이러한 시각은 이미 장도준, 이경수에 의해 먼저 언급되었던 것인데, 남기혁은 더욱 정밀한 방법으로 이 양자의 관계를 분석했다. 그는 「여우난곬족」과 「고야」 같은 작품을 분석하여 '아이의 시선'(S2)은 기

---

29 위의 책, 67쪽.
30 위의 책, 94쪽.
31 위의 책, 206쪽.

억을 통해 고향을 회상하는 어른 화자의 시선(S1)에 의해 재현되는 시선이지만 S1은 재현되는 세계에 직접 노출하지 않는다고 보았다.[32]

장도준은 백석의 시에서 어린이 시점과 성인 시점이 겹치는 화자 유형에 주목하여 "이런 화자는 어린이 화자의 시점을 통해 성인 시점이 발견해 내지 못하는 유년의 고향 체험을 구체적이고 사실적으로 드러내면서도 그 경험을 수용하는 방식에 있어서는 상당히 성숙한 관찰안 내지는 투시력을 보여 주는 장점을 가졌다."고 언급했다.[33] 이경수는 백석의 시에서 발화의 주체와 언술의 주체가 분리되는 양상을 보이는데, 특히 '~ 것이다'로 끝나는 구문에서 이 둘을 분리시키는 작용이 나타난다고 보았다. 이러한 이경수의 관점은 「동뇨부」의 설명에서 잘 드러난다. 이 시의 1~3연은 각각 촉각, 후각, 청각을 나타내는 명사로 끝나고 4연만 "~ 것이다"로 끝나고 있다. 이 대목에서 언술의 주체 배후에 숨어 있던 발화의 주체가 모습을 드러낸다고 보았다.[34]

고형진은 이러한 현상에 대해 "'나'의 경험세계에 대한 지금까지의 모든 진술을 대상화시켜서 말하는 또 하나의 발화자가 생성된다."고 해석했다.[35] 이 두 주체(시점)의 관계 및 작용에 대해서는 "화자와 시인의 변증법적인 관계"[36]라는 추상적인 개념으로는 설명될 수 없는 미묘한 국면이 있어서 좀 더 세밀한 검토가 필요하다. 예컨대 이경수는

---

32 남기혁, 「백석 시에 나타난 풍경과 시선, 그리고 여행의 의미」, 『우리말글연구』 52, 2011. 8, 224~231쪽.

33 장도준, 「백석 시의 화자와 표현기법에 관한 연구」, 『어문학』 58, 1996. 2, 370쪽.

34 이경수, 「백석 시에 쓰인 '~는 것이다'의 문체적 효과」, 『우리어문연구』 22, 2004. 5, 315~322쪽.

35 고형진, 「백석 시에 쓰인 '~ 이다'와 '~ 것이다' 구문의 시적 효과」, 『한국시학연구』 14, 2005. 12, 138쪽.

36 이현승, 「1930년대 후반기 시의 언술구조 연구 - 백석·이용악·오장환의 시를 중심으로」, 고려대 박사학위논문, 2011. 2, 33쪽.

언술의 주체와 발화의 주체가 분리되는 "~ 것이다" 구문이 『사슴』 시집에는 단 한 작품에만 나타나는 데 비해 『사슴』 이후의 시편에는 아주 많이 나타난다고 파악한 데 비해, 남기혁은 텍스트 내의 유년 화자(S2)와 텍스트 밖의 성인 화자(S1)의 이원화가 『사슴』 이후에는 보는 주체이자 재현의 주체인 성인 화자(S1)로 단일화되면서 여행 시편이 전개된다고 보았다. 거의 유사한 개념을 사용하면서도 결과적으로는 상당히 다른 해석에 도달하고 있는 것이다. 이것은 백석 시의 언술구조 분석에서, '발화의 주체와 언술의 주체'라는 용어를 쓰든 '보는 주체와 말하는 주체'라는 용어를 쓰든 그것이 지시하고 내포하는 개념을 먼저 명확히 확정하는 일이 필요하다는 사실을 환기시킨다. 그러한 문제점이 있지만 이러한 언술 방식에 대한 고찰은 기존의 "모더니즘/리얼리즘", "근대/전근대·반근대" 같은 이분법을 넘어서게 하는 장점이 있다.

백석의 시어에 대한 연구로는 『정본 백석 시집』에 붙인 고형진의 치밀한 시어 해설과 백석 시의 시어 활용 양상을 통계적으로 정리한 박순원의 「백석 시의 시어 연구」가 상당한 성과를 거두었다.[37] 박순원의 논문은 백석 시의 시어 목록과 용어 활용 용례를 색인화하고 백석의 시어 활용 양상을 정지용과 통계적으로 비교함으로써 백석 시의 특징을 과학적으로 검증하는 성과를 올렸다. 백석의 시어 의미에 대해 국어학적 관점에서 유용한 조언을 해준 이동석의 작업도 시어 의미 확정에 크게 기여하였다.[38] 이동석의 연구에 의해 백석의 시

---

[37] 박순원, 「백석 시의 시어 연구」, 고려대 박사학위논문, 2007. 8.
[38] 이동석, 「고어를 이용한 백석 시의 어휘 몇 가지에 대한 검토」, 『우리어문연구』 29, 2007. 9, 82~111쪽.
　　이동석, 「북한의 문화어를 중심으로 한 백석 시의 어휘 몇 가지에 대한 검토」, 『새국어교육』 77, 2007. 12, 505~528쪽.

어 '오리치', '띠쫗고', '락단하고', '산념' 등의 어휘 개념이 더 뚜렷해졌다. 또 고형진의 「백석 시의 시어에 나타난 모음 첨가현상과 시적 효과」는 백석의 시에 '이', '어', '우', '으' 음이 첨가되면서 어떠한 의미의 변화와 운율적 효과가 나타나는지를 세밀하게 분석하였다.[39] 이러한 연구는 백석의 시어의 의미를 파악하는 데 큰 성과를 거두었다.

백석의 시가 일본 시인 다나카 후유지(田中冬二, 1894~1980)의 영향을 받았다는 주장이 제기된 바 있다.[40] 이 주장은 서정주가 제자에게 "백석을 알려면 일본의 다나카 후유지를 알아야 해."라고 했다는 개인적 발언이 전해져 두 시인의 작품을 비교하면서 제기된 것이다. 이 주장이 발설된 후 아무도 관심을 기울이지 않았는데, 최근 유종호 교수의 글에[41] 유사한 내용이 언급되어서 사실 관계를 분명히 해둘 필요가 있다. 정지용의 「향수」가 트럼블 스티크니(Joseph Trumbull Stickney)의 「추억」을 모방했다는 주장은 김욱동 교수와 유종호 교수에 의해 잘못된 점이 정리가 되었거니와[42] 백석의 다나카 후유지 영향설에 대해서는 조금 더 신중한 접근이 필요하다.

유종호 교수는 다나카 후유지의 전기 시와 백석의 초기 시를 비교 검토한 후 "이러한 여러 친연성이나 상황 증거로 보아 청년기의 백석이 다나카 후유지를 좋아하고 그의 시에서 발상을 얻은 경우도 있다는 것은 확언해도 좋을 것이다."라고 말했다. 그러나 이러한 영향이

---

39 고형진, 「백석 시의 시어에 나타난 모음 첨가현상과 시적 효과」, 『한국문예비평연구』 34, 2011. 4, 35~64쪽.

40 오양호, 앞의 책, 199~210쪽.

41 유종호, 「상호텍스트성의 현장」, 『문학수첩』, 2011. 여름호, 193~205쪽.

42 김욱동, 「정지용의 '향수'와 스티크니의 '므네모시네' - 모방과 창작 사이」, 『비교한국학』 17 - 3, 2009. 12, 167~202쪽.

　유종호, 「사철 발 벗은 아내가 - 정지용의 '향수'가 모작인가」, 『현대문학』, 2010. 5, 132~159쪽.

흠이 되는 것은 아니고 백석이 이 단계를 넘어서서 "많은 변모와 뚜렷한 성장의 궤적을" 보여 준 점을 중시해야 한다고 말했다. "백석을 20세기 한국시의 정상부로 끌어올린 것은 후기시편"이며, 젊은 백석이 습작기에 다나카의 영향을 받았다는 것은 "통과의례상의 한 삽화에 지나지 않는다"고 보고 "그런 의미에서 『사슴』은 후기 백석의 시적 성취에 이르는 견습 과정이라고 보아도 크게 잘못은 아닐 것"이라는 말을 덧붙였다.[43] 이러한 사실과 해석에 대해서는 좀 더 객관적인 고찰이 필요할 것이다. 그러면서도 나는 최근 전개되고 있는 백석에 대한 과도한 확대 해석의 경향에 이러한 지적이 경계의 지표로 작용했으면 하는 마음이 있다. 백석의 시에 "미숙하고 되다 만 작품도 허다하다"[44]는 유종호 교수의 말에 어느 정도 동의하기 때문이다.

4. 앞으로의 과제

백석 시에 대해 더 세밀하게 연구해 볼 만한 사항을 세 가지만 제시해 보겠다.

첫째로 표현 기법에 대한 것이다. 백석의 시는 『사슴』에 실린 일부 시편을 제외하고는 서술적 경향이 두드러진 것으로 알려져 있다. 그래서 판소리 사설이나 사설시조, 잡가 등의 양식적 특징과 연결 지어 백석의 엮음의 구문이 분석되었다. 그런데 백석의 시는 서술성을 활용하는 시에서도 대단한 압축과 생략의 기법을 구사하고 있다. 백석의 시가 표면적으로 진부한 형식을 취하면서도 상당히 새로운 느낌

---

43 위의 책, 203~204쪽.
44 위의 책, 203쪽.

을 주는 것은 바로 이 서술성과 압축성의 결합 방식 때문이다.

예컨대 「산지」의 1연 "갈부전 같은 약수터의 산 거리/여인숙이 다래나무 지팡이와 같이 많다" 같은 경우 약수터의 정경을 몇 마디의 어구로 간략하면서도 압축적으로 드러내고 있다. 갈부전이란 말로 약수터 주변의 산길이 좁고 몇 갈래로 갈라져 있는 모양을 나타내고, 깊은 산중인데도 유명한 약수터라 사람이 많이 모이기 때문에 여인숙이 많이 들어서 있는 것을 나타낼 뿐만 아니라, 노인과 병약자가 많이 오기 때문에 지팡이도 많이 있다는 것을 알려 준다. 그리고 다래나무를 잘라 만든 지팡이라는 점에서 깊은 산중이라는 것을 다시 환기한다. 이처럼 장황한 서술이나 묘사를 배제하고 짧막한 어구로 약수터의 정경을 한눈에 보여 주는 것이 백석 시의 특징이다.

『사슴』의 첫 작품인 「가즈랑집」의 첫 행은 "승냥이가 새끼를 치는 전에는 쇠메 든 도적이 났다는 가즈랑고개"로 되어 있다. 이 구절 역시 가즈랑고개의 특징을 승냥이와 도적의 출현으로 압축하여 간명하게 표현했다. 「산지」에서처럼, 장황한 서술을 배제하고 배경의 특징을 한 줄로 압축한 백석의 독특한 표현 방법이 발휘되고 있다. 「모닥불」에는 1연과 2연에 여러 사물의 이름이 열거되고 있는데, 그 각각의 사물이 환기하는 의미 역시 함축적이다. 겉으로는 머리에 떠오르는 대로 사물의 이름을 나열한 것 같지만 여기에는 유사한 사물과 대조적인 존재들을 짝을 지어 열거하면서 그것이 지닌 상징적 의미를 압축해서 드러내는 미학적 방법이 작용하고 있다.

「정문촌」의 첫 구절, "주홍칠이 날은 정문이 하나 마을 어귀에 있었다" 역시 과거의 영광을 잃고 빛이 바래 가는 정문의 모습과 그래도 마을 어귀에 자리 잡고 있는 유물의 현존성을 함께 보여 준다. 여기에는 지킬 수도 포기할 수도 없는 고향에 대한 연민과 향수, 그 이중적 심리가 압축되어 있는 것이다. 「고사(古事)」의 첫 연, "부뚜막이 두 길이다/이 부뚜막에 놓인 사닥다리로 자박수염 난 공양주는 성궁미를 지고 오른다"는 그 당시 함경남도 최대 규모였던 귀주사의 규모를 직접 말하지 않고 "부뚜막이 두 길"이라는 부엌의 구조를 통해 절의 규모가 큰 것을 간접적으로 알리는 방식을 취했다. 그 부뚜막에 사닥다리를 놓고 공양주가 쌀을 지고 오른다는 흥미로운 상황을 대신 보여 주고 있다. 백석은 공양주를 이야기하면서도 "자박수염 난 공양주"라고 구체적인 모습을 재미있게 제시했다.

「산숙(山宿)」의 첫 행, "여인숙이라도 국숫집이다"도 예사로운 구절이 아니다. 이 말은 백석이 묵는 장소가 숙박업을 하는 곳이지만 국수를 파는 일도 함께 한다는 뜻으로 자는 것과 먹는 것을 한곳에서 해결해야 하는 산간 지역의 생활상을 전해 준다. 「나와 나타샤와 흰당나귀」의 첫 연, "가난한 내가/아름다운 나타샤를 사랑해서/오늘밤은 푹푹 눈이 내린다"의 압축적 상징성에 대해서는 이미 여러 사람이 많은 설명을 했다.

거리는 장날이다
장날 거리에 영감들이 지나간다
영감들은
말상을 하였다 범상을 하였다 족제비상을 하였다
개발코를 하였다 안장코를 하였다 질병코를 하였다
그 코에 모두 학실을 썼다
돌체돈보기다 대모체돈보기다 로이드돈보기다
영감들은 유리창 같은 눈을 번득거리며
투박한 북관 말을 떠들어 대며
쇠리쇠리한 저녁해 속에
사나운 즘생같이들 사라졌다.

「석양」도 전체적으로는 서술적인 시이지만 각각의 시어가 지닌 압축성을 잘 이해해야 시의 맛을 제대로 감득할 수 있다. "거리는 장날이다"라는 첫 행 역시 짧은 문장으로 여러 요소를 한꺼번에 드러내는 압축적 진술의 기법이다. 거리는 장날이라고 말하는 순간 장터의 여러 정황이 한꺼번에 연상된다. 장터의 북관 영감들은 야생동물처럼 투박한 모습을 하고 있다. 그들은 얼굴만 특이한 것이 아니라 코의 모양도 유별나다. 요컨대 이 영감들의 얼굴 모습은 하나같이 거칠고 투박한 함경도 산사람의 인상을 풍기고 있다. 그런데 이 영감들은 그 이상한 모양의 코에 저마다 돋보기안경을 하나씩 걸치고 있는데, 돋보기도 다 값나가는 명품이다. 이것은 그들이 상업을 하기 때문에 숫자와 글자에 밝고 경제력도 갖추고 있다는 사실을 드러낸다. 함경도 상인들의 강한 생활력과 신식 문물을 받아들인 시대적 감각과 야성적 생명력을 함께 드러내고자 한 것이다. 영감들은 어떤 세상도 겁날 것이 없다는 듯 "유리창 같은 눈을 번득거리며" 사나운 세상에 맞서서 어떤 난관도 돌파할 수 있는 "사나운 즘생같이들" 석양 속으로 사라져 간다. 그들의 뒷모습을 비추는 석양을 "쇠리쇠리"하다(눈부시다)고 한 것은 그들의 야성적 생명력에 대한 존경과 선망이 반영되었기 때문이다.

서술성 속에 결합되어 있는 압축적 상징의 기법은 분단 전 마지막 작품인 「7월 백중」이나 「남신의주 유동 박시봉방」까지 줄기차게 이어진다. 서술과 압축이 결합되어 조성하는 백석 시의 미학에 대한 연구가 조금 더 섬세하게 진행될 필요가 있다.

두 번째로 언급하고 싶은 것은 백석의 시에 나타나는 이항 대립의 특성이다. 백석의 시가 유년의 충족감과 성인의 결핍감 사이의 이항 대립, 더러운 세상과 높고 맑은 정신 사이의 이항 대립의 구조를 지닌다는 것도 많은 사람이 지적한 사실이다. 이러한 이항 대립의 양상은 주제나 의식의 측면만이 아니라 형식의 측면에서도 나타난다. 거의 대부분의 백석 시는 이항 대립 내지는 이항 대구의 구조를 지니고 있다. 그가 지닌 정신의 이원성이 구조의 이원성으로 실현된 것이다. 다음과 같은 시를 보자.

어두워 오는 성문 밖의 거리
도야지를 몰고 가는 사람이 있다

엿방 앞에 엿궤가 없다

양철통을 쩔렁거리며 달구지는 거리 끝에서 강원도로 간다는 길로 든다

술집 문창에 그느슥한 그림자는 머리를 얹혔다

「성외」 전문

이 시는 '있다'와 '없다', 동작 형상과 정지 형상의 이항 대립으로 구성되어 있다. 이 시의 장면들은 순차적 논리관계에 의해 연결된다. 날이 저무는데 급하게 돼지를 몰고 가는 사람이 '있고', 엿방은 장사를 끝내서 엿목판이 치워지고 '없다'. 새로운 장터를 찾아 달구지를 몰고 밤길을 '가는' 장꾼이 있고, 주막에서 하룻밤을 '묵는' 사람의 쓸쓸한 그림자가 창에 비친다. 지극히 일상적인 생활의 단면을 넷으로 나누어 배치함으로써 성의 외곽에서 생을 이어가는 서민들의 삶이 복합적 영상으로 결합되도록 구성한 것이다. 그러한 배치와 구성에 이항 대립의 형식미학이 분명히 작용하고 있다. 이항 대구의 형식미는 백석의 시 전편에 일관되게 흐르는 시작 원리가 된다. 초기의 시부터 해방 후 발표된 시까지 백석의 이항 대구 형식은 거의 관용적으

로 이어진다. 이러한 이항 대립의 정신구조와 이항 대구의 형식미와의 관련성이 좀 더 섬세하게 검토될 만하다.

끝으로 백석 시의 특징으로 거론되는 여행, 기행, 유랑의 의미에 대해서도 명확한 선을 그어 두는 것이 필요하다고 생각한다. 백석은 1934년 동경에서 귀국한 후 조선일보사에 입사하여 서울에서 거주하며 시집『사슴』을 간행하였고, 시집 발간 이후 서울을 떠나 1936년 4월부터 1938년 12월까지 함흥의 영생고보 교사로 재직하면서 함흥에 거주하였으며, 1939년 1월부터 12월까지는 다시『조선일보』에 입사하여 서울에 거주하다가, 1940년 1월 이후에는 만주 일대에 거주하였다. 거주 공간을 자주 옮기며 자유로운 편력의 생활을 한 셈인데, 각각의 거주 공간에서 관찰한 내용에 따라 시의 양상이 조금씩 달라졌다. 그리고 특정 지역을 여행하고 쓴 시도 많다. 이러한 작품의 특성 및 배경을 거론하면서 기행, 여행, 유랑 등의 말이 혼용되고 있는데, 이 부분에 대한 개념 규정을 명확히 해둘 필요가 있다.

동일한 대상의 시를 두고 남기혁은 '여행'이라는 말을, 곽효환은 '기행'이라는 말을, 심원섭은 '만주행' 또는 '만주 여정'이라는 말을, 소래섭은 '유랑'이라는 말을 썼다.[45] 백석의「통영」시편이나「남행시초」연작이나「서행시초」연작,「안동」,「함남 도안」등의 시편에 대해서는 '여행'이라는 말보다 '기행'이라는 말이 적합할 것 같다. '기행'이 "여행하는 동안에 보고 듣고 느끼고 겪은 것을 적은 것"이라는 뜻을 지니고 있어서 '여행'보다 무거운 느낌을 주기 때문이다. 그러나「함

---

45 곽효환,「백석 기행시편 연구」,『한국근대문학연구』18, 2008. 10, 129~167쪽.
소래섭, 앞의 책, 246~247쪽.
남기혁, 앞의 글, 24~36쪽.
심원섭,「자기 인식 과정으로서의 시적 여정」,『세계한국어문학』6, 2011. 10, 189~215쪽.

주시초」 연작이나 「산중음」 연작, 그리고 만주 시편에 대해서는 '기행'이란 말도 어울리지 않고 '유랑'이란 말은 더욱 적합하지 않다. 그 시들은 자신이 거주하고 생활하는 지역에서 보고 느낀 것을 시로 표현했기 때문이다. '유랑'이란 말은 일정한 거처가 없이 떠돌아다닌다는 뜻인데, 백석은 거주지를 이동한 적은 있어도 일정한 거처가 없이 떠돌아다닌 적은 없다. 서울에서는 신문사 기자를 했으며, 함흥에서는 영어 교사를 했고, 만주에서는 정확히는 알 수 없지만 국무원 직원, 세관원 등의 생업을 가지고 있었다. 일제강점기 척박한 시대를 살아간 시인의 표상으로는 '유랑'이란 말이 멋져 보이지만 백석은 아쉽게도 유랑 생활을 해본 적이 없다. 『남신의주 유동 박시봉방』에 "그 어느 바람 세인 쓸쓸한 거리 끝에 헤매이었다."라는 구절이 나오지만, 이것은 어느 한곳에 정착하지 못하고 아웃사이더로 살았던 자신의 신산한 처지를 비유하는 시적인 표현이지, 그가 유랑의 삶을 살았다는 증언은 아니다.

삶의 행적에 있어서나 시의 내용에 있어서나 백석은 여행을 즐기며 풍물을 관찰했고 자신의 거주지 주변의 풍물에 대해서도 관심을 갖고 그것을 시의 재료로 삼았다. 한곳에 안주하지 않고 여러 곳을 편력하면서 관찰과 사색과 탐색을 거듭한 것이 그의 삶이었고 그의 시였다. 이러한 시를 기행시라고 단정하기도 어렵고 유랑시라고 하는 것은 더욱 곤란하다. 굳이 말을 붙인다면 '편력과 탐색의 시' 정도로 요약할 수 있겠지만 그것이 하나의 용어로 정착될 수는 없을 것이다. 다만 여행, 기행, 유랑 등의 술어가 그의 시에 부합하지 않는다는 것만은 말할 수 있다.

어느 면 백석 시 연구의 전망으로 내세운 과제가 소박하다는 인상을 줄지도 모르겠다. 근자에 백석 시 연구 업적이 반복적으로 제출되면서 남들이 하지 않은 새로운 담론을 펼쳐야 한다는 강박관념 때문에 백석 시에 대해 과도한 의미 부여를 하거나 당시의 상황과는 어울리지 않는 해석을 하는 사례가 도출되는 것을 보게 된다. 그런 점에서 다시 출발점으로 돌아가 당대의 상황에서 당대의 감각으로 백석 시를 냉정하고 차분하게 독해하는 일이 필요하다고 생각한다.

백석의 시적 지향과 표현 방법

1. 머리말

백석의 시는 매우 독특한 개성을 지니고 있어서 이름을 가리고 읽어도 백석의 시라는 것을 금방 알 수 있다. 일제강점기의 시인 중 백석만큼 시적 개성이 강한 사람은 찾기 어렵다. 이러한 그의 시의 특성은 어디서 온 것일까? 백석에 대한 관심이 고조되면서 백석에 대한 연구는 일제강점기의 어느 시인보다도 많은 업적이 산출되고 있다.[1] 백석 시 연구에 관심이 집중될수록 백석 시에 대한 과도한 의미 부여보다는 좀 더 냉정하고 객관적인 분석이 필요하다고 판단된다.

본고는, 백석이 중점적으로 표현한 대상은 무엇이며 그것을 통해 무엇을 말하려고 했는가, 그렇게 표현하고 말하는 데 사용된 방법상의 특징은 무엇인가, 이 두 가지 점에 중점을 두고 논의를 전개하려 한다. 요컨대 백석은 무엇을 시로 썼고 그것을 어떻게 표현했는가 하는 점이다. 백석은 자신의 고향이나 거주지 주변의 풍물만이 아니라 여러 곳의 생활 국면을 관찰하고 그것을 시의 재료로 삼았다. 한곳에 안주하지 않고 여러 곳을 편력하면서 관찰과 사색과 탐색을 거듭한 체험을 그의 시에 담아냈다. 그는 대상의 표면만 보지 않고 그 안에 감추어져 있는 정신적인 요소를 찾아내려 했다. 그리고 그 독특한 체험을 개성적 어법으로 표현하려 했다. 필자는 예전에 백석 시 연구를

---

1 김문주, 「백석 문학의 연구 지형과 문학사적 균열을 보는 시각」, 『한국비평문학회 2012년 상반기 학술대회자료집』, 한국비평문학회, 2012. 6. 30, 57쪽 참고.
이 발표문에 의하면 현재까지 제출된 백석 관련 학위논문이 320편이 넘는다고 한다.

시작할 때 백석의 표현 방법을 '눌변의 미학'이라고 명명하기도 했다.[2] 백석의 표현 방법 중 가장 두드러진 것은 서술성을 중심에 두면서 압축적인 어법을 결합시키는 것, 이항 대립의 발상을 축으로 하여 이항 대구의 형식미를 추구하는 것, 이 두 가지로 집약된다. 백석 시의 독특한 개성은 이러한 정신 활동과 표현 방법이 창조적으로 결합하여 탄생한 것이다.

2. 정신적 가치의 탐색

백석 시 연구에서 여행이나 기행, 유랑 등의 개념을 끌어들이는 경우가 많다.[3] 기행의 의미를 넓게 잡아서 "어디로 가서 무엇을 보다"의 구조를 취하고 있으면 다 기행시로 보고 검토한 경우도 있는데[4] 이렇게 되면 「정주성」이나 「여우난골족」 같은 작품도 다 기행시에 포함

---

2 이숭원, 「1930년대 후반기 시의 한 고찰 - 백석의 경우」, 『국어국문학』 90, 1983. 12, 479쪽.
　　"시의 소재를 열거하며 대구적 방법으로 시를 엮어나가는 방법, 시골 풍물을 매개로 하여 단순하고 소박한 직유를 사용한 것, 생생한 현장감을 조성하기 위해 의성어, 의태어, 토착어를 폭넓게 구사한 것 등을 일괄하여 '눌변의 미학'이라 불렀다. 이것은 세련된 도시 감각을 의도적으로 배제하고 향촌의 투박한 어투를 되살린 것이다."
3 한경희, 「백석의 기행시 연구」, 『한국시학연구』 7, 2002. 11, 267~291쪽.
　　곽효환, 「백석 기행시편 연구」, 『한국근대문학연구』 18, 2008. 10, 129~167쪽.
　　소래섭, 『백석의 맛』, 프로네시스, 2009, 246~247쪽.
　　이경수, 「백석의 기행시편에 나타난 장소의 심상지리」, 『민족문화연구』 53, 2010. 12, 359~399쪽.
　　남기혁, 「백석 시에 나타난 풍경과 시선, 그리고 여행의 의미」, 『우리말글연구』 52, 2011. 8, 224~231쪽.
　　심원섭, 「자기 인식 과정으로서의 시적 여정」, 『세계한국어문학』 6, 2011. 10, 189~215쪽.
4 김명인, 「백석 시에 나타난 기행」, 『한국시학연구』 27, 2010. 4, 7~38쪽.

된다. 그러나 '여행'의 사전적 의미는 "일이나 유람을 목적으로 다른 고장이나 외국에 가는 일"로 되어 있다. 고향이든 새로운 이주지든 자신의 거주지 주변을 돌아다니며 풍물을 관찰하고 그것에 대해 사색하는 것은 '여행'이라고 하지 않는다. 이러한 여행의 의미를 엄격히 적용하면, 그의 기행 시편은 「통영」 시편과 「남행시초」 연작, 「산중음」 연작 일부, 「안동」, 「함남 도안」, 「서행시초」 연작 등에 국한된다. 이들 기행 시편은 신문사의 기획에 의해 공적인 업무의 일환으로 쓰였을 공산이 크다. 그래서 시의 내용도 경관 묘사적이고 작품의 질적 수준도 그리 높지 않다. 백석의 대표작이라고 일컫는 작품들은 기행 시편에는 거의 없다.

백석 시 목록을 놓고 유형별 특성이 나타나는 분포를 살펴보면, 가장 큰 비중을 차지하는 것은 삶의 체험과 사색을 다룬 시편이고 다음으로는 과거 회상의 시편이라는 사실을 알 수 있다. 초기에는 과거 회상 시편이 많고 뒤로 갈수록 삶의 체험(사색) 시편이 많아진다. 그의 대표작으로 꼽히는 작품은 대부분 과거 회상 시편과 체험 사색 시편에 들어 있다. 다음의 표는 백석의 작품 연보를 대상으로 작품의 성격 유형을 분류해 본 것이다. 백석의 시를 기행을 소재로 한 시, 과거를 회상한 시, 삶의 체험을 다룬 시로 크게 나누어 그 세 유형의 시가 나타난 양상을 정리한 것이다. 물론 기행이나 회상에도 삶의 체험이 포함되는 것이지만 대체적인 주제의 윤곽을 파악하기 위해 인위적인 구분을 해보았다. 성격이 불분명한 작품은 아무런 표시를 하지 않고 공란으로 두었다.

〈 백석 시의 성격 유형 〉

작품명	발표지	발표연도	비고
정주성(定州城)	조선일보	1935. 8. 30.	삶
늙은 갈대의 독백(獨白)	조광(1권1호)	1935. 11.	
산지(山地)	조광(1권1호)	1935. 11.	기행
주막(酒幕)	조광(1권1호)	1935. 11.	회상
비	조광(1권1호)	1935. 11.	
나와 지렁이	조광(1권1호)	1935. 11.	
여우난곬족(族)	조광(1권2호)	1935. 12.	회상
통영(統營)	조광(1권2호)	1935. 12.	기행
힌밤	조광(1권2호)	1935. 12.	삶
고야(古夜)	조광(2권1호)	1936. 1.	회상
가즈랑집	시집 『사슴』	1936. 1. 20.	회상
여우난곬족(族)	시집 『사슴』	1936. 1. 20.	회상
고방	시집 『사슴』	1936. 1. 20.	회상
모닥불	시집 『사슴』	1936. 1. 20.	회상
고야(古夜)	시집 『사슴』	1936. 1. 20.	회상
오리 망아지 토끼	시집 『사슴』	1936. 1. 20.	회상
초동일(初冬日)	시집 『사슴』	1936. 1. 20.	회상
하답(夏沓)	시집 『사슴』	1936. 1. 20.	회상
주막(酒幕)	시집 『사슴』	1936. 1. 20.	회상
적경(寂境)	시집 『사슴』	1936. 1. 20.	삶
미명계(未明界)	시집 『사슴』	1936. 1. 20.	삶
성외(城外)	시집 『사슴』	1936. 1. 20.	삶
추일산조(秋日山朝)	시집 『사슴』	1936. 1. 20.	삶
광원(曠原)	시집 『사슴』	1936. 1. 20.	삶
힌밤	시집 『사슴』	1936. 1. 20.	삶
청시(青柿)	시집 『사슴』	1936. 1. 20.	
산(山)비	시집 『사슴』	1936. 1. 20.	
쓸쓸한 길	시집 『사슴』	1936. 1. 20.	삶
석류(柘榴)	시집 『사슴』	1936. 1. 20.	
머루밤	시집 『사슴』	1936. 1. 20.	
여승(女僧)	시집 『사슴』	1936. 1. 20.	삶
수라(修羅)	시집 『사슴』	1936. 1. 20.	삶

작품명	발표지	발표연도	비고
비	시집『사슴』	1936. 1. 20.	
노루	시집『사슴』	1936. 1. 20.	
절간의 소 이야기	시집『사슴』	1936. 1. 20.	
통영(統營)	시집『사슴』	1936. 1. 20.	기행
오금덩이라는 곧	시집『사슴』	1936. 1. 20.	회상
시기(柿崎)의 바다	시집『사슴』	1936. 1. 20.	삶
정주성(定州城)	시집『사슴』	1936. 1. 20.	삶
창의문외(彰義門外)	시집『사슴』	1936. 1. 20.	
정문촌(旌門村)	시집『사슴』	1936. 1. 20.	회상
여우난곬	시집『사슴』	1936. 1. 20.	회상
삼방(三防)	시집『사슴』	1936. 1. 20.	삶
통영(統營) - 남행시초	조선일보	1936. 1. 23.	기행
오리	조광(2권2호)	1936. 2.	
연자간	조광(2권3호)	1936. 3.	
황일(黃日)	조광(2권3호)	1936. 3.	
탕약(湯藥)	시와 소설(1호)	1936. 3.	삶 - 역사성
이두국주가도(伊豆國湊街道)	시와 소설(1호)	1936. 3.	기행
창원도(昌原道) - 남행시초 1	조선일보	1936. 3. 5.	기행
통영(統營) - 남행시초 2	조선일보	1936. 3. 6.	기행
고성가도(固城街道) - 남행시초 3	조선일보	1936. 3. 7.	기행
삼천포(三千浦) - 남행시초 4	조선일보	1936. 3. 8.	기행
북관(北關) - 함주시초 1	조광(3권10호)	1937. 10.	삶 - 역사성
노루 - 함주시초 2	조광(3권10호)	1937. 10.	삶
고사(古寺) - 함주시초 3	조광(3권10호)	1937. 10.	기행
선우사(膳友辭) - 함주시초 4	조광(3권10호)	1937. 10.	삶
산곡(山谷) - 함주시초 5	조광(3권10호)	1937. 10.	삶
바다	여성(2권10호)	1937. 10.	삶
단풍(丹楓)	여성(2권10호)	1937. 10.	
추야일경(秋夜一景)	삼천리문학(1호)	1938. 1.	삶
산숙(山宿) - 산중음 1	조광(4권3호)	1938. 3.	기행
향악(饗樂) - 산중음 2	조광(4권3호)	1938. 3.	기행
야반(夜半) - 산중음 3	조광(4권3호)	1938. 3.	기행
백화(白樺) - 산중음 4	조광(4권3호)	1938. 3.	기행

작품명	발표지	발표연도	비고
나와 나타샤와 흰당나귀	여성(3권3호)	1938. 3.	삶
석양(夕陽)	삼천리문학(2호)	1938. 4.	삶
고향(故鄕)	삼천리문학(2호)	1938. 4.	삶
절망(絶望)	삼천리문학(2호)	1938. 4.	삶
외가집	현대조선문학전집(1)	1938. 4.	회상
개	현대조선문학전집(1)	1938. 4.	회상
내가 생각하는 것은	여성(3권4호)	1938. 4.	삶
내가 이렇게 외면하고	여성(3권5호)	1938. 5.	삶
삼호(三湖) - 물닭의 소리 1	조광(4권10호)	1938. 10.	기행
물계리(物界里) - 물닭의 소리 2	조광(4권10호)	1938. 10.	기행
대산동(大山洞) - 물닭의 소리 3	조광(4권10호)	1938. 10.	
남향(南鄕) - 물닭의 소리 4	조광(4권10호)	1938. 10.	
야우소회(夜雨小懷) - 물닭의 소리5	조광(4권10호)	1938. 10.	회상
꼴두기 - 물닭의 소리 6	조광(4권10호)	1938. 10.	삶
가무래기의 낙(樂)	여성(3권10호)	1938. 10.	삶
멧새소리	여성(3권10호)	1938. 10.	삶
박각시 오는 저녁	조선문학독본	1938. 10.	회상
넘언집 범같은 노큰마니	문장(3호)	1939. 4.	회상
동뇨부(童尿賦)	문장(5호)	1939. 6.	회상
안동(安東)	조선일보	1939. 9. 13.	기행
함남도안(咸南道安)	문장(10호)	1939. 10.	기행
구장로(球場路) - 서행시초 1	조선일보	1939. 11. 8.	기행
북신(北新) - 서행시초 2	조선일보	1939. 11. 9.	기행 - 역사성
팔원(八院) - 서행시초 3	조선일보	1939. 11. 10.	기행
월림(月林)장 - 서행시초 4	조선일보	1939. 11. 11.	기행
목구(木具)	문장(14호)	1940. 2.	회상
수박씨, 호박씨	인문평론(9호)	1940. 6.	삶
북방(北方)에서 - 정현웅에게	문장(18호)	1940. 7.	삶 - 역사성
허준(許俊)	문장(21호)	1940. 11.	삶
『호박꽃 초롱』 서시	『호박꽃 초롱』	1941. 1.	삶
귀농(歸農)	조광(7권4호)	1941. 4.	삶
국수	문장(26호)	1941. 4.	회상
흰바람벽이 있어	문장(26호)	1941. 4.	삶

작품명	발표지	발표연도	비고
촌에서 온 아이	문장(26호)	1941. 4.	삶
조당(燥塘)에서	인문평론(16호)	1941. 4.	삶
두보(杜甫)나 이백(李白)같이	인문평론(16호)	1941. 4.	삶 - 역사성
산(山)	새한민보(1권14호)	1947. 11.	
적막강산	신천지(11,12합병호)	1947. 12.	삶
마을은 맨천 구신이 돼서	신세대(3권3호)	1948. 5.	삶
칠월백중	문장(속간호)	1948. 10.	회상
남신의주 유동 박시봉방	학풍(창간호)	1948. 10.	삶

백석의 후기 시를 설명할 때 '유랑'이란 말을 많이 사용하는데, '유랑'이란 말은 일정한 거처가 없이 떠돌아다닌다는 뜻이다. 그런데 백석은 거주지를 이동한 적은 있어도 일정한 거처가 없이 떠돌아다닌적은 없다. 서울에서는 신문사 기자를 했으며 함흥에서는 영어 교사를 했고 만주에서는 국무원 직원, 세관원 등의 생업을 가지고 있었다. 일제강점기 척박한 시대를 살아간 시인에 대한 수식어로 '유랑'이란 말이 멋져 보이지만 백석은 유랑 생활을 하지 않았다. 「남신의주 유동 박시봉방」에 "그 어느 바람 세인 쓸쓸한 거리 끝에 헤매이었다."라는 구절이 나오지만, 이것은 어느 한곳에 정착하지 못하고 아웃사이더로 살았던 자신의 신산한 처지를 비유하는 표현이지 그가 유랑의 삶을 살았다는 증언이 아니다.

유랑보다는 '편력'이란 말이 백석에게 어울릴 것이다. 편력이란 이곳저곳을 다니며 여러 가지 경험을 한다는 뜻이다. 이 말은 백석의 삶에 부합한다. 그는 여러 가지를 관찰하고 경험하면서 대상을 그저 바라보기만 한 것이 아니라 대상 너머에 무엇이 있는가를 탐색하려 했다. 그는 가시적인 대상 너머의 그 무엇을 찾아내서 그것을 자신의 생활 세계와 연결 지으려는 노력을 끊임없이 했다. 그 발견과 탐색의 노력이 그의 시로 발현된 것이다. 그러므로 그의 시는 대상의 숨은 의미를 발견하는 작업이고 그것을 자신의 삶과 연결시키려는 탐색의 과정이다.

대상의 숨은 의미를 찾아내려는 노력은 마음의 영역을 발견하는 데서 시작되는데 필자는 그러한 경향을 잘 드러내는 시로 「산숙」 (1938. 3)을 든 바 있다.[5] 그런데 「산숙」 이전에 발표한 「탕약」(1936. 3)에 이미 대상 너머의 본질에 대한 탐색이 나타나는 것을 볼 수 있다. 이 시 이후의 시편에서 대상의 이면에서 숨은 의미를 찾아내려는 노력이 지속적으로 전개된다. 「탕약」이 발표된 지면은 구인회의 기관지 『시와 소설』이다. 구인회는 당시 문단적 영향력이 컸던 신문사 기자들이 중심이 되어 당대 모더니스트들이 참여한 모임으로, 기관지의 편집은 이상이 맡았다.[6] 이 잡지에 이상은 그의 시 중 가장 난해한 것으로 알려진 야심적인 장편 산문시 「街外街傳」을 발표하고, 정지용은 기상과 기지가 가득하여 지금까지도 시적 대상에 대한 궁금증을 야기하는 「流線哀傷」을 발표했으며, 김유정은 기생 박녹주에 대한 연모의 감정을 담은 「두꺼비」를 발표했다. 당대 젊은 문학을 이끄는 대표 주자들이 내는 잡지에 백석은 『사슴』과는 다른 새로운 작품을 발표해 보자는 생각을 했을 것이다.

눈이 오는데
토방에서는 질화로 위에 곱돌탕관에 약이 끓는다.
삼에 숙변에 목단에 백복령에 산약에 택사의 몸을 보한다는 육미탕이다.
약탕관에서는 김이 오르며 달큼한 구수한 향기로운 내음새가 나고 약이 끓는 소리 삐삐 즐거웁기도 하다.

---

5 이숭원, 『백석을 만나다』, 태학사, 2008, 302쪽.
6 이숭원, 『김기림』, 한길사, 2008, 54~56쪽.

그리고 다 달인 약을 하이얀 약사발에 받아 놓은 것은

아득하니 깜하여 만년 옛적이 들은 듯한데

나는 두 손으로 고이 약그릇을 들고 이 약을 내인 옛사람들을 생각하

노라면

내 마음은 끝없이 고요하고 또 맑아진다.

「탕약」 전문

이 시에서 하얀 약사발에 담긴 검은 탕약을 신주 모시듯 두 손으로 고이 받들어 들고 이 약을 만들어 낸 옛사람들을 생각한다는 대목이 나오는데, 이런 식의 마음에 대한 표현은 대상의 소묘가 중심이 된 『사슴』의 세계와는 질적으로 다른 것이다. 백석은 더 나아가 그 마음을 생각하노라니 내 마음도 "끝없이 고요하고 또 맑아진다."고 했다. 그것도 그냥 고요하고 맑아지는 것이 아니라 '끝없이' 고요하고 맑아진다고 했다. 과거로부터 이어오는 어떤 정신적 가치가 나의 내면을 정화하고 내 아픔을 치유할 수 있다고 생각한 것이다. 말하자면 백석은 눈앞에 보이는 가시적 대상을 넘어서서 그 안에서 어떤 정신적 가치를 찾으려는 시도를 보이고 있는 것이다.

이런 점에서 「탕약」은 백석 시 전개에서 매우 중요한 의미를 지닌 작품이 틀림없다. 『사슴』 시편에서 이러한 경향을 보인 것은 「모닥불」 정도다. 「탕약」 이후 백석의 시에는 이러한 태도가 더욱 적극적이고 지속적인 양태로 나타난다. 1년 7개월의 공백이 지난 후 발표한 「북관」(1937. 10)에서 그는 명태 창난젓 요리를 앞에 두고 신라와 여진의 맛과 냄새를 찾아내려 한다. 이것 역시 눈에 보이는 즉물적 세계 너머에 있는 본질의 세계를 엿보려는 노력의 표현이다.[7] 이것은

---

7 최정례, 「백석 시의 근대성 연구」, 고려대 박사학위논문, 2005. 2, 100~107쪽.

현대시의 가장 중요한 경향이기도 하다. 1920년대에서 30년대에 걸쳐 이러한 본질적 탐구에 눈을 돌린 시인은 백석 외에 거의 없다. 그런 점에서도 백석의 선구적 독창성을 인정할 만하다.

3. 정서 표현의 양상

백석이 대상 너머에 있는 정신적 세계의 탐색에 깊은 관심을 보였다는 사실은 그의 시에 나타난 정서가 어떠한 분포를 보이는가를 조사해 보면 더욱 명확히 드러난다. 하나의 작품에서 정서를 표현하는 기본적인 요소를 '정서 지표'(emotional indicator)라고 명명하고[8] 이 정서 지표가 백석 시에 어떻게 나타나는지 살펴보겠다. 시집『사슴』의 첫머리에 놓인 작품은「가즈랑집」인데, 이 작품은 길이가 긴 만큼 나타내고자 하는 내용도 풍성해서 백석 시에 나타나는 여러 가지 감정의 속성을 가장 많이 함유하고 있다. 백석이 이 시를 시집 제일 앞에 배치한 것도 이 작품의 그러한 특성을 염두에 두었기 때문이었을 것이다.

승냥이가 새끼를 치는 전에는 쇠메 든 도적이 났다는 가즈랑고개

가즈랑집은 고개 밑의
산 너머 마을서 도야지를 잃는 밤 짐승을 쫓는 깽제미 소리가 무서웁

위의 논문에서도 백석의 시가 근원 지향적 성향을 보인다고 설명했는데, 이것을 "근대인으로서의 자아 탐색"과 연결시킨 점에서 필자와는 관점이 다르다.

8 이것은 심리학에서 인간의 정서를 항목화하여 측정할 때 사용하는 '정서 지표'의 개념을 원용한 것이다.

들려오는 집
　닭 개 짐승을 못 놓는
　멧도야지와 이웃사촌을 지내는 집

　예순이 넘은 아들 없는 가즈랑집 할머니는 중같이 정해서 할머니가
마을을 가면 긴 담뱃대에 독하다는 막써레기를 몇 대라도 붙이라고 하며

　간밤엔 섬돌 아래 승냥이가 왔었다는 이야기
　어느메 산골에선간 곰이 아이를 본다는 이야기

　나는 돌나물김치에 백설기를 먹으며
　옛말의 귀신 집에 있는 듯이

　가즈랑집 할머니
　내가 날 때 죽은 누이도 날 때
　무명필에 이름을 써서 백지 달아서 귀신간 시렁의 당즈깨에 넣어 대
감님께 수영을 들였다는 가즈랑집 할머니
　언제나 병을 앓을 때면
　신장님 단련이라고 하는 가즈랑집 할머니
　귀신의 딸이라고 생각하면 슬퍼졌다

　토끼도 살이 오른다는 때 아르대 즘퍼리에서 제비꼬리 마타리 쇠조지
가지취 고비 고사리 두릅순 회순 산나물을 하는 가즈랑집 할머니를 따
르며
　나는 벌써 달디단 물구지우림 둥굴레우림을 생각하고
　아직 멀은 도토리묵 도토리범벅까지도 그리워한다

뒤울안 살구나무 아래서 광살구를 찾다가

살구 벼락을 맞고 울다가 웃는 나를 보고

밑구멍에 털이 몇 자나 났나 보자고 한 것은 가즈랑집 할머니다

찰복숭아를 먹다가 씨를 삼키고는 죽는 것만 같아 하루 종일 놀지도 못하고 밥도 안 먹은 것도

가즈랑집에 마을을 가서

당수 먹은 강아지같이 좋아라고 집오래를 설레다가였다

「가즈랑집」 전문[9]

이 시의 앞부분에 제시된 장소 묘사는 할머니가 거주하는 가즈랑집이 어디에 위치하는가를 알려 주고 있다. 그 장소의 특징은 사람들이 모여 사는 생활 현장에서 공간적으로 멀리 떨어진 독거(獨居)의 공간이라는 점이다. 우리는 여기서 첫 번째 정서 지표인 ①'독거'를 찾아낼 수 있다. 이 정서 지표는 '외로움', '쓸쓸함', '고고함' 등의 정서 표현(emotional expression)으로 변주된다.

3연에서 가즈랑집 할머니에 대해 "중같이 정해서"라고 표현했다. 이 구절은 "승려처럼 정갈하다, 단정하다, 엄정하다" 등의 뜻으로 풀이될 수 있는데, 어떤 뜻으로 풀이하든 그 말은 할머니가 지니고 있는 정신적 가치를 암시하는 개념이다. 여기서 두 번째 정서 지표인 ②'정결의 정신성'을 찾아낼 수 있다. 이 정서 지표는 '정화', '깨끗함', '환함', '따뜻함' 등의 정서 표현으로 변주된다.

3연에서 다시 할머니에 대해 "긴 담뱃대에 독하다는 막써레기를

---

9 시의 인용은 필자의 『백석을 만나다』(태학사, 2008)의 현대어 정본으로 한다. 시의 연 구분이 다른 책과 다를 수 있는데 그 근거는 필자의 책에 제시되어 있다.

몇 대라도 붙이라고 하며"라고 표현했다. 이 부분은 할머니가 예순이 넘은 노인이고 아들도 없이 혼자 살지만 상당히 강인한 생명력을 지니고 있음을 나타낸다. 여기서 세 번째 정서 지표인 ③'야성적 생명력'을 찾아낼 수 있다. 이것은 투박하면서도 끈질기게 이어지는 여러 가지 생명력, 생명현상으로 변주된다.

5연에 나오는 "옛말의 귀신 집에 있는 듯이"라는 말은 가즈랑집 할머니의 삶이 문명과 멀리 떨어진 어떤 과거의 시간 속에 놓여 있다는 느낌을 표현한 것이다. 신비롭기도 하고 무섭기도 한 과거의 생활 공간에 할머니가 속해 있다고 생각한 것이다. 여기서 네 번째 정서 지표인 ④'과거 지향성'을 찾아낼 수 있다. 이것은 복고적 태도, 고전적 정서, 동양적 정신 등으로 변주된다.

6연에는 백석 시에 자주 나오는 민간신앙과 관련된 내용이 제시되었다. 이것은 다섯 번째 정서 지표인 ⑤'무속에 대한 관심'에 해당하는데, 민간신앙과 관련된 다양한 관찰과 경험으로 변주된다. 그리고 끝부분에 나오는 "귀신의 딸이라고 생각하면 슬퍼졌다"에서 할머니에 대해 화자가 느끼는 연민의 정서가 나타난다. 여기서 여섯 번째 정서 지표인 ⑥'슬픔'을 찾을 수 있다. 이것은 슬픔과 관련된 다양한 정서로 변주된다.

이 시에 나오는 여러 가지 음식물은 화자가 좋아하는 기호 식품으로 오랜 시간이 지나도 잊을 수 없는 즐거운 추억의 매개물들이다. 여기서 일곱 번째 정서 지표인 ⑦'맛있는 음식'을 찾을 수 있다. 이것은 기쁨, 즐거움, 충족감, 흥겨움 등으로 변주된다.

이렇게 찾아낸 정서 지표는 ①독거, ②정결의 정신성, ③야성적 생명력, ④과거 지향성, ⑤무속에 대한 관심, ⑥슬픔, ⑦맛있는 음식 등 일곱 가지이다. 이외에도 더 많은 정서 지표를 찾을 수 있겠지만 이러한 일곱 가지 정서 지표만으로도 백석 시가 어떻게 전개되고 어떠한 정서의 지형을 그려 갔는가를 충분히 파악할 수 있다. 백석의 시에서 의미가 표면에 분명히 드러나는 작품 60편을 선정하여 이러한 정서 지표가 나타난 양상을 표로 정리하면 다음과 같다.

⟨ 정서 표현 요소의 분포 ⟩

작품명	발표지	발표연도	비고
가즈랑집	시집 『사슴』	1936. 1. 20.	①~⑦
여우난곬족(族)	시집 『사슴』	1936. 1. 20.	⑥, ⑦
고방	시집 『사슴』	1936. 1. 20.	①, ③, ④, ⑦
모닥불	시집 『사슴』	1936. 1. 20.	②, ⑥
고야(古夜)	시집 『사슴』	1936. 1. 20.	②, ⑤, ⑦
오리 망아지 토끼	시집 『사슴』	1936. 1. 20.	②, ④
주막(酒幕)	시집 『사슴』	1936. 1. 20.	④, ⑦
적경(寂境)	시집 『사슴』	1936. 1. 20.	②
미명계(未明界)	시집 『사슴』	1936. 1. 20.	②, ⑥, ⑦
쓸쓸한 길	시집 『사슴』	1936. 1. 20.	⑥
여승(女僧)	시집 『사슴』	1936. 1. 20.	⑥
수라(修羅)	시집 『사슴』	1936. 1. 20.	②, ⑥
통영(統營)	시집 『사슴』	1936. 1. 20.	④, ⑥
오금덩이라는 곧	시집 『사슴』	1936. 1. 20.	⑤
시기(柿崎)의 바다	시집 『사슴』	1936. 1. 20.	①, ⑥
정주성(定州城)	시집 『사슴』	1936. 1. 20.	②, ④
정문촌(旌門村)	시집 『사슴』	1936. 1. 20.	④, ⑥
여우난곬	시집 『사슴』	1936. 1. 20.	⑥, ⑦
삼방(三防)	시집 『사슴』	1936. 1. 20.	②, ⑤
통영(統營) - 남행시초	조선일보	1936. 1. 23.	⑦
연자간	조광(2권3호)	1936. 3.	②, ⑦
탕약(湯藥)	시와 소설(1호)	1936. 3.	②, ④
창원도(昌原道) - 남행시초 1	조선일보	1936. 3. 5.	⑦
통영(統營) - 남행시초 2	조선일보	1936. 3. 6.	⑦
고성가도(固城街道) - 남행시초 3	조선일보	1936. 3. 7.	⑦

작품명	발표지	발표연도	비고
삼천포(三千浦) - 남행시초 4	조선일보	1936. 3. 8.	⑦
북관(北關) - 함주시초 1	조광(3권10호)	1937. 10.	②, ③, ④, ⑦
노루 - 함주시초 2	조광(3권10호)	1937. 10.	①, ②, ⑥
선우사(膳友辭) - 함주시초 4	조광(3권10호)	1937. 10.	①, ②, ⑦
산곡(山谷) - 함주시초 5	조광(3권10호)	1937. 10.	①
산숙(山宿) - 산중음 1	조광(4권3호)	1938. 3.	②
백화(白樺) - 산중음 4	조광(4권3호)	1938. 3.	②
나와 나타샤와 힌당나귀	여성(3권3호)	1938. 3.	①, ②
석양(夕陽)	삼천리문학(2호)	1938. 4.	②, ③
고향(故鄕)	삼천리문학(2호)	1938. 4.	①, ②
절망(絶望)	삼천리문학(2호)	1938. 4.	②, ⑥
내가 생각하는 것은	여성(3권4호)	1938. 4.	①, ⑥
내가 이렇게 외면하고	여성(3권5호)	1938. 5.	①, ⑦
가무래기의 낙(樂)	여성(3권10호)	1938. 10.	①, ②, ⑥
멧새소리	여성(3권10호)	1938. 10.	①, ⑥
박각시 오는 저녁	조선문학독본	1938. 10.	⑦
넘언집 범같은 노큰마니	문장(3호)	1939. 4.	①②③④⑤⑦
동뇨부(童尿賦)	문장(5호)	1939. 6.	②, ④
북신(北新) - 서행시초 2	조선일보	1939. 11. 9.	②, ③, ④, ⑦
팔원(八院) - 서행시초 3	조선일보	1939. 11. 10.	⑥
월림(月林)장 - 서행시초 4	조선일보	1939. 11. 11.	①, ⑦
목구(木具)	문장(14호)	1940. 2.	①, ②, ④, ⑥
수박씨, 호박씨	인문평론(9호)	1940. 6.	②, ④
북방(北方)에서 - 정현웅에게	문장(18호)	1940. 7.	①, ④, ⑥, ⑦
허준(許俊)	문장(21호)	1940. 11.	①, ②,
『호박꽃 초롱』 서시	『호박꽃 초롱』	1941. 1.	②
귀농(歸農)	조광(7권4호)	1941. 4.	⑦
국수	문장(26호)	1941. 4.	②, ④, ⑤, ⑦
힌바람벽이 있어	문장(26호)	1941. 4.	①, ②, ⑥
촌에서 온 아이	문장(26호)	1941. 4.	②, ⑥
조당(澡塘)에서	인문평론(16호)	1941. 4.	②, ④, ⑥

작품명	발표지	발표연도	비고
두보(杜甫)나 이백(李白)같이	인문평론(16호)	1941. 4.	①, ④, ⑥
마을은 맨천 구신이 돼서	신세대(3권3호)	1948. 5.	①, ⑤, ⑥
칠월백중	문장(속간호)	1948. 10.	②, ⑦
남신의주 유동 박시봉방	학풍(창간호)	1948. 10.	①, ②, ⑥

①독거 - 21, ②정결의 정신성 - 33, ③야성적 생명력 - 5, ④과거 지향성 - 16
⑤무속에 대한 관심 - 6, ⑥슬픔 - 24, ⑦맛있는 음식 - 23

정서 표현의 양상을 이렇게 도식으로 정리하는 것은 일종의 방편적인 것이다. 이것은 해당 작품의 정서적 형질을 정확히 나타내고자 하는 것이 아니라 정서의 대체적인 흐름을 파악하고자 하는 것이다. 분석자의 기준과 주관에 따라 얼마든지 다른 분석이 가능할 수 있다. 필자가 분석한 60편의 작품 중 「가즈랑집」과 가장 유사한 정서 지표의 분포를 보이는 작품은 「넘언집 범 같은 노큰마니」이다. 그리고 「고방」, 「북관」, 「북신」, 「목구」, 「북방에서」, 「국수」 등이 정서 지표를 여러 개 담고 있어서 백석 시의 지향을 비교적 잘 드러내는 작품이라고 말할 수 있다.

정서 표현의 기본 요소가 나타난 분포를 보면, ②정결의 정신성이 33회로 가장 많고, 그다음이 ⑥슬픔의 감정 24회, ⑦맛있는 음식 23회, ①독거 21회, ④과거 지향성 16회, ⑤무속에 대한 관심 6회, ③야성적 생명력 5회의 순서로 나타난다. 여기서 독거, 과거 지향성, 야성적 생명력은 정결의 정신성과 연결되거나 그것을 드러내는 보조 자료로 사용된 예가 많다. 이렇게 보면 백석은 단순히 대상을 관찰하거나 풍물을 보여 준 것이 아니라 자신이 추구하는 정신의 세계를 나타내기 위해 노력했으며, 그 과정에서 슬픔의 감정을 많이 표현했음을 알 수 있다. 백석 시의 두드러진 특징으로 알려져 있는 무속에 대한 관심이 뜻밖에 적게 나타난 것은 단순한 무속적 소재가 담긴 작품들이 대표작에서 제외되었기 때문이다. 무속에 대한 관심이 우리에게 는 특이한 사실이어서 크게 부각되기는 했지만 백석 시에 그렇게 많 이 나타난 것은 아니라는 사실도 새롭게 파악하게 된다. ⑦맛있는 음 식 지표가 많은 것은 즐거움과 흥겨움 등의 정서가 여기 포함되었기 때문이다. 이상의 분석을 통하여 백석 시의 중요한 흐름이 정결한 정 신의 추구에 있고 중심을 이루는 기본 정조는 '슬픔'이라는 사실을 확 인할 수 있다.

4. 압축과 생략의 기법

백석의 시는『사슴』에 실린 일부 시편을 제외하고는 서술적 경향 을 보인다. 그래서 백석 시의 구문적 특징이 사설시조나 잡가, 판소 리 사설 등의 양식적 특징과 연결 지어 분석되었다.[10] 그런데 백석의 시는 서술성을 활용하는 시에서도 대단한 압축과 생략의 기법을 구 사하고 있다. 백석의 시가 표면적으로 진부한 형식을 취하면서도 상 당히 새로운 느낌을 주는 것은 바로 이 서술성과 압축성의 결합 방식 때문이다.

「산지」의 1연 "갈부전 같은 약수터의 산 거리/여인숙이 다래나무 지팡이와 같이 많다" 같은 경우 약수터의 정경을 몇 마디의 어구로 간략하면서도 압축적으로 드러내고 있다. 갈부전이란 말로 약수터

---

10 박혜숙,「백석 시의 엮음구조와 사설시조와의 관계」,『중원인문논총』18, 1998. 12, 27~41쪽.
　　고형진,「백석 시의 '엮음'의 미학」, 박노준 외,『현대시의 전통과 창조』, 열화당, 1998, 213~230쪽.
　　이경수,「백석 시의 반복 기법 연구」,『상허학보』7, 2001. 8, 347~381쪽.
　　고형진,「백석 시와 판소리의 미학」,『현대문학이론연구』21, 2004. 4, 5~26쪽.

주변의 산길이 좁고 몇 갈래로 갈라져 있는 모양을 나타내고, 깊은 산중인데도 여인숙이 많다는 점을 통해 사람이 많이 모이는 유명한 약수터라는 사실을 드러낸다. 지팡이가 많다는 것은 노인과 병약자가 많이 온다는 사실을, 다래나무 지팡이는 다래나무가 많은 깊은 산중이라는 사실을 환기한다. 이처럼 장황한 서술이나 묘사를 배제하고 짤막한 어구로 약수터의 정경을 한눈에 보여 주는 것이 백석 시의 특징이다.

「가즈랑집」의 첫 행 "승냥이가 새끼를 치는 전에는 쇠메 든 도적이 났다는 가즈랑고개"는 가즈랑고개의 특징을 승냥이와 도적의 출현으로 압축하여 간명하게 표현하고 있고, 「정문촌」의 첫 구절, "주홍칠이 날은 정문이 하나 마을 어귀에 있었다" 역시 과거의 영광을 잃고 빛이 바래 가는 정문의 초라함과 그래도 마을 어귀에 자리 잡고 있는 유물의 현존성을 함께 보여 준다. 여기에는 지킬 수도 포기할 수도 없는 고향에 대한 연민과 향수, 그 이중적 심리가 압축되어 있다. 「고사」의 첫 연, "부뚜막이 두 길이다/이 부뚜막에 놓인 사닥다리로 자박수염 난 공양주는 성궁미를 지고 오른다"도 그 당시 함경남도 최대 규모였던 귀주사의 규모를 간접적으로 드러내면서 흥미로운 상황까지 포함하여 전체의 윤곽이 떠오르도록 재미있게 제시했다. 「산숙」의 첫 행, "여인숙이라도 국숫집이다"도 예사로운 구절이 아니다. 이 말은 백석이 묵는 장소가 숙박업을 하는 곳이지만 국수를 파는 일도 함께 한다는 뜻으로 자는 것과 먹는 것을 한곳에서 해결해야 하는 산간 지역의 생활상을 전해준다.

「모닥불」의 1연과 2연은 여러 사물의 이름이 열거되고 있는데, 그 각각의 사물들이 환기하는 의미 역시 함축적이다. 겉으로는 머리에 떠오르는 대로 사물의 이름을 나열한 것 같지만 여기에는 유사한 사물과 대조적인 존재들을 짝을 지어 열거하면서 그것이 지닌 상징적 의미를 압축해서 드러내는 미학적 방법이 작용하고 있다.

만주 체류기의 작품인 「흰 바람벽이 있어」의 첫 구절, "오늘 저녁 이 좁다란 방의 흰 바람벽에/어쩐지 쓸쓸한 것만이 오고 간다"는 '좁다란 방'을 통해 빈한한 삶을, '흰 바람벽'을 통해 삶의 외로움을 나타내며, '쓸쓸한 것만이 오고 간다'는 구절은 상념의 대상으로 떠오르는 것들이 온통 외로운 정경뿐이라는 사실을 압축적으로 드러낸다. '좁다란 방'은 자신의 거처가 좁고 누추한 상태임을 나타내고 '흰 바람벽'은 그렇게 누추한 살림 속에서도 내면의 정결성은 유지하고 있음을 암시한다. 마치 극장의 영사막과도 같은 흰 바람벽에 화자의 내면에 명멸하는 여러 가지 추억과 회한의 장면들이 투사된다. 화자는 '쓸쓸한 것만이 오고 간다'고 하여 자신의 삶이 숙명적으로 외로움을 벗어날 수 없음을 단적으로 드러냈다. 또 「두보나 이백같이」에서는 "오늘은 정월 보름이다/대보름 명절인데/나는 멀리 고향을 나서 남의 나라 쓸쓸한 객고에 있는 신세로다"로 시작하여 객지에서 혼자 정월 대보름 명절을 맞는 백석의 쓸쓸한 마음이 잘 드러난 작품이다. 모든 사람들이 즐겁게 노니는 명절에 오히려 생활과 풍속의 이질감을 느끼며 객수에 잠기는 국외자로서의 소외감을 나타내고 있다.

해방 후에 발표된 「칠월 백중」은 "마을에서는 세벌 김을 다 매고 들에서/개장취념을 서너 번 하고 나면/백중 좋은 날이 슬그머니 오는데"로 시작한다. 김매기를 끝내고 여름 더위를 이기기 위해 여럿이 모여 개장국도 서너 번 끓여 먹고 나면 "백중 좋은 날이 슬그머니" 온다고 했다. 이 표현은 백석의 많은 시에서 이미 여러 번 보았던 것으로 시간의 흐름과 그것에서 맛보는 일상의 즐거움을 지극히 자연스럽게 전해 주는 방법이다. '슬그머니'라는 말은 이 좋은 민속 명절이 언제 오는지 모르게 시간이 흐르면 자연스럽게 찾아온다는 느낌을 전달한다. 「남신의주 유동 박시봉방」의 첫 구절 "어느 사이에 나는 아내도 없고, 또,/아내와 같이 살던 집도 없어지고,/그리고 살뜰한 부모며 동생들과도 멀리 떨어져서,/그 어느 바람 세인 쓸쓸한 거리 끝에 헤매이었다."의 압축적 상징성에 대해서는 많은 사람이 충분한 설명을 했으므로 여기서 되풀이할 필요는 없을 것이다.

5. 이항 대구의 표현 방법

백석의 시 대부분의 백석 시는 이항 대립 내지는 이항 대구의 구조를 지니고 있으며 그것이 중요한 표현 방법으로 구사되고 있다는 점은 앞에서도 밝힌 바 있다. 여기서는 앞에서 제목만 거론한 몇 작품을 중점적으로 검토하여 이항 대구의 표현이 어떻게 이루어지는지 살펴보기로 한다.

> ㉠시냇물이 버러지 소리를 하며 흐르고
>   대낮이라도 산 옆에서는
> ㉡승냥이가 개울물 흐르듯 운다
>
>   벼랑턱의 어두운 그늘에 ㉠아침이면
>   부엉이가 무거웁게 날아온다
> ㉡낮이 되면 더 무거웁게 날아가 버린다
>
> 「산지」 부분

앞의 ㉠과 ㉡은 시냇물 소리와 승냥이 소리를 이항 대구 형식으로 표현했는데, 시냇물 소리를 벌레 소리에 비유하고, 승냥이 소리를 개울물 소리에 비유하여, 벌레 소리에 비유된 시냇물 소리가 다시 승냥이 소리로 전환되는 청각 심상의 변화 과정을 표현했다. 뒷부분의 ㉠과 ㉡은 아침과 낮을 이항 대구 형식으로 제시했지만, 어두운 그늘에 부엉이가 무겁게 오간다는 음산한 느낌을 이중적으로 전달한다.

　　토끼도 살이 오른다는 때 아르대 즘퍼리에서 ㉠제비꼬리 ㉡마타리 ㉠쇠조지 ㉡가지취 ㉠고비 ㉡고사리 ㉠두릅순 ㉡회순 산나물을 하는 가즈랑집 할머니를 따르며
　　나는 벌써 달디단 ㉠물구지우림 ㉡둥굴레우림을 생각하고
　　아직 멀은 ㉠도토리묵 ㉡도토리범벅까지도 그리워한다
「가즈랑집」 부분

㉠과 ㉡으로 이어진 여러 가지 야생 식물의 이름도 이항 대구의 형식으로 이어진 내적 원칙이 있다. 제비꼬리와 마타리는 어린잎을 나물로 먹고, 쇠조지는 정확히 어떤 식물인지 알 수 없지만 가지취와 짝이 지어진 것으로 보아 약간의 부피를 가진 여린 잎을 먹는 나물로 보인다. 고비와 고사리는 유사한 모양을 지니고 있고 두릅순과 회순은 나무의 여린 순을 채취해 나물로 먹는 것이다. 무릇우림, 둥굴레우림은 여름철에 먹는 음식 이름이고, 도토리묵과 도토리범벅은 가을에 먹는 음식 이름이다. 이처럼 일정한 근거에 의해 이항 대구 형식이 구성되는 것을 알 수 있다.

　　㉠컴컴한 부엌에서는 늙은 홀아비의 시아버지가 미역국을 끓인다
　　㉡그 마을의 외딸은 집에서도 산국을 끓인다
「적경」 부분

　　여승은 합장하고 절을 했다

가지취의 내음새가 났다

㉠쓸쓸한 낯이 옛날같이 늙었다

㉡나는 불경처럼 서러워졌다

「여승」 부분

「적경」의 마지막 행은 시집 『사슴』에 "마음"으로 표기가 되어 해석상의 논란이 있는데, 이 두 행이 시아버지가 미역국을 끓이는 캄캄한 부엌과 그와는 또 다른 어떤 집의 상황을 이항 대구의 형식으로 나열한 것이라는 점을 이해하면 "마음"이 "마을"의 오기인지 아닌지, 이 시의 상황이 어떠한 맥락을 지닌 것인지를 판단하는 데에 도움이 된다.

「여승」 같은 경우도 '옛날같이'와 '불경처럼'이라는 추상적 매개어를 통한 비유가 연이어 쓰인 것도 이항 대구의 형식을 맞추기 위해서임을 알면 이 부분의 의미를 심각하게 해석하는 경향에서 벗어날 수 있을 것이다.

아득한 옛날에 나는 떠났다

㉠부여를 ㉡숙신을 ㉠발해를 ㉡여진을 ㉠요를 ㉡금을,

㉠흥안령을 ㉡음산을 ㉠아무르를 ㉡숭가리를.

㉠범과 사슴과 너구리를 배반하고

㉡송어와 메기와 개구리를 속이고 나는 떠났다.

나는 그때

㉠자작나무와 이깔나무의 슬퍼하던 것을 기억한다

㉡갈대와 장풍의 붙들던 말도 잊지 않았다

㉠오로촌이 멧돌을 잡아 나를 잔치해 보내던 것도

ⓛ쏠론이 십릿길을 따라나와 울던 것도 잊지 않았다.

「북방에서」 부분

이 시도 표시된 ㉠과 ⓛ이 각기 이항 대구의 형식으로 정교하게 이어지고 있다. 앞부분에 열거된 지명도 둘씩 짝을 이룬 내적 근거가 있는데, 그 내용을 알면 백석이 역사적 사실을 얼마나 깊이 이해했는지 이해하게 된다. '흥안령'과 '음산'은 산 이름이고 '아무르'와 '숭가리'는 강 이름이므로 짝을 이룬 것은 당연한 일이다. '부여'와 '숙신'은 기원전부터 만주 지역에 있었던 국가와 부족의 이름이고, '발해'와 '여진'은 기원후 나타난 국가와 부족의 이름인데, 발해는 고구려 유민이 세운 나라이므로 '부여'와 관련이 있고, '여진'은 '숙신'의 후예인 '말갈'을 송나라 때 부른 명칭이기 때문에 '숙신'과 관련이 있다. 발해를 멸망시킨 거란족이 세운 나라가 '요'고 숙신의 후예인 여진족이 세운 나라가 '금'이다. 이런 세부적인 사실을 제대로 파악하면 백석이 상당히 정확한 역사적 지식을 가지고 이항 대구를 구성했음을 알게 된다.

또 이러한 밤 같은 때 시집갈 처녀 막내고모가 고개 너머 큰집으로 치장감을 가지고 와서 엄매와 둘이 소기름에 쌍심지의 불을 밝히고 밤이 들도록 바느질을 하는 밤 같은 때 나는 ㉠아랫목의 삿귀를 들고 쇠든 밤을 내어 다람쥐처럼 밝아 먹고 ⓛ은행 여름을 인둣불에 구워도 먹고 그러다는 이불 위에서 ㉠광대넘이를 뒤이고 ⓛ또 누워 굴면서 ㉠엄매에게 윗목에 두른 평풍의 새빨간 천도의 이야기를 듣기도 하고 ⓛ고모더러는 밝는 날 멀리는 못 난다는 메추라기를 잡아 달라고 조르기도 하고

「고야」 부분

㉠시큼한 배척한 퀴퀴한 이 내음새 속에

나는 가느슥히 여진의 살내음새를 맡는다

ⓛ얼근한 비릿한 구릿한 이 맛 속에선

까마득히 신라 백성의 향수도 맛본다.

「북관」 부분

오대나 내린다는 크나큰 집 다 찌그러진 들지고방 어둑시근한 구석에
서 ㉠쌀독과 ⓛ말쿠지와 ㉠숫돌과 ⓛ신둑과 그리고 ㉠옛적과 또 ⓛ열두
제석님과 친하니 살으면서

(중략)

　㉠귀신과 ⓛ사람과 ㉠넋과 ⓛ목숨과 ㉠있는 것과 ⓛ없는 것과 ㉠한
줌 흙과 ⓛ한 점 살과 ㉠먼 옛조상과 ⓛ먼 훗자손의 ㉠거룩한 ⓛ아득한
슬픔을 담는 것

「목구」 부분

　백중날에는 새악시들이

㉠생모시치마 천진포치마의 물팩치기 껑추렁한 치마에

ⓛ소주포적삼 항라적삼의 자지고름이 기드렁한 적삼에

　한끝나게 상 나들이웃을 있는 대로 다 내 입고

　머리는 다리를 서너 켤레씩 들여서

㉠시뻘건 꼬둘채 댕기를 삐뚜룩하니 해 꽂고

ⓛ네날배기 따배기신을 맨발에 바꿔 신고

　고개를 몇이라도 넘어서 약물터로 가는데

　무썩무썩 더운 날에도 벌길에는

　건들건들 씨연한 바람이 불어오고

㉠허리에 찬 남갑사 주머니에는 오랜만에 돈푼이 들어 즈벅이고

　광지보에서 나온 ㉠은장도에 ⓛ바늘집에 ㉠원앙에 ⓛ바둑에

ⓛ번들번들 하는 노리개는 스르럭스르럭 소리가 나고

　　고개를 몇이라도 넘어서 약물터로 오면

　　약물터엔 사람들이 백재일치듯 하였는데

「7월 백중」 부분

위에서 보는 것처럼 『사슴』에 수록된 「고야」, 함흥 거주기의 작품인 「북관」, 「만주 체류기의 작품인 「목구」, 해방 후 발표작인 「7월 백중」에 이르기까지 백석의 이항 대구 형식은 거의 관용적으로 이어진다. 이항 대립의 정신구조가 이항 대구의 형식미로 실현된 것이다. 이로써 이항 대구의 형식적 구성이 백석 시 전편에 일관되게 흐르는 시작 원리라는 것을 이해하게 된다. 그리고 이 이항 대립의 형식이 백석 시의 운율미를 형성하는 기본 동력이 된다.[11] 백석 시의 독특한 율동감은 이항 대구의 형식에 의해 창조되는 것이다.

6. 맺음말

한때 남북의 문학사에서 소외되었던 백석은 현재 일제강점기 이후의 시인 중 가장 주목받는 시인으로 연구의 각광을 받고 있다. 그의 시는 지금 시를 쓰는 시인들에게도 많은 영향을 주어 시의 소재로 빈번하게 등장하는가 하면, 그의 작품 자체가 후대의 시인들에게 자발적인 모방의 대상이 되기도 한다. 시인들은 가능한 한 전대의 영향을 받으면서도 그것에서 벗어나려 하거나 영향을 거부하는 것이 일반적인데, 백석의 경우에는 그 반대의 현상이 일어나고 있는 것이다.

---

11 장석원, 「백석 시의 리듬」, 『어문논집』 56, 2007. 4, 284~306쪽.

이러한 백석 시의 매력과 견인력이 어디서 기원하는 것인지 그 전후 관계를 논리적으로 설명해 보고자 하는 의욕에서 이 논문이 시작되었다.

이 논문은 백석이 중점적으로 표현한 대상은 무엇이며 그것을 표현하는 데 사용된 방법상의 특징은 무엇인가를 밝히고자 했다. 백석 시의 주제와 성격을 분석해 본 결과 그의 시에서 가장 큰 비중을 차지하는 것은 삶의 체험(사색) 시편이고 다음으로는 과거 회상 시편이다. 초기에는 과거 회상 시편이 많고 뒤로 갈수록 삶의 체험(사색) 시편이 많아진다. 그의 대표작으로 꼽히는 작품은 대부분 과거 회상 시편과 체험 사색 시편에 속한다. 흔히 백석의 시를 기행과 유랑과 관련지어 설명하는데 유랑보다는 '편력과 탐색'이란 말이 백석에게 어울린다. 그는 여러 가지를 관찰하고 경험하면서 대상을 그저 바라보기만 한 것이 아니라 대상 너머에 무엇이 있는가를 탐색하려 했다. 그는 가시적인 대상 너머의 무엇을 찾아내서 그것을 자신의 생활 세계와 연결 지으려는 노력을 끊임없이 했다. 그 발견과 탐색의 노력이 그의 시로 발현된 것이다. 그의 시는 대상의 숨은 의미를 발견하는 작업이고 그것을 자신의 삶과 연결시키려는 탐색의 과정이다. 대상의 숨은 의미를 찾아내려는 시도를 보인 첫 작품은 『시와 소설』 (1936. 3)에 발표한 「탕약」이다. 「탕약」 이후의 시편에서 대상의 이면에서 숨은 의미를 찾아내려는 노력이 지속적으로 전개된다.

백석이 대상 너머에 있는 정신적 세계의 탐색에 깊은 관심을 보였다는 사실은 그의 시에 나타난 정서 지표의 분포를 조사해 보면 더욱 명확히 드러난다. 『사슴』의 첫머리에 놓인 「가즈랑집」에 들어 있는 정서 지표를 중심으로 다른 시에 나타나는 양상을 검토해 보면, 대표작 60편 중 '정결의 정신성'이 33회로 가장 많고, 그다음이 '슬픔의 감정' 24회, '맛있는 음식' 23회, '독거' 21회, '과거 지향성' 16회, '무속에 대한 관심' 6회, '야성적 생명력' 5회의 순서로 나타난다. 백석은 단순히 대상을 관찰하거나 경물을 보여 준 것이 아니라 자신이 추구하는 정신의 세계를 나타내기 위해 노력했으며 그 과정에서 슬픔의 감정을 많이 표현했다.

백석 시의 표현 방법으로 서술성과 압축성의 결합, 이항 대구의 구성 방법을 제시했다. 백석의 시가 서술적 경향이 두드러진 것으로 알려져 있는데, 백석은 서술성을 활용하는 시에서도 대단한 압축과 생략의 기법을 구사했다. 백석의 시가 표면적으로 진부한 형식을 취하면서도 상당히 새로운 느낌을 주는 것은 바로 이 서술성과 압축성의 결합 방식 때문이다. 백석의 시는 유년의 충족감과 성인의 결핍감 사이의 이항 대립, 누추한 세상과 높고 맑은 정신 사이의 이항 대립의 구조를 지닌다. 이러한 이항 대립의 양상은 주제나 의식의 측면만이 아니라 형식의 측면에서도 나타난다. 거의 대부분의 백석 시는 이항 대립 내지는 이항 대구의 구조를 지니고 있다. 이항 대구의 형식적 구성이 백석 시 전편에 일관되게 흐르는 시작 원리로 작용했다.

여기서 검토한 백석의 시적 지향의 특징 두 가지와 표현상의 특징 두 가지는 따로 독립해 있는 것이 아니다. 그러한 특징적 요소들은 밀접하게 결합하여 백석 시의 미학을 창조하는 동력으로 작용한다. 이 요소들이 백석의 시에 유기적으로 결속함으로써 백석의 독특한 방법적 미학으로 승화된다. 우리는 이 미학의 총체성을 파악해 가는 도정에 놓여 있다.

백석 시 해석 재검토

1. 논의의 전제

1987년 『백석 시 전집』(이동순 편, 창작과비평사)이 출간된 이후 백석의 시를 묶은 전집 형태의 책이 여러 차례 간행되었다. 그중 시어에 대한 상세한 주석이 포함된 전집은 송준 편 『백석 시 전집』(학영사, 1995), 이동순·김문주·최동호 편 『백석문학전집 1·시』(서정시학, 2012), 송준 편 『백석 시 전집』(흰당나귀, 2012) 등이다. 전집이라고는 할 수 없지만, 판본 확정과 시어 주석에 힘을 기울인 작품집으로 고형진의 『정본 백석 시집』(문학동네, 2007)과 필자의 『백석을 만나다』(태학사, 2008)를 들 수 있다.

나는 어떤 작품 묶음이 전집이라는 이름을 내세우려면 다음과 같은 원칙을 지켜야 한다고 생각한다. 그 시점까지 발굴된 해당 작가의 작품 전체를 일정한 체계에 의해 정확히 수록하고, 판본을 검토하여 정본을 확정하며, 정본 확정의 과정과 난해 시어의 의미에 대해 상세한 주석을 달아야 한다. 이 세 가지 요소가 결여된 작품 묶음은 전집이라는 이름을 내세우기 어렵다. 백석 탄생 100주년이라는 시기에 맞추어 그전의 작품집과 차별성을 지닌 작품 묶음을 서둘러 간행하는 일은 바람직한 처사가 아니다. 10여 년 전에 작성한 시어 해석을 거의 여과 없이 재활용한다든가, 몇 사람의 시어 해석을 취사선택하여 자신의 해석으로 사용하는 태도 역시 바람직하지 않다. 작품만 모아 놓는다고 전집이 아니며 학문적 연찬의 적공이 있어야 진정한 의미의 전집이 이루어진다는 사실을 명심해야 할 것이다.

최근 『다시 읽는 백석 시』(소명출판, 2014)라는 책이 간행되었다. 이 책은 중앙대학교의 이경수 교수가 대학원 학생들과 백석 시 전편을 읽어 가면서 원문의 형태나 시어의 의미에 대해 여러 학자의 견해를 비교하면서 충실히 토론하고 탐구한 결과를 엮은 노작이다. 이 책 한 권을 읽으면 백석의 각 시편이 어떠한 해석의 편차를 지니고 어떻게 논의되어 왔는가를 전반적으로 파악할 수 있게 된다. 그런 의미에서 백석 시를 더 올바로, 혹은 다시 새롭게 읽을 수 있는 기틀이 마련되었다고 볼 수 있다. 그러나 백석 시를 오래 연구한 학자들의 성과가 아니라 대학원 석·박사 과정 학생들과 지도교수 한 사람의 의견이 종합된 것이어서 후기 시로 갈수록 논의의 저력이 쇠퇴하여 작품의 본 의미에 다가가지 못하고 시어의 해석 차이만 짚어 가는 식으로 전개되어서 처음의 기대를 퇴색케 하는 면도 있었다. 그러한 한계는 있지만 백석 시 전편을 일관된 관점에 의해 수록하고 판본과 시어에 대한 면밀한 검토를 했다는 점에서 기존의 어느 시 전집보다 충실한 체재를 갖추었다고 평가해야 옳을 것이다.

필자는 『백석을 만나다』를 출간한 이후 내가 시도한 백석 시 해석에 대해 다양한 형태의 재해석과 비판적 논의에 접해 왔다. 『다시 읽는 백석 시』에 거론되지 않은 논저에서도 나와 상이한 해석이 나오는 것을 많이 보았다. 그 재해석과 비판은 나의 시각을 반성하고 교정하는 데 많은 자극이 되었다. 그러나 내가 손을 대지 않았던 새로운 과제가 차례로 밀려들어 과거의 논의를 수정하는 일은 할 수 없었다. 어느 정도 자료가 축적되면 새로운 체재의 '백석 시 전집'이나 '정지용 시 전집'을 낼 수 있을까 혼자 생각하고 있을 뿐이다. 다만 시 해석에 대한 논의가 상당히 축적되어 왔으니 내가 행한 해석의 범위 내에서는 어떤 찬반의 의견을 표명하는 것이 필요할 것 같다는 생각을 했다. 그렇게 하는 것이 백석을 연구하는 젊은 학자들에게 도움을 주는 면도 있을 것이다. 전정구 교수는 한 논문에서 원본에 대한 "최소 개입의 원칙"을 지키는 것이 원전비평의 기본 태도가 되어야 한다는 의견을 제시했다.[1] 이것은 매우 중요한 제안으로 내가 백석 시 판본을 정할 때 철저하게 지키지 못했던 요소다. 이것은 정본 확정 작업만이 아니라 작품 해석에도 적용되어야 할 원칙이다. 가능한 한 선입견을 떨쳐 내고 작품 자체를 충실히 이해하려는 태도를 유지해야 그럴듯한 해석의 유혹이나 과장된 해석의 오류에서 벗어날 수 있을 것이다.

백석 시 해석 문제를 검토하기 위해 논란이 되는 모든 시어의 의미를 재검토하지는 않을 것이다. 주로 작품 전체의 의미 파악에 중요한 역할을 하는 시어가 해석의 문제를 안고 있을 경우 시어의 해석을 통해 작품의 올바른 이해에 도달하는 길을 찾으려 한다. 또 시어만이 아니라 형태의 문제에도 관심을 기울이려 한다. 시행이나 연의 구분이 명확치 않은 경우 당시 시집이나 잡지의 조판 양상을 고려하여 올바른 형태를 재구해 보려 한다. 시인이 자신의 작품 해설을 남기지 않는 이상 자신의 생각을 표현하는 유일한 방법은 시행과 연의 구성이다. 그것이 조판 과정에서 혼란이 일어났다면 작품의 기본 맥락에 따라 시인의 본의에 가장 근접한 형태를 추정하는 일이 필요하다. 물론 추정이기 때문에 교정의 절대성은 없는 것이지만 건전한 문학적 상식에 호소하여 올바른 길을 찾아보려 한다. 이것은 『백석을 만나다』에서도 상당히 고심했던 부분인데 그때 설명이 미흡했던 점도 있어서 다시 자세히 논의하려 한다.

---

1 전정구, 「백석 시작품의 원전비평적 고찰」, 『비평문학』 38, 2010. 12, 470쪽.

2. 시어의 의미와 작품의 해석

백석의 작품 중 백석이라는 필명이 아닌 작품 또는 백석의 기명이 있으나 시로 판정하기 어려운 작품들이 있다. 「나와 지렁이」[2], 「황일(黃日)」, 「단풍」은 후자의 작품이요, 「늙은 갈대의 독백」은 전자의 작품이다. 필자의 저서 『백석을 만나다』는 백석 시 전편 해설을 표방했기에 이 작품들을 전부 싣고 주석과 해설을 붙였다. 후자에 속하는 세 작품은 잡지의 편집상 지면을 채우기 위해 백석이 쓴 글들이어서 독립적인 창작시로 보기에 어려운 점이 있다. 그러나 백석의 어법은 그대로 살아 있어서 백석 문학의 분위기를 이해하는 데에는 도움을 준다. 「늙은 갈대의 독백」은 백석이 편집을 맡았던 『조광』 창간호의 '가을의 향기'라는 난에 '백정(白汀)'이라는 필명으로 실려 있는 작품이다. 백정이 백석이라는 증거는 없지만 그가 즐겨 사용하던 '물닭', '갈부던', '삿자리' 등의 말이 나오고 어법도 유사한 것으로 보아 백석의 글이 분명해 보인다. 백석은 창간호에 시 3편을 발표하고 '신박물지(新博物志)' 난에 「나와 지렁이」도 써서 넣고 '가을의 향기'난까지 메운 것이다. 이 작품은 중요하게 다룰 작품은 아니지만 백석 시의 화법을 이해하는 데 참고가 되는 구절이 있어서 거론해 볼 만하다.

해가진다 갈새는 얼마아니하야 잠이듩다
물닭도 쉬이 어늬 낯설은 논드렁에서 돌아온다
바람이 마을을오면 그때 우리는 설게 늙음의이야기를편다

---

2 백석의 작품 제목을 일반적으로 지칭할 때는 현재 표준어 식으로 바뀐 제목을 사용한다. 모든 독자에게 친숙하게 전달되기 위해서는 '나와 지렝이'라는 원문의 제목보다 표준어 제목이 더 적절하기 때문이다.

보름밤이면

갈거이와함께 이언덕에서 달보기를한다

江물과같이 歲月의노래를부른다

새우들이 마름잎새에 올라앉는 이때가 나는좋다

어늬處女가 내넢을따 갈부던을 결었노

어늬童子가 내잎낲따 갈나발을 불었노

어늬기러기내순한대를 입에다 물고갔노

아— 어늬太公望이 내젊음을 낚어갔노

이몸의매딥매딥

잃어진사랑의허믈자국

별많은 어늬밤 江을날여간 강다리ㅅ배의 갈대피리

비오는어늬아침 나루ㅅ배나린길손의 갈대지팽이

모다 내사랑이었다

해오라비조는곁에서

물뱀의새끼를업고 나는꿈을꾸었다

— 벼름질로 돌아오는낫이 나를다리려왔다

　달구지타고 山골로 삿자리의 벼슬을갔다.

　　　　　　　　　　　　　「늙은 갈대의 독백」 전문[3]

　이 작품이 실린 지면을 보면 왼쪽에 갈대 우거진 강변의 사진이

3 『조광』, 1935. 11, 42~43쪽. 시어의 의미를 파악하는 것이 목적이므로 원문 그대로 인용했다.

커다랗게 실려 있고 오른쪽에 갈대의 그림과 시름에 잠긴 여인의 그림이 들어 있다. 늦가을의 정취를 나타내기 위해 갈댓잎 시들어 가는 강변을 제시하고, 그러한 지면 구성에 어울리는 글을 배치한 것이다. 제목을 '늙은 갈대의 독백'이라고 한 것은 이 작품의 화자가 갈대임을 암시한다. 가을이 되어 늙은 갈대가 자신의 지난날을 회상하며 늙음의 자탄과 소멸의 애상을 독백 형식으로 토로한 것이다.

1연과 2연은 배경에 해당하는 자연 정경을 제시했다. 3연은 자신과 관련된 과거의 사연을 열거했다. 어느 처녀가 자신의 잎을 따서 부전을 엮기도 했고 어느 동자가 자신의 잎으로 나발을 불기도 했다. 어느 기러기는 자신의 연한 줄기를 따서 입에 물고 가기도 했는데 그러는 사이에 자신은 늙어 버렸으니 자신의 젊음을 어느 낚시꾼이 낚아 간 것이냐고 자문한다. 4연에서 자탄의 심정에 애상의 빛이 강해진다. 자신의 몸 마디마디에는 잃어버린 사랑의 허물 자국만 남아 있다고 했고, 강을 오가던 배의 갈대 피리나 길손의 갈대 지팡이에도 자신의 사랑이 깃들어 있다고 했다. 그러나 그 모든 것이 지금은 사라진 상태라는 탄식의 독백이다.

그다음 마무리 부분인 5연에 해석이 어려운 시어가 등장한다.[4] 이 부분은 갈대의 종말을 나타낸 것인데, 여기서도 화자가 늙은 갈대임을 분명히 인식해야 올바른 해석에 이를 수 있다. 마지막 부분을 쉽게 풀이해서 적으면 다음과 같은 형태가 될 것이다.

해오라기가 조는 곁에서

---

4 4연에 나오는 "강다릿배"도 의미가 분명치 않다. 그다음에 나오는 "나룻배"와 병치 관계에 있는 것으로 보아, 강 건너는 다리 역할을 하는 배라는 뜻으로 이해할 수 있겠는데, 뗏목 같은 것을 받치는 나무를 '강다리'라고 하므로 뗏목을 묶어 지탱하며 운행하는 배일 수도 있다.

물뱀의 새끼를 몸에 업고 나는 꿈을 꾸었다
― 벼름질로 돌아오는 낫이 나를 데리러 왔다
  달구지 타고 산골로 삿자리의 벼슬을 살러 갔다.

  갈대 옆에 해오라기가 서 있고 갈대의 잎 사이에 작은 물뱀이 머무
는 상태를 제시한 다음에 그러한 상황에서 자신에게 닥칠 일을 꿈으
로 보여 준 것이다. "꿈을 꾸었다" 다음 행에 사용된 줄표(―)는 꿈의
내용을 말하는 기호다. 즉 자신의 몸은 낫에 베어져 삿자리로 만들어
질 것이라고 상상한 것이다. 갈대가 베어져 달구지에 실려 가서 삿자
리로 만들어지는 것을 "삿자리의 벼슬을 갔다"고 재미있게 표현했다.
강변에서 자란 갈대가 산골로 가서 삿자리로 살게 되니 산골로 벼슬
을 간다고 말한 것이다. "벼름질로 돌아오는 낫이 나를 데리러 왔다"
는 것은 삿자리의 재료로 삼기 위해 낫으로 갈대를 베는 행위를 표현
한 것이다. 여기서 '벼름질'은 무슨 의미일까?
  『다시 읽는 백석 시』에 의하면 '벼름질'의 풀이로 "일정한 비례에
맞추어 여러 몫으로 고르게 나누는 일"과 "무디어진 쇠붙이 연장을
불에 달구어 두들겨 날카롭게 하는 행위"의 두 가지가 있다고 하면서,
뒤의 해석이 더 적합하다고 보았다.[5] 앞의 해석은 나의 것이고 뒤의
해석은 송준의 것이다.[6] '낫을 벼리다'라는 말을 떠올려 보면 무딘 연
장을 날카롭게 하는 '벼림질'이 문맥에 더 적합해 보일 수 있다. 이
책에서는 "벼름질로 돌아오는낫이 나를다리려왔다"에 "낫에 대한 공
포심도 부각시키려는 의도"도 담겨 있다고 해석했다. 물론 자신의 몸
이 낫에 베어지는 것이니 공포심도 연상할 만하다. 그러나 날카롭게

5 현대시비평연구회, 『다시 읽는 백석 시』, 소명출판, 2014, 21쪽.
6 이숭원, 『백석을 만나다』, 태학사, 2008, 27쪽.
  송 준, 『백석 시 전집』, 흰당나귀, 2012, 546쪽.

벼려진 낫의 이미지나 공포심 같은 것이 산골로 삿자리의 벼슬을 살러 갔다는 내용과 부합하지 않는다는 점이 문제다. '나를 베러 왔다'고 하지 않고 '나를 데리러 왔다'고 하지 않았는가? 화자는 자신의 처지를 불행하게 보지 않고 오히려 긍정적인 방향으로 합리화하고 있으며, 그런 뜻에서 그것을 꿈으로 처리한 것이다. 또 '벼름질'을 날카롭게 다듬는 행위로 보더라도 "벼름질로 돌아오는"이라는 말이 어법적으로 해석이 안 되는 것도 문제다.

이런 이유로 해서 나는 '벼름질'을 '분배하다'의 의미로 본 것이다. 차례대로 균등하게 베는 낫이 나에게 돌아와(내 차례가 되어) 나를 데리러 온 것이다. 나는 낫의 손길에 베어져 달구지에 실려 운반된 다음 삿자리로 만들어져 산골로 벼슬을 살러 간 것이다. 이것은 천진한 동화적 상상이다. 갈대의 생애를 감상적으로 서술한 다음 종말은 동화적 상상으로 처리한 데 이 시의 특징이 있다. 그러한 동화적 상상의 마무리에 날카롭게 벼려진 낫의 이미지는 어울리지 않는다. 공평하게 배정되는 운명인 듯 정해진 순리에 따라 낫에 베어져 삿자리로 만들어진다는 것이 백석이 상상한 꿈의 내용에 더 적합할 것이다. 이것은 1935년 가을 스물셋의 나이로 잡지 창간호를 편집하던 문학청년 백석의 내면과도 어울리는 내용이다. 이처럼 시어의 의미를 파악하기 위해서는 시 전체의 분위기와 맥락을 함께 고려하는 일이 필요하다.

『사슴』의 1부 '얼럭소새끼의 영각'[7]에 세 번째로 수록되어 있는 「고방」은 "귀먹어리할아버지가예서"의 '예서'의 의미가 여러 차례 논란이 되었다.

---

7 송아지가 어미를 부르듯 고향의 어린 시절을 회상한다는 뜻이다.

낡은질동이에는 갈줄모르는늙은집난이같이 송구떡이오래도록 남어
있었다

오지항아리에는 삼춘이밥보다좋아하는 찹쌀탁주가있어서
삼춘의임내를내어가며 나와사춘은 시큼털털한술을 잘도채어먹었다

제사ㅅ날이면 귀먹어리할아버지가예서 왕밤을밝고 싸리꼬치에 두부
산적을께었다

손자아이들이 파리떼같이뭉이면 곰의발같은손을 언제나 내어둘렀다

구석의나무말쿠지에 할아버지가삼는 소신같은집신이 둑둑이걸리어
도있었다

넷말이사는컴컴한고방의쌀독뒤에서나는 저녁끼때에불으는소리를 듣
고도못들은척하였다

「고방」 전문

"귀먹어리할아버지가예서"에 대해 대부분 "귀머거리 할아버지 가
에서"로 해석하여 왔고[8] 개인적인 차원에서 "귀머거리 할아버지가 여
기서"의 의견을 내는 경우가 있었다. 여기에 대해 유성호 교수가 이
점을 집중 분석함으로써[9] "귀머거리 할아버지가 여기서" 쪽으로 해석
의 방향이 기울어지게 되었다[10]. 그러나 나는 아직도 이 부분을 "귀머

---

8 고형진, 『정본 백석 시집』, 문학동네, 2007, 35쪽 ; 이숭원, 앞의 책, 59쪽에서
모두 '가에서'로 풀이했다.
9 유성호, 「백석 시편 '고방'의 해석」, 『한국언어문화』 46, 2011. 12.
10 김문주 외 편 『백석문학전집 1·시』, 서정시학, 2012. 7, 55쪽.
  이명찬, 「백석 시집 '사슴'의 시편을 읽는 또 하나의 방법」, 『한국시학연구』

거리 할아버지 가에서"로 읽는 것이 타당하다는 의견을 지니고 있다.

　백석의 시집 『사슴』의 띄어쓰기를 보면 시인이 시행을 읽는 호흡의 단위에 의해 매우 공을 들여서 띄어쓰기를 한 것을 확인할 수 있다. 그것은 위에 인용한 「고방」의 시 형태에서도 확인할 수 있다. 백석(혹은 시집 편집자)은 "갈줄모르는늙은집난이같이"나 "구석의나무말쿠지에"와 같은 호흡 단위로 "귀먹어리할아버지가에서"가 읽히기를 원했던 것이다. 만일 "에서"가 '여기서'의 뜻이었다면 위의 구절은 "귀먹어리할아버지가 에서왕밤을밝고" 같은 형식으로 기재되었을 것이다.

　또 "에서"가 '여기서' 즉 '고방에서'라는 뜻이라면 '여기'의 장소성을 드러내는 구절이 그 앞에 나왔어야 할 터인데, 제목만 '고방'으로 되어 있을 뿐, 여기가 어떤 곳인지 알려 주는 말은 없다. 그냥 송기떡과 찹쌀탁주가 있다는 말만 나올 뿐이고 제목을 통해 고방에 보관되어 있는 음식을 이야기하고 있음을 짐작하게 된다. 송기떡과 찹쌀탁주가 있다는 말만 하고 그다음에 느닷없이 "제삿날이면 귀머거리 할아버지가 여기서 왕밤을 바르고 싸리 꼬치에 두부산적을 꿰었다"고 말하는 것은 자연스럽지 않다. 고방은 여러 가지 재료가 저장되어 있는 질동이, 오지항아리, 쌀독 등이 늘어서 있고 농기구, 짚신, 기타 잡동사니가 보관되어 있는 곳이지 음식을 준비하는 장소가 아니다. 더군다나 제사 음식이라면 정성껏 준비해야 하는 것이기에 더욱 어울리지 않는다. 그런데 그곳에서 제사 음식을 준비했다고 말하려면 '여기'를 설명하는 무엇인가가 앞에 나왔어야 하는 것이다.

　그러면 왜 갑자기 제사가 연상된 것일까? 그것은 '찹쌀탁주' 때문일

34, 2012. 8, 81쪽.

　　이경수, 「백석 시 전집 출간 및 어석 연구의 현황과 과제」, 『한국근대문학연구』 27, 2013. 4, 88쪽.

　　전정구, 「백석의 '寂境' 본문 연구」, 『현대문학이론연구』 58, 2014. 9, 398쪽.

것이다. '찹쌀탁주'는 주로 제주로 사용되고 다음 제사에 쓰기 위해 오지항아리에 보관했던 것이다. 제사가 아니라면 밥보다 술을 좋아하는 삼촌이 '찹쌀탁주'를 남겨 놓았을 리 없다. 할아버지는 곰의 발 같은 손을 가졌다고 했고 손자아이들은 파리 떼같이 많다고 했다. 그런 할아버지가 왕밤을 까고 두부산적을 꿰는 모습은 더욱 어울리지 않는다. 손자아이들이 파리 떼같이 많다면 며느리도 많았을 것이다. 그 며느리들은 어디 갔기에 곰의 발 같은 손을 가진 할아버지가 짚신을 삼던 손으로 두부산적을 꿴단 말인가? 왕밤 껍질 정도는 깔 수 있으리라. 그리고 그 옆에서 손자인 화자도 그 일을 거들고 두부산적도 꿸 것이다. 삼촌의 흉내를 내며 술도 훔쳐 먹을 나이니 그 정도 일은 하고도 남을 것이다. 내 경우로 말하면 철들면서 송편과 만두를 빚었고 초등학교 4학년 때부터 벽장의 제삿술을 몰래 맛보았다. 그러니까 3연의 주체는 2연의 주체인 "나와 사촌"이 되는 것이다.

그러면 4연의 "곰의발같은손을 언제나 내어둘렀다"는 것은 무슨 뜻인가? "일하는 데 방해되니 손자들을 손 내둘러 쫓았던 것"[11]으로 해석하거나 "청각 장애가 아니셨다면 소리를 치셨을 것이다"[12]로 해석하면 곤란하다. 4연은 3연과 연속된 내용이 아니라 3연과 분리된 내용이며 이 시의 각 연의 구성도 그러하다. 3연은 음식 준비하는 장면을 보여 주면서 할아버지를 소개한 것이고 4연은 그 할아버지의 특징을 말한 것이다. 그러니 아이들이 음식 주변으로 몰려들면[13] 손을 휘둘러 아이들을 쫓아냈다고 보는 것은 3연을 할아버지의 행위로

---

11 이명찬, 앞의 글, 81쪽.
12 유성호, 앞의 글, 337쪽.
13 "파리 떼같이 모이면"에서 음식에 달려드는 파리가 연상되었을지 모르지만, 여기서 "파리 떼"는 많다는 표현이지 음식과 관련된 것은 아니다. 「너먼집 범 같은 노큰마니」에도 "구덕살이같이 욱실욱실하는 손자 증손자"가 나오지 않는가?

보고 거기 초점을 맞추어 4연을 해석한 것이다. 그러나 제사 때 모처럼 모인 손자들을 내쫓는 것은 할아버지의 역할이 아니다. 할아버지는 여러 손자가 다 모이면 거친 손으로 아이들의 얼굴과 몸을 어루만졌을 것이다. 어린아이들은 그 거친 손이 따갑고 험해 보여서 몸을 피했을지도 모른다. 그러한 화자의 느낌이 "곰의 발 같은 손을 언제나 내둘렀다"라는 말에 포함되어 있을 것이다. 그러니까 이 구절은 할아버지의 애정의 손길이지 거부의 몸짓이 아니다.

이제 3연의 주체를 할아버지로 보아야 문맥이 순조롭게 연결된다는 이 시의 연 구성을 "귀머거리 할아버지 가에서"의 의미로 파악하여 다시 정리해 보자. 1연은 고방의 질동이에 남아 있는 송기떡을 이야기했다. 2연은 오지항아리에 남아 있는 찹쌀탁주를 말하면서 그것을 몰래 맛보던 경험을 이야기했다. 3연은 할아버지 옆에서 제사 음식을 준비하던 일을 이야기했다. 4연은 그 할아버지의 특징을 이야기했다. 5연은 고방 구석의 나무못에 할아버지가 삼은 짚신이 걸려 있음을 말했다. 6연은 고방 구석에서 자기를 부르는 소리를 못들은 척하던 기억을 이야기했다. 이처럼 각 연은 기억과 연상의 축 속에서는 서로 연결이 되지만 표면적으로는 서로 다른 형상을 보여 주고 있음을 알 수 있다. 이 시는 할아버지에 초점이 놓인 것도 아니고 자신의 행위에 초점이 놓인 것도 아니며 고방을 중심으로 한 기억의 종합을 도모한 작품이다. 그런 의미에서 고방은 과거 회상의 집적물이고 기억의 저장소다. '가즈랑집'과 '여우난골족'을 통해 과거로의 여행을 시도했듯 이번에는 '고방'을 통해 과거를 떠올린 것이다. 그다음에는 '모닥불'을 통해, '고야(古夜)'를 통해, '오리 망아지 토끼'를 통해 과거 회상은 지속된다. 그러한 과거 회상을 통해 집약되는 그 무엇이 『사슴』의 주제일 것이다. 그렇기 때문에 이 시에 등장한 할아버지를 "신비와 시원의 힘을 지닌 분"[14]으로까지 격상시키는 것에는 동의하기 어렵다. 작품의 해석에 있어서도 "최소 개입의 원칙"을 지키는 것이 바람직하기 때문이다.

「오리 망아지 토끼」에는 '동비탈', '동말랭이'라는 말이 나온다. 이 말은 해석상의 차이가 없을 단순한 단어인데, 『다시 읽는 백석 시』에 서는 '동쪽의 비탈'일 가능성이 높다는 둥 '산등성이'로 보는 견해가 설득력이 있다는 둥 길게 논의했다[15]. 젊은 연구자들은 이 말의 의미를 모르는 것 같은데 "'동말랭이'라는 단어가 '산꼭대기'를 뜻하는 순 우리말 어휘로 둔갑하여 돌아다니는 것이다. 무서운 일이다."[16]라는 지적이 있는 것처럼 이 구절의 잘못된 해석은 '동(垌)'의 의미를 모르기 때문에 파생된 것이다. 그 시의 해당 부분은 다음과 같다.

오리치를 놓으러 아배는 논으로 내려간 지 오래다

오리는 동비탈에 그림자를 떨어트리며 날아가고 나는 동말랭이에서 강아지처럼 아배를 부르며 울다가

시악이 나서는 둥 뒤 개울물에 아배의 신짝과 버선목과 대님오리를 모두 던져 버린다

「오리 망아지 토끼」 부분[17]

이 부분에 제시된 상황에 대해서는 이미 『백석을 만나다』에서 자세히 소개한 바 있다. 한쪽에 논이 있고 반대쪽에 개울이 있으며 그 사이에 둑이 있다. 둑은 논과 개울의 경계를 이루면서 개울의 범람을 막아 주는 역할을 한다. 이 둑을 한자어로는 동(垌)이라고 한다. 여기

---

14 유성호, 앞의 글, 339쪽.
15 현대시비평연구회, 앞의 책, 84쪽.
16 이명찬, 앞의 글, 73쪽.
17 내용 이해의 편의를 위해 필자가 작성한 현대어 정본 형태로 인용했다.

서 동둑, 동비탈, 동마루(동말랭이)라는 말이 생겨났다. 그러니까 이 말은 산과도 관계가 없고 동쪽과도 관계가 없다. 오리는 개울과 논을 오가며 먹이를 찾는다. 아버지는 올가미를 놓으러 논으로 내려간 지 오래되었는데 소식이 없고, 그 사이에 오리는 동비탈에 그림자를 떨어뜨리며 개울 쪽으로 도망가 버린다. 동마루에서 이것을 목격한 나는 오리 달아난다고 아버지를 소리쳐 부르지만 소용이 없다. 심술이 난 나는 오리를 놓친 것이 아버지 탓이라는 듯 아버지의 신발과 버선과 대님을 개울물 쪽으로 던져 버린다. 아버지는 논에 있으므로 논을 향해 아버지를 부른 것이고 오리가 달아나자 등 뒤의 개울 쪽으로 아버지의 옷가지를 버린 것이다. 아주 명쾌하고 단순한 상황인데 동비탈을 '동쪽의 비탈'로 보고 동말랭이를 '산등성이'로 보는 엉뚱한 해석 때문에 상황 파악에 혼란이 온 것이다.

이제 작품의 전체적인 이해를 전제로 하지 않고서도 시어 해석이 가능한 사례를 검토해 보겠다. 『사슴』의 2부 '돌덜구의 물'[18]에 수록된 「적경(寂境)」의 마지막 행이 "그마음의 외딸은집에서도 산국을끄린다"로 되어 있다. 여기서 '마음'을 '마을'의 오기로 보는 것이 일반적이다. 그러나 전정구 교수는 앞서 말한 '최소 개입의 원칙'에 의해 원문 그대로 읽어야 한다는 주장을 폈다[19]. 1983년에 발표한 논문에서 나도 이 부분을 원문 그대로 읽고 작품의 의미를 해석한 바 있다.[20] 그때는 시집 원문에 오자가 있으리라는 생각은 전혀 하지 못했고, 백석의 미묘한 시어 구사에 경탄하기까지 했다. 그 후 이 시어가 '마을'

---

18 "돌절구에 고인 물"이란 뜻으로 돌절구에 남아 있는 물처럼 기억에 남아 있는 작은 사연들을 담아냈다는 뜻이다.
19 각주 10의 논문이다.
20 이숭원, 「1930년대 후반기 시의 한 고찰 - 백석의 경우」, 『국어국문학』 90, 1983. 12, 472쪽.

의 오기라는 지적에 접하면서 백석이 마음을 들여다보기 전인 초기의 시이니 '마을'의 오기가 맞을 것이라는 생각을 했다. 원본대로 '마음'으로 읽으면 이것은 마음의 상징성을 내면화한 표현이니 상당히 시대를 앞서간 작품이 되는 것이다.

그런데 이 시어를 '마을'로 본다고 해서 시 해석이 쉽게 되는 것이 아니다. 컴컴한 부엌에서 늙은 홀아비 시아버지가 미역국을 끓이는데, 왜 그 마을의 외딴집에서도 산국을 끓인다는 구절을 덧붙인단 말인가? 제목이 '적경'이라 적막한 산중의 한 장면을 그려 낸 것인데 왜 그 마을의 외딴집이 또 등장한단 말인가? 그래서 나는 이 외딴집이 혹시 며느리의 친정집이 아닐까 하는 생각도 해보았다[21]. 그러나 아무리 생각해도 이 구절은 그렇게 명석하게 해석되지 않는다. 이처럼 '마을'의 오기로 보아도 제대로 해석되지 않는 경우라면 굳이 '마음'을 '마을'의 오기로 볼 필요가 없는 것이다. 차라리 원문대로 '마음'으로 읽어서 인간의 내면에 관심을 가진 백석의 상징적 표현으로 이해하는 것이 온당한 일이 아닐까? 일찍 싹튼 마음에 대한 관심을 해석도 잘 안 되는 '마을'의 오기로 보아서 백석의 가능성을 무시할 이유는 없는 것이다. 그래서 나는 이 시의 '마음'이 '마을'의 오기라는 해석을 철회하고자 한다.

「주막」에 나오는 '장고기'에 대해서도 같은 원칙을 적용하고 싶다. 이 말에 대해 대부분 '잔고기'의 뜻으로 풀이한다. '본가(本家)'를 평안도 지역에서 관습상 '봉가'라고 발성하듯이 '잔고기'도 '장고기'로 발성될 수 있다. '장고기'를 '잔고기'로 본 데에는 '잔고기'가 사전에 등재되어 있는 낱말이라는 점도 작용했을 것이다. 그러나 원문에 '장고기'라고 되어 있는 것을 굳이 '잔고기'라고 읽을 필요는 없다. 앞에서도 말

---

21 이숭원, 『백석을 만나다』, 97~98쪽.

했지만 시집 『사슴』은 띄어쓰기라든가 단어의 표기, 시형 구성에 상당히 신경을 많이 써서 편집한 흔적이 뚜렷하다. 그렇기 때문에 '잔고기'를 오해하기 쉬운 '장고기'로 표기할 가능성은 거의 없는 것이다. 큰 나무를 '장나무'라고 하고 큰 강을 '장강'이라고 하며 높이 자란 줄기를 '장다리'라고 하고 뼘을 크게 재는 것을 '장뼘'이라고 한다. 그러니 '장고기'를 그대로 읽으면 제법 큰 고기라는 뜻이 되고 그렇게 원문을 해석할 때 전혀 지장이 없고 오히려 자연스럽다.

『조선일보』(1936. 3. 6)에 발표한 「남행시초(2) - 통영」[22]에 "홍공단 단기한감끈코"라는 구절이 나온다. 여기서 '단기'를 대부분 '댕기'로 풀이하고 있다. '댕기'란 여자의 머리끝에 장식용으로 다는 헝겊이나 끈을 말한다. 댕기는 남자들의 넥타이만 한 크기다. 그래서 댕기를 한 감 끊었다고 하는 것은 말이 되지 않는다. 일상적으로 "댕기 한 감"으로 사용한다고 했으나[23] 그런 용례는 없으며 있다 하더라도 그것은 잘못된 사례다. 또 본문에 '단기'라고 되어 있는 것을 '댕기'라고 읽을 권리는 없다. '최소 개입의 원칙'을 여기에도 적용해야 한다. '단기'는 '단필(段疋)', '피륙' 등의 뜻으로 쓰인 말이다. 그러니 위의 구절은 "붉은 공단 자른 천을 한 감 끊고"라는 뜻이다.

『조광』(1937. 10)에 발표한 '함주시초' 중 「북관(北關)」[24]에 "이 투박한 北關을 한없이 끼밀고있노라면"이라는 구절이 나온다. 고형진 교

---

22 이 시의 제목을 지칭할 때 '남행시초(2) - 통영'이라고 하는 방법과 '통영 - 남행시초(2)'라고 하는 방법, 그냥 '통영'이라고 하는 방법이 있는데, 『조선일보』에 남행시초 연작 4편을 발표하면서 각각의 제목을 병기한 것이므로 '남행시초(2) - 통영'이라고 하는 것이 가장 타당하다고 본다.

23 현대시비평연구회, 앞의 책, 230쪽.

24 이 시가 포함된 '함주시초'는 『조광』에 발표한 다섯 작품의 창작 배경과 성격을 함축하는 제목이다. 한 시기에 쓰인 기행시가 아니므로 각 작품의 제목을 지칭할 때 '함주시초 - 북관'이라고 하지 않고 그냥 '북관'이라고 한다.

수는 '끼밀고'를 평북 방언 '깨밀고'의 변형으로 추정했다[25]. 그러면 이 구절은 "이 투박한 북관을 한없이 깨물고 있노라면"으로 풀이된다. 뜻으로만 보면 명쾌한 해석이다. 그러나 '깨물다'라는 말은 "사탕을 깨물다"나 "손가락을 깨물다"처럼 세게 무는 행위를 나타낸다. 그리고 그 행위는 대개 잠깐 사이에 종료된다. 그런데 이 구절은 '한없이' 즉 오랫동안 입에 담고 있는 상태를 표현하고 있다. 고형진 교수는 이 시의 본격적인 해설에서 '끼밀고'를 '씹어 먹으면서'의 의미로 넓게 풀이하고 있지만[26] "한없이 씹어 먹으면서"라고 해도 어색한 것은 마찬가지다. 그래서 이 미묘한 단어에 대해 "끼어들어 자세히 맛을 느끼고"[27]라는 주석을 붙일 수밖에 없었다. 백석이 "투박한 북관"을 자신의 삶의 일부로 껴안으면서 그것과 동화된 상태에서 대상의 내면에 담겨 있는 정신을 탐색하려는 시도를 벌인다는 점을 부각시키고 싶었던 것이다. 그런데 이 부분에 대해 『다시 읽는 백석 시』에서 "고형진의 해석 역시 부정하기는 어렵다. (…) 이 또한 백석 시에서 의미 있는 행위라고 볼 수 있다."[28]고 한 것은 무슨 뜻인지 이해하기 어렵다.

백석이 만주에 있던 시절 『문장』(1941. 4)에 발표한 「국수」에는 이해하기 어려운 토속적 고유어가 많이 나온다. 「북방에서」가 동아시아 지역의 역사와 지리를 나름대로 연구해서 쓴 자취가 역력하듯이 「넘언집 범 같은 노큰마니」나 「목구」, 「국수」 같은 작품은 토속적 고유어와 풍속을 공부해서 차근차근 시로 썼음이 분명하다. 고유어와 풍속 탐구에 기울인 백석의 정성을 우리는 충분히 음미할 필요가 있다. 「국수」에서는 아직까지 의미가 확정되지 않고 논란이 있는 두 가

---

25 고형진, 앞의 책, 86쪽.
26 고형진, 『백석 시 바로 읽기』, 현대문학, 2006, 260쪽.
27 이숭원, 『백석을 만나다』, 256쪽.
28 현대시비평연구회, 앞의 책, 243쪽.

지 어휘를 검토하려 한다. 그것은 '은댕이'와 '집등색이'다. 이 시어가 나오는 구절은 "이것은 어느 양지귀 혹은 능달쪽 외따른 산녑 은댕이 예데가리밭에서"와 "그 집등색이에 서서 자채기를 하면 산넘엣 마을까지 들렸다는/먼 녯적 큰 아바지가"로 되어 있다.

'은댕이'를 이해하기 위해서는 '산녑'의 뜻을 먼저 알아야 한다. 이것은 이동석 교수가 자세히 고찰했듯이[29] 고어의 '녑'이 '옆구리'의 뜻이므로 '산녑'은 '산의 옆구리' 부분을 뜻한다. 이동석 교수는 '산기슭'으로 보았지만 '산기슭'은 산의 하단 부분이므로 백석 시의 문맥과는 제대로 부합하지 않는다. 그래서 나는 산등성이의 중간 부분으로 보고 '산허리'라고 주석을 달았다. '은댕이'라는 말은 백석의 산문 「닭을 채인 이야기」(『조선일보』, 1935. 8. 24)에 비슷한 문맥으로 나온다. "잡혀메킨닭을 분명히 어느 산즘생이나물고 제굴이나 구멍까지 안갓다면 뒷ㅅ산녑은댕이에 닭의 지처구가 남어도 남엇슬 것이라고 디평령 감장은 산으로 갓다"가 그것이다. 여기서 '지처구'는 '지저귀'의 변형일 텐데 '지저귀'는 떨어져 나온 부스러기나 조각을 가리키는 말이다. 잡혀 먹힌 닭을 어느 산짐승이 물고 제 굴이나 구멍까지 안 갔다면 산중턱 평평한 곳에 닭의 부스러기가 남았을 것이라고 생각하고 지평영감이 산으로 갔다는 뜻이다. 그러니까 '산녑 은댕이'는 거의 붙어 다니는 말로 "산허리에 턱이 져 평평한 곳"을 가리키는 말임을 알 수 있다. 그리고 '예데가리밭'은 그 은댕이에 딸린 밭이므로 작은 규모의 비탈 밭임을 알 수 있다.

'집등색이'는 '등색이'를 어떻게 보느냐에 따라 '집'의 뜻도 달라진다. 보통 '집등색이'를 한 단어로 보고 '짚등석'으로 해석하는데 '짚'과 '등

---

29 이동석, 「고어를 이용한 백석 시의 어휘 몇 가지에 대한 검토」, 『우리어문연구』 29, 2007. 9, 92~101쪽.

석(藤席)'이 붙어서 '짚등석'이라고 사용되는 예는 거의 없다. '짚등석'이 친숙하게 다가오는 것은 한석봉의 시조로 알려진 "짚방석 내지 마라 낙엽엔들 못 앉으랴"라는 구절 때문에 그럴 것이다. '짚방석'은 짚으로 엮은 방석이지만 '등석'은 등나무 줄기로 엮은 자리여서 모양과 질감이 전혀 다르다. 이 '등석' 앞에 '짚'을 붙이는 경우는 거의 없다. '짚방석'과 '등석'은 전혀 다른 사물이기 때문이다. '짚등석'을 짚이나 등나무 줄기로 엮은 자리로 본다 하더라도 이 말이 문맥에 맞으면 받아들일 텐데 전혀 그렇지 않다. 할아버지가 그 짚등석에 서서 재채기를 하면 산 너머의 마을까지 소리가 들렸다는 이야기인데 짚등석이 자릴 뜻하는 것이라면 여기 왜 '그'라는 지시 대명사가 필요하겠는가? 여기서도 원문에 대한 '최소 개입의 원칙'을 지키는 것이 필요하다. '등성이'의 평북 방언으로 '등새기'가 사전에 등재되어 있다. 그런 마당에 구차스럽게 '등색이'를 한자어 '등석'에 '이'가 붙은 말로 보고 거기 다시 '짚'이 붙었다고 볼 필요가 없는 것이다. 만일 '집'이 우리가 사는 '집'의 뜻이라면 여기 '그'가 붙는 것은 당연하다. 그러면 '집등색이'는 집의 등성이, 즉 거주지의 높은 지대라는 뜻이 된다. 집의 등성이라고 해서 지붕을 떠올리는 어리석은 사람은 없을 것이다. 어찌 지붕에 올라가 재채기를 하겠는가? 집의 둔덕 같은 곳에서 재채기를 하면 산 너머 마을까지 소리가 들릴 정도로 호방한 할아버지라는 뜻이다.

3. 시 형태의 검토

백석은 자신이 주관해서 출간한 『사슴』에서 일반적인 용례의 들여쓰기와는 달리 내어쓰기로 시행을 처리했다. 잡지나 신문에 시가 실릴 때 자신의 의사가 잘 수용되는 경우에는 내어쓰기 편집이 일관성

있게 지켜졌지만 그렇지 않은 경우 부분적인 혼란이 일어났다. 또 시집이건 잡지건 페이지가 바뀌는 지점에서 연이 나뉘는 것인지 그렇지 않은 것인지를 판별하기 어려운 것도 문제다. 백석의 의도를 살려 시의 행과 연을 제대로 파악하는 것도 작품의 정본을 마련하는 학자의 중요한 과업이다. 필자는 『백석을 만나다』, 『영랑을 만나다』, 『미당과의 만남』 등에서 작품을 인용한 해설 작업을 할 때 이 점에 늘 주의를 기울였다. 여기서는 시행이나 연 구분에서 논란이 있는 모호한 부분들을 다시 검토해 보려 한다.

『사슴』에 수록된 「가즈랑집」의 경우 페이지가 바뀔 때 연 구분이 되는 것인지 아닌지 의심스러운 대목이 두 군데 있다. 뒷부분의 "미꾸멍에 털이멫자나났나보자고한것은 가즈랑집할머니다"와 "찰복숭아를먹다가 씨를삼키고는 죽는것만같어 하로종일 놀지도못하고 밥도안먹은것도" 사이에서 쪽이 바뀌는데 이 부분은 형식적으로 연이 나뉘는 것으로 대부분 인정하고 있다. 그런데 앞에 나오는 다음 부분은 이견이 있다.

예순이넘은 아들없는가즈랑집할머니는 중같이정해서 할머니가 마을을가면 긴담배대에 독하다는막써레기를 멫대라도 붗이라고하며

간밤엔 섬돌아레 승냥이가왔었다는이야기
어느메山곬에선간 곰이 아이를본다는이야기

나는 돌나물김치에 백설기를먹으며
넷말의구신집에있는듯이
가즈랑집할머니

내가날때 죽은누이도날때

무명필에 이름을써서 백지달어서 구신간시렁의 당즈깨에넣어 대감님
께 수영을들였다는 가즈랑집할머니

언제나병을앓을때면

신장님달련이라고하는 가즈랑집할머니

구신의딸이라고생각하면 슳버졌다

「가즈랑집」 할머니 부분

인용된 부분의 세 번째 연과 네 번째 연 사이에서 쪽이 바뀌어 연
이 나뉘는 것인지 정확히 알 수 없는데 나는 연이 나뉜다고 보고 위
와 같이 구분된 연으로 적었다. 인용 부분의 첫 연은 가즈랑집 할머
니가 마을에 들렀을 때 하는 행동을 잠시 보여 준 것이다. 그다음 연
은 거기서 들었던 신기한 이야기를 소개한 것이다. 그다음 연은 그
이야기를 돌나물김치에 백설기를 먹으며 들었는데 그때 가졌던 희한
한 느낌을 전달한 것이다. 만일 여기서 쪽이 바뀌었다면 더 확실하게
연 구분을 했을 것이다. 그런데 가즈랑집 할머니를 한번 호칭한 다음
에 쪽이 바뀌고 그다음에 전혀 다른 이야기가 펼쳐진다. 그 할머니는
나나 누이가 태어났을 때 무병장수를 신장님께 기원해 주었고 자신
이 병을 앓을 때에는[30] 신장님의 단련이라고 했다는 것이다. 자식도
없이 홀로 살아가고 병치레도 혼자 감당하며 남들에게 귀신의 딸로
일컬어지는 그 할머니에게 화자는 잠시 연민의 감정을 표현한다. 보
통 두세 개의 행이 한 연을 구성하는 것이 이 시의 구조인데 이 긴
사연이 하나의 연으로 묶인다는 것은 어울리지 않는다. 더군다나 앞

---

[30] 여기서 병을 앓는 주체를 나와 누이로 보는 해석도 있지만, 슬퍼졌다는 감정 표현
이 바로 뒤에 이어진 것을 보면, 할머니가 병을 앓은 것으로 보는 것이 사리에 맞는다.
아이들이 병을 앓는데 그것을 보고 신장님 단련이라고 말하는 할머니는 없을 것이다.

부분과 뒷부분은 아주 이질적인 이야기가 펼쳐진다. "가즈랑집할머니"에서 다음 쪽이 시작되었으면 참으로 좋았을 텐데 그다음 행에서 쪽이 바뀌니 어쩔 수 없이 "내가날때 죽은누이도날때" 이후의 부분을 한 연으로 볼 수밖에 없는 것이다.

같은 이유로 해서 「통영」(『조선일보』, 1936. 1. 23)의 다음 부분도 두 연으로 나누었다. 『조선일보』 해당 지면을 보면 한 행 정도의 여백이 있는데도 "山넘어로가는길 돌각담에 갸웃하는 처녀는 錦이라든이갓고"를 다음 단으로 조판하여 새로 시작하고 있다. 나는 이것을 연이 구분되는 표시로 이해하였다. 그리고 앞부분과 뒷부분을 보면 연의 내용도 다르다. 앞부분은 일반적인 사실을 말한 것이고 뒷부분은 화자의 주관이 투영된 발언이다. 이 두 가지 점으로 인해 나는 이 부분을 두 연으로 파악했다. 원문을 대하는 감각과 시상 이해의 감각을 함께 고려한 것이다.

집집이 아이만한 피도안간 대구를말리는곳
황화장사령감이 일본말을 잘도하는곳
처녀들은 모두 漁場主한테 시집을가고십허한다는곳

山넘어로가는길 돌각담에 갸웃하는 처녀는 錦이라든이갓고
내가들은 馬山客主집의 어린딸은 蘭이라는이갓고

「통영」 부분

『조광』(1938. 10)에 '물닭의 소리'라는 묶음으로 발표한 6편의 작품 중 「물계리」는 짤막한 작품인데 그 형식의 확정이 필요하다. 그것은 다음과 같이 정리하는 것이 옳다.

물밑 ― 이 세모래 닌함박은 콩조개만 일다,

　모래장변 ― 바다가 널어놓고 못믿없어 드나드는 명주필을 짓구지 발
뒤축으로 찢으면

　　　날과 씨는 모두 양금줄이되어 짜랑 짜랑 울었다

「물계리」 전문

　「다시 읽는 백석 시」에서 이 시에 대해 '모래장변' 다음의 시행을
한 행으로 읽으면 "모래장변을 밟는 행위의 동작이 잘 살지 않는다.
모래장변을 밟으며 거니는 리듬감을 생각할 때에도 속도감이 있는
시행보다는 다소 더딘 발걸음을 드러내는 리듬감이 더 적합하다고
판단하였다"고 설명했지만[31] 인쇄되어 나온 시행의 형태를 주관적 인
상에 의해 바꿀 수는 없는 것이다. 역시 '최소 개입의 원칙'을 지키는
것이 필요하다. 이 시는 '물밑'과 '모래장변'이라는 두 개의 풍경을 보
여주었다. 그중 '모래장변'에 대한 묘사가 조금 복합적이다. 백사장을
바다가 널어놓은 명주에 비유했고 귀한 명주를 널어놓았으니 미덥지
가 않아서 파도가 자주 드나든다. 파도가 드나들 뿐 사람이 다닌 자
취라고는 전혀 없는 고요한 백사장을 발뒤축으로 눌러 보면 마른 모
래 밟히는 소리가 뽀드득거리며 난다. 이것을 백석은 양금 줄이 울리
는 것처럼 "짜랑 짜랑 울었다"고 표현했다. 그러니까 이 장면은 백사
장을 거닌다기보다는 고운 모래를 그야말로 '짓궂게' 발로 밟아 보는
장면을 표현한 것이다. 그러니 '명주 필을 찢으면'에 이어지는 것으로
읽어도 아무 지장이 없다. 공연히 연구자의 주관을 개입하여 시형을
변개시킬 이유가 없는 것이다.

　'함주시초'(『조광』, 1937. 10)의 한 편인 「산곡(山谷)」은 시의 형태를

31　현대시비평연구회, 앞의 책, 334쪽.

이해하기 위해서는 시 전체의 윤곽을 알아야 하기에 전문을 인용한다.
『백석을 만나다』에서 나는 다음과 같은 형식으로 전문을 제시했다.

　　돌각담에 머루송이 깜하니 익고
　　자갈밭에 아즈까리알이 쏟아지는
　　잠풍하니 볕발은 곬작이다
　　나는 이곬작에서 한겨을을날려고 집을한채 구하였다

　　집이 몇집되지않는 곬안은
　　모두 터알에 김장감이 퍼지고
　　뜰악에 잡곡낙가리가 쌓여서
　　어니세월에 뷔일듯한집은 뵈이지않었다
　　나는 작고 곬안으로 깊이 들어갔다

　　곬이다한 산대밑에 작으마한 돌능와집이 한채있어서
　　이집 남길동닭 안주인은 겨울이면 집을내고
　　산을돌아 거리로날여간다는말을하는데
　　해발은마당에는 꿀벌이 스무나문통있었다

　　낮기울은날을 해ㅅ볕 장글장글한 퇴ㅅ마루에 걸어앉어서
　　지난여름 도락구를타고 長津땅에가서 꿀을치고 돌아왔다는 이 벌들
을 바라보며 나는
　　날이 어서 추워저서 쑥국화꽃도 시들고
　　이 바즈런한 백성들도 다 제집으로 들은뒤에
　　이곬안으로 올것을 생각하였다

　　　　　　　　　　　　　　　　　　　　「산곡」 전문

문제가 되는 부분은 마지막 연이다. 마지막 연은 원문에 다음과 같은 모양으로 되어 있다.

집이 텃집되지않는 것안은
모두 터앞에 김장감이 떠지고
뜰악에 잠곡낟가리가 쌓여서
어니세월에 뷔일듯한집은 회이지지않었다
나는 작고 것안으로 깊이 들어갔다

것이다한 산머밑에 작으마한 돌능와집이 한채있어서
이집 남길동탔 안주인은 겨울이면 집을내고
산을돌아 거리로날여간다는말을하는데
해발는마당에는 꿀벌이 스무나문통있었다
낮기울은날을 해人법 장글장글한 퇴人마루에 걸어앉어서
지난여름 도락구를타고 長津땅에가서 꿀을치고
돌아왔다는 이 벌들을 바라보며 나는
날이 어서 추워저서 쑥국화꽃도 시들고
이 바즈런한 백성들도 다 치집으로 돌은뒤에
이 것안으로 옳것을 생각하였다

백석은 시행이 구분될 때 지금처럼 들여쓰기 형식을 취하지 않고 내어쓰기 형식으로 썼다. 『조광』의 조판은 백석의 의사를 존중하는 방향으로 이루어졌다. 그러니까 위의 시구에서 "꿀을치고"와 그다음 줄의 "돌아왔다는"은 한 시행으로 연결되는 것인데, 여백의 부족 때문에 그다음 줄로 옮겨 배치한 것이다. 문맥으로 볼 때도 "꿀을치고 돌아왔다는"은 한 시행으로 연결되는 것이 자연스럽다. 그다음에 "~나는"과 "날이~"로 이어지는 부분은 내어쓰기가 되어 있으니까 행이 분명 나누어지는 것이다.

　문제는 그다음이다. "시들고"와 "이 바지런한"은 "시들고" 다음에 여백이 있음에도 불구하고, 마치 한 시행으로 이어지는 것처럼, "이 바지런한" 이하의 부분이 한 칸 들어간 상태로 다음 줄에 배치되었다. 그리고 그것과 대등한 칸에 "이곬안으로" 이하의 부분이 배치되었다. 만일 이 부분이 하나의 행으로 이어지는 것이라면 그 앞의 행과 마찬가지로 다음과 같이 조판되었을 것이다.

　　날이 어서 추워저서 쑥국화꽃도 시들고 이 바즈런한
　　　백성들도 다 제집으로 들은뒤에 이곬안으로 올 것을
　　　생각하였다

　지면의 여백과 구성으로 볼 때 이 부분은 위와 같은 형식으로 충분히 조판될 수 있다. 그러나 편집자는 이렇게 조판하지 않고 위의 형식으로 조판하였다. 문맥으로 볼 때 "날이 어서 추워저서 쑥국화꽃도 시들고"와 "이 바즈런한 백성들도 다 제집으로 들은뒤에"는 대등한 연결의 구조로 되어 있다. 그러니까 이 두 부분은 한 시행으로 연결되어도 좋고 두 시행으로 구분되어도 무리가 없다. 그러나 마지막 부분 "이곬안으로 올것을 생각하였다"는 시상의 종결을 짓는 구절이기 때문에 하나의 시행으로 독립되어야 위에서 전개되던 문맥에 부합한다. 1연의 끝 "나는 이곬작에서 한겨을을날려고 집을한채 구하였다", 2연의 끝 "나는 작고 곬안으로 깊이 들어갔다", 3연의 끝 "해발은마당에는 꿀벌이 스무나문통있었다"와 비교해 볼 때 4연의 끝은 "이곬안으로 올것을 생각하였다"가 "날이 어서 추워저서 쑥국화꽃도 시들고 이 바즈런한 백성들도 다 제집으로 들은뒤에 이곬안으로 올 것을 생각하였다"보다 훨씬 자연스럽다. 이렇게 보면 원문의 마지막 대목은

다음과 같은 형식으로 조판될 것이 잘못 조판된 것이라고 볼 가능성
이 높아진다.

> 날이 어서 추워저서 쑥국화꽃도 시들고
>> 이 바즈런한 백성들도 다 제집으로 들은뒤에
> 이곬안으로 올것을 생각하였다

더 나아가 "날이 어서 추워저서 쑥국화꽃도 시들고" 다음에 여백이
많은 것을 고려하면 이 부분은 내가 처음에 인용한 것처럼 세 행으로
구성된 것으로 볼 수도 있다. 그렇게 되면 원문의 편집자는 행을 나
누어 조판할 것을 들여쓰기로 잘못 조판했다는 이야기가 성립한다.
'최소 개입의 원칙'을 지킨다면 이 부분은 두 행으로, 더욱 적극적으
로 문맥을 살린다면 세 행으로 정리할 수 있다. 그렇게 되면 마지막
연은 다음 두 형식 중 하나로 정리된다.

> 낮기울은날을 해ㅅ볕 장글장글한 퇴ㅅ마루에 걸어앉어서
>> 지난여름 도락구를타고 長津땅에가서 꿀을치고 돌아왔다는 이 벌들
> 을 바라보며 나는
>> 날이 어서 추워저서 쑥국화꽃도 시들고 이 바즈런한 백성들도 다 제
> 집으로 들은뒤에
>> 이곬안으로 올것을 생각하였다

> 낮기울은날을 해ㅅ볕 장글장글한 퇴ㅅ마루에 걸어앉어서
>> 지난여름 도락구를타고 長津땅에가서 꿀을치고 돌아왔다는 이 벌들
> 을 바라보며 나는
>> 날이 어서 추워저서 쑥국화꽃도 시들고

이 바즈런한 백성들도 다 제집으로 들은뒤에
이곬안으로 올것을 생각하였다

이 두 형태 중 어느 것이 타당하다고 확정할 수는 없다. 그러나
다음의 형태로 읽는 것보다는 훨씬 자연스러운 독법이라고 생각한다.

낮기울은날을 해ㅅ볕 장글장글한 퇴ㅅ마루에 걸어앉어서
지난여름 도락구를타고 長津땅에가서 꿀을치고 돌아왔다는 이 벌들
을 바라보며 나는
날이 어서 추워저서 쑥국화꽃도 시들고 이 바즈런한 백성들도 다 제
집으로 들은뒤에 이곬안으로 올것을 생각하였다

4. 논의의 요약

이상의 논의를 통해 도달한 결론만을 요약적으로 열거해 보겠다.
「늙은 갈대의 독백」, '벼름질'은 '분배하다'의 뜻이다. 차례대로 균
등하게 베는 낮이 내 차례가 되어 나를 데리러 온 것이다. 나는 낮의
손길로 달구지에 실려 운반된 다음 삿자리로 만들어져 산골로 벼슬
을 살러 간 것이다. 이것이 이 시의 천진한 동화적 상상에 어울리는
해석이다.
「고방」의 "귀먹어리할아버지가예서"는 "귀머거리 할아버지 가에
서"의 의미로 파악한다. 할아버지 옆에서 제사 음식을 거들던 일을
이야기한 것이다. 4연은 그 할아버지의 특징을 이야기한 것이고, 5연
은 고방 구석의 나무못에 할아버지가 삼은 짚신이 걸려 있음을, 6연
은 고방 구석에서 자기를 부르는 소리를 못들은 척하던 기억을 이야

기했다. 각 연이 표면상 서로 다른 형상을 보여 주고 있음을 알면 이 시행의 의미를 쉽게 파악할 수 있을 것이다.

「오리 망아지 토끼」의 '동비탈', '동말랭이'는 논란의 여지가 없는 단순한 단어다. 동비탈은 둑의 비탈진 부분이고 동말랭이는 둑의 마루 부분이다. 오리는 동비탈에 그림자를 떨어뜨리며 개울 쪽으로 도망을 간 것이고, 나는 동마루에서 이것을 보고 심술을 부리는 것이다.

「적경(寂境)」의 마지막 행 "그마음의 외딸은집에서도 산국을끄린다"의 '마음'은 원문 그대로 '마음'으로 본다. '마을'의 오기로 본다고 해서 시 해석이 쉽게 되는 것이 아니기 때문이다. 「주막」에 나오는 '장고기'도 말 그대로 제법 큰 고기라는 뜻으로 읽는다. 「남행시초(2) - 통영」에 "홍공단단기한감끈코"라는 구절의 '단기'는 '댕기'가 아니라 '단필(段疋)', '피륙'이라는 뜻이다. 「북관(北關)」의 '끼밀고'는 '깨밀고'의 변형이 아니라 오랫동안 입에 담고 맛을 음미하는 의미로 보았다.

「북방에서」가 동아시아 지역의 역사와 지리를 나름대로 연구해서 쓴 시라면 「국수」는 토속적 고유어와 풍속을 공부해서 차근차근 쓴 작품이다. 여기 나오는 '은댕이'는 '산넙'과 붙어 다니는 말로 "산허리에 턱이 져 평평한 곳"을 가리키는 말이고, '예데가리밭'은 그 은댕이에 딸린 작은 규모의 비탈밭이다. '집등색이'는 '짚등석'이 아니라 집의 등성이, 즉 거주지의 높은 지대라는 뜻이다.

「가즈랑집 할머니」의 '돌나물김치'가 나오는 부분과 '구신간시렁'이 나오는 부분이 문맥이 바뀌므로 연이 나뉜다고 보았고, 「통영」(『조선일보』, 1936. 1. 23)의 '선장주'가 나오는 부분과 '금이 난이'가 나오는 부분도 문맥이 달라지므로 두 연으로 나누었다. 「물계리」의 '모래장변' 이후 구절은 한 시행으로 보았다. 그리고 「산곡(山谷)」은 마지막 구절에 나타난 내어쓰기 방식의 혼란을 고려하여 두 행, 또는 세 행으로 정리할 수 있음을 밝혔다.

제3부

구상 시의 '강' 이미지

1. 인간의 사유와 강의 상징성

　문학의 중심에는 인간이 있고 인간은 일정한 세계 속에 존재한다. 인간의 인식 대상에서 가장 일차적인 것은 자연이다. 자연은 태초부터 인간과 맞선 존재로, 혹은 인간과 대등하거나 우호적인 존재로 인식되면서 사람들의 심정 상태에 따라 각양각색의 표상으로 나타나 왔다.[1] 인간은 문학작품을 통해 자신을 둘러싼 세계에 대응하고 맞서면서 삶의 영역을 확장해 간 기록을 남기는데, 그 표상 중 가장 직접적이면서도 다양한 양상을 보여 주는 것이 자연과의 접촉이다. 그중에서도 특히 강은 인간의 생활과 밀착되어 있어서 가장 중심적인 소재로 등장한다.

　인류의 문명은 모두 강과 바다를 접한 지역에서 탄생했다. 현재에도 세계의 중요 도시는 대부분 강을 끼고 있다. 그것은 강이 인간 생활의 가장 기본적이고 중요한 기반으로 작용하기 때문이다. 서울의 한강은 넓은 강폭과 풍부한 수량으로 세계에 자랑할 만한 아름다운 강이다. 도도하게 흐르는 한강을 보면 삼국시대에 이 지역을 차지하려고 그토록 오랫동안 싸움을 벌인 까닭도 충분히 이해가 된다. 끊임없이 흐르는 강물의 움직임은 시간의 진행, 생명의 영속성을 연상시킨다. 아래위로 출렁이는 물결의 파동은 인간의 운명과 생명의 성쇠를 상징한다. 그래서 강물은 예로부터 인간에게 명상과 관조의 대상

1　이숭원, 『근대시의 내면구조』, 새문사, 1988, 9쪽.

이 되었다. 흐르는 강물을 보며 명상에 잠기고 거기서 생의 예지를 얻는 모티프는 많은 문학작품에 반복되어 나타난다. 또 한편으로 강물의 유장한 흐름과 출렁이는 유동성은 우리 마음을 가라앉히는 기능을 한다. 요컨대 강은 생의 예지와 내면의 평정을 선사하는 상징적 존재로 자리 잡게 된 것이다.

『노자도덕경』 8장에는 물의 속성을 통해 인간이 추구하는 이상적인 경지를 말하는 대목이 있다. "가장 좋은 것은 물과 같다. 물은 만물을 이롭게 하면서 다투지 않고, 사람들이 꺼리는 낮은 곳에도 머무니, 이는 도에 가깝다(上善若水 水善利萬物而不爭 處衆人之所惡 故幾於道)."고 했다. 높은 곳과 낮은 곳을 가리지 않고 흘러 만물을 살아 움직이게 하면서도 결코 자랑하거나 다투지 않는 물의 자유롭고도 능란한 덕성을 본받을 것을 암시한 구절이다.

『논어』 '옹야편(雍也篇)'에는 "지혜로운 사람은 물을 좋아하고, 어진 사람은 산을 좋아한다. 지혜로운 사람은 (사리에 통달해) 잘 움직이며, 어진 사람은 (올바른 곳에 안주하여 가볍게 움직이지 아니하니) 고요하다. 지혜로운 사람은 (행동에 걸림이 없으므로) 늘 즐겁고, 어진 사람은 (고요한 상태를 꾸준히 유지하므로) 오래 산다(知者樂水 仁者樂山 知者動 仁者靜 知者樂 仁者壽)."는 말이 나온다. 물과 산을 통해 사람이 지녀야 할 덕목을 비유하여 설명한 것이다. 여기서도 물은 사리에 통달하여 막힘없이 두루 흘러 만물을 이롭게 하고 세상에 즐거움을 주는 덕성을 가리킨다. 이처럼 동양문화권에서 물은 윤리적 덕성의 지표로 상징화되어 왔다.

그리스 신화에 나오는 레테의 강은 이승과 저승을 가로지르는 망각의 강이다. 사람이 죽어서 저승으로 갈 때 다섯 개의 강을 통과하게 되는데, 네 번째 강인 레테의 강물을 마시면 이승에서의 모든 일을 잊어버린다고 한다. 이문열은 이 점에 착안하여 가슴 저린 연애의

경험을 지닌 여인이 결혼을 앞두고 결혼이라는 또 하나의 레테의 강을
건너기 전에 자신의 사랑을 회상으로 매듭짓는 내용의 소설 『레테의
연가』(중앙일보사, 1983)를 썼다. 보들레르는 「레테의 강(Le Léthé)」에
서 속악한 현실에서 벗어나 연인과의 입맞춤을 통해 고통을 잊게 되
기를 바라는 마음을 다음과 같이 표현했다.

　내 흐느낌을 진정시켜 삼키는 데는
　심연 같은 네 잠자리만 한 게 없다;
　강한 망각이 네 입에 깃들이고,
　네 입맞춤엔 망각의 강이 흐른다.[2]

　그리스 신화의 망각의 강의 상징성은 히브리 문화에서 침례의식으
로 변환되어 나타난다. 이승에서 저승으로 갈 때 망각의 강을 건넌다
는 것은 이승의 나는 죽고 저승의 나로 새롭게 탄생한다는 의미를
담고 있다. 이것이 현세의 죄 많은 육신은 죽고 성령에 의해 새롭게
정화된 존재로 재생된다는 세례의식(baptism)으로 전환된 것이다. 이
것은 인간에게 물이 죽음과 정화, 재생의 원형적 의미를 지닌다는 사
실을 알려 준다. 물은 생명을 유지시키는 근원적 요소이면서 동시에
생명을 익사시키는 죽음의 공간이기도 하다. 물은 더러운 것을 깨끗
이 씻어 내는 정화의 기능과 죽어 가는 것을 소생시키는 재생의 의미
를 지닌다. 물이 지닌 생명, 죽음, 정화, 재생의 이중적 상징성은 동
서고금을 막론하고 인류 문화의 모든 문화양식에 반복되어 표출된다.
　헤르만 헤세의 『싯달타』에서 강은 수도와 성찰의 상징으로 설정되
어 있다. 삶의 지혜를 탐구하려던 청년 싯달타는 인생의 희로애락을

---

2 샤를 보들레르, 윤영애 역, 『악의 꽃』, 문학과지성사, 2003, 341쪽.

겪고 좌절하여 자살하려던 중 강물의 신비스러운 음향에 이끌려 뱃사공의 조수로 일하면서 내면의 정화를 이룬다. 그가 강물을 보면서 절망에서 벗어나 새로운 예지로 이끌리는 장면은 다음과 같이 묘사되어 있다.

강의 많은 비밀 가운데에서 그는 오늘 또 한 자기를 보았고 그 한 가지에 그의 영혼은 사로잡히고 말았다. 그는 보았다. ― 이 물은 흐르고 흐르며 영원히 흘러가지만 언제나 그곳에 있다는 것을! 그리하여 언제나 같은 물이지만 순간마다 새로운 물이라는 것을! 오오, 누가 그것을 포착하며 그것을 이해하랴! 싯달타 역시 그것을 이해하지도 포착하지도 못하였다. 다만 예감이 일어나는 것을, 아득한 기억이, 신성한 음성이 들려오는 것을 느낄 뿐이었다.[3]

이러한 싯달타가 뱃사공 바수베다와 함께 강에서 사람을 건네주는 일을 하면서 강과 함께 살고 강물의 흐름을 보고 들으며 지내는 동안 자신도 모르는 사이에 그에게 삶의 예지와 정관(靜觀)의 지혜가 열려 깨달음에 이르게 된다. 깨달음에 이르자 그때까지 대립의 형상으로 감지되던 모든 물상들이 차별을 넘어선 단일(Einheit)의 흐름으로 다가오는 것을 확인한다. 이것은 불교에서 말하는 불이(不二)의 깨달음이다. 그 장면은 이렇게 묘사되어 있다.

싯달타는 귀를 기울였다. 이제 그는 완전히 듣는 사람이었다. 완전히 듣는 일에 심취하여, 완전히 비우고, 완전히 빨아들였다. 그는 이제 듣는 일을 끝까지 배웠음을 느꼈다. 이미 그는 수도 없이 이 모든 소리를,

---

3 헤르만 헤세, 차경아 역, 『싯달타』, 문예출판사, 1977, 134쪽.

이 숱한 강 속의 음성을 들었었다. 그런데 오늘은 새롭게 들렸다. 어느 덧 그는 이 숱한 음성들을 구별하여 들을 수가 없이 되었다. 우는 소리에서 기쁜 소리를, 어른의 소리에서 아이의 소리를 구별하여 들을 수가 없었다. (중략) 싯달타가 주의를 모아 이 강의 수천 가지 노래에 귀 기울였을 때에, 그에게 번뇌도 웃음도 구별하여 들리지 않았을 때에, 그가 자신의 영혼을 어느 한 소리에 묶어 자아를 그 음성 속에 몰입시키지 않고 모든 소리를, 전체를, 단일의 것을 들었을 때에, 비로소 수천 소리의 위대한 노래가 단 한 마디의 말로 이루어졌던 것이다. 그 말은 완성의 뜻 '옴'이었다.[4]

여기까지 살펴본 대로 강이 지닌 풍부하고 다양한 상징성은 동서 고금의 여러 사람으로 하여금 강을 대상으로 한 철학적 사유와 문학 작품의 창작을 유도해 왔다. 우리나라의 시인 구상도 가톨릭 신앙에 바탕을 두고 동양의 불교와 도교를 지혜의 양식으로 수용하면서 그 나름의 독특한 사상 체계를 형성하였고, 그 사상적 전개와 지향이 '강'의 시로 꽃을 피우게 되었다. 그것이 바로 연작 장시 「그리스도 폴의 강」이다. 필자는 구상 시인의 연작시 「그리스도 폴의 강」에 나타난 '강' 이미지의 양상과 그 사상적 특성을 살펴보려 한다.

2. 한국문학에서의 강

한국의 문학작품에도 강은 다양한 차원의 상징성을 지니고 나타난다. 고시가의 하나인 「공무도하가」에서 강물은 그리스 신화의 레테

---

4 위의 책, 178~179쪽.

의 강처럼 죽음과 삶을 나누는 표지로 등장한다. 이 노래의 배경설화에 의하면, 손에 술병을 든 머리가 하얗게 센 미친 남자가 강으로 뛰어들었고, 그의 아내가 뒤에서 따라오며 만류했지만, 결국 그 미친 남편은 강에 빠져 죽고 말았다. 아내는 남편의 죽음 앞에서 "임이여 그 물을 건너지 마오/임은 그예 물을 건너고 말았네/물에 빠져 죽고 말았으니/이제 어쩌란 말인가?"라는 탄식의 노래로 자신의 가슴 아픈 심정을 표현했다고 전해진다. 여기서 강은 산 자를 죽음으로 몰아넣고 산 자와 죽은 자를 갈라놓는 단절의 표지로 나타나 있다.

이러한 속성은 「심청전」에도 연장되어 나타나면서 하나의 변형을 꾀한다. 심청은 아버지의 눈을 뜨게 하기 위해 공양미 삼백 석을 받기로 약속받고 인당수의 제물로 가게 된다. 파도가 사납게 치는 인당수에 치마를 뒤집어쓰고 뛰어든 심청은 현실의 논리대로라면 익사했을 것이다. 그렇게 되면 인당수라는 바다는 죽음의 공간이 된다. 그런데 심청은 물에 빠져 죽은 것이 아니라 용궁으로 가서 용왕을 만나고 그의 도움으로 아름다운 여인이 되어 연꽃을 타고 환생하게 된다. 죽은 심청이 아름다운 여인으로 재생되었다는 점에서 인당수라는 공간은 죽음과 정화와 재생이라는 물의 원형 상징을 그대로 이어받고 있다.

이러한 양상은 김동리의 「무녀도」에도 나타난다. 「무녀도」의 모화는 소설의 끝 부분에서 물에 빠져 죽은 사람의 넋을 위로하는 진혼굿을 하다가 절정에 이르자 물에 잠겨 죽는 것처럼 되어 있다. 그러나 샤머니즘의 관점에서 보자면 그것은 죽는 것이 아니라 또 다른 모습으로 재생되는 것으로 해석할 수 있다.[5] 김동리 자신이 자신의 창작

---

5 김종균, 「김동리의 '무녀도'와 무격사상의 문학 형상화 연구」, 『한국사상과 문화』 5, 한국사상문화학회, 1999. 9, 60쪽.

과정을 정리한 것을 보면 모화의 죽음을 단순한 죽음으로 그리지 않고 영원한 삶의 표상으로 그려 내고자 한 것임을 알 수 있다. 원작에서 모화의 최종적 행위가 지닌 영원성이 제대로 표현되지 못했다고 본 김동리는 개작을 통해 모화의 죽음 이후 모화의 신통력이 낭이에게 이어지는 것으로 표현하고자 했다.[6] 이러한 맥락에서 보면 모화가 물에 잠겨 사라진 '예기소'는 죽음의 공간이자 정화의 공간이요, 재생의 공간이 되는 것이다.

일제강점기의 시 중 강의 신비로운 물질성을 가장 잘 활용한 시인은 김영랑일 것이다. 『시문학』 창간호(1930. 3)의 첫머리를 장식한 작품이자 『영랑시집』(1935. 11)에 제1번으로 수록된 「끝없는 강물이 흐르네」를 보면 김영랑의 강에 대한 시적 감성이 어떠했는지 잘 이해할 수 있다.

> 내마음의 어딘듯 한편에 끝없는 강물이 흐르네
> 도처오르는 아침날빛이 빤질한 은결을 도도네
> 가슴엔듯 눈엔듯 또 피ㅅ줄엔듯
> 마음이 도른도른 숨어있는곳

이 시는 보이지 않는 마음의 세계를 강물의 시각적 영상으로 표현하고자 했다. 눈에 보이지 않고 어디 있는지 알 수 없는 신비로운 마음속의 강물은 시심을 일으키고 시를 쓰게 하는 내면의 움직임을 의미한다. 이 시심의 강물은 누가 시키지 않아도 저절로 넘쳐흐르는 것이요, 무엇으로도 흐름을 멈추게 할 수 없고, 생이 다하는 날까지 이

---

6 김주현, 「'무녀도' 개작에 나타난 작가의식 고찰」, 『어문논총』 35, 경북어문학회, 2001. 12, 5~14쪽.

어지는 것이다. 그래서 그 강물을 "끝없는 강물"이라고 했다. 강물 위로 아침 햇빛이 퍼져 오고 햇살에 반사된 물결이 기름처럼 반짝이며 은빛으로 물든다. 그러한 장면은 돋아 오르는 아침 햇빛과 함께 은빛물결도 마치 위로 솟아오르는 듯한 느낌을 준다. 마음이 한 차원 높은 곳으로 아름답게 승화하는 느낌을 표현한 것이다. 그렇게 시심의 물결은 우리 마음을 더 높은 곳으로 고양시킨다.

그러나 그 마음의 강물이 어디에 존재하는지는 아무도 모른다. 심장의 박동 소리가 들리는 가슴인지, 박동을 자극하는 눈인지, 심장의 박동에 의해 우리 몸을 도는 핏줄인지 알 수 없지만, 어디선가 도란도란 속삭이는 소리가 들리는 것 같고, 강물이 흐르는 소리도 마음의 파동을 따라 들려오는 것 같다. 분명 존재하기는 하지만 그 실체를 확인할 수 없는 시심의 강물. 이 강물의 물결을 따라가며 김영랑은 그때그때 떠오르는 마음의 움직임을 정갈한 언어로 담아냈다.[7]

해방이 되자 한반도는 광복의 기쁨에 휩싸인 동시에 좌우 대립의 갈등의 불길에 휩싸였다. 한민족에게 해방 공간은 축복이자 재앙의 시공이었다. 전라북도 고창이 고향인 서정주는 일제강점기에 학업을 위해 서울에 잠시 거주하였고 1941년 이후에는 서울에 정착하여 생활하였다. 경기도 흑석리(지금의 동작구 흑석동)에 살다가 해방 후 마포구 공덕동에 살았으니 한강을 관찰할 기회가 많았을 것이다. 서정주는 이 시기에 한강을 소재로 한 인상적인 시를 창작하였다. 이 시는 『신천지』(1948. 3)에 '漢江가에서'라는 제목으로 처음 발표되었고 『서정주시선』(1956. 11)에 '풀리는 漢江가에서'라는 제목으로 수록되었는데, 첫 발표작과 시집 수록 작품에 다른 점이 여러 군데가 있다. 시인의 퇴고에 의해 수정된 작품이 시집에 수록되었겠지만, 두 작품

---

7 이숭원, 『영랑을 만나다』, 태학사, 2009, 14쪽.

을 비교해 보면 오히려 첫 발표작에 더 좋은 부분도 있다. 두 작품을
원본 그대로 나란히 인용해 보면 다음과 같다.

江물이 풀리다니
무엇하러 江물은 또 풀리는가.
우리들의 무슨 시름, 무슨 기쁨 때문에
江물은 대체 또 풀리는가.

기러기 같이
서리 묻은 섯달의 기러기 같이
하늘의 어름짱, 가슴으로 깨치며
한평생을 내, 울고 갈러 했드니

무어라 三月은 다시 와서
내 눈 앞에 江물을 풀리게 하는가.
목으론 바뜨러 울지도 못할
이 햇빛, 이 물결을 내게 주는가.

저 씨거운 문들레나 쑥니풀들을
또 한번만 고개 숙여, 보라 함인가.

저,
黃土ㅅ재나
꽃喪輿
寡婦의 무리들을
여기 서서 똑똑히 바래보라 함인가.

江물이 풀리다니
무엇하러 江물은 또 풀리는가.
우리들의 무슨 서름, 무슨 기쁨 때문에
江물은 또 풀리는가.

「漢江가에서」 전문[8]

江물이 풀리다니
江물은 무엇하러 또 풀리는가
우리들의 무슨 서름 무슨 기쁨때문에
江물은 또 풀리는가

기럭이같이
서리 묻은 섯달의 기럭이같이
하늘의 어름짱 가슴으로 깨치며
내 한평생을 울고 가려했더니

무어라 江물은 다시 풀리어
이 햇빛 이 물결을 내게 주는가

저 밈둘레나 쑥니풀 같은것들
또 한번 고개숙여 보라함인가

黃土 언덕
꽃 喪輿

---

8 『신천지』, 1948. 3, 1쪽.

때 寡婦의 무리들
여기 서서 또 한 번 더 바래보라 함인가

江물이 풀리다니
江물은 무엇하러 또 풀리는가
우리들의 무슨 서름 무슨 기쁨 때문에
江물은 또 풀리는가

「풀리는 漢江가에서」 전문⁹

　첫 발표작의 3연 네 행이 두 행으로 압축된 것은 시집 수록 작품이
더 나은 것 같다. 그러나 "문들레나 쑥니풀들" 앞에 "씨거운"이라는
말을 배치한 것이나, "저,/黃土ㅅ재나/꽃喪輿/寡婦의 무리들을" 같은
부분은 "黃土 언덕/꽃 喪輿/때 寡婦의 무리들"이란 구절보다 미당의
어법을 더 잘 살린 것 같다.
　시인은 얼음이 풀리는 한강을 바라보며 강물이 풀리는 이유가 무
엇인지를 묻고 있다. 인간사의 시련의 과정을 바라보면서 비관의 태
도로 세상을 살아가려는 시인에게 다시 봄이 오고 햇빛이 비치고 강
물이 풀리어 신생의 물결을 펼쳐진다는 점이 시인에게는 하나의 억
울한 역설로 다가왔다. 계절의 순환처럼 인간사도 순환하는 것인가
하는 회의가 든 것이다.
　여기에는 힘겨운 역사의 고비를 헤쳐 온 한국인의 정한의 맥락도
포함되어 있다. 한 많은 사연을 간직한 사람들에게는 결빙의 역사를
지나 화해의 계절이 오는 것 자체가 슬픔일 수 있다. 말하자면 겨울
이 지나 봄이 오지만 사람들의 마음에는 아직 봄이 오지 않고 있는

---

9 『서정주시선』, 정음사, 1956. 11, 28~29쪽.

것이며 슬픔과 한의 응어리가 그대로 얼어붙어 있는 것이다. 그래서 화자는 서리 묻은 섣달의 기러기같이 한평생을 울고 가려 했다고 말했다. 그것은 다시 뒤에서 "황토 언덕/꽃 상여/떼 과부의 무리들"로 형상화되었다. '황토 언덕'이란 우리나라의 전형적인 언덕의 모습을 지칭한 것이지만 황토의 누런 색감과 흙먼지 이는 언덕의 모습은 생의 신산한 시련을 암시한다. 그리고 '꽃 상여'와 '떼 과부의 무리'는 애통한 죽음과 홀로 남은 여인들의 한을 암시함으로써 민족의 시련을 자연스럽게 연상시킨다.

일제강점과 해방의 소용돌이 속에 억울한 사람들이 죽어 갔고 과부들도 많이 생겨났지만 남은 사람들은 여전히 생을 이어가고 있다. 그러한 고난스러운 생의 이어짐을 얼음이 풀리는 한강이 우리에게 보여 주고 있는 것이다. 한강은 그것만이 아니라 봄을 맞이하여 다시 돋아나는 민들레나 쑥잎 같은 들풀의 생명력과 햇살에 반짝이는 신생의 물결도 우리에게 보여 준다. 이 신생의 풍경은 그것 자체가 기쁨의 표상이지만 가슴에 한을 담고 있는 사람에게는 설움의 표상이기도 하다. 그래서 시인은 "무슨 서름 무슨 기쁨" 때문에 강물이 풀리는 것이냐고 자문한 것이다.

우리는 이 시에서 강물을 우리의 일반적 생의 국면과 관련지어 생각하는 태도를 엿볼 수 있다. 강물이 얼고 풀리는 것을 인간사의 변화와 관련지어 생각하며 그것을 다시 희로애락의 감정과 연결 짓는 태도는 한강을 단순한 객체로 보는 것이 아니라 사람들이 살아가는 구체적 생활과 밀착된 존재로 보는 것을 의미한다. 따라서 강물 주변의 작은 변화라든가 풀꽃들의 새롭게 돋아나는 것도 인간세상의 전변을 암시하는 것으로 인식된다. 가혹한 세월의 시련 속에 깊은 슬픔을 안고 있는 사람들도 강물의 변화를 통해 그 나름의 안식과 위안을 얻겠지만 그러면서도 사라지지 않는 한의 갈피는 길게 이어지는 강물처럼 마음속에 흐르고 있다.

　박재삼도 그의 시에서 물의 이미지를 즐겨 채용하여 "눈물, 시냇물, 강물, 바닷물 등 다양한 형태로"[10] 표현했는데, 그의 시에서도 강물은 이중적 상징성을 지니고 나타난다. 가령 「울음이 타는 가을 강」에서 화자는 쓸쓸한 가을 햇볕을 동무 삼아 데리고 친구의 슬픈 사랑 이야기를 들으며 언덕을 오르다가 산등성이에 이르러 멀리 보이는 적막하면서도 아름다운 가을 강의 모습을 보고 눈물을 자아내게 된다. 처음에는 단순하게 울음이 타는 처연한 형상으로 보이던 강은 다음 단계에서 세상의 희로애락을 다 녹인 승화된 모습으로 나타나기 시작한다. 산골의 경쾌한 물소리가 첫사랑의 기쁨을 나타낸다면, 중간 단계의 강물은 사랑이 깨진 슬픔을, 그리고 하류의 넓은 강물은 모든 슬픔을 포용하고 바다와 융합하는 절제의 자세를 나타내는 것이다. 그래서 "울음이 타는 가을 강"은 "소리 죽은 가을 강"으로 변한다. 그렇게 소리 죽은 가을 강의 적막한 풍경 앞에서는 너나 나의 슬픔이나 외로움 따위는 지극히 사소해 보인다. 그러면서도 '소리 죽은'이란 말에는 아무리 떨쳐 내려 해도 앙금처럼 남아 있는 슬픔, 즉 한(恨)의 정서가 담겨 있다.[11] 그것은 아름다움과 결합된 슬픔의 승화라고 요약할 수 있다. 이러한 정한의 강물은 그의 시 「추억에서」에서 더욱 극적인 형상으로 표현된다. 아무리 손짓을 해도 닿지 않는 은전처럼 진주 남강의 달빛 받은 물결은 손닿을 수 없는 한의 공간으로 다가왔다. 무어라 표현할 수 없는 어머니의 한스러운 마음, 그 서글픈 아름다움은 "젖은 물빛의 이미지"로 형상화되었다.[12]

---

　10 박유미, 「1950년대 전통서정시 연구」, 성신여자대학교 박사논문, 2002. 2, 154쪽.

　11 이숭원, 『교과서 시 정본 해설』, 휴먼앤북스, 2008, 414~421쪽.

　12 이숭원, 「박재삼 시의 자연과 생의 예지」, 『문학과 환경』 6권 2호, 2007. 12, 55~75쪽.

강의 일반적인 의미에서 벗어나 현대시에 나타난 한강의 의미에 국한해서 말하면, 한강은 민족의 아픔과 부끄러움을 그대로 간직한 역사의 상징이자 어떠한 시련 속에서도 면면히 이어 흐르는 한민족의 끈기와 생명력을 상징하는 존재로 나타난다. 한강은 수난과 시련에도 계속 흐르는 역사적 유구성이라든가 한국인의 운명을 관장하는 신성성의 상징으로 표현되는가 하면 한국인의 왜곡된 역사성을 상징하는 부정적 형상으로 돌출되기도 한다. 부분적으로는 개인적인 정화와 위안의 의미를 지니고 나타나기도 한다. 말하자면 한강은 개인적인 정한의 표현에서 거시적인 민족 역사의 표상에 이르기까지 매우 다양한 의미의 진폭을 보인다.[13]

구상의 연작 장시 「그리스도 폴의 강」은 이러한 다양한 의미의 층위를 지닌 강을 소재로 삼되 특히 그의 생활의 터전이자 민족적 동맥의 표상인 한강을 중심 대상으로 하여 그의 독특한 사유의 적층(積層)을 표현하였다. 그런 점에서 그의 이 작품은 한국시에 나타난 강의 의미를 집약하면서 그의 개성적 사유를 창조적으로 표현한 문학사적 맥락을 지니게 된다.

3. 구상 시에 나타난 강의 의미

구상은 서울에서 태어났지만 함경남도 원산 교외의 덕원에서 성장했다. 덕원은 매우 아름다운 농촌 마을로, 마식령산맥에서 흘러나와 원산의 송도원으로 향하는 적전강을 바라보며 구상은 마음의 해방감을 맛보았다고 한다. 한국 전쟁이 끝난 1953년 이후 구상은 경상북도

---

13 이숭원, 『초록의 시학을 위하여』, 청동거울, 2000, 72~87쪽.

왜관에 정착하여 1974년까지 살았는데, 왜관의 자택도 낙동강에 인접해 있어서 낙동강을 바라보며 20여 년을 보냈다. 1974년 서울로 이주한 후에는 2004년 타계할 때까지 여의도에서 한강을 바라보며 살았다. 이렇게 보면 그의 술회대로 강은 평생에 걸쳐 그의 삶과 문학을 관장한 '회심(回心)의 일터'가 된다. 설창수 시인이 써 보냈다는 '관수재(觀水齋)'라는 현판은 구상 시인의 생활을 한마디로 압축한 글귀라 하겠다.

구상은 한국문학에서 연작시 양식을 개척한 시인으로 평가된다.[14] 50년대의 연작시 「초토의 시」와 60년대의 연작시 「밭 일기」를 거쳐 70년대에 들어서서 그가 연작의 소재로 선택한 것이 바로 강이다. 강이 그의 삶의 중심에 있었고 시적 사유와 상상력을 견인하는 작용을 하였기 때문에 그는 '강' 연작을 시도한 것이다. 1975년에 간행된 『구상문학선』(성바오로출판사)에는 「강」 연작 10편이 실려 있다. 이 책에 실린 「'그리스도폴'의 강」이라는 산문에 의하면 그는 이 당시 20여 편의 연작시를 이미 써 놓았다고 했고 그중 한 편의 시를 소개하기도 했는데 그 시는 그 이후 지면에 발표된 연작시에는 들어 있지 않다. '그리스도 폴의 강'이라는 제목으로 연작시가 다시 발표된 것은 1983년 5월부터 1985년 6월까지의 일이다. 『시문학』에 25개월간 연재하여 기존 발표작 10편에 50편을 더하여 60편 연작시를 완성한 것이다. 1986년에 간행된 『구상시전집』(서문당)에는 「그리스도 폴의 강」 연작 60편이 실려 있고 2004년에 간행된 구상문학총서 3권 『개똥밭』(홍성사)에는 5편이 추가된 65편이 실려 「그리스도 폴의 강」 연작 65편이 확정되었다.

---

14 조창환, 「구상 시의 전개와 문학사적 의의」, 『구상문학논총』, 구상선생기념사업회, 2008. 5, 2쪽.

연작시의 제목이 '강'에서 '그리스도 폴의 강'으로 바뀐 것은 '그리스도폴'이라는 성인의 일화에서 얻은 감회를 강조하기 위함이다. 가톨릭 '14성인'의 한 사람인 그리스도폴은 크리스토포루스(Christophorus)라는 희랍식 이름에서 온 것이다. 그는 3세기 데키우스(Decius) 황제 때 순교한 성인이다. 전설에 의하면 그는 힘이 장사인 거인인데, 젊은 시절 힘만 믿고 악행과 향락을 저지르고 살다가 어느 수행자를 만나 감화를 받고 사람들을 어깨에 업고 강을 건네주는 일을 하며 살게 되었다. 그는 자기보다 더 힘센 사람이 나타나면 그를 주인으로 섬기겠다고 생각하고 있었는데, 세상에서 가장 힘 있는 자가 예수 그리스도라는 말을 듣고 예수를 기다리며 살아갔다. 어느 날 밤 조그마한 어린아이가 나타나 강을 건너게 해달라고 청했다. 어린아이를 어깨에 메고 강을 건너는데 물속으로 들어갈수록 점점 더 무거워져서 나중에는 물속으로 고꾸라질 지경이었다. 견디다 못한 거인은 너는 도대체 어떤 아이이기에 이렇게도 무거우냐고 소리쳤다. 그러자 어린아이는 "당신은 이 세상 전체보다도 훨씬 더 무거운 존재, 예수 그리스도를 어깨에 메고 있다."고 하였다. 이렇게 대답하고 소년 예수는 그 자리에서 손에 물을 적셔서 세례를 베풀었다. 그래서 그의 이름이 크리스토포루스가 되었다. '포루스(phorus)'는 '…을 지탱하다'라는 뜻의 말이므로 크리스토포루스는 '그리스도를 어깨에 멘 사람'이라는 뜻이다. 크리스토포루스라는 이름은 영어의 크리스토퍼(Christopher)로 정착되었다. 유럽의 성인상 중에는 지팡이를 짚고 한 소년을 어깨에 메고 강물을 건너는 사람의 형상을 흔히 볼 수 있는데 그가 바로 성(Saint) 크리스토퍼이다.

구상은 그리스도폴의 젊은 날의 방탕한 생활과 그 이후의 소박한 구도의 삶이 자신과 비슷하다고 보고 '강'을 그의 회심의 일터로 삼아 연작시를 써 갈 것을 기약하고 있다.[15] 강은 실제의 삶이 전개되는 생활의 현장이자 구세주를 기다리며 헌신하는 구도의 공간이기도 하다. 강을 통해 자신의 과거를 되돌아보고 현재의 삶을 직시하며 새날의 영광을 추구하려 한다. '관수재(觀水齋)'라는 말의 뜻 그대로 강물을 바라보며 거기서 삶의 진실을 발견하고 신앙의 진수를 성찰하는 은수자(隱修者)의 행적을 본받으려 한다. 연작시의 첫 장을 여는 작품을 보면 시인의 의도를 선명하게 파악할 수 있다.

그리스도 폴!
나도 당신처럼 강을
회심(回心)의 일터로 삼습니다.

하지만 나는 당신처럼
사람들을 등에 업어서
물을 건네주기는커녕
나룻배를 만들어 저을
힘도 재주도 없고

당신처럼 그렇듯 순수한 마음으로
남을 위하여 시중을 들
지향(志向)도 정침(定針)도 못 가졌습니다.

또한 나는 강에 나가서도
당신처럼 세상 일체를 끊어버리기는커녕
속정(俗情)의 밧줄에 칭칭 휘감겨 있어

---

15 구상, 「그리스도폴의 강」, 『구상문학선』, 성바오로출판사, 1975, 384쪽.

꼭두각시모양 줄이 잡아당기는 대로
쪼르르, 쪼르르 되돌아서곤 합니다.

그리스도 폴!
이런 내가 당신을 따라
강에 나아갑니다.

당신의 그 단순하고 소박한
수행(修行)을 흉내라도 내 가노라면
당신이 그 어느 날 지친 끝에
고대하던 사랑의 화신을 만나듯
나의 시도 구원의 빛을 보리라는
그런 바람과 믿음 속에서
당신을 따라 강에 나아갑니다.

「그리스도 폴의 강 - 프롤로그」 전문[16]

첫 연에서 분명히 표명한 것처럼 구상은 그리스도폴의 회심의 자
세, 즉 젊은 날의 방탕한 삶을 청산하고 사람들을 등에 업어 강을 건
네주는 일만 하면서 오로지 예수라는 존재만 기다리던 그 단순 소박
한 수행 자세에 감동을 받고 그러한 수행을 자신도 실천하고자 하는
마음으로 이 시를 쓰기 시작한 것이다. 말하자면 자기반성에 의한 구
도적 수행을 염두에 두고 시작한 것인데, 연작시가 계속되면서 이 작
품은 인생과 우주의 섭리에 대한 깊은 명상과 새로운 각성으로 승화
되어 구상 시인 특유의 세계관을 형성하게 된다. 이 연작시가 '실유

---

16 이하 시의 인용은 구상문학총서 3권 『개똥밭』(홍성사, 2004)에 의거한다.

(實有)의 본체를 찾는 일, 또는 세계의 원리를 찾는 일'[17]에 집중하고 있다고 본 것은 바로 그 점을 지적한 것이다.

연작시의 각 편 중에는 계절에 따른 한강의 아름다움을 소묘하며 거기서 얻은 감상을 표현한 것도 있고, 어린 시절 적전강 주변의 풍정을 회고하며 순수의 그리움을 노래한 것도 있다. 그러한 감상과 회고의 시편에서도 단순히 외관의 정경을 묘사하지 않고 늘 자신의 문제를 결부시켜 서정의 기축으로 삼았다. 안개가 낀 강에 잔 고기 떼들이 노닐고 "황금의 햇발이 부서지며/꿈결의 꽃밭을" 이루는 장면을 보면서 자연스럽게 승화되는 마음의 상태를 "나도 이 속에선/밥 먹는 짐승이 아니다."(연작시 1)라고 간결하면서도 함축성 있게 표현하는 수법은 그야말로 구도적 수행이 아니면 나올 수 없는 대목이다.

그의 구도적 수행이 자기반성에 기반을 둔 것이듯이 강을 관찰하는 데에도 현대문명이나 현세의 삶에 대한 비판적 시각을 두드러지게 드러낸다. 공해에 물든 강을 "연탄빛 강"이라고 지칭하며 "탐욕의 분뇨"와 "번득이는 음란"(연작시 8)이 이러한 부패를 만들어 냈다고 개탄한다. 강 여기저기에 "준설선과 포크레인이/무법자들처럼 힘을 과시하여/굉음을 발하"기 때문에 한강도 절망의 흐름을 보이고 있고 다리 위의 차량들은 "황금의 우상을 쫓는 무리들과/새 모세를 찾는 무리들을 싣고/미친 듯이 달린다"(연작시 15)는 비판을 가차 없이 토로한다. 이러한 비판적 언명은 물질과 쾌락에 휩싸여 사는 우리의 삶을 반성케 한다. 시인 자신에게도 이러한 타락한 현실 속에서 자신의 내면을 어떻게 유순하고 화평하게 유지하느냐 하는 것이 하나의 큰 걱정거리요 해결해야 할 과제였을 것이다. 그런 점에서 비판적 발언

---

17 홍신선, 「초월과 물의 시학 - 구상의 '그리스도폴의 강'을 읽고」, 『시문학』, 1985. 7, 22~23쪽.

들은 문명사회의 모순에 대한 예언자적 논고이자 자신의 내적 의지를 새롭게 다지려는 염원의 표현이었을 것이다.

강의 흐름을 관조하며 생명과 우주의 본질을 탐색하는 시인은 헤르만 헤세의 『싯달타』에서 싯달타가 강의 흐름과 하나가 되면서 다다른 전일적 의식(Einheit)에 도달한다. 그것은 그의 시에서 "오직 하나인 현재"(연작시 11), "허무의 실유"(연작시 14), "무상 속의 영원"(연작시 16), "강은 태허의 섬"(연작시 25), "무상 속에 단일한 자아"(연작시 65) 등의 어구로 변주된다. 하나의 물방울 속에 우주가 담겨 있고 거대한 바다의 육체는 작은 물방울이 모여 이룩된 것이다. 인간도 그와 같아서 우리 한 사람 속에 우주가 담겨 있고 우주는 작은 인간 개체가 모여서 이루어진다. 이러한 지혜의 속삭임을 들려주는 강을 바라보고 강변을 둘러보는 것은 시인에게 단순한 여가 활용이 아니다. 그것은 예배에 참여하는 경건한 구도의 과정이다. 그래서 시인은 "마치 매일예배를 보듯/나는 오늘도 강에 나와 있다"(연작시 49)고 고백하였다. 팔순이 넘어 보행이 어려워지자 "엘리베이터를 타고/맨 위 12층에 올라가 복도 난간에서/그렇듯 그리던 한강을 바라"(연작시 63) 보았던 것이다. 이런 것을 보더라도 한강에 대한 그의 사색과 시적 표현이 단순한 문학적 산책이 아니라 예배를 드리고 진리를 탐구하는 구도의 일정임을 알 수 있다.

4. 불이(不二)의 세계관

그러면 그가 깨달은 세상의 진리는 무엇인가? 그것은 가톨릭 신앙에 바탕을 두고 불교의 진리와 도교의 진수를 함께 아우른 것이었다. 소위 회통(會通)과 융섭(融涉)의 자세를 취한 것이다. 그의 구도적 세계관의 기반 위에서는 가톨릭 신앙의 섭리나 불교 수행의 진리가 둘이 아니라 하나였다. 불교에서 말하는 불이(不二), 무루(無漏), 무차(無遮)의 깨달음을 얻은 것이다. 그는 상대적 관념에 얽매이지 않고 모든 것을 평등하게 대하고자 했으며(불이), 번뇌에 얽매임이 없는 경지를 추구하였고(무루), 모든 것을 차별 없이 포용하는 마음을 지니려 하였다(무차). 그러므로 그에게 가톨릭과 불교는 둘이 아니었고 가톨릭과 도교도 둘이 아니었다. 강은 누구에게나 똑같은 모습으로 흐르는데 가톨릭의 강이 따로 있고 불교의 강이 따로 있고 도교의 강이 어디 달리 있겠는가? 그는 이러한 사유를 관념으로 간직한 것이 아니라 실제적인 생활의 일부로 실천하였으니, 그 증표가 되는 것이 다음의 시다.

팔당과 양평 사이
후미진 강기슭 빈 조각뱃전에
한 켠엔 내가 앉고
한 켠엔 노처(老妻)가 앉아
바람도 없이 출렁이는 강물을 바라보며
저마다의 생각에 잠겨 있다.

지금 내 머리에 떠오르는 것은
바로 그제 백만의 신도가 모인 여의도
그 찬란한 가설제단에 앉으셨던
교황 요한 바오로 2세와
몇달 전 여성잡지에서 뵈온
가야산(伽倻山) 바위 위에 앉으신 성철(性徹) 종정과의
두 모습,

한 분은 인파(人波)의 그 환성 속에 계시고
한 분은 자연의 그 적막 속에 계시나
두 모습 그대로가 진실임을 의심할 바 없거늘
과연 이 대조(對照)는 무엇을 뜻함인가?

한 분이 행하시는 인위(人爲)의 극진(極盡) 속에도
한 분이 행하시는 무위(無爲)의 극치(極致) 속에도
신비가 감돌기는 매한가지어늘
과연 이 부동(不同)은 무엇을 말함인가?

저 두 분의 모습이 다 함께
진리의 체현(體現)임에 다를 바 없으니
유무상통(有無相通)의 소식이란 바로
이런 것이었구나!
정동일여(靜動一如)의 소식이란 바로
이런 것이었구나!

저녁노을과 함께 숨을 죽이듯
잔잔해진 강물을 바라보며
노부처(老夫妻)는 하염없이 생각에 잠겨
일어설 줄을 모른다.

「그리스도 폴의 강 38」 전문

이 시의 골자는 무엇인가? 요한 바오로 2세 교황이건 성철 종정이
건 그들이 지향하는 진리의 견지에서는 조금의 차등이 없이 하나라
는 것이다. 교황을 영접하기 위해 모인 백만 신도의 마음이나 성철

종정의 법문을 듣기 위해 삼천 배를 올리는 신도의 마음이나 차별 없이 하나라는 것이다. 한 분은 화려하게 외양을 드러냈고 한 분은 철저하게 산중에 은거하고 있으나 그 '인위의 극진'과 '무위의 극치'도 둘이 아니라 하나라는 것이다. 원래 하나인데 이것을 구분해서 차등을 두고 어느 하나에 집착할 때 거기서 세상의 온갖 병통이 생긴다. 끊임없이 이어지는 중동 분쟁, 기독교 세계와 탈레반의 유혈 쟁투는 둘로 분별하는 마음에 선악의 가치개념까지 결부되었기 때문에 일어나는 것이다. 불이(不二), 무루(無漏), 무차(無遮)의 진리에 도달하기 전에는 그들의 분쟁은 끝이 없을 것이다.

그런데 이 시는 불이의 진리, 유무상통(有無相通), 정동일여(靜動一如)의 소식을 아주 자연스러운 일상사의 차원에서 들려줄 뿐만 아니라 그 엄청난 이치를 노을이 물드는 잔잔한 강물을 바라보는 늙은 부부의 마음에 떠오르는 것으로 표현함으로써 평상심이 곧 진리라는 새로운 깨달음을 전한다. 위대한 깨달음은 10년 면벽수도나 20년 용맹정진에서만 얻어지는 것이 아니라 강과 함께 명상하며 유순한 마음을 화평하게 유지하면 자연스럽게 찾아올 수 있다는, 그런 예지의 전언을 이 시가 들려주고 있는 것이다.

이 연작시에는 이러한 깨달음의 내용이 아주 많지만 나에게 더욱 인상적인 것은 구상 시인의 살아있는 체험이 담긴 다음과 같은 이야기다. 그야말로 무심하게 보고하는 듯한 어법을 취한 이 시는 시인이 지닌 민족애가 인류애와 만나 전율을 일으키면서 높은 경지로 승화하는 감동적인 작품이다. 우리는 이 시를 잘 읽고 세상 모든 인류가 함께 만나 함께 사는 다문화적 글로벌 시대의 참된 지혜를 얻어야 한다. 이러한 의식을 이미 20여 년 전에 선취하였다는 점에서도 구상 시인의 선구자적 사유의 독창성을 추앙하지 않을 수 없다.

도쿄 아세아시인회의 첫날을 마친 후 나는 동년배의 일본 시인 몇 명과 회의장 근처 목로주점에서 어울리게 되었다.

좌흥(座興)이 무르익어가자 옆자리의 술이 거나해진 초로(初老)의 시인 한 분이,

— 한강이 그립습니다. 그 푸르게 넘쳐흐르던 한강이 미치게 그립습니다. 나의 소년시절의 요람인 한강. 그 양양(洋洋)한(그는 이렇게 표현했다) 흐름이 그립습니다.

음성을 떨면서 말했다. 나는 무망중,

— 서울엘 한번 오시죠, 와서 보시죠, 그 한강을!

대답을 하면서도 그가 그리는 그 '양양한 흐름'을 어찌 보여주나 하는 걱정이 앞섰다.

— 아니요, 제가 그 한강을 다시 보러 간다는 것은 한국인 여러분께 죄스러운 일이지요, 몰염치한 짓이지요, 제가 태어나서 자란 서울을 고향이라고 불러선 안 되듯이 말입니다.

그는 사뭇 괴로운 표정을 지었다. 나는 이 '시인의 예민한 양심'에 대꾸할 바를 모르고 있는데 이때 이 좌석을 마련한 건너편의 교포시인이 말을 받았다.

— 자네, 또 한강타령이군, 시나 강이 언제 국적을 묻는다던가? 인종을 따진다던가? 사랑하는 사람만이 그것의 임자지, 눈물이 있는 사람을 위하여 시는 씌어지고 강은 흐르는 게야, 어서 가서 그 품에 안기게나. 사장(沙場)에 누워서 눈물어린 눈으로 한강의 그 진홍색 저녁노을을 바라보게나!

— 고마워, 그러나 내가 가선 안돼! 이 '왜놈'이 또다시 그 강을 더럽혀선 안돼! 그것만은 안돼!

이때 그는 마치 한강의 그 흐름을 바라보듯, 그 저녁노을을 바라보듯 먼 곳을 응시하며 말했다.

집이 여의도인 나는 오늘도 윤중제를 거닐면서 여기저기 둑을 쌓아 물을 댄 논처럼 갈려 있고 여위고 상하여 군데군데 창자를 드러낸 한강을 바라보며 그 일본 시인이 '양양한 흐름'의 추억을 보전하기 위하여 영영 서울에 오지 말았으면 하는 생각과 새봄엔 나라도 초청해서 그에게 고향을 다시 찾게 해 주어야겠다는 엇갈리는 심정 속에 있다.

「그리스도 폴의 강 47」 전문

이 시에서 우리가 발견하는 것은 인간에 대한 믿음과 사랑이다. 어린 시절 이곳이 식민지배하의 나라라는 의식도 없이 한강의 양양한 흐름 속에 꿈을 키웠던 일본 시인의 회상. 어른이 되어서는 한국인에게 죄의식이 생겨 보고 싶은 한강을 가 보지 못하고 그리워만 한다는 고백. 그 일본 시인의 통절한 고백에 그야말로 시나 강에 국적과 인종이 무슨 의미가 있겠느냐면서 한강의 품에 안겨 진홍색 노을을 바라보라고 권하는 교포 시인의 충정어린 조언. 그야말로 "시인의 예민한 양심"에서 오간 절절한 대화인데 우리는 여기서 시인의 예민함보다는 인간에 대한 신뢰와 사랑을 감지한다. 인간이란 이런 것이고 이렇게 인간은 서로 사랑해야 한다는 삶의 진실을 터득하게 되는 것이다.

그런데 한강을 소재로 한 이 이야기에도 불이의 정신이 담겨 있다. 교포 시인의 말 그대로 강과 시는 그것을 사랑하는 사람에게 자신의 진면목을 드러내는 법이지 누구에게 처음부터 소속되어 있는 것이 아니다. 국가니 민족이니 하는 것도 역사적인 과정 속에 구분된 것이지 모든 생명은 결국 하나로 통합되는 것이다. 상대적 관념에 사로잡혀 이것이니 저것이니 구분함으로써 인류의 분쟁이 파생된 것이다. 불이, 무루, 무차의 시각에서 보면 사람은 하나고 강도 하나다. 양양한 강은 그것을 아름답게 보는 사람에게는 누구에게나 무한한 의미를 안겨 준다. 강의 흐름을 지루하게 보는 사람에게는 그에게 맞는 삶의 변화를 유도해 주기도 한다. 강은 관념을 떠나 모든 사람에게 평등하게 다가온다. 양양한 강도 근원을 알 수 없는 저 산골짝 하나의 물방울에서 발원한 것이며 강이 흘러드는 거대한 바다도 종국에는 하나의 물방울로 기화해 올라가게 된다. 거대한 바다와 하나의 물방울이 둘이 아니며 미미한 시냇물과 도도한 대하를 차별할 필요가 없다.

영원한 우주의 무한한 허공을 생각하면 인간의 삶이 극히 짧은 순간 같으나 순간의 삶이라 하더라도 그것은 무(無)가 아니기에 분명히 실재하는 것이다. 한 방울의 물이 큰 바다를 이루며 바다와 물방울이 둘이 아니듯, 우리의 순간의 삶이 영원한 우주를 이루며 그러기에 순간과 영원이 둘이 아니다. 따라서 우리는 순간의 삶을 살면서도 영원과 통하게 되는 것이다. 이것을 구상 시인은 "허무(虛無)의 실유(實有)"라고 표현했다. 실재의 삶에서 벗어나 영원의 세계로 가는 것이 아니라 실재의 삶이 이어져 영원을 형성한다는 것이다. 그래서 시인은 "죽고 나서부터가 아니라/오늘로서부터 영원을 살아야"(「오늘」) 한다고 말하였다.

그는 구도적 수행의 삶을 살아가면서 이러한 진리의 체현에 도달했다. 지금 하루하루의 삶이 영원의 일부임을 깨달은 것이다. 이것은 단순한 사변이나 머리 굴림으로는 도달할 수 없는 경지다. 그런 점에서 구상의 시는 감동을 주는 시가 아니라 실천을 요구하는 시다. 그의 음성은 지금도 끊임없이 우리에게 새로운 시각으로 세상을 보고 무상하게 변화하는 현상 속에서 영원의 기미를 발견하여 그것과 하나가 되도록 자극하고 격려하고 있다.

5. 맺음말

문학작품은 자연 심상을 많이 사용하여 정서와 관념을 드러낸다. 그중에서도 인간의 생활과 밀착되어 있는 강은 가장 빈번하게 문학의 소재로 등장해 왔다. 강은 예로부터 인간에게 명상과 관조의 대상으로 자리 잡아서 흐르는 강물을 보며 명상에 잠기고 생의 예지를 얻는 모티프는 많은 문학작품에 반복되어 나타난다. 강이 지닌 풍부하고 다양한 상징성은 많은 사람으로 하여금 강을 대상으로 한 철학적 사유와 문학작품의 창작을 유도해 왔다. 구상 시인은 가톨릭 신앙에 바탕을 두고 동양의 불교와 도교를 함께 수용하여 독특한 사상적 세계를 '강'을 통해 표현했다. 그것은 그의 연작 장시 「그리스도 폴의 강」에 집약되어 나타난다.

「그리스도 폴의 강」은 다양한 의미를 지닌 강을 소재로 삼되 특히 그의 생활의 터전이자 민족적 동맥의 표상인 한강을 중심으로 복합적인 사유를 표현했다. 그런 점에서 그의 이 작품은 한국시에 나타난 강의 의미를 집약하면서 그의 개성적 사유를 창조적으로 표현한 문학사적 맥락을 지니게 된다. 그에게 강은 실제의 삶이 전개되는 생활의 현장이자 구세주를 기다리며 헌신하는 구도의 공간이기도 하다. 강을 바라보고 강변을 산책하는 것은 시인에게 예배에 참여하는 경건한 구도의 과정이다.

그가 강을 통해 명상하고 깨달은 진리는 가톨릭 신앙의 섭리와 불교 수행의 진리가 둘이 아니라 하나라는 사실이다. 불교에서 말하는 불이의 깨달음을 얻은 것이다. 그는 상대적 관념에 얽매이지 않고 모든 것을 평등하게 대하고자 했으며, 번뇌에 얽매임이 없는 경지를 추구하였고, 모든 것을 차별 없이 포용하는 마음을 지니려 했다. 강이 누구에게나 똑같은 모습으로 흐르듯, 가톨릭의 강, 불교의 강, 도교의 강도 하나라고 생각했다. 그리고 이러한 사유를 실제적인 생활의 일부로 실천했다. 그는 구도적 수행의 삶 속에서 지금 하루하루의 삶이 영원의 일부임을 깨달았다. 그런 점에서 구상의 시는 감동을 주는 시가 아니라 실천을 요구하는 시다. 그의 시는 새로운 시각으로 세상을 보고 무상하게 변화하는 현상 속에서 영원의 단면을 발견하여 그것과 하나가 되도록 우리를 끊임없이 각성시키고 있다.

김종삼 시의 정본 확정 문제

1. 원전비평의 중요성

김종삼 전집이라는 이름으로 간행된 단행본은 2권이 있다. 장석주가 엮은 『김종삼 전집』(청하, 1988. 12)과 권명옥이 엮은 『김종삼 전집』(나남출판, 2005. 10)이다. 이 두 책은 김종삼 시의 애독자들과 연구자들에게 많은 도움을 주었다. 앞의 책은 김종삼의 시집과 시선집, 그 외의 지면에 실린 시 169편을 수록했는데 김종삼의 시를 일단 하나로 수합한다는 뜻으로 편찬한 것이기에 원본 검토 등의 서지적 작업은 거의 하지 못했다. 뒤의 책은 그 이후 발견된 작품 47편을 더한 216편을 수록하여 "명실상부한 결정본"[1] 전집 역할을 하고자 했지만 역시 자료 조사에 미흡한 점이 있어 전집으로서의 소임을 다하지 못했다. 이 책이 출간되기 전에 나온 이민호의 저서에 당시로서는 가장 상세한 김종삼 시 작품 연보가 들어 있는데[2] 권명옥 선생은 이것도 참고하지 않은 것 같다.[3] 그러니 김종삼 시의 전집 간행은 아직 진행 단계에 있다고[4] 말해야 옳다.

시인 생전에 간행된 김종삼의 시집이나 시선집, 그리고 다른 시인

---

1 권명옥 편, 『김종삼 전집』, 나남출판, 2005, 14쪽.

2 이민호, 『김종삼의 시적 상상력과 텍스트성』, 보고사, 2004. 12, 239~246쪽.

3 물론 그 작품 연보에도 누락된 작품이나 잘못된 기록이 많다. 그러나 『김종삼 전집』의 작품 연보보다는 훨씬 많은 작품을 제시하고 있다. 여기에는 지금 이 순간까지 내가 직접 대면하지 못한, 그리고 김종삼 시 원본을 가장 많이 찾아낸 신철규도 못 보았다고 하는 「돌」(『현대예술』, 1954. 6)도 기재되어 있다.

4 신철규, 「김종삼 시와 원전비평의 과제」, 『국제어문』 60, 2014. 3, 97쪽.

의 작품이 함께 수록된 선집을 연도순으로 나열하면 다음과 같다.

『전쟁과 음악과 희망과』(자유세계사, 1957. 4. : 김광림, 전봉건 연대시집)

『본적지』(성문각, 1968. 11. : 김광림, 문덕수 3인 시집)

『십이음계』(삼애사, 1969. 6. : 개인 시집)

『시인학교』(신현실사, 1977. 8. : 개인 시집)

『북치는 소년(민음사, 1979. 5. : 개인 시선집)

『누군가 나에게 물었다』(민음사, 1982. 8. 개인 시집)

『평화롭게』(고려원, 1984. 5. : 개인 시선집)

『전시 한국문학선 시편』(국방부 정훈국, 1955. 6)

『신풍토』(백자사, 1959. 6)

『한국문학전집 35 시집(하권)』(민중서관, 1959. 11)

『한국전후문제시집』(신구문화사, 1961. 10)

『52인 시집』(신구문화사, 1967. 1)

『한국시선』(일조각, 1968. 6)

어느 시인이나 마찬가지지만 김종삼도 자신의 작품을 처음 발표한 후 시선집이나 시집에 실을 때 부분적인 개작을 했다. 시어를 바꾸거나 시행이나 연을 달리 배치하는 정도의 변형이 이루어졌다. 하나의 작품이 여러 지면에 실릴 경우 그때마다 시행의 변화가 일어나기도 했다.[5] 때로는 그 변형이 시인의 의도와는 관련 없이 편집과 인쇄 과정에서 일어나는 경우도 있었을 것이다. 이러한 변형이 시인의 뜻에

---

5 이 점에 대해서는 이민호, 앞의 책, 19쪽과 신철규, 위의 글, 97쪽에서 힘주어 강조한 바 있다.

의한 것인지 아닌지 판별할 수 있는 근거가 사실은 없다. 김종삼은 처음에 발표한 작품을 시간이 지난 다음 조금 내용을 바꾸어 다시 발표하기도 하고 때로는 같은 작품을 제목만 바꾸어 다시 발표한 경우도 있다. 따라서 여러 개의 이본이 발견될 경우 어느 작품이 시인의 의사를 가장 잘 반영한 것인가를 검토해 볼 필요가 있다.

김종삼의 작품에 대한 태도를 알려 주는 두 가지 사례가 있다. 김영태의 회고에 의하면, 1984년 여름 월간문학사 편집실에 다짜고짜 들어와 여직원에게 자신의 원고를 달라고 하더니 시행 마지막 자 밑에 콤마 하나를 찍고 만족스러운 표정으로 나갔다고 한다.[6] 이것은 김종삼이 자신의 시 형태에 상당한 관심을 가졌음을 알려 준다. 「그리운 안니·로·리」, 「G·마이나」 등 자신이 아끼는 작품이 시집에 수록될 때마다 시형의 변화를 도모한 것도 그러한 정신의 소산일 것이다. 그러나 1976년 직장에서 퇴직한 후 술에 탐닉하면서 그러한 엄격성도 감퇴한 것 같다. 장석주의 회고에 의하면, 1979년 어느 날 길에서 만난 김종삼에게 약간의 금전을 건네준 일이 있는데 얼마 후 사무실로 자신의 육필 원고를 갖고 들어와 그것을 다른 원고지에 베끼게 하고는 원본을 남겨 놓고 사무실을 휑하니 나갔다는 것이다.[7] 말하자면 김종삼은 금전의 답례로 작품의 원본을 선사한 것이다. 그작품은 「추모합니다」인데, 『심상』(1979. 6)에 발표되고, 시집 『누군가 나에게 물었다』(민음사, 1982)에 수록되었다. 이 작품은 장석주가 필사한 사본의 형태로 편집부에 건네졌을 것이다. 민음사에서 시선집과 시집을 만들 때에도 시인은 거의 교정도 보지 않았다고 한다.

---

6 김영태, 「열 개의 메모」, 『한국문학』, 1985. 2, 78~79쪽.
이것이 맞는 기억이라면 김종삼이 찍은 것은 콤마가 아니라 마침표였을 것이다. 1984년 9월 『월간문학』에 실린 「실기(實記)」에는 마침표만 찍혀 있기 때문이다.
7 장석주, 「한 미학주의자의 상상세계」, 『김종삼 전집』, 청하, 1988, 17쪽.

잘 알려진 것처럼 그는 자신의 시가 어디 시냐고 자조했고[8], 시 문턱에도 가지 못한 엉터리 시인이라고 부인했으며[9], "시에 대해 별로 진지하게 생각하지 않고 애착도 느끼지 않는다"[10]고 조롱했다.

앞의 사례와 매우 대조적인 후자의 경우를 고려할 때 그의 시의 첫 발표본과 시집 수록본 사이에서 후세에 전할 정본을 정하는 일에는 많은 어려움이 따를 것으로 예상된다. 시인이 자신의 시에 대해 방기하는 자세를 취했기 때문에 정본 정리에 연구자의 자의성이 개입될 소지가 많은 것이다. 소설보다 시에서 정본 확정의 중요성을 강조하는 이유는 시에서는 행과 연의 구성, 시어의 배치, 심지어 음절 하나까지가 다 의미 지표로 작동하기 때문이다. 김종삼처럼 짧은 형식의 시를 쓰거나 독특한 시어를 구사한 경우에는 그런 지점에 대한 고려를 더욱 신중하게 할 필요가 있다. 예상되는 어려움에도 불구하고 그의 시에 대한 서지 연구에 힘을 기울이는 것은 이런 이유 때문이다.

2. 이본 비교와 개작 과정 검토

초기의 몇 작품을 중심으로 처음 발표된 작품이 시집에 수록되면서 변이가 일어나는 과정을 살펴봄으로써 정본 수립이 어떤 의미를 지니는지를 검토해 보겠다. 이런 작업을 통하여 검토된 작품에 대한 정본 확정의 가능성이 발견될 것이다. 먼저 「쑥내음 속의 동화」를 검토해 본다. 지금까지 밝혀진 것으로는 이 작품의 처음 발표 지면은 『지성』(1958. 9)이고, 『한국전후문제시집』(1961. 10)에 수록되었고, 김

---

8 강석경, 『일하는 예술가들』, 열화당, 1986. 84쪽.
9 김종삼, 「시인의 말」, 『문학사상』, 1978. 2, 231쪽.
10 송상옥, 「병든 몸으로 부른 영혼의 노래」, 『조선일보』, 1979. 5. 15.

종삼의 개인 시집에는 수록되지 않았으며, 두 권의 『김종삼 전집』에 수록되었다. 『지성』에 발표된 형태는 다음과 같다.

옛 이야기로서 고리타분하게 엮어지는 어릴 적의 이야기이다. 그 때 만 되며는 까닭이라곤 없이 재미롭지도 못했고, 죽고 싶기만 하였다.

그 즈음에는 인간들에게는 염치라곤 없이 보이리만큼 너무 지나치게 아름다움이 풍요하였던 자연을 즐기며
바라보며 가까이 하면 할수록 더욱 그러하였다.

고양이는 고양이대로
쥐새끼는 쥐새끼대로 옹크러져 있었고 강아지란 놈은 강아지대로 밤 늦게 까지 살라랑거리며 나를 따라 뛰어 놀고는 있었다.

어렴풋이 어두워지며 달이 뜨는
옥수수대로 만든 바주 울타리너머에는 달이 오르고
낯익은 기침과 침뱉는 소리도 울타리 사이를 그 때면 간다.

풍식이네 하모니카는 귀에 못이 배기도록 매일같이 싫어지도록 들리어 오곤 했다.
자라나서 알고 본즉 「스와니江의 노래」였다.

선률은 하늘 아래 저 편에 만들어지는 능선 쪽으로 향하기도 했고,

내 할머니가 앉아계시던 밭 이랑과 나와 다른 사람들과의 먼 거리를 만들어 주기도 하였다.

모기쑥 태우던 내음이 자연스럽게 없어지는 무렵이면 그러하였고,

용당포라고 하였던 해변가에서 들리어 오는 오래 묵었다는 돌미륵이
울면 더욱 그러하였다.

자라나서 알고 본즉 바다에서 가끔 들리어 오곤 하였던 기적소리를
착각하였던 것이었다.

　— 이 때부터 세상을 가는 첫 출발이 되었음을 모르며.

　　　　　　　　　　　　　　　　　　　「쑥내음 속의 동화」 전문[11]

1950년대에 발표한 김종삼의 시가 대부분 한글 구사의 미숙함을
드러내고 있는 것처럼, 이 시도 표현의 미묘함과는 무관하게 의미가
불명확한 부분이 있다. 그러나 그의 시적 상상력의 원천 역할을 한
'스와니 강의 노래'와 시 「민간인」에 나오는 1947년의 월남 난민의
출발지 '용당포'가 나오고, 소외된 인간과 착각으로서의 삶이 모티프
로 등장한다는 점에서 진지하게 검토해 보아야 할 작품이다. 1958년
의 지면인데도 띄어쓰기와 문장 부호 등 철자법이 비교적 잘 지켜진
것은 『지성』지가 당시 일급의 출판사인 을유문화사에서 정성을 기울
여 편집한 잡지이기 때문이다. 이 시 외의 다른 글들도 매우 단정하
게 조판되어 있음을 확인할 수 있다. 이 작품이 『한국전후문제시집』
에는 다음과 같은 형태로 표기되어 있다.

옛 이야기로서 고리타분하게 엮어지는 **어렸을 제** 이야기이다. 그맘때

---

11 『지성』, 1958. 9, 140~141쪽.

만 되며는 까닭이라곤 없이 재미롭지도 못했고 죽고 싶기만 하였다.

그 즈음에는 인간들에게는 염치라곤 없이 보이리만큼 너무 지나치게 아름다움이 풍요하였던 **자연을 가까이 하면 할수록** 더욱 그러하였다.

고양이란 놈은 고양이대로 쥐새끼란 놈은 쥐새끼대로 옹크러져 있었고 강아지란 놈은 강아지대로 밤 늦게까지 **나를 따라 뛰어 놀았다.**

어렴풋이 어두워지며 달이 뜨는
수수대로 만든 바주 울타리 너머에는
달이 오르고 낯익은 기침과 침뱉는 소리도 울타리 사이를 그 때면 간다.

풍식이란 놈의 하모니카는 귀에 못이 배기도록 매일같이 싫어지도록 들리어 오곤 했다.
자라나서 알고 본즉 「스와니江의 노래」였다.

선률은 하늘 아래 저 편에 만들어지는 능선 쪽으로 날아 갔고.

내 할머니가 앉아 계시던 밭이랑과 나와 다른 사람들과의 먼 거리를 만들어 주기도 하였다.

모기쑥 태우던 내음이 자연스럽게 없어지는 무렵이면 용당패라고 하였던 해변가에서
들리어 오는 오래 묵었다는 돌미륵이 울면 더욱 그러하였다.

자라나서 알고 본즉 바닷가에서 가끔 들리어 오곤 하였던 고동소리를 착각하였던 것이었다.

— 이 때부터 세상을 가는 첫 출발이 **되었음을 몰랐다.**

「쑥내음 속의 동화」 전문[12]

이 두 판본을 비교해 보면 후자가 형태적으로 정돈되어 있음을 알 수 있다. 앞의 작품이 시행 구분에 일관성이 부족해 보이는 데 비해 뒤의 작품은 산문시 형태 위주로 시구를 재배치하였다. 굵게 표시된 부분을 보면 군더더기를 제거하고 일상적인 말로 바꾸려고 노력한 사실을 확인할 수 있다. 4연은 "달이 오르고"가 뒤 행에 배치됨으로써 첫 발표본의 어색했던 부분이 교정되어, 달이 울타리 사이를 이동하는 것처럼 기침 소리와 침 뱉는 소리도 울타리 사이를 스치고 간다는 의미가 살아나게 되었다. 그러나 "용당포"가 "용당패"로 표기된 것은 분명한 오류다. 또 뒤 판본의 8연에도 교정상의 오류가 아닌지 다시 검토해 볼 구절이 보인다. 8연의 끝 부분은 "더욱 그러하였다"로 되어 있다. 이러한 비교의 어사가 오기 위해서는 그 앞에 유사한 문맥이 배치되어야 한다. 첫 판본에는 "없어지는 무렵이면 그러하였고"라는 말이 있어서 문맥의 호응을 이루고 있는데, 뒤 판본에서 이것이 사라진 것이다. 8연의 "무렵이면" 다음에 "그러하였다"를 보충해 주어야 문맥이 자연스러워진다. 이것은 조판 과정에서 오류가 생긴 것으로 보인다. 따라서 8연은 다음과 같은 형태로 수정되어야 옳을 것이다.

모기쑥 태우던 내음이 자연스럽게 없어지는 무렵이면 그러하였고

---

12 『한국전후문제시집』, 신구문화사, 1961, 115~116쪽. 굵은 글자는 필자가 표시한 것이다.

용당포라고 하였던 해변가에서 들리어 오는 오래 묵었다는 돌미륵이 울면 더욱 그러하였다.

이러한 수정의 가능성을 내포한 이 작품은 두 전집에 실리면서 다시 변형을 겪게 된다. 이것은 시인의 의사와는 전혀 무관한 것이다. 이 작품이 다른 시집에 수록된 적이 없으니, 『김종삼 전집』(청하, 1988)은 『한국전후문제시집』을 저본으로 삼았을 것이다. 그런데 3연을 위의 형태처럼 이어진 행으로 배치하지 않고 네 행으로 나누어 조판하였다. 이것은 원문을 오독한 결과다. 8연의 첫 행도 원문을 오독하여 두 행으로 나누어 조판했다. 그리고 원문에 단이 바뀐 상태로 배치된 9연을 한 연으로 이어진 것으로 오판하여[13] 한 연으로 처리했다. 원문의 오자인 "용당패"가 그대로 수용된 것은 말할 나위가 없다. 그 결과 다음과 같이 이상한 형태로 인쇄되어 있다.

모기쑥 태우던 내음이 자연스럽게 없어지는 무렵
이면 용당패라고 하였던 해변가에서
들리어 오는 오래 묵었다는 돌미륵이 울면 더욱 그러하였다.
자라나서 알고 본즉 바닷가에서 가끔 들리어 오곤 하였던 고동소리를
착각하였던 것이었다.

『김종삼 전집』(나남출판, 2005)[14]이 '결정판 전집'을 지향한 것이었다면 원본을 대조하는 작업을 했어야 마땅하다. 그러나 이 전집(나남)

---

13 이것을 오판한 것은 『지성』 발표본을 검토하지 않았기 때문이다. 그것을 보았다면 이 부분에서 연이 나뉜다는 것을 알 수 있었을 것이다.

14 서술의 편의를 위해, 『김종삼 전집』(청하, 1988)은 '전집(청하)'로, 『김종삼 전집』(나남출판, 2005)은 '전집(나남)'으로 표기한다.

은 앞의 전집(청하)에 조판된 형태를 그대로 이어받으면서 거기 또하나의 중대한 오류를 첨가했다. 전집(청하)에서 7연과 8연 사이에 페이지가 바뀐다. 그러니까 이 전집(청하)만 보면 7연과 8연이 이어지는 연인지 두 개로 나뉜 연인지 판별하기 어렵다. 원본을 참고했다면 연이 나뉘는 것을 알 수 있었을 것이다. 전집(나남)은 이것을 오판하여 하나의 연으로 배치했다. 다른 오류는 그대로 수용되었다. 그러니 '결정판 전집'의 이름을 걸고 나온 전집(나남)은 김종삼의 의도에서 더욱 멀어진 시 형태를 제시하는 결과를 빚은 것이다.

다음에는 「어둠 속에서 온 소리」를 검토해 보겠다. 이 작품이 최초로 발표된 것은 『경향신문』(1960. 9. 23)이고, 『한국전후문제시집』(1961)에 수록되었으며, 김종삼의 개인 시집에는 수록되지 않았다. 그러니까 앞의 「쑥내음 속의 동화」와 같은 과정을 밟은 것이다. 『한국전후문제시집』에 다음과 같이 제시되었다.

마지막 담너머서 총맞은 족제비가 빠르다.
〈집과 마당이 띠엄 띠엄, 다듬이 소리가 나던 洞口〉
하늘은 바른 마음을 가진 사람들이 있다고 대낮을 펴고 있었다.

군데 군데 잿더미는 아무렇지도 않았다.
못 볼 것을 본 어린것의 손목을 잡고 섰던 할머니의 황혼마저 학살되었던 僻地이다.
그 곳은 아직까지 빈사의 독수리가 그칠 사이 없이 선회하고 있었다.

원한이 뼈무더기로 쌓인 고혼의 이름들과 神의 이름을 빌려
號哭하는 것은 「洞天江」邊의 갈대뿐인가.

　　　　　　　　　　　　　　　　　「어둠 속에서 온 소리」 전문[15]

원문의 3연의 조판 형태가 명확하지 않아서 형태 파악이 순조롭지는 않지만『경향신문』발표본을 보면 위와 같은 형태임을 알 수 있다. 첫 발표작과 다른 것은 "재떠머니는"이 "잿더미는"으로 바뀐 것과 약간의 띄어쓰기의 변화, 셋째 연이 두 행으로 나뉜 것뿐이다. 이 시의 배경이 된 사건은 북한의 어떤 것이 아니라 1951년에 있었던 거창 일대의 양민학살 사건이다. 4·19 이후의 시대적 분위기에 의해 조사가 진행되어 1960년 5월 17일부터 각 신문에 보도되었기 때문이다. '동천강'은 산청과 함양의 경계선에 있는 강이다.

이 작품이 전집(청하)에 수록되면서 2연에서 지면 때문에 행이 바뀐 것을 전혀 고려하지 않고 기계적으로 행을 나누어 적었고, 원문에서 단락이 바뀌어 조판된 2연과 3연을 한 연으로 오판하여 다음과 같은 형태로 조판했다.

마지막 담너머서 총맞은 족제비가 빠르다.
〈집과 마당이 띠엄띠엄, 다듬이 소리가 나던 洞口〉
하늘은 바른 마음을 가진 사람들이 있다고 대낮을 펴고 있었다.

군데군데 잿더미는 아무렇지도 않았다.
못 볼 것을 본 어린것의 손목을 잡고
섰던 할머니의 황혼마저 학살되었던
僻地이다.
그 곳은 아직까지 빈사의 독수리가 그칠 사이 없이 선회하고 있었다.
원한이 뼈무더기로 쌓인 고혼의 이름들과 神의 이름을 빌려
號哭하는 것은 「洞天江」邊의 갈대뿐인가.

---

15 『한국전후문제시집』, 113쪽.

발표한 당시의 표기법을 따르겠다고 원칙을 정해 놓고 "띠엄띠엄"
과 "군데군데"를 붙여서 표기한 것도 원문의 내포적 의미를 제대로
살리지 못한 처사다. 전집(나남)은 이 잘못된 형태를 그대로 물려받
았다.

「발자국」은 전집(나남)에만 수록되어 있는 작품으로 권명옥 선생
이 발굴한 것이다. 처음 발표는 『문학춘추』(1964. 12)에, 다음 발표
는 『시문학』(1976. 4)에 이루어졌다. 『문학춘추』에 실린 다른 작품
4편은 다른 지면에 다 수록했는데[16] 「나의 本」과 「발자국」은 수록하
지 않았고 「발자국」은 12년 동안 가지고 있다가 약간 개작하여 재
발표한 것이다. 전집(나남)은 『시문학』 발표본을 전재했는데, 작품
연보에서 1976년 4월을 5월로 오기했다. 그리고 앞의 예에서 짐작
할 수 있는 것처럼 몇 가지 오류가 있다. 『시문학』 발표본은 다음과
같다.

폐허가 된
노천 극장을 지나가노라면 어제처럼
獅子 한 마리 엉금 엉금 따라온다 버릇처럼 비탈진
길 올라가 앉으려면
녀석도 옆에 와 앉는다
마주 보이는
언덕 위,
平均率의 나직한 音律이
새어 나오는

---

16 함께 발표된 「화실 환상」은 '아뜨리에 환상'으로, 「종착역 아우슈뷔치」는 '아우슈
뷔츠'로 제목이 바뀌어 다른 지면에 재수록되었고, 「문장 수업」과 「음악」은 제목 그대
로 재수록되었다.

古城 하나이,

일어서려면 녀석도 따라 일어선다

오늘도 이 곳을 지나가노라면

獅子 한 마리가 엉금 엉금 따라온다

입에 넣은 손 멍청하게 물고 있다

아무일 없다고 더 살라고

「발자국」 전문[17]

　전집(나남)의 서문에서 시집의 표기는 발표 당시의 것을 따르되, 경우에 따라 현행 표기법도 고려한다고 했다. 따라서 "옆에와"가 "옆에 와"로, "이 곳"이 "이곳"으로, "아무일"이 "아무 일"로 수정된 것은 충분히 이해할 수 있는 일이다. 그러나 "언덕 위" 다음에 있던 쉼표가 삭제된 것, "새어 나오는"이 "새어나오는"으로 표기된 것, 두 번째 연의 "지나가노라면"이 "지나노라면"으로 표기된 것은 분명 잘못된 것이다. 이 작품을 인용하였으니 『문학춘추』 발표본도 인용하여 김종삼이 작품을 어떻게 개작했는지 그 상태를 살펴보기로 하겠다.

　폐허가 된

노천 극장을 지나가노라면 어제처럼

獅子 한 마리가

따라온다. 버릇처럼 비탈진 길을 올라 가 앉으려면

옆에 와 앉는다.

마주 보이는

---

17 『시문학』, 1976. 4, 28쪽.

언덕 위,

平均率의 나직한 音律이

새어 나오는

古城 하나이,

좀 있다가 일어서려면 그도 따라 일어선다.

오늘도 버릇 처럼 이 곳을 지나가노라면 어제처럼 獅子 한 마리가
따라 온다

입에 넣은 손을 조용히 물고 있다. 그 동안 죽어서 만나지 못한 어렸
던 동생 종수가 없다고.

「발자국」 전문[18]

이 두 작품을 비교할 때 먼저 눈에 띄는 것은 일관되게 붙어 있는
마침표다. 그러나 이것은 김종삼의 의도에 의한 것 같지는 않다. 『문
학춘추』의 지면을 보면 거의 모든 시의 종결부에 예외 없이 마침표가
찍혀 있다. 그러니까 첫 발표작의 마침표는 편집자의 의도가 반영된
것이다. 앞에서 시인의 의도와는 관계없이 편집과 인쇄 과정에서 시
형의 변화가 일어날 수 있다고 한 것이 이것을 지칭한 것이다. 다음
에 눈에 띄는 것은 시의 마지막 부분의 완전한 개작이다. 첫 발표작
에는 동생의 죽음이라는 근접 사건이 제시되었고 1976년의 발표작에
는 자신의 개인적 상황이 제시되었다. 이 시를 발표할 즈음 그는 퇴
직을 앞두고 있었고, 음주벽과 질병도 깊어지고 있었다.

그다음에 발견되는 것은 그의 다른 시 개작에서도 나타나는 불필
요한 어사의 조정, 더 적절해 보이는 시어로의 대치, 긴장감 고양을

---

18 『문학춘추』, 1964. 12, 218~219쪽.

위한 조사의 생략 등이다. 첫 발표작을 통해 "언덕 위"와 "古城 하나이"가 대등한 관계에 있고, 그러한 배경 속에서 내가 일어서면 사자도 따라 일어선다는 상황이 더 선명하게 파악된다. 이것이 텍스트 검토에서 얻어지는 이점이다. 그리고 첫 발표본의 형태를 고려하면『시문학』발표본에 애매하게 조판되어 있는 3행과 4행이 하나의 행으로 연결된 것이 아닌가 하는 생각도 든다. 그러나 이것은 쉽게 단정할 수 없는 사항이기에 숙제로 남긴다. "엉금 엉금"과 "멍청하게"가 새로 들어가 시인의 처지를 암시하는 장면도 눈여겨볼 만하다. 비교적 긍정적인 방향으로 개작이 이루어졌음을 알 수 있다.

여러 지면에 재수록된「앤니로리」도 개작에 성공한 작품임을 확실히 밝힐 수 있다. 처음 발표된『세대』(1978. 5)에는 다음과 같은 형식으로 게재되었다.

> 노랑 나비야 너는 아느냐
> 〈메리〉도 산다는 곳을
> 자비스런 이들이 산다는 곳을
> 날 맑은 푸름과
> 꽃들이 만발한 곳을
> 세모진 빠알간 집 뜰을
> 너는 아느냐
> 노랑 나비야
>
> 다시금 갈길이 험하고
> 험하여도
> 언제나 그립고
> 반가운

음성
사랑스런
앤니 로리.

「앤니 로리」 전문[19]

이 작품이 시집『누군가 나에게 물었다』(1982)에 수록될 때는 다음
과 같이 간결하고 단정한 형태로 재구성되었다.

노랑나비야
메리야
한결같이 아름다운
자연 속에
한결같이 마음이 고운 이들이
산다는 곳을
노랑나비야
메리야
너는 아느냐

"메리야"가 들어간 것이 백미인데 이 중간 단계의 작품은『현대문
학』(1979. 10)에 발표되었다.『현대문학』 발표본은 시집 수록본과 다
른 것은 다 같은데, "메리야"가 "메리야 메리야"로 되어 있다. 불필요
한 반복을 하나의 시어로 압축한 것이다. 과도한 음주와 병고, 끝없
는 자조의 시간 속에서도 완성품을 이루려는 시인의 예술 정신은 퇴
색하지 않았음을 입증하는 사례다.

---

19 『세대』, 1978. 5, 323쪽.

김종삼이 깊은 애착을 가진 시 「음악」은 초기 시 중 가장 많은 개작 과정을 거치며 완성도를 높여 간 작품일 것이다. 「음악」의 첫 발표지면은 앞에서 언급한 『문학춘추』(1964. 12)이고, 『본적지』(1968. 11), 『십이음계』(1969. 6)에 수록되면서 훌륭한 개작이 이루어졌다. 말러의 가곡 「죽은 아이를 추모하는 노래」의 제5곡 '이렇게 험한 날에'의 음악적 구성을 시의 형식으로 표현해 보려는 의도를 가지고 음악과 시의 결합을 꾀한[20] 그의 노력이 몇 년간 지속된 것이다. 그 과정은 자못 감동적이다.

『문학춘추』의 첫 발표본은 지금 우리가 대하는 작품에 비해 길이도 짧고 연의 구분도 불명확하며 어색한 시어도 많이 나온다. 이 작품만 가지고는 말러 가곡과의 연계성을 거의 설명하지 못할 것이다. 그런데 이 작품이 『본적지』에 수록되면서 많은 개작이 이루어져 지금 우리가 대하는 작품에 가까운 형태가 된다. 그리고 『십이음계』에 수록되면서 말러 가곡의 음악적 구성에 더욱 근접한 방향으로 수정이 이루어진다. 시선집 『북치는 소년』(1979. 5)에 이것이 그대로 수록되었고, 전집(청하)에 수록되면서 띄어쓰기의 변화가 세 군데 일어났다. 다행히 이 시는 시인이 개작한 원시 그대로의 형태로 우리에게 전해지고 있고, 개작 과정을 통해서 김종삼이 얼마나 공들여 완성한 작품인가를 알 수 있게 한다.

잘 알려진 작품은 아니지만, 김종삼의 무의식과 의식의 교차를 잘 드러내는 작품으로 「시체실」이 있다. 이 작품은 『현대문학』(1967. 11)에 처음 발표되고, 『십이음계』(1969. 6)에 수록되었으며, 두 권의 전집에 수록되었다. 『현대문학』에 발표된 형태는 4, 5, 6연이 행 구분이 없는 산문시 스타일로 되어 있었는데, 『십이음계』에 수록되면서

---

20 이숭원, 「김종삼 시의 내면구조」, 『국어교육』 53 · 54, 1985. 12, 312~314쪽.

두 개의 시어가 수정되고 행이 구획된 형태로 바뀌었다. 그런데 문제는 행의 구분이 아주 이상한 형태로 되어 있다는 점이다. 이것은 조판상의 이유 때문에 이런 식으로 인쇄된 것으로 보인다. 시집의 형태를 그대로 옮기면 다음과 같다.

> 굵은 빗줄기의 室屋, 무더위 —
> 바깥은 시앙鐵의 構造,
>   드럼통을 두드리는 소리는 연거푸
> 그치지 않았다.
> 他界에서의 屍體檢査를 進行하는 느낌.
>
>   四八세의 男子는 친구로서
> 以北出身의 基督人이다 十字架를 목에
> 건 機關銃 射手였다. 十九年 前
> 士兵으로 入隊. 三年 前에 除隊. 最近에
> 結婚하였다. 싱겁게 죽어갔다.
>   이름은 羅淳弼.
>
> 市立 無料病院엔 盲人이 된 四十
> 세의 여동생이 十餘年 間 起居하고
> 있다 단 하나뿐인 血統으로 週末
> 마다 만났다 우리들은 當分間 알리지
> 않기로 合意하였다.
>
> 「시체실」 부분

이것은 이 시의 4, 5, 6연인데 『현대문학』에 행 구분 없이 산문시 형태로 되어 있던 것을 무리하게 조판하다 보니 위와 같은 형태가 되었다. 김종삼이 이렇게 이상하게 시행을 나눈 예는 전혀 없으므로 시인의 의도가 개입된 것은 아니다. 이 부분을 시인의 의사에 맞게 제대로 복원하려면 『현대문학』 발표본을 면밀히 검토해야 한다. 적어도 5연과 6연은 『현대문학』의 형태대로 시행 구분이 없는 상태로 받아들이는 것이 순리일 것이다. 그렇다면 위의 부분은 다음과 같은 형태로 정리된다.

굵은 빗줄기의 室屋, 무더위 ―
바깥은 시앙鐵의 構造,
드럼통을 두드리는 소리는 연거푸 그치지 않았다.
他界에서의 屍體檢査를 進行하는 느낌.

四八세의 男子는 친구로서 以北出身의 基督人이다 十字架를 목에 건 機關銃 射手였다. 十九年 前 士兵으로 入隊. 三年 前에 除隊. 最近에 結婚하였다. 싱겁게 죽어갔다.
이름은 羅淳弼.

市立 無料病院엔 盲人이 된 四十세의 여동생이 十餘年 間 起居하고 있다 단 하나뿐인 血統으로 週末마다 만났다 우리들은 當分間 알리지 않기로 合意하였다.

전집(청하)은 지금까지의 사례대로 이 부분을 시집의 형태 그대로 수용하였고 전집(나남) 역시 전집(청하)을 저본으로 한 것이니까 이 형태 그대로 조판했다. 앞으로 진정한 의미의 전집이 간행된다면 이런 문제도 정리해야 할 것이다.

다음에는 오자나 원문의 누락 부분, 시어의 해석과 관련된 부분적인 문제를 몇 가지 지적하고 넘어가겠다.

「오월의 토끼똥·꽃」은 『현대문학』(1960. 5)에 「토끼똥·꽃」으로 처음 발표되고, 『한국전후문제시집』(1961)에 수록되었다. 여기 "참혹 속에서 바뀌어지었던 역사 위에"라는 구절이 나오는데, 두 문헌에 '참혹'으로 되어 있던 것이 전집(청하)에 '참흑'으로 실리자 전집(나남)도 그대로 따랐다. '참혹'과 '참흑'의 차이는 얼마나 큰가? 또 「꿈속의 나라」는 『현대문학』(1976. 11)에 발표되고, 『시인학교』(1977. 8)에 수록되었는데, 마지막 행의 "영롱한 날빛으로"가 두 전집에 "영롱한 달빛으로"로 오식되었다. '날빛'과 '달빛'의 차이 또한 얼마나 먼가?[21]

'베르카·마스크'라는 제목과 '베루가마스크'라는 제목으로 발표된 두 작품이 있다.[22] 전자는 『전시 한국문학선 시편』(1955. 6)에 후자는 『신풍토』(1959. 6)에 발표된 것인데 전집(나남)에 「베루카·마스크」의 앞부분만 게재됨으로써 혼란이 일어났다. 원문이 두 쪽으로 되어 있는데 앞 쪽만 복사하여 게재한 것이다. 「베루가마스크」는 「베루카·마스크」의 개작에 해당하는데, 공교롭게도 전집(나남)에 작품의 누락된 부분이 많이 포함되어 있어, 이 두 작품이 개별 작품인 것처럼 전집(나남)에 수록되었다. 엄격히 말하면 후자는 전자의 개작으로 보아야 한다.

김종삼이 상당히 아낀 작품임에 틀림없는 「G·마이나」는 『전쟁과 음악과 희망과』(1957. 5)에 처음 모습을 드러낸 후 『한국문학전집 35

---

21 이 시는 시선집 『북치는 소년』(민음사, 1979), 『평화롭게』(고려원, 1984)에 다 '날빛'으로 표기되어 있으므로, 오식의 책임은 전적으로 두 전집이 져야 한다.

22 제목의 뜻과 작품의 성격에 대해서는 신철규, 앞의 논문에서 자세히 언급했고, 황현산, 「김종삼의 '베르가마스크'와 '라산스카'(1)」(『문예중앙』, 2014. 가을호, 432~440쪽)에서도 다루었다.

시집(하권)』(1959. 11), 『본적지』(1968. 11), 『십이음계』(1969. 6)에 수록되었다. 이 시에 "神羔의/구름밑"이라는 구절이 나온다. 이 구절이 『십이음계』에 "神恙의/구름밑"으로 표기됨으로써 이후 모든 시집에 이렇게 표기되었다. 여기에 대해 오형엽은 『본적지』 판본의 우위를 인정하며 '神羔(신고)'가 맞는 말이라는 의견을 냈다.[23] 둘 다 낯설기 그지없는 이 한자어는 '신고'는 "하나님의 어린 양"이라는 뜻으로, '신양'은 "하나님의 근심"이라는 뜻으로 해석된다. 사전에 '신양(身恙)'이란 말이 등재되어 있어 "하나님의 근심"이란 뜻으로 많이 해석하는데, '神恙'과 '身恙'은 전혀 다른 말이다. 김종삼은 세 차례의 발표본에서 '身恙'이란 말은 쓴 적이 없다. 그는 시를 쓸 때 어휘 선택에 지독하게 신경을 쓰며 골머리를 앓는다고 했다.[24] 그러니 이 말도 그가 신중하게 선택한 말임에 틀림없다. 김종삼은 『십이음계』에 이 시를 수록하면서 비로소 "전봉래 형에게"라는 부제를 넣었다. 어쩌면 '신고(하나님의 어린 양)'는 6·25사변 때 불행하게 자살한 전봉래를 지칭한 것인지도 모른다. 그리고 '柘榴'라고 쓰고 '석류'라고 읽고, '石茸'이라고 쓰고 '석이'라고 읽듯, '神羔'라고 쓰고 '신양'이라고 읽었을지도 모른다.

김종삼이 「앙포르멜」, 「드빗시 산장 부근」과 함께 자기 마음에 드는 시로 천거한[25] 「돌각담」에 "꺼밋했다"라는 말이 나온다. 이 말이 「드빗시 산장 부근」에도 나온다. 이 작품은 『사상계』(1959. 2)에 발표되고, 『한국문학전집 35』(1959. 11)과 『52인 시집』(1967. 1)에 수록되었으며, 『십이음계』(1969)에 「드빗시 산장」으로, 『시인학교』(1977)에 같은 제목으로 수록되었다. 재수록의 횟수에서 이 시에 대한 시인의

23 오형엽, 「광야에서 영원을 찾는 순례」, 『그대 시를 사랑하리』, 책만드는집, 2014. 2, 102쪽.
24 김종삼, 「먼 시인의 고향」, 『문학사상』, 1973. 3, 317쪽.
25 위의 글, 같은 부분.

애착을 느낄 수 있다. 재수록 과정에서 시행 배치에 다소 변화가 있을 뿐 크게 달라진 것은 없다. 다만 "꺼밋한 시공 뿐"이라는 구절이 『십이음계』부터 "꺼면 시공 뿐"으로 바뀐다. 여기서 '꺼밋한'이 '꺼면'과 같은 뜻임을 알 수 있다. 따라서 「돌각담」의 "꺼밋했다"도 '꺼면 상태가 되었다'는 뜻으로 이해할 수 있다.

「휴가」는 『동아일보』(1968. 9. 5)에 발표되고 『십이음계』(1969)에 수록되었다. 앞에서 언급한 바 있는 이 시집의 편집 방식에 따라 시행이 조정되고 어구 수정이 이루어졌다. 그런데 시집에는 들어오지 못한 시인의 말이 『동아일보』 지면 작품 옆에 병기되어 있다. 그것은 사냥과 관련된 내용이 아니라 어떤 몰락한 친구의 사연이다. 그것을 통해 이 시의 상황이 인간의 일을 비유한 것임을 알 수 있다. 첫 발표본을 검토하면 이러한 해석의 실마리도 발견할 수 있다. 또 「소리」[26]는 『동아일보』(1982. 7. 24)에 발표되고 『평화롭게』(1984. 5)에 수록되었는데, 시집에 수록되면서 작품의 뒷부분이 삭제되어 형식이 간결해졌다. 그런데 삭제된 부분에 시인의 실향의식을 암시하는 부분이 들어 있어서 참고할 만하다. 삭제된 부분만 인용하면 다음과 같다.

죽었다던 神의 소리인가
무슨 소리인가
38 以遠
모두가 녹슬고 살벌한 고향 땅
죽은 옛 친구들
너희들 소리인가

---

26 또 한 편의 「소리」가 있는데, 그것은 『52인 시집』(1967)에 들어 있고 『십이음계』(1969)에 수록되었다. 전집을 새로 엮는다면 「소리 1」과 「소리 2」로 구분되어야 할 것이다.

무슨 소리인가

너희들 이후론 친구도 없다.[27]

김종삼은 앞의 「베루가마스크」처럼 거의 같은 내용의 작품을 두 번 발표하기도 하고, 제목을 바꾸어 유사한 내용의 작품을 발표하기도 했다. 전집을 새로 엮는다면 이들 작품에 대해 별도 처리가 있어야 할 것이다. 『한국전후문제시집』(1961)에 실린 「이 짧은 이야기」와 『신동아』(1977. 2)에 발표된 「평범한 이야기」는 거의 동일한 작품을 재발표한 것이다. 『현대시학』(1971. 9)에 실린 「엄마」와 『시문학』(1977. 2)에 실린 「내일은 꼭」은 「베루가마스크」처럼 수정본의 재발표에 해당한다. 『문학사상』(1979. 6)에 발표한 「아침」과 『월간문학』(1979. 6)에 발표한 「掌篇」에는 중요한 구절이 중복되어 나타난다. 당시 시인의 곤궁한 처지를 감안하면 이것이 우연이 아님을 짐작할 수 있다.

3. 「라산스카」와 「장편(掌篇)」 및 유사 제목 시편 정리

「라산스카」 시편은 전집(청하)에 3편, 전집(나남)에 6편이 수록되어 있다. 전집(나남)이 3편을 추가한 공로는 인정하지만, 연보의 출전에 많은 혼란을 보이고 있다. 지금까지 확인된 김종삼의 「라산스카」가 8편이라는 사실은 신철규가 밝히고 새로 발견한 두 작품을 소개했다.[28] 신철규의 노고를 치하하며 여기서는 그것이 실린 문헌의 간행

---

27 이 중 두 구절은 「산과 나」(『세계의 문학』, 1983. 여름호)에 수용된다.

28 신철규, 「하늘과 땅 사이를 비껴가는 노래, '라산스카'」, 『현대시학』, 2014. 11, 112~118쪽.
　　그러나 지금부터 꼼꼼히 살펴보면 8편이 아니라는 사실을 알게 될 것이다.

시기순으로 나열하고, 작품 구분을 위해 '라산스카' 뒤에 번호를 붙이고, 서지 사항을 밝힌 후 작품의 첫 부분을 제시한다.

「라산스카」 ① - 『현대문학』(1961. 7), 『본적지』(1968. 11) - 미구에 이른 아침

「라산스카」 ② - 『자유문학』(1961. 12) - 루부시안느의 개인 길바닥

「라산스카」 ③ - 『현대시』 4(1963. 6), 『풀과 별』(1973. 7), 『평화롭게』(1984. 5) - 집이라곤 비인 오두막 하나밖에 없는

「라산스카」 ④ - 『신동아』(1967. 10) - 녹이 슬었던 두꺼운 철문 안에서

「라산스카」 ⑤ - 『월간문학』(1976. 11) - 비 내리다가 날 개이고

「라산스카」 ⑥ - 『시인학교』(1977. 8) - 미구에 이른 아침

「라산스카」 ⑦ - 『누군가 나에게 물었다』(1982. 8) - 바로크 시대 음악 들을 때마다

「라산스카」 ⑧ - 『문학사상』(1983. 7) - 하늘 속 맑은 변두리

이 8편의 작품에 대해 명확한 주석이 필요하다. 「라산스카」 ①은 『현대문학』 발표본을 수정하여 수록한 『본적지』 작품을 정본으로 보아야 할 것이다. 「라산스카」 ②는 『자유문학』에 발표된 후 다른 시집에 수록된 적이 없으므로 『자유문학』 발표본이 정본이다. 「라산스카」 ③은 『현대시』와 『풀과 별』에 발표된 후 『시인학교』에 수록되지 않고 시선집 『평화롭게』에 수록되었는데, 시행 구분이 바뀌고 마지막 부분이 "인간되었던 모든 시련 모든 추함 다 겪고서"로 수정되었다. 이것은 시인 자신의 수정으로 보인다. 따라서 이것을 정본으로 삼아야 할 것이다. 「라산스카」 ④는 『신동아』에 발표된 후 다른 시집에 수록되지 않고 전집(나남)에만 수록되었으므로 『신동아』 발표본이 정본이다. 「라산스카」 ⑤ 역시 『월간문학』에 발표된 후 개인 시집에

수록되지 않았으므로 이것이 정본이다. 「라산스카」 ⑥은 「라산스카」 ①의 1연만을 행을 재배치하여 수록했다. 이것이 후대의 시선집에 수록되기는 했지만, 이것을 독립된 작품으로 보아야 할지는 숙고가 필요하다.[29] 지금까지 첫 발표 지면을 찾지 못한 「라산스카」 ⑦은 『누군가 나에게 물었다』에 수록되었으므로 이것이 정본이다. 「라산스카」 ⑧은 『문학사상』의 여름 특집 시화첩에 실린 것으로 라산스카 ①의 뒷부분만 실은 것이다.

이 8편의 「라산스카」 중 나는 「라산스카」 ⑧은 독립된 작품으로 보지 않는다. 그리고 「라산스카」 ⑥도 어떤 사정에 의해 뒷부분이 잘렸다고 보고 독립된 작품으로 보지 않는다. 그렇게 되면 후세에 제대로 전할 김종삼의 「라산스카」는 다음 6편이 남는다. 이 문제에 대해서는 연구자들의 논의가 더 있어야 할 것이다.

「라산스카 1」 - 『현대문학』(1961. 7), 『본적지』(1968. 11) - 미구에 이른 아침

「라산스카 2」 - 『자유문학』(1961. 12) - 루부시안느의 개인 길바닥

「라산스카 3」 - 『현대시』(1963. 6), 『풀과 별』(1973. 7), 『평화롭게』(1984. 5) - 집이라곤 비인 오두막 하나밖에 없는

「라산스카 4」 - 『신동아』(1967. 10) - 녹이 슬었던 두꺼운 철문 안에서

「라산스카 5」 - 『월간문학』(1976. 11) - 비 내리다가 날 개이고

---

29 나는 이것이 『시인학교』의 조판 과정에서 다음 면이 잘려진 것이 아닐까 의심한다. "미구에 이른/아침//하늘을/파헤치는/스콥소리"에서 한 면이 끝나고 있기 때문이다. 『십이음계』와 『시인학교』에는 동일한 작품이 10편 있는데, 이 작품들을 비교해 보면 『시인학교』의 본문 교정에 문제가 있음을 알게 된다. 「라산스카」만 해도 목차에는 '라잔스카'로 되어 있고 본문에는 '라산스카'로 되어 있다. 「아우슈뷔츠 라게르」를 재수록한 「아우슈뷔츠 1」은 중요한 의미를 담은 마지막 시행 "아우슈뷔츠 라게르"를 누락하였다. 다른 작품의 시행 처리나 문장부호 사용도 의아스러운 부분이 있다.

「라산스카 6」-『누군가 나에게 물었다』(1982. 8) - 바로크 시대 음악 들을 때마다

「장편(掌篇)」은 「라산스카」보다 더 많은 작품이 존재한다. 「라산스카」의 경우처럼 「장편」을 수록 문헌의 간행 시기순으로 나열한다.

「장편」 ① -『시문학』(1975. 4), 『시인학교』(1977. 8, 「장편 1」) - 아작아작 크고 작은 두 마리가

「장편」 ② -『시문학』(1975. 9), 『시인학교』(「장편 2」) - 조선총독부가 있을 때

「장편」 ③ -『시문학』(1976. 4), 『시인학교』(「장편 4」) - 정신병원에서 밀려나서

「장편」 ④ -『심상』(1976. 5) - 김소월 사형 생각나는 곳은

「장편」 ⑤ -『월간문학』(1976. 11), 『시인학교』(「장편 3」) - 사람은 죽은 다음

「장편」 ⑥ -『심상』(1977. 1) - 버스로 오십분쯤 나가면

「장편」 ⑦ -『시문학』(1977. 6) - 「두꺼비의 轢死」(『현대문학』, 1971. 8)와 동일 - 갈 곳이 없었다

「장편」 ⑧ -『월간문학』(1979. 6) - 어느 날 밤 꿈 속에서 밤보다 새벽이

「장편」 ⑨ -『문학과 지성』(1980. 여름호) - 어지간히 추운 날이었다

「장편」 ⑩ -『문학사상』(1982. 2) - 작년 1월 7일 나의 형 종문이가

「장편」 ⑪ -『세계의 문학』(1984. 가을호) - 쉬르레알리슴의 시를 쓰던 나의 형

이 중『시인학교』에 수록된 「장편」 4편은 발표 시기에 가깝게 번호가 매겨져 수록되었으므로 시집 수록본을 정본으로 삼을 수 있다.

「장편」 ④는 전집(나남)에 수록되면서 시행의 교란이 생겼으므로 발표본이 정본이다. 「장편」 ⑥도 마찬가지다. 「장편」 ⑦은 「두꺼비의 역사」의 개작에 해당하는데, 이와 동일한 「두꺼비의 역사」가 『시인학교』(1977. 8)에 수록되었으므로 「장편」 ⑦은 독립된 작품으로 볼 수 없다. 「장편」 ⑧은 전집에 수록되지 않았다. 중간에 「아침」(『문학사상』, 1979. 6, 『누군가 나에게 물었다』에 수록)과 유사한 부분이 있기는 하지만 독립된 작품으로 인정되므로 이것이 정본이다. 「장편」 ⑨는 발표본이 『누군가 나에게 물었다』에 그대로 수록되었으므로 이것이 정본이다. 「장편」 ⑩은 『문학사상』 발표본이 『누군가 나에게 물었다』에 수록되면서 둘째 행의 "나의 형 종문이가"가 "나는 형 종문이가"로 오식되었으므로[30] 『문학사상』 발표본을 정본으로 삼는다. 「장편」 ⑪은 『세계의 문학』에 발표된 것을 보지 못하고 김영태의 「열 개의 메모」(『한국문학』, 1985. 2)에 인용된 부분만 전집(나남)에 수록했으므로 『세계의 문학』 발표본이 정본이다. 이렇게 정리한 결과 김종삼의 「장편」은 다음 10편이 된다.

「장편 1」 - 『시문학』(1975. 4), 『시인학교』 - 아작아작 크고 작은 두 마리가

「장편 2」 - 『시문학』(1975. 9), 『시인학교』 - 조선총독부가 있을 때

「장편 3」 - 『월간문학』(1976. 11), 『시인학교』 - 사람은 죽은 다음

「장편 4」 - 『시문학』(1976. 4), 『시인학교』 - 정신병원에서 밀려나서

「장편 5」 - 『심상』(1976. 5) - 김소월 사형 생각나는 곳은

「장편 6」 - 『심상』(1977. 1) - 버스로 오십분쯤 나가면

---

30 시선집 『평화롭게』(고려원, 1984)는 "나의 형 종문이가"로 맞게 적었지만, 두 전집은 다 시집의 오식을 수용하였다.

「장편 7」 - 『월간문학』(1979. 6) - 어느 날 밤 꿈 속에서 밤보다 새벽이

「장편 8」 - 『문학과 지성』(1980. 여름호) - 어지간히 추운 날이었다

「장편 9」 - 『문학사상』(1982. 2) - 작년 1월 7일 나의 형 종문이가

「장편 10」 - 『세계의 문학』(1984. 가을호) - 쉬르레알리슴의 시를 쓰던
나의 형

다음에는 김종삼 시의 독자와 연구자를 위해 유사 제목의 작품이
어떻게 달리 발표되고 시집에 수록되었는지 서지 사항을 살펴보겠다.
개작 과정은 따로 설명하지 않고 발표 지면과 재수록 시집을 중심으
로 서지 사항을 밝히고자 한다.

「그리운 안니ㆍ로ㆍ리」 - 『전쟁과 음악과 희망과』(1957. 4), 『한국문학
전집 35 시집(하권)』(1959. 11), 『52인 시집』(1967. 1), 『십이음계』(1969. 6)

「앤니로리」 - 『세대』(1978. 5), 『현대문학』(1979. 10), 『누군가 나에게 물
었다』(1982. 8)

「앤니로리」 - 『월간문학』(1981. 8), 『평화롭게』(1984. 5, 「동산」으로 개제
되어 수록)

「샹뼁」[31] - 『신동아』(1966. 1), 『52인 시집』(1967. 1), 『십이음계』(1969. 6)

「샹펭」 - 『세계의 문학』(1981. 여름호), 『누군가 나에게 물었다』(1982. 8)

「올훼의 유니폼」 - 『새벽』(1960. 4), 『한국전후문제시집』(1961. 10), 『십
이음계』(1969. 6, 「올페의 유니폼」으로 수록)

「올페」 - 『심상』(1973. 12), 『시인학교』(1977. 8)

---

31 이 시의 제목은 처음부터 줄곧 '샹뼁'이었다.

「올페」-『시와 의식』(1975. 9), 전집(나남)

「아우슈뷔치」-『현대시』(1963. 12), 본적지(1968. 11, 「아우슈뷔츠」로 수
록), 『십이음계』(1969. 6, 「아우슈뷔츠 1」로 수록), 『시인학교』(1977. 8, 「아우
슈뷔츠 2」로 수록)

「종착역 아우슈뷔치」-『문학춘추』(1964. 12), 『십이음계』(1969. 6, 「아우
슈뷔츠 2」로 수록)

「아우슈뷔츠 라게르[32]」-『한국문학』(1977. 1), 『시인학교』(1977. 8, 「아
우슈뷔츠 1」로 수록)[33]

이 작품에 대한 개작 과정 및 상호 관계에 대해서는 곧 발표될 다
른 글에서 논의하려 한다.

4. 전집 미수록 작품 소개

김종삼 시 연구자들을 위해 전집(나남)에 수록되지 않은 작품의 목
록을 제시하겠다. 이 중 몇 편은 신철규가 원문을 공개하거나 제공한
것이다. 이 작품들에 대한 분석은 다음에 나올 나의 개인 저서로 미
룬다. 월간 『문학사상』은 1980년부터 1984년까지 연말마다 그해의
최다 발표 작가를 조사해 발표했는데, 김종삼은 늘 10편 이상을 발표

---

32 '라게르'는 수용소라는 뜻의 러시아어다. 이 말을 김종삼이 어떻게 안 것일까?
33 흔히 『십이음계』와 『시인학교』의 「아우슈뷔츠 1」과 「아우슈뷔츠 2」가 같은 작품
이라고 아는데, 그렇지 않다. 『십이음계』는 발표순으로 번호를 붙였는데, 『시인학교』
는 그 반대로 했다. 혼란을 피하기 위해 처음 발표 제목을 살려 구분하는 것이 좋을
것 같다.

하여 다수 발표 작가로 꼽혔다. 따라서 그의 작품이 앞으로 더 발견될 수 있을 것이고, 발표 지면을 모르던 시집의 작품들도 그 출처를 알 수 있게 될 것이다.

「현실의 석간」,[34] -『자유세계』(1956. 11)

「제작」,[35] -『신풍토』(1959. 6)

「라산스카」 -『자유문학』(1961. 12)

「구고(舊稿)」,[36] 「초상·실종」 -『현대시』 1, (1962. 6)

「검은 올페」 -『자유문학』(1962. 7·8)

「일기예보」, 「하루」, 「모세의 지팡이」 -『현대시』 2, (1962. 10)

「피크닉」, 「음(音)」 -『현대시』 3, (1963. 1)

「요한 쎄바스챤」 -『현대시』 4, (1963. 6)

「이 사람을」,[37] 「단모음」[38] -『현대시』 5, (1963. 12)

「꿈나라」 -『심상』(1975. 4)

「라산스카」 -『월간문학』(1976. 11)

「뜬구름」 -『월간문학』(1978. 1)

「장편」 -『월간문학』(1979. 6)

「제작」 -『세계의 문학』(1981. 여름호)

「나무의 무리도 슬기롭다」, 「산과 나」 -『세계의 문학』(1983. 여름호)

「아름다움의 깊은 뿌리」, 「장편」 -『세계의 문학』(1984. 가을호)

---

34 「석간」(『신군상』, 1958. 12) 끝부분에 이 작품을 개작한 것이라고 밝힘.
35 『현대문학』(1981. 10)에 발표되고 『누군가 나에게 물었다』에 수록된 「제작」과 유사한 구절이 있지만 별개의 작품이다.
36 「물통」(『본적지』, 1968. 11)의 원형에 해당하는 작품이다.
37 「기동차가 다니던 철뚝길」로 개제, 일부 수정되어 『시인학교』에 실림.
38 「단모음」은 「트럼펫」(『시문학』, 1973. 7)으로 개작 발표되었다.

김종삼이 세상을 떠난 후 추모 특집을 마련한 문학지도 거의 없었다. 『한국문학』(주간 조정래)이 1985년 2월호에 추모 특집을 편성했고, 『문학사상』(주간 이어령)은 1985년 1월호 표지 인물로 김종삼의 초상을 실었으며 3월호에 유고 시 5편을 실었다. 그리고 김종삼의 마지막 모습을 상세히 보여 주는 추모의 비망록을 실었는데[39], 이 글이 어느 전집에도 수록된 적이 없기에 여기 전문을 부록으로 제시한다.

고 김종삼 시인을 추모하는 비망록[40]
비상회귀(飛翔回歸) 칸타타

창 밑 벽면에 풀로 붙여논 그림이 두 장 보인다. 한 장은 타블로이드판 신문에서 오려낸 최영림 화백의 작품이었고, 또 하나는 『현대문학』'84년 7월호에 곁들여진 장이석 씨의 그림엽서다. 쪽을 지른 아낙이 가슴을 드러낸 채 아이를 업고 있는 뒤쪽으로 이중섭의 「군동(群童)」을 연상시키는 '아희'들의 모습이 8절지 크기의 화면을 채우고 있다. 엽서는 황혼의 바다풍경. 짙은 놀에 잠긴 일몰의 바다 가운데, 크게 부각시킨 삼각파도의 흰빛이 강렬하다. 엽서의 여백에는 몇몇 전화번호가 적혀 있다. 이름 없이 단지 번호만을. 아 내가 아는 번호도 있다. 783-4491~5. KBS 별관 전화다. 선생은 프로듀서 최상현 씨와 아주 가깝다고 정 여사가 귀띔해준다. 미망인은 모처럼 방문해준 나를 위해, "이건 특별이야!"라면서 장롱 속에서 무얼 꺼낸다. 옻칠에 금속장식을 박은, 보기에도 견고한 나무상자다. 혜경(큰따님)은 얼른, "사주단자 보내는 함으로 많이

---

39 이 글은 『문학사상』에 주기적으로 실린 문단 동향 소개 기사의 일부다. 칼럼 끝에 '윤(尹)'이라고만 되어 있어 누가 쓴 것인지 알 수 없다. 당시 『문학사상』의 편집 기자가 썼을 것이다.

40 『문학사상』, 1985. 3, 41~45쪽. 맞춤법에 손을 보았고 필요한 한자만 병기했다.

들 사간대요" 한다. 뚜껑이 열렸다. 첫눈에 그것이 선생의 유품임을 알
았다. 가운데에 가죽 허리띠 두 개가 보인다. 30년 매신 허리띠예요!
혜경의 설명을 들으며 만져 본다. 한개는 좀 더 넓적하고 또 하나는 보
다 가늘다. 가녘에 미세한 보풀이 났는가 하면 등은 맨들맨들 닳아 윤이
난다. 혁대 옆에, 꼭두서니 빛 플라스틱 손잡이 접칼이 있다. 다용도 스
위스제 과도인데 끈에 꿰어 목에 걸고 다니기도 하시면서 아무도 못쓰
게 했다는 얘기다. 라이터 두 개. 얇상하게 생긴 금색 라이터에는 '대우
자동차'라고 씌어 있다. 파카볼펜. 바둑무늬로 테두리를 친 송아지 색
가죽지갑은 아직 새것이었다. 혜경은 자기 남자친구가 준 건데, 파키스
탄제라고 한다. 난 직접 펴 보진 않았지만, 지갑 속엔 지전과 동전이
만 천이백 원 들어 있었다고 한다. 아빠는 작고 특이하고 예쁜 걸 좋아
해요……. 함은 이층으로 되어 있었다. 밑의 칸에는 베레모 세 개가 들
어 있다. 좀 작은 깜장 베레모, 올리브색 베레모, 그리고 김종문 형이
프랑스에서 가져온 거라는 큼직한 플란넬 모자도 검정이다. "이게 전부
예요?" 하고 채 묻기도 전에, 사모님은 서랍장에서 여러 개의 모자를 꺼
낸다. 시집『평화롭게』에 실린 선생의 프로필 사진에서 보던, 검은 끈
장식의 감색 등산모는 같은 게 세 개나 된다. 다 챙이 밑으로 처진 모양
의 것인데, 코발트 블루, 주황색 골덴, 체크무늬 회색도 있다. 이들과는
좀 다른 스타일의 카키색 모자는, 혜경의 표현대로라면 '카우보이모자'
다. 목 밑으로 길게 늘어지는 끈이 달려 있다. 대충 헤아려 보니, 방바닥
에 나와 있는 모자는 모두 열한 개쯤 되었다. 허리띠와 과도와 라이터와
파카볼펜, 또 가죽지갑, 그리고 베레모·등산모들이 시인의 유품 전부
다. 함을 챙기고 있는 미망인의 손길을 물끄러미 내려다보고 있는데,
포개진 베레모 귀퉁이에 손목시계가 눈에 띈다. 보태야 할 품목이다.
들고 들여다보니, SEIKO, Automatic, KS, Hi-Beat의 영자(英字)가 차례로
다가온다. 시계는 멎어 있었다. 11월 29일 3시 47분에. 11월 29일은 무

슨 날인가? 3시 47분은? 그러니까, 선생이 돌아가신 날이 12월 8일이니, 꼭 9일 전이다. 초침이 멈춘 시각으로부터 장지로 떠나던 12월 11일 오전 11시까지의 사실들을 따라가기 전에, 나의 사유는 잠시 한 편의 시에 머뭇거린다. 1984년 2월 11일 『동아일보』에 발표하신 선생의 「1984」에. 작품은 인간의 의식을 그대로 지탱하면서, 의식의 온갖 모험을 고착시키는 유일한 기회라던가(카뮈). 시인은 가고, 운명의 해 '1984'는 지금 우리 앞에 있다.

> 1984라는 번호는
> 꿈속에서 드리워졌던
> 방대한 번호이기도 하고
> 예수의 번호이기도 하고
> 태어나는 아기들의 번호이기도 하고
> 평화 평화 불멸의 평화가
> 확립될 대망의 번호이기도 하고
> 또한 새 빛의 번호이기도 하다
> 1984.
>
> 　　　　　　　　　　　　　　　　　　「1984」 전문

돌아가시기 한 달 전, 『문학사상』 11월호에 실린 선생의 시 「전정」의 노트, 「이어지는 단문(短文)」은 이러했다. "구질구질하게 너무 오래 살았다 더 늙기 전에 더 누추해지기 전에 죽음만이 극치가 될지도 모른다. 익어가는 가을햇볕 속에 작고한 선배님들이 반갑게 아른거린다."(상점 필자) 죽음의 '극치'가 되기 위하여 「1984」는 "꿈속에서 드리워졌던 방대한 번호", "대망의 번호", "새 빛의 번호"이어야 했던가! 마치 카산드라처럼, 이토록 적중하는 예감을 가지고 선생은 죽음을 선취했던 것일까.

"살아남은 자들의 맹세를 정화(淨化)하는 완성된 죽음"을 죽기 위하여!

시침이 멈춘 11월 29일, 선생은 일 년 반 동안, 비교적 잠잠하던 지병의 마수에 다시 붙들렸다. 이하 유족의 증언에 따라, 가능한 한 소상하게, 위에 언급한 기간의 일들을 적어보기로 한다.

11월 29일 오후 3시, 선생은 문예진흥원 본관 건물, '84년 대한민국문학상 시상식장에 있었다. 『누군가 나에게 물었다』로, '83년 그 장소에서 우수상을 수상한 바 있는 당신께서, 그날은 초대에 응하신 것이다. 재작년 11월 20일께에 본인의 수상소식을 전해 듣고는, 아이처럼 마냥 기뻐하시더라고, 그렇게 좋아하시는 모습은 생전 첨 본 것 같다고, 사모님은 나지막이 한숨을 토하신다. 선생은 시상식이 끝나고, 1층 로비에서 베풀어지는 리셉션엔 참석 않고 바로 집으로 돌아오셨다. 4시 30분쯤, 늦은 점심으로 밀크커피에 토스트 두 쪽을 드시고 다시 외출하셨다. 평소에 하시던 대로, 해질 무렵 버스를 타고 시내로 들어가서는 몇 군데 찻집에 들르셨을 거라고 한다. 근래에는 '아리랑'엔 안가셨고, 명륜동의 '장미촌'에 잘 가신 걸로 안다고 혜경은 말한다. '장미촌'엔 음악이 없고 매우 조용하다고. "산에서도 볼륨 높이 들리는" 인기가요, 팝송 때문에 "메식거리다가 미친놈처럼 뇌파가 출렁거린다"라고 시 「난해한 음악들」은 전한다. "구름 속에서" 난다는 "단일악기, 평화스런 화음"(「소리」)을 듣는 시인의 초감성적인 귀에, 버스만 타도 울리는 음악은 못 견딜 공해였던가 보았다. 거리의 산책에서 돌아오신 시각은 밤 9시 30분. 세면을 하고 자리에 누우신 뒤 곧바로, 그러니까 10시쯤 된 때에 돌연 통증의 발작이 시작되었다. 가슴이 뻐개지는 것같이 아파왔던 것이다. 혜화동 고대부속병원에서 정기적으로 타다 먹는 약을 한꺼번에 세 봉지나 들었다. 그래도 통증이 멎을 기미가 안보이자 아내는 약방에 달려가, 우황청심환을 사왔다. 미지근한 물로 환약을 삼키고 누웠으나, "고통이 하늘에 닿았다"(「형(刑)」). 아무래도 안 되겠어서 자정이 넘은 시각에 병원에 가려고

문을 열고 나섰으나 기운이 없어 도로 들어와 누웠다. 새벽 3시가 다 되도록 계속되던 가슴의 통증이 점점 희미해지더니 일단 멈추었다. 아픔이 가시긴 했으나 전신에 기운이 없어 꼼짝없이 누웠다. 하루, 이틀, 사흘…… 돌아가시던 날까지 선생은 자리를 뜨지 못했다. —그 열흘 동안은 진지도 잘 못 드셨어요. 날계란 두 개에 우유를 드시는 게 고작이었죠. 아님 잣죽에다 굴국 같은 거…… 평소엔 하루에 네다섯 잔씩 드시던 커피도 우유에 조금 타는 정도로 그치셨구, 그리구 솔에서 은하수로 바꾼 담배도 얼마 안 피셨어요. 혜경의 얘기다. "우족(牛足)이 먹고 싶다"고 했다가, 정작 사러 가려 하자 '니글거려' 싫다고 하셨단다. 생선초밥을 매우 즐기시던 양반이라, 네 차례 사다 드렸다고 하시면서, 사모님은 돌아가시던 날, 12월 8일의 일을 떠올린다.

그날은 김장하는 날이었다. 친구 딸 결혼식이 2시에 있어서, 오전 중에 서둘러 김장을 마쳤다. 종로 5가 충신교회에서 결혼식을 보고 교보빌딩 1층 일식집 '학'에 가 회초밥을 샀다. 8개에 3천5백 원 주고. 집에 도착하니 6시. 선생은 초밥을 세 개 드셨다. 엎드린 채 이불 밑에서 말이다. — 엄마, 혜원이랑 내가 점심 먹을 때, 돼지고기를 볶았거든. 근데 아버지께서 잡숫구 싶으시대. 그래, 김장속하고, 돼지고기하구, 굴국을 차려드렸어. 고기 한 다섯 저름쯤 잡수셨을까 그래요. 이어 혜경이 덧붙이는 말에 의하면 곶감이 또 잡숫고 싶다 하셨단다. 낮에 그러시던 선생은 6시 30분쯤, 그러니까 초밥 세 개를 드신 후, 감(연시)이 또 먹고 싶다면서 사오라고 하셨다. "말랑말랑하고 예쁜 것"으로. 혜경이 사러 나갔다. 몇 군데 가게를 거치도록 그날따라 홍시가 안보였다. 가까스로 한 집에서 찾아내긴 했으나 쭈글쭈글하고 미운, 맛없어 보이는 것이었다. 집에 전화를 걸었다. 이런 거라도 사갈까 보냐고. 수화기를 들고, "그냥 사오려무나" 하는데 등 뒤에서 흐으윽 흐으윽 하고 흐느끼는 소리가 두 번 들렸다. 황급히 돌아서 다가가니, 숨을 두 번 크게 몰아쉰 선생의 눈은 감겨 있고 이미 의식이 없는 상태였다. 시계는 8시 40분을 가리키고 있었다. 맥박을 짚어보니, 가늘게 뛰고 있었다. 이때 들어선 혜경은 망연자실, 감 두개를 쥔 채 방 한가운데 서서 아버지를 내려다본다. 코 윗부분, 눈, 이마까지 거무스름하게 그늘져 있었다. 엄마는 119로 다이얼을 돌린다. 5분쯤 지났을까 구급차가 왔다. 앰뷸런스 속에서 남자담당원은 맥을 짚었다. 선생의 주치의 현 박사는 혜화동 고대부속병원에 있었지만, "시간이 없다, 매우 급하다"는 청년의 말에 제일 가까운 데 있는 강북성모병원으로 갔다. 응급실 침대에 누이고 담당의사가 왔을 때는, 선생은 이미 운명하신 뒤였다. 곧바로 영안실로 옮겨진 시신을 두고, 미망인은 집으로 달려왔다. 급하게 가는 바람에 돈을 가져가지 못했으므로 오면서 생각한다. 닷새 전, 혜원이가 알부민을 주사해드릴 때, 혈관을 못 찾아 한참 애를 쓴 일을 말이다. 십년을 끌어온 지병으로 해 쇠잔해질 대로 쇠잔해진 선생은 이제 영 불지[41]의 객이 되고 말아, 당신의 시에서처럼 "따뜻한 풍광의 나라"로 가신 것이다. '학원사'라고 인쇄된 원고지 뒷면에, 왔다갔다하는 흔들리는 글씨체로, 몇 편의 시가 선생의 머리맡에서 찾아졌다. 거기, "왜들 그렇게 가셨지/조지훈/박목월 선배님을 비롯/쓰레기 같은 나만/살아 있는 것/같다"는 「단장(斷章)」도 들어 있다. 다른 유고에는 나운규, 김소월, 나도향의 이름도 나온다. "작고한 선배님들이 반갑게 아른거린다"더니, 그 시작노트를 쓴 지 한 달 만에, 그들 곁으로 기어이 가고 말았다.

누워계신 마지막 9일 동안도, 기진한 중에 선생은 붓을 놓지 않으셨다. "오늘이 무슨 요일이냐?"고, 당신의 시 제목처럼 매일매일 딸에게 묻더란다. 멍하니 생각에 잠겨 눈감고 계시다가 돌쳐 눕곤 하셨는데, 무얼 적으시는 모습은 한 번도 본 적이 없다는 게 모녀의 말이고 보면,

---

41 불귀가 맞는 것 같지만 원문대로 적는다.

어느 때나 투명한 음계의 고독이 도와주러 오는 그분 시작의 의미를 알 것 같았다. "창조는 정신적 완전성의 최고 급수를 자기의 일 속에서 성취시키는 행위다"라고, 우나무노는 그의 저서 『생의 비극적 의미』에 정언해 놓았다. 또, "흠 없는 한 페이지의 글을 쓴다는 것은, 아니 단 한 문장이라도 쓴다는 것은 생성과 그 부패에서 벗어나는 것, 죽음에 초월하는 것"이라고 『붕괴개론』의 저자 시오랑은 말한다. 선생은 유고에 적고 있다. "나는 이 세상에/계속해온 참상들을/보려고 온/사람이 아니다"라고. 따라서 선생은 이 세상의 악과 고통, 질병과 죽음이라는 저주의 무게에 대항하는 '미학적 평형추'로서의 시가 필요했다. 이 평형추에 해당하는 포에지의 극점에 놓이는 작품이 바로 「라산스카」라고 나는 생각한다. 「라산스카」는 같은 제목 아래, 각기 다른 세 편이 있다. 그중 제일 먼저 쓰여진 것이 다음 작품이라고 혜경은 일러준다.

미구에 이른
아침

하늘을
파헤치는
스콥소리

스콥(schop)의 사전적 의미는, "가루 모래 덩어리 등을 담아 올리거나 또는 섞는 데 쓰는 숟가락처럼 생긴 삽"이다. 그러면, "하늘을 파헤치는 스콥소리"에 대응되는 「소리」를 보기로 하자. "연산(連山) 상공에 뜬/구름 속에서 무슨 소리가 난다/무슨 소리가 난다/아지 못할 단일악기이기도 하고/평화스런 화음이기도 하다/어떤 때엔 천상으로/어떤 때엔 지상으로 바보가 된 나에게도/무슨 신호처럼 보내져오곤 했다"(「소리」 전문).

어떤 날 아침, 동안이 오래지 않은(未久) 사이, 마치 '신호'처럼 들려오는 상공의 소리가 있다. "하늘을 파헤치는" 삽질 소리이다. 그것은 "단일악기", 「배음(背音)」이 보여주는 그 "세상에 나오지 않은 악기"이며, "평화스런 화음"을 내는 악기이다. 말하자면, 시인이 "비나 눈 내리는 밤이면 더 환하"게 듣는다는 "잔잔한 성하(聖河)의 흐름"과, 그런 흐름을 초의식적으로 감촉하는 지순한 영혼의 상태, 그 메타포가 바로 「라산스카」인 것이다. 「라 토스카」가 사람의 이름이듯, 「라산스카」는 김종삼의, 현실적 저주의 무게에 대항하는 미학주의자의 시적 자아, 그 가장 고양된 형태의 음악적 명칭인 것이다. '음악적'이라고 한 것은, 어떤 이태리 곡명의 음차(音借)일 듯싶은 어감상의 유사성 때문이기도 하고 다음과 같은 시인의 발언 때문이기도 하다. "음악은 사실 화려한 것이 아니지요. 나의 시에서 자주 음악이 나온다면, 그것은 음악이 가지고 있는 화려하지 않은 분위기와 종교적이라 할 만한 정화력 때문이겠지요……"('81년 1월 13일 『한국일보』 인터뷰). 「라산스카」 시편들이나, 시 「성하(聖河)」가 보여주는 것은 "죄를 심히 죄 되게 하는"(롬 7:13) 성찰의 "밝은 눈"과 가위 "종교적이라 할 만한 정화력"이다. 「미사에 참석한 이중섭 씨」에서 시인은 보여준다. '자기중심성'이라는 원죄의 뇌옥에서 풀려난 영혼에게 찾아온 우주적인 사이즈의 사랑을. "……내가 처음 일으키는 미풍이 되어서/내가 불멸의 평화가 되어서/내가 천사가 되어서 아름다운 음악만을 싣고 가리니/내가 자비스런 신부가 되어서/그들을 한 번씩 방문하리니" 그러니까 다시 말해서, "아름다운 음악만을 싣고" 오는 천사로 고양된 자아 이미지를 김종삼의 문법으로 드러낸 것이 「라산스카」이다. 따라서, 가장 고양되고 또한 가장 낮아진 시인의 통회는 또 그만큼 절절하다. 작고한 '심우(心友)'들이 머무는 "따사로운 풍광의 나라", "언제나 찬연한 꽃 나라, 언제나 자비스런 나라, 음악의 나라, 기쁨의 나라"(「추모합니다」)에 자신은 갈 수 없을 거라고 「라산스카」의 일절에 쓰고 있다. "나지은 죄 많아/죽어서도/영혼이/없으리"라고. 책임의 현실, 관계의 현실에서 자신을 오려내는 예술가의 에고이즘 자체가 '성하(聖河)'적 감수성, 그 민감한 영적 눈뜸 앞에서 크낙한 타죄(墮罪)로 알아차려졌을 것이다. 너무 종교적으로 몰아가는 발상인가. 그렇지만 「헨쎌라 그레텔」의 "양"과 "최고(最古)의 성(城)"은, 비록 "동안"이긴 하지만, 성서적 '천성(天城)'의 비전을 보는 시인을 목도하게 된다. 겨울날씨답지 않게 포근하고 맑은 12월 11일 장례일, 미아리 길음 성당의 김보니파시오(충수忠洙) 신부는 '대세(代洗)'로 김베드로가 된 시인의 관 위에 성수를 뿌리며 고별식 끝기도문을 봉독하고 있었다. 1984년, 12월 11일, 오전 11시.

천사들이여 이 교우를 천상낙원으로 데려가시고
순교자들이여 이 교우를 영접하여 거룩한 도시
천상 예루살렘으로 인도하소서—.

주여 그에게 영원한 안식을 주소서—.
영원한 빛을 그에게 비추소서—.

1960년대 '저항시'의 위상
- 박봉우·신동문·신동엽의 시를 중심으로

1. 논의의 전제

5·16이 일어나기 한 달쯤 전 담론의 자유가 확보되었던 시기에 신동엽은 1960년대 시단의 경향을 구분하고 자신의 의견을 개진한 글을 『조선일보』(1961. 3. 30~31)에 발표하였다. 1959년 1월 『조선일보』 신춘문예로 등단한 신진 시인 신동엽이 당시 시단의 중심인물인 김남조, 조병화, 유치환, 황금찬, 김수영, 박목월 등의 실명을 거론하며 자신의 견해를 밝힌 것은 매우 대담한 일이었다.

그는 이 글에서 당시의 시단을 크게 두 경향으로 나누었다. "하나는 시정적(市井的)인 생활, 사회적인 현실에 중탁(重濁)한 육성으로 저항해 보려는 경향의 사람들이며, 또 하나는 예술지상주의적 경향에 몸 적신 사람들"[1]이라고 두 개의 흐름으로 파악하였다. 여기서 신동엽이 사용한 '저항'이란 말은 자신의 시작 태도를 강하게 드러내려는 의도가 담긴 것인데, 5·16 이전 사상의 무풍지대였기에 선택 가능한 단어였다. 그는 이 두 경향을 다시 다섯 개의 하위 유형으로 구분하였다. 예술지상주의적 경향을 '조선족인 향토시', '문명도시적인 현대감각파', '순전한 언어세공가'의 세 유형으로 나누고, 현실주의적 경향은 '도시 소시민적 생활시인'과 '역사에의 저항파'로 나누었다. 이 다섯 개의 유형 중 신동엽 자신은 '저항파'에 귀속되며, 당연히 그 유형

---

1 신동엽, 「60년대의 시단 분포도」, 『신동엽 전집』(증보 3판), 창작과비평사, 1985, 375쪽. 현재 맞춤법으로 옮기면서 한자를 한글로 바꾸고 필요한 경우에는 한자를 병기하였다. 이후 작품을 인용할 때 이 같은 방법을 원용한다.

에 가장 큰 가치를 부여하였다. 비록 그들의 기교가 거칠고 수법이 파격적이지만 이것은 "정신에 치중하는 사람이 가지는 어쩔 수 없는 결함"이며 그것보다는 조국과 민족과 인간의 고통을 직시하고 사회와 현실 속에서 시정신의 뿌리를 찾으려는 그들의 능동적인 자세를 높이 평가해야 한다고 말하였다.[2]

신동엽이 '저항파' 영역에 넣은 작품은 전영경의 「조국상실자」(『현대문학』, 1959. 2), 박봉우의 「휴전선」(『조선일보』, 1956. 1), 작자 미상의 「파고다공화국은 위험선상」 등 세 작품이다. 이외에도 많다고 토를 달았지만, 눈을 씻고 찾아도 현실과 역사에 저항하는 시인이나 작품은 그 자신의 것을 제외하면 거의 찾을 수 없었을 것이다. 전영경은 1950년대 중반 이후 현실 풍자시를 활발하게 발표하였으나 4·19를 넘어서면서 "신세 한탄의 수준"으로 주저앉고 말았다.[3] 박봉우는 「휴전선」으로 등단하여 분단 상황에 놓인 한민족의 역사적 비극성을 노래했는데,[4] 4·19를 체험하면서 1960년대 초까지 현실인식을 담은 시편을 발표하였고 그 성과는 세 번째 시집 『4월의 화요일』(1962)로 집결되어 출간된다. 이 시집은 "4·19를 체험한 시인의 환희와 좌절이 간결한 시 형태를 통하여 형상화된 소중한 결실"[5]이라 할 수 있다. 따라서 그의 시는 신동엽이 생각한 1960년대 초의 '저항파' 시 범주에 포함시킬 수 있다. 신동엽에 대해서는 거론하지 않았지만, 1956년에 「풍선기」라는 모더니즘 계열의 시로 출발한 신동문 역시 4·19 이후 혁명의 감격을 토로하는 시를 쓰기도 하고, 현실의 불안한 정황을 다

---

2 위의 책, 379쪽.
3 이승하, 『한국의 현대시와 풍자의 미학』, 문예출판사, 1997, 106쪽.
4 유성호, 「1950년대 후반 시에서의 '참여'의 의미」, 『민족문학사연구』 10, 1997. 3, 177쪽.
5 남기혁, 『한국 현대시의 비판적 연구』, 월인, 2001, 73쪽.

각도로 풍자하여 비판적인 "정치풍자시의 선구적인 모형"을 제시하기도 했다.[6] 그의 풍자시가 "자유민주주의를 억압하는 사회현실에 대한 강한 관심과 참여"[7]의 경향을 비쳤기에 '저항파' 시 범주에 넣을 수 있다.

이렇게 되면 신동엽이 개념과 범주를 설정한 저항시에 박봉우, 신동문, 신동엽 세 시인의 작품을 넣을 수 있다. 이 중 박봉우는 1962년 세 번째 시집 『4월의 화요일』을 간행한 이후로는 정신질환에 시달리며 시를 거의 쓰지 못했고, 신동문 역시 1966년 이후로는 전혀 시를 발표하지 않았다. 이런 점에서 보면 박봉우와 신동문은 1960년대 저항시의 한 전사(前史)를 보여 준 것이라 하겠다. 1959년 1월에 신춘문예로 등단하여 1969년 4월 타계할 때까지 자신의 관점이 투영된 작품을 지속적으로 발표한 신동엽이야말로 가장 전형적인 60년대의 저항시인이라 할 만하다.

이 글에서는 이 세 시인의 60년대 발표작을 중심으로 저항시의 양상과 특성, 문학적 한계와 문학사적 위상 등을 검토해 보려 한다. 여기서 말하는 '저항시'는 일반적인 의미의 저항시가 아니라 신동엽이 규정한 잠정적 의미로서의 저항시, 즉 '조국과 민족과 인간의 고통을 직시하고 사회와 현실 속에서 시정신의 뿌리를 찾으려는' 경향의 시를 의미한다.

---

6 이승하, 앞의 책, 118쪽.
7 유성호, 「신동문 시의 연구」, 『현대문학의 연구』 7, 1996. 12, 240쪽.

2. 저항시의 단초-박봉우와 신동문

1956년 『조선일보』 신춘문예에 당선된 박봉우의 「휴전선」은 그 발상과 형식에서 선구적인 면모를 보여 주었다. 휴전 협정이 조인된 지 3년밖에 지나지 않아 반공 이데올로기가 사회 전면을 장악하고 있던 상황에서 "별들이 차지한 하늘은 끝끝내 하나인데"라고 통일에의 염원을 표현한 것은 분명 새로운 지평을 개진한 것이다. 당시 심사위원은 양주동과 김광섭인데, 이 시의 예언자적 개성을 포착한 김광섭은 심사평에서 셸리(Percy Bysshe Shelley)의 「서풍부」를 인용하며 많은 시인이 쓰는 '아름다운 이야기'와는 다른 '죽음에의 산화'를 발견하였음을 토로하고 있다. 전쟁이 끝난 지 얼마 안 되는 시점에서 분단 상황에 대한 날카로운 인식과 통일에의 염원을 담은 작품을 신춘문예 당선작으로 선정한 것이 분명 이채로운 일이었기에 김광섭은 자신의 소감을 분명히 피력했던 것이다.

이 시의 1연에서 시인은 휴전선으로 가로막힌 분단의 상황을 어둠 속에 믿음이 없는 얼굴과 얼굴이 마주 향하고 있는 모습으로 나타냈다. 시인은 분단 상황을 정면으로 거론하면서 "꼭 한 번은 천둥 같은 화산이 일어날 것을 알면서"도 아무 것도 모른다는 듯 휴전선에 꽃이 피어 있는 이율배반적인 모습을 제시했다. 2연에서 화자는 "서로 응시하는 쌀쌀한 풍경"의 휴전선의 모습을 통하여 팽팽한 긴장감으로 대립하고 있는 남과 북의 현실을 이야기하면서 당시의 분단 상황에 대한 굴욕감과 배반감을 토로한다. "별들이 차지한 하늘은 끝끝내 하나인데" 하나가 되지 못한 민족의 모순에 격렬한 통증을 느끼는 것이다. 3연에서는 이 땅에서 일어난 전쟁을 벌써 망각해 가고 있는 일상인들의 마비된 의식을 지적하면서 "정맥은 끊어진 채 휴식"을 취하는 모순된 양상을 비판한다.

4연에서는 본질을 회피한 채 비겁하게 살다가는 종국에는 다시 전쟁을 불러오고야 말리라는 준엄한 경고를 내놓는다. 지금은 표면적으로 꽃이 피어 있지만 "독사의 혀 같은 징그러운 바람"에 휩쓸려 "모진 겨우살이"를 겪게 될 것이라고 경고한다. 이것은 분단과 통일에 대한 인식을 민족 모두가 철저히 가져야 한다는 당위성을 강조한 것이다. 요컨대 시인은 일상적 삶 속에서 전쟁과 분단을 잊어 가는 소시민들의 안이한 의식을 비판한 것이다. 당시의 상황에서 이러한 시인의 태도는 분명 시대를 앞서간 점이 있다. 시인은 현실에 안주해 가는 나태한 삶에 반기를 들고 분단 현실이 지닌 비극성을 첨예하게 드러내고자 했다.

민족 현실과 통일 문제에 뚜렷한 자각을 가진 박봉우의 시정신이 4·19의 용광로를 그냥 지나칠 수 없었다. 1960년 4월 25일 자『동아일보』에 4·19 영령에 대한 추모의 감정을 담은 기념시「젊은 화산」을 발표한 박봉우는 '소묘'라는 제목으로 4·19를 주제로 한 연작시를 썼다. 그중 다음의 시편은 격정이 가라앉은 차분한 어조와 "이전의 시에서 보기 어려운 절제되고 긴장감 있는 형식"[8]으로 4·19의 역사적 의미를 표현한 작품이다.

우리의 숨막힌 4월은
자유의 깃발을 올린 날.

멍들어버린 주변의 것들이
화산이 되어
온 하늘을 높이 높이 흔드는 날

---

8 남기혁, 앞의 책, 74쪽.

쓰러지는 푸른 시체 위에서
해와 별들이 울었던 날.

시인도 미치고,
민중도 미치고,
푸른 전차도 미치고,
학생도 미치고,

참으로 오랜만에,
우리의 얼굴과 눈물을 찾았던 날.

「소묘 33」 전문

이 시의 문맥에 의하면 4·19는 그 이전과 이후로 확연하게 나뉘는
민족사의 선명한 분기점이다. 그 이전의 삶은 모든 것이 멍든 상태이
며, 거짓 눈물과 거짓 얼굴을 보이던 상황이다. 4·19의 함성이 있음
으로 해서 멍들고 상처 입은 것들이 화산처럼 장엄하게 하늘로 분출
할 수 있었으며 자유의 깃발 아래 모든 사람이 미쳐 돌아가는 것 같
았지만 그날은 참으로 오랜만에 우리의 진정한 얼굴을 되찾은 날이
며 우리 얼굴에 참된 눈물을 흘리게 된 날이다. 4·19의 감격 속에서
는 분단의 비극도 잠시 잊고 혁명의 전열에 피 흘린 젊은 영령들의
죽음도 "푸른 시체"라는 긍정적 이미지로 제시된다. "푸른 시체"와
"푸른 전차"는 젊은이들의 희생과 일시적인 혼란에도 불구하고 미래
의 이상향에 대해 희망과 기대를 품고 있음을 드러낸다. 그러나 우리
가 다 알고 있는바 역사의 진전은 인간에게 만족보다는 환멸의 경험
을 더 많이 심어 준 것이 사실이다. 4·19 이후의 현실적 정황 역시
젊은 세대들이 순수하게 생각했던 방향으로 순조롭게 흘러가지 못하

였다. 자유와 평등의 일방적 요구는 집단의 이익을 추구하는 사회적 혼란으로 돌출되고 말았다. 이러한 상황에 직면한 박봉우의 시는 다시 비탄의 어조로 격렬한 염세의 정서를 드러낸다.

4월의 피바람도 지나간
수난의 도심은
아무렇지도 않은
표정을 짓고 있구나.

진달래도 피면 무엇하리.
갈라진 가슴팍엔
살고 싶은 무기도 빼앗겨버렸구나.

아아 저녁이 되면
자살을 못하기 때문에
술집이 가득 넘치는 도심.

약보다도
이 고달픈 이야기들을 들으라
멍들어가는 얼굴들을 보라.

어린 4월의 피바람에
모두들 위대한
훈장을 달고
혁명을 모독하는구나.

이젠 진달래도 피면 무엇하리.

가야할 곳은
여기도,
저기도, 병실.

모든 자살의 집단 멍든 기를 올려라.
나의 병든 '데모'는 이렇게도
슬프구나.

「진달래 피면 무엇하리」 전문

감격적인 4·19의 도정에서 그가 보았던 "푸른 시체"와 "푸른 전차"는 다시 "멍든 기"와 "병든 데모", "수난의 도시"로 변해 버렸다. 보이는 것은 모두 "병실"뿐이다. 남북의 통일은 고사하고 남쪽마저 정치 모리배들의 모략으로 사분오열이 되어 있는 상황이다. 젊은 청년들이 4월의 여린 하늘 속에서 무엇을 위해 죽어 갔는가를 생각하면 분통이 터지고 피가 거꾸로 솟는다. 4·19의 열매만 따먹은 사이비 정치배들이 "위대한 훈장을 달고/혁명을 모독하는" 상황에서 시인은 자살 충동까지 느낀다. 시인만이 아니라 다수의 시민들도 그러한 환멸을 느끼기에 저녁이면 술집에 몰려들어 자살하지 못한 자신의 비겁한 가슴을 술로 찢고 멍든 하늘에 멍든 깃발을 올릴 뿐이다. 국토와 도시 전체를 병실로 보고 모든 시민을 병든 존재로 보는 시인의 부정적 자의식은 절제의 어조에도 불구하고 부정의 극점을 지향하고 있다. 이미 나아갈 길을 잃은 병적 자의식이 민족의 희망조차 부정하고 있는 형국이다.

시인은 이때 이후 정신질환을 앓으며 입원과 퇴원을 반복하는 투

병의 길을 걷는다. 「휴전선」에서 분단의 비극과 통일의 염원을 노래
하고 「소묘」에서 4·19의 감격을 노래한 시인은 「진달래 피면 무엇하
리」에서 현실과 역사에 대한 환멸을 토로하며 '자살'과 '병실'이라는
극한적 자의식의 세계로 퇴행해 버린다.

이와 유사한 궤적을 보인 시인이 신동문이다. 그는 4·19의 현장을
목격한 충격을 10연 108행이나 되는 장형의 작품으로 강렬하게 표현
하였다. 그것은 1960년 6월 『사상계』에 발표한 「아 — 神話같이 다비
데群들」이라는 작품이다. 이 시의 주제와 형식이 얼마나 강렬했으면
1960년의 시단을 시종일관 비판적으로 조명한 유종호가 이 시에 대
해서만은 "혁명시편의 대부분이 혁명 비참가자(非參加者)의 혁명찬가
임에 반하여 씨의 시에는 데모대의 함성 같은 직접적인 육성이 있다"[9]
는 우호적인 단언을 했을 정도다.

> 멍든 가슴을 풀라
> 피맺힌 마음을 풀라
> 막혔던 숨통을 풀라
> 짓눌린 몸뚱일 풀라
> 포박된 정신을 풀라고
> 싸우라
> 싸우라
> 싸우라고
> 이기라
> 이기라
> 이기라고

---

9 유종호, 「사·에·라 – 1960년의 시」, 『사상계』 89호, 1960. 12, 273쪽.

아 — 다비데여 다비데들이여

승리하는 다비데여

싸우는 다비데여

쓰러진 다비데여

누가 우는가

너희들을 너희들을

누가 우는가

눈물 아닌 핏방울로

누가 우는가

역사가 우는가

세계가 우는가

神이 우는가

우리도

아— 신화같이

우리도

운다.

「아— 神話같이 다비데群들」 부분

여기서 '다비데'란 구약성서에서 거인 골리앗과 싸워 이긴 목동 다윗을 지칭한다. 다윗은 개인이었지만 독재정권에 저항하여 승리한 시민은 다수이기에 '다비데群'이란 명칭을 쓴 것이다. '신화같이'라는 수식어는 4·19가 지닌 이념적 신성성과 순결성을 암시한 것이다. 그런데 우리는 "이 날것 그대로의 육성"[10]이 과연 많은 혁명 기념시 중에서 "가장 역동적이고 인상 깊은 작품"[11]인지 반성해 볼 필요가 있

---

10 유성호, 앞의 책, 234쪽.

다. 유종호와 유성호의 긍정적인 평에도 불구하고 이 시를 정독해 보면, 동어반복에 의해 행의 수만 늘어났을 뿐 유사한 내용과 호흡이 지루하게 이어지고 있음을 보게 된다. 이것은 시인의 감격벽의 무절제한 표출이고 감정적 흥분 상태가 의미를 대치하고 있는 형국이다.

정치 상황의 변화에 의해 감정의 흥분 상태가 가라앉고 현실을 냉정하게 볼 수 있는 거리가 형성되었을 때 신동문은 박봉우처럼 현실에 대한 환멸을 고통의 언어로 표출하게 된다. 4·19가 일어난 지 1년 후에 목도한 현실은 "이렇게 시름시름 몸살을 앓듯 못 견디게 못 견디게 심심한 하루 하루 해를 종일토록 못 갖고 마는 앗뜩한 나의 부재(不在) 주인 없는 나"라는 자아 부정의 상황이며, "위장(僞裝)"과 "죽은 음모(陰謀)"(「春困」)에 지나지 않는 배반의 역사였다. 이런 점에서 보면 그의 현실에 대한 관심과 저항은 표피적인 것이라고 진단할 수 있다. "현실의 추상적 인식과 그에 따르는 강렬한 파토스"[12]로 시를 밀고 나갔을 뿐 현실의 모순을 정시할 만한 인식능력이 부족했던 것이다.

그의 현실인식이 단선적이지만 그러기에 오히려 저돌적인 용기를 갖게 했던지 그는 당시의 정치현실을 직선적으로 풍자한 다음과 같은 시를 1963년 4월 『사상계』에 과감하게 발표한다.

더더구나 밤낮 없이
"앞으로 갓"
"뒤로 갓"
사슬보다 무거운

---

11 위의 책, 235쪽.
12 위의 책, 236쪽.

호령이 뒤바뀌는데
너는 답답치도 않느냐
내 조국아

그리고
죄도 벌도 없는
우리의 입 귀 눈을 막고
후렴이나 부르며
따라오라는데
너는 분하지도 않느냐
내 조국아

아니면
낡은 망령
탐욕한 정상배(政商輩)가
헐벗은 국토에서
또다시 아귀다툼
투전판을 벌이는데
너는 억울치도 않느냐
내 조국아

더더구나
노회(老獪)한 매국(賣國)의 무리들이
민의(民意)를 가장한 플래카드를
서울의 복판에서 내저으며
국민을 혼란으로 우롱하는데

너는 슬프지도 않느냐

내 조국아

「아아 내 조국」 부분

이 시도 70행이 넘는 장형의 작품인데, 5·16 주도세력인 군부의 정치참여를 정면으로 신랄하게 비판하고 있다. 쿠데타 주도세력에 의해 언론이 통제되고 자유가 억압당하고 무엇보다 4·19의 이념이 퇴색되는 현상을 주시하고 비분의 감정을 담아 장형의 시로 표출한 것이다. 요컨대 이 시는 "4·19를 정면으로 뒤집은 5·16이라는 시대적 굴절 상황에 대한 혹독한 비판을 감행한"[13] 드문 작품의 하나다. 당시의 군부 통치가 과도기적인 면을 지니고 있었으나 시민의 동향을 주시하고 예민한 대응을 하고 있었음을 감안하면 이러한 시의 창작이 대단한 용기를 필요로 하는 일이라는 것을 이해할 수 있다. 그럼에도 불구하고 이 시의 형식 역시 「아 — 神話같이 다비데群들」처럼 고조된 감정을 동어반복에 의해 지루하게 이어가고 있는 것을 볼 수 있다. 고양된 주제를 뒷받침할 만한 형상화의 요건이 갖추어지지 못했음을 발견하게 된다. 이것을 "정신에 치중하는 사람이 가지는 어쩔 수 없는 결함"[14]이라고 합리화하는 것은 온당한 일이 아니다. 시는 단순한 발언이 아니라 언어적 형상화의 과정을 요구하는 문학양식이다. 따라서 정신이 치열하다고 해서 언어와 형식에 대한 무감각이 용인될 수는 없는 것이다.

---

13 위의 책, 239쪽.
14 신동엽, 앞의 책, 379쪽.

3. 저항시의 전개 - 신동엽

1950년대에 의미 있는 작품으로 등단하여 4·19의 기폭 작용에 의해 저항시를 썼던 박봉우와 신동문이 자신의 역량을 지속적으로 이어가지 못한 데 비해 신동엽은 1969년 타계할 때까지 뚜렷한 문학관을 가지고 민족의 역사와 현실에 바탕을 둔 저항시를 썼다. 민중적 역사의식이 기반이 된 그의 시 작업은 1967년 장편서사시 「금강」의 완성으로 하나의 문학사적 사건으로 자리 잡았다. 이 작품에 담긴 민중적 역사의식은 동시대의 김수영은 꿈도 꾸지 못한 것이고 70년대의 김지하보다 시대를 앞선 전위성을 보였다. 장편서사시 「금강」은 하루 아침에 완성된 것이 아니라 1959년 등단 이후 그가 추구한 역사적 서정시의 종합적 결실이었다. 그의 등단작 「이야기하는 쟁기꾼의 대지」(1959. 1)와 그 이후에 쓰인 「진달래 산천」(1959. 3), 「풍경」(1960. 2), 「정본 문화사대계」(1960. 6) 등에는 모두 그의 독특한 역사의식과 세계사적 정치의식이 투영되어 있다.

4·19를 치르며 다른 시인들이 모두 감격과 추모 일변도의 작품을 썼지만, 그의 혁명기념시 「아사녀」(1960. 7)에는 일방적 감정 표출의 구호는 거의 없고 오히려 특유의 역사의식과 민중적 연대의식이 전면에 드러나 있다. 그는 흥분한 소년의 심정이 아니라 성숙한 어른의 시점으로 4·19를 정시하고 있는 것이다.

죽지 않고 살아 있었구나
우리들의 피는 대지와 함께 숨쉬고
우리들의 눈동자는 강물과 함께 빛나 있었구나.

4월 19일, 그것은 우리들의 조상이 우랄고원에서 풀을 뜯으며 양달진

동남아 하늘 고흔 반도에 이주 오던 그날부터 삼한으로 백제 고려로 흐르던 강물, 아름다운 치맛자락 매듭 고흔 흰 허리들의 줄기가 3·1의 하늘로 솟았다가 또 다시 오늘 우리들의 눈앞에 솟구쳐 오른 아사달 아사녀의 몸부림, 빛나는 앙가슴과 물굽이의 찬란한 반항이었다.

　물러가라, 그렇게
　쥐구멍을 찾으며
　검불처럼 흩어져 역사의 하수구 진창 속으로
　흘러가 버리려마, 너는.
　오욕된 권세 저주받을 이름 함께.

　어느 누가 막을 것인가
　태백줄기 고을고을마다 봄이 오면 피어나는
　진달래, 개나리, 복사

　알제리아 흑인촌에서
　카스피 해 바닷가의 촌 아가씨 마을에서
　아침 맑은 나라 거리와 거리
　광화문 앞마당, 효자동 종점에서
　노도처럼 일어난 이 새피 뿜는 불기둥의
　항거……
　충천하는 자유에의 의지……

「아사녀」 부분

　여기서 보는 것처럼 그는 4·19를 갑자기 솟아난 시민혁명으로 보는 것이 아니라 한민족의 역사적 전개 과정 속에서 형성된 민중의 저항적 궐기로 보고 있다. 더 나아가 프랑스 식민지인 알제리의 흑인 촌라든가 유럽·중동·중앙아시아의 복잡한 문제가 얽힌 카스피 해변 마을의 민중의 삶과 연관지어 4·19가 지닌 항거의 의미를 이해하려 한다. 한민족의 현실을 역사적·사회적 관계 속에서 변증법적으로 인식하려는 태도를 보이는 것이다. 그는 외세에 의존한 신라의 통일이 "우리 민족사의 주체성 상실의 뿌리가 되었고, 이로써 끊임없는 역사의 악순환으로 이어지게" 된 것을 비판적으로 인식하고 있다.[15] 위의 시에서 삼한으로부터 이어지는 한민족의 역사 전개를 말하면서 "백제로 고려로 흐르던 강물"이라고 하여 신라를 제외시킨 것도 신라에 대한 부정의식이 투영된 것이다. 4·19 시민혁명을 기념하는 일종의 행사시에도 그의 역사의식과 사회의식은 선명하게 드러나 있다. 백제인인 아사달과 아사녀는 지역성을 벗어나서 사랑하는 남녀의 전형적 인물로 "순수한 우리 민족의 남성과 여성을 상징"[16]하는 의미를 지닌다.

신동엽은 박봉우나 신동문처럼 4·19 이후 5·16으로 이어진 정치적 상황의 변화에 대해 별다른 반응을 보이지 않았다. 그는 정치적 상황의 사소한 변화보다는 민족의 통일이라는 커다란 역사적 문제에 관심을 가졌다. 그것은 「주린 땅의 지도원리」(『사상계』, 1963. 11)에 분명히 제시되었다. 아사달과 아사녀의 사랑에 의해 "두 코리아"가 하나가 되어 "우리들은 만방에 선언하려는 거야요. 아사달 아사녀의 나라 완충(緩衝), 완충이노라고"에서 보는 것처럼 좌도 우도 아닌 중립적 통일을 그는 꿈꾸고 있다. 이것은 「술을 많이 마시고 잔 어젯밤은」(『창작과 비평』, 1968. 여름호)에서 "완충지대, 이른바 북쪽 권력도/

---

15 김창완(김완하), 『신동엽 시 연구』, 시와시학사, 1995, 242쪽.
16 위의 책, 175쪽.

남쪽 권력도 아니 미친다는 평화로운 논밭"인 비무장지대가 총칼을 내던지고 모든 쇠붙이도 말끔히 씻겨 가고 "높이높이 중립의 분수는 나부끼데."라는 꿈으로 다시 환치된다.

그러나 이것은 정말로 그의 꿈일 뿐 한반도를 둘러싼 국제 역학관계 속에서는 실현될 수 없는 상황이다. 자유와 평등이라는 것이 그렇게 꿈같은 사랑으로 얻어질 수 있는 것이라면 근대 이후 수많은 유혈 시민혁명이 일어나지 않아도 되었을 것이다. 아사달, 아사녀의 사랑에 의해 알몸으로 중립의 초례청에 마주 서는 것은 문학적 환상 속에서나 가능한 일이지 현실적으로는 도저히 실현될 수 없는 일이다. 그의 저항시가 지닌 비현실성은 1967년 6월에 발표한 다음과 같은 시에서도 드러난다.

이슬비 오는 날.
종로 5가 서시오판 옆에서
낯선 소년이 나를 붙들고 동대문을 물었다.

밤 열한시 반,
통금에 쫓기는 군상(群像) 속에서 죄 없이
크고 맑기만 한 그 소년의 눈동자와
내 도시락 보자기가 비에 젖고 있었다.

국민학교를 갓 나왔을까.
새로 사 신은 운동환 벗어 품고
그 소년의 등허리선 먼 길 떠나온 고구마가
흙 묻은 얼굴들을 맞부비며 저희끼리 비에 젖고 있었다.

충청북도 보은 속리산, 아니면
전라남도 해남 땅 어촌 말씨였을까.
나는 가로수 하나를 걷다 되돌아섰다.
그러나 노동자의 홍수 속에 묻혀 그 소년은 보이지 않았다.

「종로 5가」 부분

　이 시는 1968년 12월에 발표된 장편서사시 「금강」에 일부 개작된
형태로 삽입되었다. 이 시의 화자는 노동자로 되어 있다. 인용한 부
분에는 없지만 시의 끝부분에 "노동으로 지친 나의 가슴에선 도시락
보자기가 비에 젖고 있었다."라는 구절에서 화자의 성격이 확연히 드
러난다. 그러나 이 시의 어조와 목소리는 노동자의 것이 아니다. 화
자는 종묘 돌담 뒤의 창녀, 세종로 공사장의 노동자가 소년과 같은
부류의 가난한 농촌 출신이라고 서술한다. 그러나 이 화법과 시선은
분명 방관자적이다. 17세부터 동대문 평화시장에서 노동하며 최악의
노동조건과 맞부딪친 전태일 같은 노동자의 시선과는 너무나 거리가
있다. 시인의 어법에는 가난하고 억압받는 계층에 대한 연민과 그들
에게 인간적 삶이 회복되기를 바라는 염원이 담겨 있다. 그 연민과
염원은 물론 가치 있는 것이다. 그러나 가난과 억압이 조선시대건 일
제강점기건 1967년이건 변함없이 이어지고 있다는 논리는 성립될 수
없다. 조선조의 왕조사회와 일제의 강제점령 시대와 입헌민주주의
시대인 1967년이 동일하게 인식될 수는 없는 것이다. 전태일은 입헌
민주주의 국가에서 당연히 지켜야 할 근로조건의 개선을 위해 호소
하고 투쟁하다가 분신한 것이다.
　통금이 임박한 비 오는 종로 거리에서 길을 묻는 낯선 소년을 아무
런 매개항 없이 농촌 궁핍의 희생자요, 자본 세력에 억눌린 민중의
표상으로 동일화하는 것은 논리를 넘어선 과장이다. "크고 맑기만 한

그 소년의 눈동자"가 지친 노동자의 맥 풀린 눈빛이 되기까지 거쳐야 할 구체적 과정에 대한 충분한 서술이 있어야 이 시는 핍진한 감동을 줄 수 있다. 그 과정은 생략된 채 도시락과 고구마가 비에 젖고 있다는 감상적 서술만으로는 현상의 본질에 도달할 수 없다. 먼 시골에서 왔다는 사실을 드러내기 위해 시인은 "충청북도 보은 속리산, 아니면/ 전라남도 해남 땅 어촌 말씨였을까."라고 썼는데 보은 방언과 해남 방언은 아주 달라서 금방 구분되기 때문에 이 구절은 아주 어색하게 들린다. 보은 속리산은 해월 최시형이 동학본부를 설치하여 농민시위가 크게 일어났던 곳이고, 해남은 전봉준이 농민전쟁을 주도하면서 가족들이 숨어 살도록 지시한 장소다. 그런 의미를 내포하고자 한 것이라면 "말씨였을까"라는 구절은 빼야 옳았을 것이다. 그다음 행에서는 걷다가 돌아보니 "노동자의 홍수 속에 묻혀 그 소년은 보이지 않았다."고 했다. 12시가 통금이고 11시 30분이 지난 시점인데 아무리 야근을 끝낸 노동자들이 몰려 나왔다 해도 "노동자의 홍수" 속에 묻힐 리는 없다. 이러한 작은 세부사항들이 이 시의 리얼리티를 반감시킨다.

4. 맺음말

신동엽이 '저항시'라고 분류한 시의 유형에 그 자신의 시는 물론이고 박봉우와 신동문의 시가 들어간다. 이 시들은 1960년대의 획일적 상황에서 국가와 민족의 문제를 들고 나와 정면으로 시의 주제로 삼음으로써 현실에서 등을 돌린 많은 시편을 무색하게 할 정도로 커다란 문학사적 중량감을 안겨주었다. 그런데 그 시의 세부를 들여다보면 언어와 형식이 요구하는 형상화의 측면에 무감각한 양상을 발견하게 된다. 시는 고양된 주제만으로 성립하는 일방적인 발언이 아니라 문학의 한 양식이기 때문에 이것을 "옷치장 안 하는"[17] 정도의 사소한 결함으로 합리화해서는 곤란하다. 그런 점에서 1960년대 저항시는 형상화의 성취, 예술성의 획득이라는 극복 요건을 내장하고 있었다.

뚜렷한 역사의식을 담은 민중서사시로 평가받는 「금강」도 복합적인 문제를 안고 있다. 이 시의 토대가 되고 있는, 그리고 신동엽 시 전체의 기반이 되는, 인간의 본원적 삶을 지향한 혁명의 이념은 지금의 시각으로 보더라도 진보적인 것은 사실이며, 따라서 저항시의 선구적 작품으로 그의 시를 내세우는 것도 결코 지나친 일이 아니다. 그러나 서사시의 골격 내에서 「금강」을 분석해 본다면 적지 않은 문제점이 노출된다. 이 작품은 서사적 전개의 여러 지점에서 서사를 중지하고 현재의 상황으로 시점이 이동해 온다. 이러한 서술의 변화가 소설의 경우에는 사색의 영역을 확대하여 내용을 풍부하게 하겠지만 정서적 반응을 유도하는 시 양식에서는 그것이 오히려 서사적 맥락을 교란시키고 때로는 주관성을 노출하는 결함으로 나타난다. 사건 전개의 중간 부분에 주관적 논평을 가하거나 자신의 이념을 강변하는 것도 매우 작위적인 관념성을 낳는다.

어떤 사건을 서술함으로써 그것이 갖는 의미를 자연스럽게 도출해 내고 사실의 세부를 통해 생생한 감동을 유발해 내는 것이 서사 작가의 기본 역량이다. 그런데 「금강」의 사건 전개는 파편적이며, 여러 차례 반복되는 사건에 대한 논평은 주관적이고, 논의의 내용은 추상적이다. 「금강」 16장에는 신하늬와 전봉준이 만나 대화를 나누는 장면이 나온다. 신하늬는 버려진 아이로 머슴의 손에 맡겨졌다가 몰락

---

17 신동엽, 앞의 책, 379쪽.

한 양반가의 할머니에 의해 양육된 인물이다. 그러한 그가 유럽의 국제정세를 나열하면서 농민들만의 이상사회, 정부도 정권도 없는 사회를 만들자고 전봉준에게 역설하고 있다. 아무리 동학에 가담하여 견문을 넓혔다 하더라도 머슴을 아버지로 모시고 농민으로 성장한 인물이 이런 식의 발언을 한다는 것은 자연스럽지 못하다. 설사 그가 이러한 내용을 말한다 하더라도 구사하는 언어의 형식은 19세기 후반 조선조 농민의 어투로 제시되어야 옳았을 것이다.

이런 점에서 「금강」은 1960년대 지식인인 시인 자신의 어법을 그대로 드러냄으로써 자신의 이념을 제시하는 데에는 성공했을지 모르지만 작품의 리얼리티를 살리는 데에는 성공하지 못했다. 신동엽의 「금강」을 리얼리즘의 성취라고 평가하는 것이 일반적이다. 그러나 전형적 상황에서의 전형적 인물 창조라는 리얼리즘의 기본 정신을 엄격히 고려한다면 문학적 형상화의 측면에서 신동엽의 「금강」은 현실의 총체적 반영과 거리를 두고 있다. 문학 일반론의 측면에서는 물론 리얼리즘의 국면에서도 「금강」은 일정한 한계를 내포하고 있다. 당시 보수적인 상황 속에서 민중적 저항성을 표현하려 한 선취적 전위성은 인정하지만, 그것을 문학적으로 육화할 수 있는 형상화의 토양이 충실치 못했음을 부정할 수 없다.

박재삼 시의 자연과 생의 예지

1. 박재삼 시와 정한의 문제

박재삼은 1933년 4월 일본 동경에서 출생하여 1936년 가족의 귀국으로 어머니의 고향인 경상남도 삼천포에 정착하여 성장하였고, 1955년에 추천을 완료하여 등단한 이래로 많은 작품집을 출간하였으며, 1997년 6월에 숙환으로 타계하였다.[1] 삼천포고등학교를 1회로 졸업한 해인 1953년에『문예』지에 시조「강물에서」를 투고하여 11월호에 모윤숙의 추천으로 첫 발표의 기쁨을 얻었고, 1955년『현대문학』6월호에 유치환의 추천으로 시조「섭리」가, 11월호에 서정주의 추천으로 시「정적」이 발표됨으로써 정식으로 문단에 등단하게 되었다.[2]

박재삼의 등단이 시조로 시작되었고 그의 시에 전통적 정서가 짙게 드러나며 '한'과 관련된 시어가 많이 등장하기 때문에 그의 시세계를 '한'과 '눈물'에 초점을 맞추어 논의한 일이 많았고 그것에 대한 긍정과 부정의 담론이 엇갈리며 제기되었다.[3] 박재삼 시 전체를 대상으로 한 포괄적인 차원에서는 "박재삼이 전통적 서정성을 얼마나 잘 되살리고 있느냐에 초점을"[4] 맞춘 글이 상당히 많이 쓰였다. "초기부터

---

1 정삼조,「박재삼의 시세계」,『경남의 시인들』, 박이정, 2005, 183쪽.
2 박재삼,「박재삼 자술 연보」,『아득하면 되리라』, 정음사, 1984, 313~314쪽.
3 이성희,「박재삼 시에 나타난 연금술적 상상력 연구」, 서울대학교 석사논문, 2003. 8, 2~3쪽.
4 한명희,「박재삼 시 연구」,『한국시학연구』15, 2006. 4, 64쪽.

일관되게 전통적인 정한의 세계를 노래함으로써 김소월, 박목월, 서정주의 흐름을 계승"[5]하였다는 지적이 그러한 시각을 대표하는 평가일 것이다.

그런데 '한'과 '눈물'이라는 소재의 측면이건 '전통적 서정성'이라는 정서의 측면이건 그 두 요소는 상당히 추상적인 개념이어서 박재삼의 개별적 작품이 갖는 개성을 포괄하기에는 무리가 있다. 박재삼만이 갖고 있는 박재삼다운 서정의 특질을 설명하는 데 전통적 정한이라는 추상적 담론의 도입은 시의 올바른 이해에 오히려 방해가 된다. 전통적 정한이라는 말 자체가 실체가 없는 관념적 선입견의 소산인 것이다. 이 글에서는 박재삼 시의 가장 중요한 모티프가 자연이라고 보고, 자연의 대상을 언제나 삶의 국면과 함께 사유하면서 자신의 독자적 시상을 형상화한 박재삼 시의 특징적 단면을 고찰하려 한다. 특히 그의 시적 탐구가 터득한 생의 예지를 자연과의 관련 속에 해명하려 한다.

2. 박재삼 시의 기본 정조

박재삼 시의 중심을 이루는 소재는 자연이다. 그는 자연을 통하여 자신의 마음의 기미를 나타내고 세상살이에 대한 감정의 편모를 담아낸다. 어느 경우건 자연을 직접 이야기하거나 자신의 감정을 직선적으로 노출하지 않기 때문에 그의 시는 단형의 작품일 경우에도 자연과 정서가 결합된 복합적인 음영을 띤다. 그런 이유로 해서 그의 시는 읽기에 편하면서도 그 전체적 의미가 첫눈에 선명히 파악되지

---

5 김혜니, 『한국현대시문학사』, 국학자료원, 2002, 209쪽.

는 않는다. 모호하고 복합적인 의미의 그늘을 그의 시는 드리우고 있는 것이다.

> 뉘라 알리,
> 어느 가지에서는 연신 피고
> 어느 가지에서는 또한 지고들 하는
> 움직일 줄을 아는 내 마음 꽃나무는
> 내 얼굴에 가지 벋은 채
> 참말로 참말로
> 바람 때문에
> 햇살 때문에
> 못이겨 그냥 그
> 웃어진다 울어진다 하겠네.
>
> 「자연」 전문

이 시는 박재삼 시의 전형적 모습을 잘 드러내고 있는 작품이다. 제목이 '자연'인데 이 시는 단순히 자연의 어떤 상태를 나타내는 것이 아니다. 자연 현상으로서의 꽃나무는 시인 자신의 마음에 도사리고 있는 꽃나무로 환치되고 마음의 꽃나무는 다시 자연의 한 정경으로 전환된다. 말하자면 무시로 꽃이 피고 지는 꽃나무와 그것을 바라보며 울고 웃는 내 자신이 병치되고 동일화되는 것이다. 다른 말로 하면 "나뭇가지의 흔들림을 주체의 희로애락의 표현으로 보는 것"[6]이라는 설명이 가능하다.

우리는 여기서 박재삼 시가 자연을 소재로 삼으면서도 언제나 그

---

6 문혜원, 『한국 현대시와 전통』, 태학사, 2003, 40쪽.

것을 바라보는 사람의 마음에 관심을 기울인다는 사실을 분명히 파악할 수 있다. 박재삼의 시는 자연의 축과 마음의 축을 기점으로 하여 그 두 지점 사이를 왕래하며 의미의 응축을 꾀하고 또 다른 한편으로 다른 영역을 향하여 의미의 확장을 도모한다. 위의 시 「자연」의 예를 보면 자연의 축에서는 이 가지 저 가지에 꽃이 피고 지는 꽃나무의 모습이 제시된다. 그리고 마음의 축에서는 그 꽃의 피고 짐을 보고 바람과 햇살의 미세한 변화에 울고 웃는 자아의 모습이 제시된다. 이 두 축 사이에 의미가 교호되면서 자연의 변화에 민감하게 반응하는 자아와 그 자아의 마음에 호응하여 얼굴에 가지 벋고 움직이는 꽃나무의 동일화가 이루어진다. 그리고 그다음 차원에서 그것은 이 세상을 살아가는 사람들의 보편적인 삶의 양상으로 그 내포가 확장된다. 꽃나무가 바람과 햇살에 꽃을 피우고 지우듯이 사람들은 세상의 형편에 따라 울고 웃으며 그날그날을 살아가는 것이다.

박재삼 시의 자연의 축이 여러 자연 정경을 통하여 다양한 변주를 보인 데 비해 마음의 축은 주로 고전의 주인공을 통하여 그들의 마음의 상태를 일관되게 펼쳐 보였다. 그래서 춘향이라든가 흥부가 등장하고 그들의 행동 양태보다는 마음의 상태가 중시된 것이다. 이 마음의 시편에 대해서는 뒤에서 다시 검토하기로 하고 자연을 기축으로 한 박재삼 시의 기본 정조를 살펴보겠다. 위의 「자연」에서도 확인된 바지만 박재삼 시에서는 상호 대립적인 현상이 병치되고 있다. 즉 「자연」의 경우에는 '피다/지다', '웃어진다/울어진다'의 대립이 이중적으로 배치된다. 말하자면 박재삼의 시에서는 '피다'와 '지다', '웃다'와 '울다'의 대립적 의미가 소실되고 그 둘이 상호 구분 없는 생명의 이중적 현상으로 떠오르는 것이다. 다음의 작품은 그러한 대립항의 소실과 이중적 구도를 집약적으로 드러내고 있다.

1

화안한 꽃밭 같네 참.

눈이 부시어, 저것은 꽃핀 것가 꽃진 것가 여겼더니, 피는 것 지는 것을 같이한 그러한 꽃밭의 저것은 저승살이가 아닌것가 참. 실로 언짢달것가, 기쁘달것가.

거기 정신없이 앉았는 섬을 보고 있으면,

우리가 살았닥해도 그 많은 때는 죽은 사람과 산 사람이 숨소리를 나누고 있는 박짝이는 봄바다와도 같은 저승 어디쯤에 호젓이 밀린 섬이 되어 있는 것이 아닌것가.

우리가 少時적에, 우리까지를 사랑한 南平文氏 부인은, 그러나 사랑하는 아무도 없어 한낮의 꽃밭 속에 치마를 쓰고 찬란한 목숨을 풀어헤쳤더란다.

확실히 그때로부터였던가, 그 둘러썼던 비단치마를 새로 풀며 우리에게까지도 설레는 물결이라면

우리는 치마 안자락으로 코 훔쳐주던 때의 머언 향내 속으로 살달아 마음달아 젖는단것가.

*

돛단배 두엇, 해동갑하여 그 참 흰나비같네.

　　　　　　　　　　　　　　　　　　　　　　「봄바다에서」 전문

이 시는 우선 남평문씨 부인이 빠져 죽은 바다를 죽음의 공간이자 삶의 공간으로 보고 있는 점이 독특하다. 남평문씨 부인이 '찬란한 목숨을 풀어헤친' 바다이지만 그 바다는 우리에게 '그 비단치마를 새

로 풀며 설레는 물결로' 다가선다. 더군다나 치마 안자락에 풍기던 향내까지 젖어드는 지경이므로 바다는 부인의 생이 깃들여 있는 영생의 바다로 인식된다. 요컨대 이 시의 바다 인식은 삶과 죽음의 구분이 무화된 상태이다. 시의 첫 부분에서 바다는 '화안한 꽃밭' 같다고 묘사된다. 눈이 부실 정도로 황홀한 꽃밭 같은 그 바다가 후반부에서는 남평문씨 부인이 빠져 죽은 바다로 전환된다. 이런 부분 역시 삶과 죽음을 구분하지 않으려는 이중적 태도를 보여 준다.

이 시에서 대립적 의미가 이중적으로 병치되는 예를 나오는 대로 찾아보면 '꽃핀 것가/꽃진 것가', '피는 것/지는 것을 같이한', '언짢달 것가/기쁘달것가', '죽은 사람과/산 사람이 숨소리를 나누고 있는', '살았닥해도/저승 어디쯤에 호젓이 밀린' 등으로 열거된다. 이처럼 이 시의 전 문맥은 삶과 죽음, 피는 것과 지는 것, 기쁜 것과 슬픈 것의 이중적 병치구조로 짜여 있는 것이다. 이것은 우리의 생을 바라보는 박재삼의 생체험적 세계 인식이다. 그는 자연을 포함하여 우리의 삶을 마냥 슬픈 것도 마냥 기쁜 것도 아닌 슬픔과 기쁨이 중첩된 이중적 양상으로 파악한 것이다. "자연의 질서와 삶의 질서의 일치를 통해 화자는 남평문씨부인의 죽음을 담담하게 받아들이려 한다"[7]는 지적도 이와 유사한 사실을 말한 것이다. 꽃밭처럼 눈부시게 펼쳐진 아름다운 바다는 남평문씨 부인이 아무의 사랑도 받지 못한 채 목숨을 던진 죽음의 바다이기도 하다. 이 이중성을 생의 모순이 아니라 생의 순리로 받아들인 데 박재삼 시의 특징이 있다. 이것을 일종의 동양적 체념으로 이해할 만도 한데 그의 시에 드라마적 구성이 없는 것, 비극적 장렬함이 보이지 않는 것도 이와 관련이 있을 것이다.

---

7 김혜련, 「박재삼 시 자세히 읽기」, 『한국문학연구』 21, 1999. 3, 310쪽.

晋州장터 生魚物전에는
바다밑이 깔리는 해다진 어스름을,

울엄매의 장사 끝에 남은 고기 몇 마리의
빛 發하는 눈깔들이 속절없이
銀錢만큼 손 안 닿는 恨이던가
울엄매야 울엄매,

별밭은 또 그리 멀리
우리 오누이의 머리 맞댄 골방 안 되어
손시리게 떨던가 손시리게 떨던가,

晋州南江 맑다 해도
오명 가명
신새벽이나 밤빛에 보는 것을,
울엄매의 마음은 어떠했을꼬,
달빛 받은 옹기전의 옹기들같이
말없이 글썽이고 반짝이던 것인가.

박재삼, 「추억에서」 전문

　어릴 적의 추억에 자리 잡고 있는 어머니의 한스러운 모습을 회상
한 작품이다. 곡진한 사연과 애잔한 슬픔을 토속적인 방언을 사용하
여 감각적 심상으로 표현하였다. 화자의 어머니는 혼자 아이들을 키
우며 진주 장터 어물전에서 생선을 팔았다. 때는 추운 겨울, 해는 저
물고 어두움이 바다 밑까지 깔릴 정도로 짙어 오지만 어머니의 광주
리에는 아직 팔리지 않은 생선 몇 마리가 남아 있다. 그 생선들은 어

둠 속에서도 빛을 발하며 싱싱함을 잃지 않고 있다. 어머니는 어둠이 밀려올 때까지 좌판을 벌여 놓고 있지만 손에 들어오는 돈은 그리 많지 않다. 그렇게 손이 닿지 않는 은전처럼 어머니의 한스러운 마음도 어린 아들이 이해할 수 없는 차원에 있는 것인지도 모른다. 그러한 어머니의 마음을 생각하니 "울엄매야 울엄매"라는 절절한 호명이 저절로 나온다.

생선을 마저 팔기 위해 늦게까지 장에 남아 있는 어머니의 마음속에는 오누이의 모습만이 가득하다. 어머니는 추운 장터에서 집까지 별빛을 받으며 밤길을 걸어온다. 그 별밭 길을 걸어오면서도 어머니의 마음은 골방에서 머리를 맞대고 떨고 있을 오누이에 대한 걱정으로 가득 차 있다. 어머니가 걸어오는 길은 남강의 푸른 물이 보이는 길이다. 그러나 어머니는 그 남강을 이른 새벽이나 밤에 오고 가면서 볼 뿐이다. 달빛과 별빛에 반사된 남강 맑은 물줄기를 바라본 어머니의 마음은 어떠했을까? 아무리 손짓을 해도 닿지 않는 은전처럼 남강의 맑은 물줄기 역시 손닿을 수 없는 한의 공간으로 비쳤던 것일까? 무어라 말할 수 없는 어머니의 마음을 시인은 "달빛 받은 옹기전의 옹기들같이 말없이 글썽이고 반짝이던 것"이라고 표현하였다. 이 구절은 무어라고 형용하기 어려운 마음의 상태를 시각적으로 형상화한 한국시의 경구다. 옹기가 많이 쌓여 있는 옹기전에 달빛이 비쳐 옹기들의 매끈한 표면에 달빛이 아롱이는 장면은 아름다우면서도 서글픈 느낌을 갖게 한다. 바로 그 아름다운 서글픔, 혹은 서글픈 아름다움이 어머니의 한스러운 마음이라고 생각한 것이다. 그리고 한스러운 마음은 "젖은 물빛의 이미지"로 형상화된다. 그리고 이 물 이미지는 그의 시에 "눈물, 시냇물, 강물, 바닷물 등 다양한 형태로"[8] 현현된다.

---

8 박유미, 「1950년대 전통서정시 연구」, 성신여자대학교 박사논문, 2002. 2, 154쪽.

3. 신생의 자연과 예지의 발견

그의 세계 인식이 생의 슬픔과 기쁨을 이중적으로 인식하는 모습을 보인다고 했고 대부분의 시에서 슬픔과 기쁨 같은 생의 대립적 측면이 상호 공존하는 양태를 보여 주긴 하지만, 어떤 경우에는 자연의 배경 속에 생의 비애가 돌출되기도 하고 또 다른 경우에는 그와 반대로 슬픔의 기미가 없는 자연의 맑은 기운이 아름답게 묘사되기도 한다. 가령 「울음이 타는 가을江」 같은 작품은 슬픔과 기쁨의 이중구도를 보이지 않고 서러움, 눈물, 울음으로 이어진 유사한 감정의 곡선을 그대로 펼쳐 보인다. 그것은 '첫사랑 산골 물소리가 사라지고 사랑 끝에 생긴 울음까지 녹아난' 다음에 나타나는 처절한 가을강의 모습으로 형상화된다. 그런가 하면 그의 첫 번째 와병 이후 쓰인 「정릉 살면서」에는 맑고 깨끗한 자연의 정경만 제시되어 있다. '솔잎 사이 빗질 잘된 바람'이 등장하고 '잘못 살아온 내 육신을 쓰다듬는 금싸라기 햇빛'이 비치고 '시름으로 고인 내 간장 안 웅덩이를 말갛게 씻어주는 실개천'도 나온다. 이 자연의 작은 정경들이 내 병든 혈관과 육신을 말갛게 씻어 준다고 시인은 고마워하고 있다.

이런 단계를 거치면 그의 자연은 더 이상 비애나 죽음을 같이 포함한 상태로 제시되지 않는다. 그것은 오히려 시간의 무량함을 일깨우고 자연의 무구함을 알려주며 봄이 되면 새롭게 터 오는 신생의 숨결을 들려주는, 그래서 영원의 한 끝도 매만지게 하는 계시의 공간으로 자리 잡는다. 물론 그 중간 단계에는 우리가 처한 인간으로서의 억울함을 토로하는 내용의 시도 있고 기적과 같은 미래를 꿈꾸는 시도 있었지만, 박재삼의 이중적 공간으로서의 자연은 신생의 자연을 통하여 생의 예지를 갖게 하는 경지에 이른다.

가령 「바람 앞에서」의 경우 지난 겨울 땅 밑으로 기어들던 바람이 신생의 봄을 맞이하여 "할미꽃 모가지를 타고 올라와/목숨이 좋다고/목숨이 있는 것 근처에서만/희희낙락하는" 장면을 보여 준다. 이것은 앞의 「자연」이라든가 「봄 바다에서」 같은 시에 보이던 슬픔과 기쁨의 이중적 변주가 또 한 차례 변용된 것이라 할 수 있다. 어둠의 겨울에는 땅 밑에 매서운 냉기만 안겨 주던 바람이 봄이 되자 목숨 근처에서 희희낙락하는 모습은 바로 자연의 커다란 섭리를 우리에게 보여 주는 현상이다. 삶의 모습도 이와 같아서 목숨이 부대끼는 쓰라린 시간이 지나면 다시 맑게 여과된 또 다른 삶의 지평이 열리기도 한다. 그래서 가변적인 삶의 회로에서 벗어나 천년을 되풀이하는 바람의 여일함을 명상하는 작품도 나온다.

천년 전에 하던 장난을
바람은 아직도 하고 있다.
소나무 가지에 쉴 새 없이 와서는
간지러움을 주고 있는 걸 보아라
아, 보아라 보아라
아직도 천년 전의 되풀이다.

그러므로 지치지 말 일이다.
사람아 사람아
이상한 것에까지 눈을 돌리고
탐을 내는 사람아.

「천년의 바람」 전문

이 시는 천년을 변함없이 흐르고 있는 바람에 빗대어 사람에게 직접적으로 교훈을 전달하고 있다. 언제나 암시적 기법으로 변죽을 울리던 박재삼의 시로서는 특징적인 경우다. 바람은 천년 전이나 지금이나 변함없이 소나무 사이를 스치는 일을 되풀이하고 있다. 얼른 보면 아무 의미 없어 보이는 그 일이 사실은 생명을 유지시키고 북돋는 중요한 일이다. 그래서 사람들에게 지치지 말라고 시인은 당부한다. 바람은 천년이라는 무량한 세월 동안 똑같은 일을 되풀이하면서도 지치지 않는다. 그러나 사람들은 같은 일에 실증이 나서 이상한 데 눈을 돌리기도 한다. 박재삼은 이 짤막한 시에 혼탁한 시대를 살아가는 사람들이 마음의 일관성을 갖기에 적합한 교훈을 충분히 담아 놓고 있다. 이것이 바로 자연에서 터득한 생의 예지라 할 만한 것이다.

그러한 생의 예지는 비단 타인에 대한 경계의 의미로만 발현되는 것이 아니라 자신이 살아가는 생의 국면이라든가 창작의 국면에도 의미 있게 와 닿는다. 다음과 같은 짧은 시는 그러한 특색을 잘 나타내고 있다.

햇빛은 시방 강물 위에서
동백잎 윤기로 반짝이고,
바람의 흐름을 입어 다시 한결 찬란한데,
목숨의 본 모양을 감히
늙고 젊고로 갈라 볼 수 있을 것인가.

또한 나의 노래여, 노래여.
슬픔이거들랑 저럴진저.
그 너머 기쁨이거들랑 저럴진저.

「소곡」 전문

이 시 역시 봄날의 햇빛에 반사되는 강물을 배경으로 하고 있다.

이것은 「울음이 타는 가을강」에서 처절하게 읊었던 노을 지는 가을 강의 모습이 아니다. 신생의 햇살과 바람을 타고 윤기 있게 흐르는 봄날의 강이다. 시인은 얼음이 풀리고 햇살과 함께 다시 흐르는 강을 바라보며 목숨의 참된 모습에 대해서 명상한다. 강물이 계절의 변화에 따라 찬란하게 다시 흐르듯 목숨 또한 이렇게 순환되는 것이 아닌가 생각하는 것이다. 따라서 이렇게 순환되는 목숨을 감히 늙었다든가 젊었다고 구분해 말할 수는 없을 것이라고 생각한다. 또한 목숨과 자연을 노래하는 나의 시도 그것이 슬픔이든 기쁨이든 저렇게 유구하게 언제나 새로운 모습으로 우리에게 다가오기를 시인은 기원한다. 이것은 자연의 관찰에서 인생과 예술의 예지까지도 터득한 경우에 속한다.

4. 사랑과 체념

박재삼 시가 안고 있는 또 하나의 중요한 주제는 사랑이다. 그런데 그 사랑은, 자연을 소재로 한 시에서 미루어 짐작할 수 있는 일이지만, 찬란하고 정열적인 사랑이 아니라 애틋하고 서글픈 사랑이다. 사랑해도 말하지 못하고 보고 싶어도 찾아가지 못하는 소극적이고 한스런 사랑이 박재삼 시의 사랑이다. 그리고 그 사랑의 표현에 있어서도 결국은 그가 즐겨 사용하는 자연의 이미지를 끌어와서 그것에 담긴 정한의 이중성을 이용하여 사랑의 마음을 표현하는 경우가 많다.

감나무쯤 되랴,
서러운 노을빛으로 익어가는
내 마음 사랑의 열매가 달린 나무는!

이것이 제대로 벋을 데는 저승밖에 없는 것 같고

그것도 내 생각하던 사람의 등뒤로 벋어가서

그 사람의 머리 위에서나 마지막으로 휘드려질까 본데,

그러나 그 사람이

그 사람의 안마당에 심고 싶던

느껴운 열매가 되는지 몰라!

새로 말하면 그 열매 빛깔이

前生의 내 줏설움이요 줏소망인 것을

알아내기는 알아낼는지 몰라!

아니, 그 사람도 이 세상을

설움으로 살았던지 어쨌던지

그것을 몰라, 그것을 몰라!

「한」 전문

시인은 자신의 사랑의 열매를 우선 감나무의 붉은 감에 비유한다. 자신의 사랑의 열매는 기쁨과 축복 속에 열리는 것이 아니라 서러운 노을빛으로 익어간다. "감나무의 열매는 이승과 저승을 이어주는 욕망의 매체이자 슬픔의 상징"[9]인 것이다. 감나무가 제대로 벋을 곳은 저승밖에 없고 사랑하던('사랑하던' 대신 '생각하던'을 쓴 데에서도 사랑의 소극성이 엿보인다) 사람의 등 뒤 머리 위에서나 마지막으로 휘어질 만한 상태다. 사랑의 마음은 나약하기 그지없고 상대를 향한 행동적 실천은 결여되어 있다. 이처럼 능동적인 사랑의 실천이 폐쇄되어 있는 상황에서는 그야말로 순전히 마음의 상태에서 그 사랑을 표현

---

9 심재휘, 『한국 현대시와 시간』, 월인, 1998, 304쪽.

할 수밖에 없다. 그것이 세 번째 연에 피력되어 있는 화자의 소망과 탄식이다.

처음에는 자신의 사랑의 열매가 감나무 정도밖에 안 되고 벋을 곳도 저승밖에 없으며 기껏 그 사람의 머리 위에서나 마지막으로 휘어질 것이라고 말했던 화자는 세 번째 연에서 자신의 내면을 시행에 투영하면서 하나의 전환을 마련한다. 즉 그 감나무 열매가 그 사람의 안마당에 심고 싶던 느꺼운 열매가 되는지 모른다고 말한다. 어떻게 해서 그 열매가 대수롭지 않은 열매에서 '느꺼운 열매'로 변했는지 뚜렷한 근거는 제시되어 있지 않다. 하나의 단서가 되는 것은 "그 열매 빛깔이 前生의 내 숯설움이요 숯소망인 것을"이라는 구절이다. 이 구절을 통하여 사소하게 제시된 사랑의 열매가 사실은 전생으로부터 이어온 자신의 설움과 소망의 총화라는 것이 드러난다. 그러나 그것은 자신의 마음일 뿐 그것을 상대방이 알게 될 가능성은 없다. 또 안다 하더라도 그것에 감복하느냐 않느냐 하는 것은 순전히 상대방의 판단에 달린 것이다. 그런데 시의 화자는 사랑하는 사람이 결국 자신의 마음을 알아내고 그뿐 아니라 그 사람 자신도 이 세상을 설움으로 살았다는 것까지 느끼게 될 것이라고 말한다.

이것은 앞에서 말한 대로 화자의 심정이 일방적으로 상대에게 투영된 것이다. 자신의 모든 설움과 소망이 담긴 사랑의 열매를 상대방에게 전한다는 것과 거기 담긴 의미를 상대방이 파악하는 것은 전혀 별개의 문제인데, 그것을 단일화하여 자신의 마음을 알아낼 것이고 그 사람도 세상을 설움으로 살았을 것이라고 추단하는 것은 분명 주관적인 감정 이입의 행위다. 객관적인 사태 파악이 안 되고 인간 심사의 문제, 특히 사랑의 문제를 주관적으로 파악할 경우 그것은 마음 속에 한으로 자리 잡게 된다. 주관적으로는 님이 자신의 마음을 이해했다고 믿지만 실제적으로는 그런 형편이 아니라면 주관적 고착에 빠진 사람의 내면에 지울 수 없는 슬픔의 응어리가 생기기 마련이다. 이것이 바로 한이 아니겠는가.

「아득하면 되리라」에서는 한이 체념으로 바뀌기도 한다. 해와 달, 별까지의 거리가 아득하듯이 사랑하는 사람과 나의 거리도 아득할 터인데 거리를 재지 못할 바에는 그냥 아득한 그대로 두는 것도 좋겠다고 이 시의 화자는 말하고 있다. 오세영 교수의 지적대로 "이와 같은 역설적 언명 속에는 사실 그 자체보다 어떤 희원 혹은 소망의 뜻이"[10] 담겨 있는 것 같다. 「산에서」에서는 이러한 체념이 한 단계 더 성장하여 앞에서 보던 이중적 병치 상태로 사랑의 감정을 이해하려한다. 즉 곡절 많은 사랑은 그렇게 기쁘지도 않고 아프지도 않다고 말한다. 젊은 때의 기쁜 사랑이건 중년 무렵 간장이 저리는 아픈 사랑이건 시간이 지나면 또 다른 구비로 접어드는 것이기 때문에 그 한 면만을 보고 기쁘다, 아프다고 말할 수는 없다는 것이다. "시냇물도 여름엔 시원하고 가을엔 시려오는" 것처럼 사랑은 기쁜 것만도 아니고 슬픈 것만도 아니라고 이야기한다. 그러나 이러한 체념의 밑바닥에는 역시 그 체념을 유도한 정한의 가닥이 이어져 있다. 그것은 사랑의 이별 앞에 어쩔 줄 몰라 하는 다음의 시편에서 다시금 확인된다.

어떻게 사랑하게 되었는가를
그야말로 어떻게 알겠는가.

그러나 바야흐로 이별하며 있는 지금 멀찌기
오히려 손 흔들며 보여 오는 사랑의 모습……

---

10 오세영, 『20세기 한국시인론』, 월인, 2005, 290쪽.

꽃대밖에 꽃대밖에 더 남겠는가.

「꽃 지는 것 옆에서」 후반부

이 시에서 말하는 것처럼 두 사람이 만나 어떻게 사랑하게 되었는지 그것은 누구도 알지 못한다. 어떻게 사랑에 이유가 있겠는가. 만일 사랑에 이유가 있다면 그 이유가 사라질 때 사랑도 소멸하고 말 것이다. 지금 이별에 처하여 아픈 마음으로 마주해 있는 사람에게 비로소 사랑의 모습이 다가오는 것이 보인다. 이별에 처하여 진정으로 사랑하였음을 사람들은 비로소 깨닫게 되고, 이별 뒤에는 꽃잎 저버린 꽃대만이 남게 되는 것이다. 사랑의 꽃잎은 이유도 모른 채 사랑인 줄도 모른 채 감정에 몰입할 때 피어난다. 이 구절을 볼 때 박재삼 시인은 진정으로 사랑의 진실을 체득한 시인이라는 생각이 든다. 이렇게 짤막한 시구 속에 사랑의 모순과 이별의 아픔을 절묘하게 표현한 예를 아직 보지 못했기 때문이다.

5. 내면의 천진성과 부활의 꿈

앞에서 우리는 박재삼 시를 관류하는 두 축으로 마음의 축과 자연의 축을 든 바 있다. 자연의 아름다움과 경이로움을 감지하는 주체는 결국 마음이기 때문에 이 두 축이 실제로 명확히 구분되는 것은 아니다. 다만 작품의 주안점이 어디 놓이느냐에 따라 두 개의 축을 나누어 볼 수 있는데 마음의 내면성이 두드러지게 드러나는 작품은 앞에서 지적한 대로 고전의 주인공을 소재로 한 작품 계열이다.

가령 「수정가」 같은 경우 춘향의 내면성을 수정 빛으로 표상되는 물방울과 물 냄새의 싱그럽고 청아한 기색으로 표현하고 있다. 그런

가하면 「흥부 부부상」에서는 흥부 부부의 순연하고 순박한 마음을 반짝이며 정갈한 물살로 비유하고 있는데 그 마음의 빛살은 황금의 구슬로 비교될 수 없는 천진한 것임을 강조하고 있다. 그 부부가 박 덩이를 가르기 전 보인 웃음은 물질적인 것과는 무관한 사랑과 연민의 심정에서 우러난 것이라고 시의 문면은 말하고 있다. 이러한 내면의 순결성과 천진성을 강조하는 태도가 그에게 내재해 있었기에 자연의 아름다움과 경이로움을 충분히 감지할 수 있었을 것이다.

자연의 변화에 민감하게 반응하며 세상을 살아가는 시인의 자리에서 볼 때 현실적 문제보다 내면의 정신적인 문제에 관심을 갖는 것은 어느 면 당연한 일인지도 모른다. 병고와 가난에 시달리며 한 가정의 가장으로 살아가는 일상인의 자리에서도 마음의 자세는 그 나름의 중요한 의미를 지니고 있었을 것이다. 왜냐하면 현실적인 방식으로 삶의 힘겨움을 덜어 낼 방도가 없을 때 마음의 차원에서나마 해결의 방책을 모색하는 것은 사람으로서 자연스러운 일이기 때문이다. 다음의 작품은 자신이 처한 환경을 비교적 너그럽게 받아들이는 달관의 한 경지를 드러내고 있다.

저 늙고 마른 古木 가지에
오랜 동안을 매달려 떨고 있는
鳶을 보고 있으면
그것은 이미
古木의 물끼도 빨아들이는
한 잎사귀 같은 생각이 든다.

그렇거늘,
내 몸에 비친 病에 있어서랴,

지칠 만큼 오래 깃들다 보니
어디가 좋아선지 내 정신하고도
담담한 대로 제법 친해져
둘이 짝이 되어 이제는
古木에 鳶 우는 소리 같은
노래를 흥얼거릴 줄도 알게 되었다.

「古木에 鳶 우는 소리」 전문

　고목에 연이 달려 있을 때 고목과 연은 서로 무관한 관계에 있다.
나와 병의 관계도 그렇다. 나에게 닥친 병이 처음부터 나와 무슨 친
연성이 있거나 필연성이 있어서 생긴 것은 결코 아니다. 그런데 끊어
진 연이 고목 가지에 오래 매달려 떨고 있는 것을 보면 마치 연이
고목의 일부라는 생각이 든다는 것이다. 그것처럼 내 병도 오래 몸
안에 머물다 보면 내 정신하고도 친해져 고목에 연 우는 소리 같은
노래까지 흥얼거리게 되었다고 화자는 이야기하고 있다. 이것은 자
신의 병세를 충분히 파악하게 되자 근심이 사그라지면서 마음의 여
유가 생긴 상태를 나타낸다. 그러한 마음의 여유를 "고목에 연 우는
소리"에 비유한 데 이 시의 독창성이 있다.
　고목에 연 우는 소리로 비유되는 마음의 여유, 혹은 달관의 자세는
사실 그의 시에 그렇게 많이 등장하지는 않는다. 그러한 마음의 여유
역시 자연을 매개로 하여 얻어지는 것도 중요한 특징의 하나이다. 이
러한 마음의 자세에 대한 관심은 「추억에서」 연작에서 어머니의 정
한의 그림자가 비친 "글썽이고 반짝이는" 마음을 드러내는 것으로 전
환되기도 한다. 그런데 그 정한 어린 마음보다 더 중요한 것은 시인
이 어린아이를 키우면서 체험한 티 없이 맑은 동심의 천진성이다. 이
천진성은 춘향이나 흥부의 내면적 순결성과 상통하는 측면을 갖는다.

제4시집 『어린것들 옆에서』(1976)의 「어린것들 옆에서」에는 가난
과 병고에 시달리면서도 그것을 삶의 어쩔 수 없는 과정으로 받아들
이면서 자연의 갈피에서 발견되는 부드럽고 순하고 아름다운 장면에
서 생의 위안을 얻는 중년 시인의 눈물겨운 심사가 표현되어 있다.
"또한 나의 노래여, 노래여./슬픔이거들랑 저럴진저./그 너머 기쁨이
거들랑 저럴진저."(「소곡」)에 보이는 것처럼 삶의 기쁨과 슬픔, 혹은
사랑의 기쁨과 슬픔을 균등하게 대하면서 생의 양면을 동시에 포용
하려는 중년의 예지가 펼쳐진다. 이것은 그야말로 "슬픔 뒤에 궁극의
아름다움을 찾아내"려는 자세고 "아름다움은 슬픔으로 인하여 더욱
그 선명성이 더해"지는[11] 경우다. 그런가 하면 40대의 무력한 가장으
로 중병을 앓는 아이의 병원비를 염려하면서도 한편으로는 어린 생
명의 티 없이 맑은 순결성에 감탄하는 애틋한 서정이 감동을 준다.

　　혈압이 높아가고
　　위장이 나빠가고
　　이제 차츰 웃을 일이 적어간다마는
　　아울러 사랑하는 이여,
　　네 살향기에서도
　　한 십리 남짓은 떠나왔다마는,
　　우리 집 막내는
　　뇌막염을 앓았아도
　　자다가 웃고,
　　여자의 어느 살결보다도

---

　11 김영미, 「갇힌 시간과 그 해체 - 박재삼론」, 『시대를 건너는 시의 힘』, 소명출판,
2005, 198쪽.

부드럽고 맑은 살향기 가졌네.

「자다가 웃고」 전문

삶의 힘겨움에 대한 탄식보다 더 중요한 것은 시인이 어린아이를 키우면서 체험한 티 없이 맑은 동심의 천진성이다. 이 천진성은 춘향이나 흥부의 내면적 순결성과 상통하는 측면을 갖는다. 육체의 병고와 노쇠를 자각하는 시인은 살아가는 재미라든가 사랑의 감미로움 같은 것은 느끼기 힘든 상태가 되었다. 그러나 웃을 일이 적어 가는 그의 눈 안에 고귀하게 들어오는 대상은 뇌막염을 앓았는데도 천진하게 웃는 막내의 모습, 그 "부드럽고 맑은 살향기"인 것이다. 그 웃음은 너무나 맑아 마흔 넘은 그의 육신의 때, 정신의 때를 벗겨 내는 것 같다. 그 천진한 내면은 그에게 생의 새로운 기쁨을, 그리고 어지럽지 않은 사랑의 향기를 새삼 솟아오르게 한다. 그것은 마치 봄날의 신생의 풍경처럼 새로운 생의 의욕을 북돋아 준다.

그러나 나이가 들면서 육체의 노쇠는 누구도 피할 수 없는 것. 젊은 날부터 병약한 시인의 육체는 나이 들수록 삶의 우여곡절에 부대끼며 죽음의 막막함을 여러 번 접하게 된다. 시집 『사랑이여』(실천문학사, 1987)에 수록된 「쓸쓸한 나날」 같은 시는 쉰이 넘은 나이에 무엇 하나 이룬 것 없이 허물만 늘어나는 자신의 모습을 돌이켜 보며 자신에게 다가올 마지막 날이 언제일까를 생각해 보기도 한다. 이처럼 자신의 죽음을 의식하는 작품은 후기로 갈수록 그 편수가 늘어난다. 그러나 죽음의 의식이 확대된다 하더라도 그 내면의 음영이 어두운 허무주의의 늪으로 빠져드는 경우는 거의 없다. 그 이유는 앞에서 우리가 본 신생의 자연을 통하여 생의 예지를 발견한 시인의 정신 자세에 가로놓여 있는 것으로 보인다. 그리고 한편으로는 내면의 천진성을 추구하며 시작을 지속해 온 그의 일관된 마음과도 관계가 있을 것이다.

그러기에 그는 늘 죽음을 의식하면서도 한쪽으로는 신생의 자연을, 또 한쪽으로는 내면의 천진성을, 그리고 또 다른 한쪽으로는 부활의 꿈을 견지해 온 것이다. 부활의 꿈이란 물론 정신적 차원의 것인데 그 구체적 내용을 잘 보여 주는 작품은 『허무에 갇혀』(시와시학사, 1993)에 수록된 「부활의 생각」이다. 이 작품에서 시인은 푸르른 나무를 마주하고 있다. 지금까지 오랜 세월을 푸른빛과 접하며 푸르름을 그리워하고 살았지만 자신의 육신이 나무의 푸르름과 합일이 되지는 못하였다. 결국 시간이 흐르면 자신의 육신은 죽어 땅에 묻힐 것이다. 그런데 몸이 땅에 묻히면 거기 담겼던 수분이 다시 이파리들을 타고 나무 위로 푸르게 올라갈 것이니 그것이 바로 '부활'이 아니겠느냐고 시인은 생각하는 것이다.

푸르른 나무를 그리며 살다가 죽으면 땅에 묻혀 푸르른 나무의 이파리에 물기로 스며드는 부활. 이런 부활의 꿈을 지닌 사람에게 죽음은 더 이상 공포의 대상으로 떠오르지 않는다. 그것은 오히려 만물을 편안하게 제 위치로 돌려보내는 자연의 섭리로 받아들여진다. 이러한 부활의 꿈, 혹은 자연의 섭리까지도 사실은 그가 줄기차게 탐색의 대상으로 삼아 온 자연에서 얻어진 것이니 박재삼에게 있어 자연은 생의 예지가 고스란히 내장된 찬란한 떨기나무 불꽃, 신화의 황금가지가 아닐 수 없다.

그는 자연을 자연만으로 따로 보거나 인생을 그것 자체로 독립시켜 보지 않고 언제나 자연과 인생을 상호 연관된 것으로 관찰하고 사유하였다. 이러한 상호 연기적 세계관에 의해 삶의 아픔을 자연을 통해 승화시키고 자연의 아름다움을 받아들이면서 생의 고통을 넘어서려 하였다. 자연과 인생을 연관 지어 사유하는 것은 전통적인 서정시가에서 발견되는 공통된 특징이기는 하다. 그러나 박재삼은 자연과 인생을 더욱 밀착된 상호 연기적 세계관에 의해 독자적으로 관찰·사색함으로써 전통적인 서정시가의 단순성과 도식성을 극복할 수 있었다. 이것이 박재삼이 도달한 서정적 창조의 성과다.

참고문헌

강영미, 「'동아일보'와 시조 정전」, 『한국시학연구』 33, 2012. 4.

고　은, 「미당담론」, 『창작과비평』, 2001. 여름호.

고형진, 『백석시 바로읽기』, 현대문학, 2006.

_____, 『정본 백석 시집』, 문학동네, 2007.

_____, 『백석 시를 읽는다는 것』, 문학동네, 2013.

곽효환, 「백석 기행시편 연구」, 『한국근대문학연구』 18, 2008. 10.

구인모, 「근대기 한국 시인들의 매체 선택 - 조선가요협회를 중심으로」, 『현대문학의 연구』 42집, 2010. 12.

_____, 「시인의 길과 직인(職人)의 길 사이에서」, 『한국근대문학연구』 제24호, 2011. 10.

권명옥, 『김종삼 전집』, 나남출판, 2005.

권영민, 『정지용 시 126편 다시 읽기』, 민음사, 2004.

_____, 『문학사와 문학비평』, 문학동네, 2009.

김명인, 「곡예의 시대와 문학」, 『정지용 연구』, 새문사, 1988.

_____, 『시어의 풍경』, 고려대학교 출판부, 2000.

_____, 「백석 시에 나타난 기행」, 『한국시학연구』 27, 2010. 4.

김문주, 「백석 문학의 연구 지형과 문학사적 균열을 보는 시각」, 『한국비평문학회 2012년 상반기 학술대회자료집』, 한국비평문학회, 2012. 6.

김문주 외 편 『백석문학전집 1·시』, 서정시학, 2012. 7.

김승구, 「일제 말기 서정주의 자전적 기록에 나타난 행동의 논리와 상황」, 『대동문화연구』 65, 2009. 2.

김영범, 「백석 시어 연구-선행 연구의 오류 검토를 중심으로」, 고려대학교 석사논문, 2005. 2.

김용직, 『한국현대시사(상, 하)』, 한국문연, 1995.

김욱동, 「정지용의 '향수'와 스티크니의 '므네모시네' - 모방과 창작 사이」,

『비교한국학』 17-3, 2009. 12.

김유중, 『한국 모더니즘 문학의 세계관과 역사의식』, 태학사, 1996.

김윤식, 『한국근대문학사상사』, 한길사, 1984.

김재용, 「전도된 오리엔탈리즘으로서의 친일문학 – 서정주의 친일문학에 대하여」, 『실천문학』, 2002. 여름호.

_____, 『백석전집』, 개정증보판, 실천문학사, 2011.

김재홍, 『한국 현대 시인 연구』, 일지사, 1986.

김창완, 『신동엽 시 연구』, 시와시학사, 1995.

김춘식, 「친일문학에 대한 '윤리'와 서정주 연구의 문제점」, 『한국문학연구』 34, 2008. 6.

김학동 외, 『서정주 연구』, 새문사, 2005.

김현자, 「식물적 상상력과 절제의 미감」, 『노천명 전집 1』, 솔, 1997.

_____, 「노천명 시의 양가성과 미적 거리」, 『한국시학연구』 2, 1999. 11.

김혜련, 「박재삼 시 자세히 읽기」, 『한국문학연구』 21, 1999. 3.

김효정, 「일제강점기 조명암의 대중가요 가사 연구」, 영남대 대학원 석사학위논문, 2001. 2.

_____, 「조영출 시 연구」, 영남대 대학원 석사학위논문, 2003. 2.

남기혁, 『한국 현대시의 비판적 연구』, 월인, 2001.

_____, 「서정주의 동양 인식과 친일의 논리」, 『국제어문』 37, 2006. 8.

_____, 「백석 시에 나타난 풍경과 시선, 그리고 여행의 의미」, 『우리말글연구』 52, 2011. 8.

문혜원, 『한국 현대시와 전통』, 태학사, 2003.

박명진, 「해방기 조영출의 공연 희곡 연구 – '위대한 사랑'을 중심으로」, 『한국극예술연구』 32, 2010. 10.

박수연, 「근대 한국 서정시의 두 얼굴: 미당 문학에 대하여」, 『실천문학』, 2002. 봄호.

_____, 「친일과 배타적 동양주의」, 『한국문학연구』 34, 2008. 6.

박순원, 「백석 시의 시어 연구」, 고려대 박사학위논문, 2007. 8.

박정선, 「파시즘과 리리시즘의 상관성 연구」, 『한국시학연구』 26, 2009. 11.

박태일, 「백석과 신현중, 그리고 경남문학」, 『지역문학연구』 4, 1999. 4.

박태일, 『한국근대문학의 실증과 방법』, 소명출판, 2004.

박현수, 「서정주와 미학적 기획으로서의 신라정신」, 『한국근대문학연구』 14, 2006. 10.

_____, 「친일파시즘문학의 숭고 미학적 연구」, 『어문학』 104, 2009. 6.

박호영, 『한국 근대기 낭만주의 전개 연구』, 박문사, 2010.

서영희, 「조명암 시 연구—모더니즘적 특성을 중심으로」, 영남대 대학원 박사학위논문, 2008. 2.

_____, 「해방기 조영출 시 연구」, 『한민족어문학』 제54집, 한민족어문학회, 2009. 6.

소래섭, 『백석의 맛』, 프로네시스, 2009.

송 준, 『남신의주유동박시봉방 - 백석일대기 1, 2』, 지나, 1994.

_____, 『백석 시 전집』, 흰당나귀, 2012.

송희복, 『사색의 그물망과 친화력』, 동국대 출판부, 2014.

신철규, 「김종삼 시와 원전비평의 과제」, 『국제어문』 60, 2014. 3.

_____, 「하늘과 땅 사이를 비껴가는 노래, '라산스캬'」, 『현대시학』, 2014. 11.

심원섭, 「자기 인식 과정으로서의 시적 여정」, 『세계한국어문학』 6, 2011. 10.

심재휘, 『한국 현대시와 시간』, 월인, 1998.

안병희, 「국어학사의 재조명-이병기」, 『주시경학보』 4호, 1989. 12.

오성호, 「시인의 길과 '국민'의 길 - 미당의 친일시에 대하여」, 『배달말』 32, 2003. 5.

오세영, 『20세기 한국시 연구』, 새문사, 1989.

_____, 『한국 현대시 분석적 읽기』, 고려대학교 출판부, 1998.

_____, 『한국현대시인연구』, 월인, 2003.

오양호, 『백석』, 한길사, 2008.

오형엽, 「광야에서 영원을 찾는 순례」, 『그대 시를 사랑하리』, 책만드는집, 2014. 2.

王艶麗, 「白石의 '滿洲' 詩篇 硏究-'滿洲' 體驗을 中心으로」, 인하대 석사논문, 2010. 8.

유성호, 「신동문 시의 연구」, 『현대문학의 연구』 7, 1996. 12.

_____, 「1950년대 후반 시에서의 '참여'의 의미」, 『민족문학사연구』 10,

1997. 3.

유성호, 「백석 시편 '고방'의 해석」, 『한국언어문화』 46, 2011. 12.

유종호, 『비순수의 선언』, 신구문화사, 1962.

_____, 『서정적 진실을 찾아서』, 민음사, 2001.

_____, 『다시 읽는 한국 시인』, 문학동네, 2002.

_____, 「사철 발 벗은 아내가-정지용의 '향수'가 모작인가」, 『현대문학』, 2010. 5.

_____, 「상호텍스트성의 현장」, 『문학수첩』, 2011. 여름호.

윤여탁, 「모더니즘에서 리얼리즘에로의 선택 - 조영출의 문학과 삶」, 『만해 학보』 1, 1992. 6.

이경수, 「백석 시의 반복 기법 연구」, 『상허학보』 7, 2001. 8.

_____, 「백석 시의 낭만성과 동양적 상상력 - 유토피아 의식을 중심으로」, 『한국학연구』 21, 고려대 한국학연구소, 2004. 11.

_____, 「백석의 기행시편에 나타난 장소의 심상지리」, 『민족문화연구』 53, 2010. 12.

_____, 「백석 시 전집 출간 및 어석 연구의 현황과 과제」, 『한국근대문학연구』 27, 2013. 4.

_____, 「'고독'이라는 병과 근대의 노스탤지어 - 백석론」, 『민족문학사연구』 22, 2003. 6.

이동석, 「고어를 이용한 백석 시의 어휘 몇 가지에 대한 검토」, 『우리어문연구』 29, 2007. 9.

_____, 「북한의 문화어를 중심으로 한 백석 시의 어휘 몇 가지에 대한 검토」, 『새국어교육』 77, 2007. 12.

이동순, 『시정신을 찾아서』, 영남대학교출판부, 1998.

_____, 『잃어버린 문학사의 복원과 현장』, 소명출판, 2005.

_____, 「일제 말 군국가요의 발표현황과 실태」, 『한민족어문학』 59호, 한민족어문학회, 2011. 12.

이명찬, 「고향에 이르는 길 - 노천명론」, 『문학과 교육』 10, 1999. 겨울호.

_____, 『1930년대 한국시의 근대성』, 소명출판, 2000.

_____, 「백석 시집 '사슴'의 시편을 읽는 또 하나의 방법」, 『한국시학연구』

34, 2012. 8.

이명찬, 「백석 시에 나타난 '민족적인 것'의 의미」, 『문학교육학』 42, 2013. 12.

이민호, 『김종삼의 시적 상상력과 텍스트성』, 보고사, 2004. 12.

이민희, 「서지학자로서의 가람 이병기 연구」, 『한국학연구』 37, 고대 한국학
　　　연구소, 2011. 6.

이성희, 「박재삼 시에 나타난 연금술적 상상력 연구」, 서울대학교 석사논문,
　　　2003. 8.

이승하, 『한국의 현대시와 풍자의 미학』, 문예출판사, 1997.

이형대, 「가람 이병기와 국학」, 『민족문학사연구』 10, 1997. 12.

장석원, 「백석 시의 리듬」, 『어문논집』 56, 2007. 4.

_____, 「'휘문'의 이태준」, 『한국학연구』 31, 2009. 11.

장유정, 「조영출(조명암) 대중가요 가사 자료 보강 및 그 갈래별 특성」, 『한
　　　민족문화연구』 42, 2013. 2.

전도현, 「이병기의 한글 문예운동에 대한 일고찰」, 『한국근대문학연구』 20,
　　　2009. 12.

전영주, 「조명암의 개작(改作) 시 연구」, 『한국시학연구』 24, 2009. 4.

_____, 「한국근대시인의 매체인식과 가요시의 형성」, 『전통과 현대』, 2012. 5.

전정구, 「백석 시작품의 원전비평적 고찰」, 『비평문학』 38, 2010. 12.

_____, 「백석의 '寂境' 본문 연구」, 『현대문학이론연구』 58, 2014. 9.

최동호 외, 『백석 시 읽기의 즐거움』, 서정시학, 2006.

_____, 『정지용』, 한길사, 2008.

_____, 『정지용 시와 비평의 고고학』, 2013.

최두석, 『시와 리얼리즘』, 창작과비평사, 1996.

최원식, 「풍속의 외피를 쓴 성장시: 조영출의 민속시 6편」, 『민족문학사연구』
　　　26, 2004. 11.

_____, 「고전비평의 탄생」, 『민족문학사연구』 49, 2012. 8.

최정례, 「백석 시의 근대성 연구」, 고려대 박사학위논문, 2005. 2.

최현식, 「민족, 전통, 그리고 미 – 서정주 중기문학을 중심으로」, 『실천문
　　　학』, 2001. 여름호.

_____, 『서정주 시의 근대와 반근대』, 소명출판, 2003.

한명희, 「박재삼 시 연구」, 『한국시학연구』 15, 2006. 4.

현대시비평연구회, 『다시 읽는 백석 시』, 소명출판, 2014.

홍신선, 「초월과 물의 시학 - 구상의 '그리스도폴의 강'을 읽고」, 『시문학』, 1985. 7.

홍용희, 「전통지향성의 시적 추구와 대동아공영권」, 『한국문학연구』 34, 2008. 6.

황현산, 「서정주, 농경사회의 모더니즘」, 『한국문학연구』 17, 1995. 3.

_____, 「서정주 시세계」, 『창작과비평』, 2001. 겨울호.

_____, 「김종삼의 '베르가마스크'와 '라산스카'(1)」, 『문예중앙』, 2014. 가을호.